A VERY ENGLISH Scandal

英国式丑闻

John Preston

Sex, Lies,
and a Murder Plot
at the Heart
of the Establishment

[英] 约翰·普雷斯顿

——— 著

赵挺———译

上海译文出版社

致米莉和约瑟夫

"福尔摩斯先生，它们是一只巨型猎犬的脚印！"

——柯南·道尔，《巴斯克维尔的猎犬》

目　录

图　注

1. 心事重重的杰里米·索普被议会里的自由党同事、大块头的塞西尔·史密斯挤得靠边坐（哈尔顿档案馆/盖蒂图片社）

2. 彼得·贝塞尔：长着一张像"棋盘石路面"一样的脸（© PA 图片社/拓普弗图图片）

3. 1968年5月，杰里米·索普和卡罗琳·阿尔帕斯在婚礼上。"如果领导这个老迈的政党我必须要付出这种代价，我将义不容辞。"（拓普弗图网站）

4. 戴维·霍尔姆斯努力在即将来袭的暴风雨中保护自己（吉米·詹姆斯图片社/ANL 图片社/REX 图片社/Shutterstock 网站）

5. 诺曼·斯科特："他简直就是个天生尤物。"索普对贝塞尔说。（ANL 图片社/REX 图片社/Shutterstock 网站）

6. 安德鲁·吉诺·纽顿：航班飞行员，持枪杀人犯和厌狗者（莱昂内尔·切鲁奥摄影，伦敦 Camera Press 摄影公司）

7. 皇家法律顾问乔治·卡曼律师的公共面孔：在法庭外，他像是换了一个人。（哈尔顿档案馆/盖蒂图片社）

8. 不屈不挠的玛丽安·索普，永远那么倔强地维护自己的丈夫。（ANL 图片社/REX 图片社/Shutterstock 网站）

第一部分

1

下议院的晚餐

1965 年 2 月的一天晚上，一名男子走进英国议会下议院的餐厅。此人喜欢穿马海毛西装，脸上皱纹多得出奇，长相隐约有点像亨弗莱·鲍嘉①。他就是彼得·贝塞尔，自由党议员，所在选区是康沃尔郡的博德明。贝塞尔当选议员仅仅六个月，对这个地方还有点心存敬畏。他在下议院没什么熟人，所以习惯了独自进餐。但今天晚上他听到身后传来一个声音，询问能否一道用餐。

问话者是自由党另一位议员杰里米·索普。索普虽然比贝塞尔小 8 岁，但却从 1959 年起就当选议员。他今年 36 岁，是党内后起之秀，被公认为下一任党首的最佳人选。虽然党内一些大佬觉得索普有点鲁莽毛糙，但他对选民富有吸引力这一点毋庸置疑。索普性格外向热情，面容虽然没什么血色，却不失帅气，反而令他徒增无穷魅力，在北德文郡选区大受欢迎。

北德文郡以连绵的沼泽和幽深的峡谷著称，本来也算是个风景如画的地方，但此地居民收入微薄，所从事的不是农耕就是渔业。索普和他选区的选民毫无共同之处。他是不折不扣的老伊顿，对衣着服饰

3

品味独到，喜欢穿绒领开士米大衣。更古怪的是，他还喜欢戴一顶棕色圆顶高帽，不过这些丝毫没有影响他迅速征服此地的选民。

索普既具有领袖气质，又能体恤民情。他还有个神奇的本领，能记住许多选民的名字，让人觉得他们的问题总是令他牵肠挂肚。他总爱张开双臂，面露灿烂笑容，兴冲冲地奔向他的潜在选民，仿佛与他们的会面将会帮他实现最疯狂的梦想。如此魅力实在是很少有人能阻挡。甚至当索普取笑当地人西部乡村口音时（从少年时起索普就是个出色的模仿者），这些选民也不以为意，依旧喜爱他。

在 1959 年的选举中，索普只以多出对手 362 票的优势险胜。但到了 1964 年，他的当选优势就扩大到 5 136 票。作为对他胜选的奖励，最近索普被推选为自由党英联邦事务官方发言人。索普和贝塞尔第一次见面，是十年前在托基的补选中。当时贝塞尔代表自由党参选，却失利了。虽然二人并不熟，但贝塞尔始终确信，他们关系非同一般。从外表看，他们身高相仿，皆是黑发，面容都瘦削沉郁。在政见上，两人也经常不谋而合。但最令贝塞尔称奇的是，两人性格惊人地相似：我们都固执任性，爱得罪人，自高自大，感情用事到不可救药的程度。

除此之外，两人还有另一个相同点，而且这一点将马上凸显出来，即两人都堪称投机家，虽然各自投机的方式不一样。贝塞尔 16 岁就辍学，去公理会当一名平信徒传道士，后来在佩恩顿的德文镇开了一家小裁缝店，并投身自由党的政治活动中。贝塞尔加入自由党，部分原因是出于政治理念，但更主要的原因是想为他本已放浪形骸的

---

① 亨弗莱·鲍嘉（1899—1957），美国著名影星，以饰演《卡萨布兰卡》男主角里克闻名于世。

风月场生活再增加一点刺激。

贝塞尔看上去不像那种传统的登徒子。他曾经把自己的脸比作棋盘石路面，而他那一身马海毛西装，只要一靠近电灯，就令他浑身闪着微光。不过这些和他沙哑粗重的嗓音比起来就统统不算什么了。这个嗓音使他说起话来活像个爱德华时代通俗剧里的好色之徒。贝塞尔确实很有女人缘。在结发妻子死后没多久（她是死于肺结核），他就再婚了。他和第二个妻子葆琳娜育有一儿一女。结婚生子并没有使他在拈花惹草上有所收敛。不过贝塞尔私生活上的寻欢作乐，和他在生意场上的折腾相比，无疑是小巫见大巫。这些年来，他设想众多发财的计划，包括销售投币式热饮机，开一家全英连锁汽车旅馆。但这些计划无一给他带来财富，大多数都是有始无终，让他欠下一屁股债。

根据贝塞尔的叙述，他和索普后来在餐厅自由党议员专区的一张长桌旁坐下。那天整个餐厅几乎空无一人，不用担心附近有人偷听他们的谈话。议员餐厅不是一个适合传播小道消息的场所。这儿的一切，无论是花格木质天花板，挂在门上的皇室徽章，还是墙上那些庄重的维多利亚式肖像画，都营造出一种肃穆的氛围。两人的交谈一开始也和周围的环境一样，聊的都是常规话题，关于本党尤其是党首乔·格里蒙德。格里蒙德在过去八年间领导自由党，为自由党的复兴立下汗马功劳。在 1964 年的大选中，自由党获得三百多万张选票，和上次大选相比大涨超过百分之五。

哈罗德·威尔逊领导的工党最终赢得 1964 年的大选。威尔逊面色苍白乏味，一口约克郡口音平淡无奇，言谈举止不像是个具有强烈抱负的政治家。偏偏他还宣称英国已经站在新时代的门槛，新时代要终结经济特权，消除贫困。不仅如此，"英国还要怀着民族使命感，重新成为世界的领头羊。"

可惜这种流俗的乌托邦愿景遥不可及。工党在议会只有四个议席的领先优势，再加上经济不断沉沦，想要保住执政地位，面临着持续不断的挑战。幸运的是，对手保守党新选出的领袖爱德华·希思也没什么魅力，对选民毫无吸引力。作为议会的第三大党，自由党议员就成了理想的坐收渔利者，可以收获对前两大党都感到失望选民的选票。自由党内部甚至有人确信，他们有希望五十多年来第一次赢得大选。

乔·格里蒙德只有 51 岁，不过从这次大选以来，下议院就盛传他要从党首的位子上退下来。虽然贝塞尔觉得索普是理想的接班人，但他惊讶、甚至可以说惊骇地听到一些有关索普私生活的传闻。贝塞尔和索普是自由党在西部地区唯二的两名议员。他觉得在党首竞争时，可能有人会咨询他关于索普的情况，所以自己对索普的情况知道得越多越好。至少他在内心是这样为自己辩解的。不过就像在其他事情上一样，贝塞尔还有不那么高尚的动机。他其实热衷于搜集这类八卦传闻，喜欢搞清楚这些事到底是真是假。

为了在有关性的话题上套索普的话，贝塞尔故意主动开始谈他的女秘书戴安娜·斯泰顿。索普对这种话题的转变显然兴趣不大，只是随口问问这个女的有什么好。

"噢，棒极了，"贝塞尔道，"尤其在床上。"

索普盯着贝塞尔看了片刻，然后大笑起来。他告诉贝塞尔，自己原以为他是个幸福的已婚男人。贝塞尔坚持说自己的婚姻确实很幸福，但和这个是两码事。

"我觉得姑且可以称之为一种嗜好，"贝塞尔说，"有些人喜欢集邮，有些人爱打高尔夫或养马。我喜欢床第之欢。"

聊到这儿，贝塞尔已经吸引了索普的全部注意力。不过贝塞尔也知道，总是聊这些内容，索普很容易听腻。为了引诱他放松警惕，贝塞尔需要进一步出招。

"当然，"贝塞尔说，"年轻的时候玩这种事更困难一些。那时候漂亮的女孩子只有结婚后才和你上床。"

"那你怎么办呢？"索普问。

"噢，"贝塞尔故作愁眉苦脸的样子，"那时我还有同性恋倾向。"

其实贝塞尔纯粹是在胡扯。他是不折不扣、完完全全的异性恋者。他这么说是为了试探索普的口风。接下来发生的事极富戏剧性。索普像通了电一样，身体前倾说道："你过去是同性恋？快跟我说说。"

贝塞尔有些吃惊，信口开河地说自己曾经在维也纳夜总会和同性恋者纵情玩过一阵子。贝塞尔说完后，索普一开始并没有说话，而是示意侍者过来。

"彼得，我们喝一杯吧。你想喝点什么？"

贝塞尔要了一杯波尔多红酒。

"太好了，"索普说，"我也来一杯波尔多。"

两人在等待上酒时，贝塞尔发现话题已经打开，决定乘胜追击。

"那么你呢？"他问索普，"你肯定不会过着特拉普苦修僧的生活。"

索普听了这话似乎紧张起来，一度令贝塞尔以为他是否有点操之过急。

"我当年在牛津的时候，也有同性恋倾向，"索普谨慎地说道，

"当然这早就是陈年往事了。"

这时侍者送来酒水。两人碰杯后，贝塞尔继续说道："我觉得像我们这种人不可能彻底戒掉，对吧？"

又是短暂的沉默，接着索普抿嘴一乐。"彼得，"他用低半调的声音说道，"我俩就是一对男同……告诉我，"两人一边小酌一边继续聊，"你属于什么程度——五五开？"

"不，"贝塞尔赶忙答道，"要我自己说，我是二八开。"

"那你的同性是二成还是八成？"索普问。

贝塞尔以前从未听过同性这个词特指男同性恋。他思索片刻才反应过来索普指的是什么。

"我想我八成是喜欢异性的。"贝塞尔说。

"是吗？那正好和我相反，"索普说，"我八成是同性。"

这时贝塞尔觉得他和索普之间的共同点要多于当初的设想。正如他后来大言不惭地回忆道："和杰里米一样，我出色的身体和心理素质，就是用来满足征服欲的。"或者换句话说，哪怕面对一丁点性诱惑，两人都毫无抵抗力。

索普接下来又说，如果他的性倾向被选民得知，那就大祸临头，不仅会立即终结他的政治生涯，还会让他遭受牢狱之灾。毕竟1965年时，同性恋还属于刑事犯罪。

"不过到目前为止，我们干得不错，"索普说，"议会里没人知道我这事。"

"会有人关心这种事吗？"贝塞尔问。

"有这样的人，"索普阴沉着脸答道，"如果这种事让人知道，我俩谁也做不成党首。"

这时餐厅要打烊了，索普让侍者结账。

"嗯，"贝塞尔说，"那我们就要确保不让人知道。"

"没错，"索普语气突然激动起来，"上帝啊，彼得，我们一定不能让人知道。"

四周之后的一天上午，贝塞尔位于克拉格斯街的办公室电话铃响了，是索普打来的。他问贝塞尔能否一起吃午餐。贝塞尔察觉索普的声音显得紧张不安，不像平时那么轻松欢快。显然出什么事了。

应索普的建议，他俩前往里茨大酒店。选这个地方也让贝塞尔觉得奇怪，因为他和索普都是自由党全国俱乐部会员，俱乐部离下议院又不远。不过贝塞尔什么也没说。等他到了里茨大酒店，索普正不耐烦地在大堂来回踱步。两人草草寒暄之后，径直前往酒店的餐厅，坐在临窗可以眺望格林公园的一张桌子旁。

现在正是春季，花朵绽放。贝塞尔向来对自己的审美眼光颇为自负。他觉得格林公园实在是太美了。可是索普根本无心欣赏公园的美景。简单看了一眼菜单后，他点了鞑靼牛排。侍者一走，索普就从西服的内袋里掏出一封信，递给贝塞尔。

"快读。"索普说。

贝塞尔看到信封上的收件人是索普的母亲厄秀拉，地址是她在萨里郡奥克斯泰德的家。信是用蓝色信纸写的，虽然长达 17 页，字迹又潦草不清，但贝塞尔还是很快就看明白大意。在信中，写信者先是为自己打扰索普夫人感到抱歉，但又提醒索普夫人，自己曾到过她家做客。接着他宣称自己和索普过去是情人关系。

"您大概也知道，在过去五年里，我和索普保持一种同性恋爱。这种事说得过细对我们大家都没什么好处。我是去斯通沃斯（厄秀拉的家）时第一次遇见索普的。虽然他跟您会说一些关于拍电视和马耳他之类的话，但那不全是事实。反正那天和杰里米相遇后，我就坠入这种深藏在每个人内心的罪恶之中。"

写信的这名男子宣称，索普答应会养活他。可是两人关系一结束，索普就食言了。他后来几次三番想和索普联系，都联系不上。该男子现居住在都柏林，需要帮助，尤其希望索普归还他的国民保险卡，因为没有这个卡，他就无法找工作。他还希望索普夫人行行好，先借他 30 英镑以解燃眉之急。

"我憎恶这种张口求人的事，因为会引起矛盾和不快。但我也知道你们母子二人关系密切，所以才冒昧地给您写信。杰里米什么也不欠我，也可能我欠他很多。不过总的来说，我们是两清的。我现在不是作为一个弃友来写信抱怨，而是希望他能发发善心帮我一把，因为我现在确实很困难。我保证一旦我重新站起来，会把借的每一分钱都还上的。请相信我，我说到做到。"

在信的末尾他再一次道歉并恳求帮助。"您能理解吗，索普夫人？我真的很抱歉。请相信我的话，我真的走投无路了。"

信的署名是诺曼·利安奇·约西弗。

贝塞尔抬头发现索普正全神贯注地盯着他。

"这是真事吗？"贝塞尔问。

索普缓缓地点点头。

"你母亲是怎么想的？"

"她不相信这件事。"索普道。

接着索普又拿出一封信。这封信短得多，只有两页。索普告诉贝塞尔，这是一封律师函的草稿。他打算让他的律师寄给约西弗。在律师函里，索普断然否认和约西弗发生过任何性关系并警告约西弗，如果继续纠缠下去，他将诉诸法律："我的当事人坚决反对这种无中生有、对其名誉造成损害的指控，现委托我致函于你，今后如若获悉一丝一毫诋毁其名誉的不耻行为，将毫不犹豫地向英格兰或爱尔兰的法院提起诉讼。"

信里还有其他内容，但大致意思差不多。贝塞尔读完后，强烈建议索普不要把这封律师函寄出去。

"为什么？"索普不解地问道。

"你忘记奥斯卡·王尔德了吗？"贝塞尔提醒索普。

令贝塞尔吃惊的是，索普好像对王尔德的事一无所知。贝塞尔只好告诉索普，王尔德就是因为一桩同性恋官司而毁了。当年王尔德主动上法院去告昆斯伯里侯爵，指控后者骂他是"鸡奸者"（原文如此）。

"那他妈的我该怎么办？"索普咕哝道。

贝塞尔说如果自己不知道这件事情的来龙去脉，就没法给索普什么更好的忠告。索普沉思着，接着告诉贝塞尔此事说来话长。那好吧，贝塞尔道；反正今天下午他也没什么事。

贝塞尔肯定不知道，自己的这个决定日后会毁了他的一生。

2

一张明信片

所有的一切都起源于另一封信，确切地说是一张明信片，索普这样告诉贝塞尔。1960 年 2 月 26 日星期五下午，白金汉宫发表声明，女王陛下同意其妹妹玛格丽特公主与安东尼·阿姆斯特朗 - 琼斯订婚。

这则消息立刻引起外界极大兴趣。和索普一样，阿姆斯特朗 - 琼斯也是伊顿出身，比索普小一岁。虽然他的条件中规中矩，但在其他方面却和一般的皇亲国戚差别很大。他性格放荡不羁，行事一派波希米亚作风，自视甚高，还是个极为出色的摄影家。不过当年在剑桥读书时，他的建筑学结业考试却没通过。

公主这边也不遑多让。她过去不幸的罗曼史为两人今天的结合平添了不少谈资。四年前，玛格丽特公主被迫和风度翩翩的皇家空军上校彼得·汤森德分手，因为后者曾经离过婚。如今公主看来终于寻到了幸福。媒体除了报道订婚，还对此事的社会意义大做文章。许多评论家自信满满地预测，公主的订婚预示着新时代曙光的来临，将会一扫英国社会保守沉闷之风，令平等观念深入人心。

索普得知这个消息时，正在下议院。他立刻给一位朋友寄去一张明信片。这位朋友就是布莱希特·范·德·瓦特阁下。

"真是扫兴，"索普在明信片上写道，"我本想要娶其中一个，再勾引另一个。"

第二天，明信片就寄到了金汉姆的科茨沃德村范·德·瓦特的"松鼠"别墅。范·德·瓦特穿一身花呢西装，系一条俱乐部会员专属领带，开一辆路虎，饲养马匹和五条斯普林格长耳犬。无论怎么看，他都是一个地地道道的英国绅士。但其实有关他的一切全是刻意营造出来的。不单是他的头衔，就连他的名字都是后改的。他原来就叫普普通通的诺曼·瓦特，是一个威尔士矿工的儿子。他也没有钱，和财富更是不沾边。他的邻居们蒙在鼓里的是，他其实是个还不起债务的破产者。

在"松鼠"别墅，范·德·瓦特并不是一个人住。两个月前，他雇了一个助手，一个名叫诺曼·约西弗的年轻人。这个年轻人算是半工半读学生，不领工资，但食宿免费。范·德·瓦特还负责每周给他的国民保险卡缴费。和范·德·瓦特一样，约西弗也有自己的秘密。他从不知道亲生父亲是谁。他母亲伊娜在第一任丈夫去世后，拿着亡夫生前雇主们提供的慰问金周游世界。等她回国后，已经怀有身孕。在生下诺曼两年后，她又嫁给阿尔伯特·约西弗。阿尔伯特是个会计，是伊娜亡夫最要好的朋友。为了掩人耳目，这个私生子跟阿尔伯特姓。

诺曼·约西弗在成长过程中没有受到父母的管教，对自己身世十分敏感。由于在家里缺乏关爱，他非常喜欢和动物做伴，尤其喜欢马。这个爱好也令他平生第一次遇到麻烦。他刚过 15 岁，就要他母亲给他买一匹小马驹。母亲没有答应。不过他还是从一个叫"蓝十字会"的动物慈善组织那里免费获得一匹马。母亲不给他养马的钱，约西弗就去偷窃马饲料和一副马鞍。

1956年4月23日，16岁的约西弗站在肯特郡布罗姆利少年法庭上，被判处缓刑。他的缓刑监视官见约西弗这么喜欢马，就鼓励他去萨里郡奥克斯泰德附近的西汉姆马术学校当一名学员。在那里，约西弗成为一名合格的马术教练。离开这所马术学校后不久，他就被布莱希特·范·德·瓦特雇佣。

约西弗现在19岁了。他一头浓密的黑发，黑眼睛，嘴唇丰满，是个相貌英俊的小伙子，有点婴儿肥，但气质又带着点阴郁。在性方面，他在马术学校小打小闹地有过几次异性恋，但还是处男。在范·德·瓦特家，他的主要工作是打扫马厩，并训练里面养的四匹马。可没过多久他就发现，自己还有其他更为不同寻常的任务要做。

明信片寄来后，范·德·瓦特得意地拿给约西弗看，向他夸耀说这是一位显赫的朋友寄来的。他还给约西弗看了索普给他写的几封信，并神秘兮兮地对约西弗说，这些信就是他的"保险单"。虽然约西弗没有被允许读信的内容，但他注意到信纸的抬头印有下议院字样。

又过了几天，范·德·瓦特告诉约西弗，他的这位朋友要过来住一阵子。在他没来之前，范·德·瓦特想洗个澡，并让约西弗陪他进浴室。进了浴室后，约西弗惊讶地发现里面只点着蜡烛。范·德·瓦特脱掉晨衣，步入浴缸。更令约西弗诧异的是，范·德·瓦特递给他一罐剃须膏和一把剃刀，让约西弗把他后背的体毛剃掉。约西弗觉得这种做法有点超出常理，但又不愿意多嘴，便遵命给他涂上剃须膏，开始刮体毛。

这天晚上，范·德·瓦特的贵客还没到，约西弗就上床睡觉了。

第二天早晨，约西弗吃完早餐后像往常一样，去马厩清洗马匹。他发现别墅外停着来客的座驾，一辆鲁斯特阳光剑汽车。九点钟左右，一个穿着阿斯特拉罕黑大衣、身材高大的男子走出别墅，来到他跟前，做了个自我介绍。他说他叫杰里米·索普。

约西弗隐约知道索普是自由党议员，但除此之外对他就别无所知了。两人开始闲聊起来。约西弗感到印象最深的是，索普是个神情专注、极有魅力的人。"我觉得他真是个大人物。"虽然索普对养马明显是门外汉，但他强调自己一直都很喜欢马。

而索普对约西弗更喜欢。正如他后来对彼得·贝塞尔所言："他从马厩的门探出身来，简直是个天生尤物。"

两人没话找话地聊了一会儿马，突然索普停了下来。"你可能觉得有些突兀，但我还是提前说一下。今后如果你和范·德·瓦特的关系出问题了，我希望你能和我联系。"

接着索普给了约西弗一张名片。约西弗注意到名片上印有议会徽章和索普的私人电话。他把名片放入钱包后，两人就道别了。约西弗目视索普走回别墅，心情既激动又有点疑惑。

那天上床前，约西弗又把名片从钱包里拿出来端详一番，眼前浮现出索普潇洒的模样。他不知道索普说"和范·德·瓦特的关系出问题"到底是什么意思。不过要不了多久，他就会明白的。

几个月后，约西弗和范·德·瓦特去威尔特郡参加提德沃斯赛马选拔赛。在比赛现场，当约西弗正在给一匹名叫"灯塔之光"的赛马洗刷身体时，马被一声巨响惊吓，猛冲出来。范·德·瓦特当场发飙，对约西弗破口大骂，骂他无能，大嚷着叫他滚蛋。以前还从未有人这样朝约西弗发过火。他感到极其郁闷，当即决定走人。

他先搭一辆顺风车前往索尔兹伯里，然后坐火车前往牛津郡。虽然外出才两天，但约西弗返回"松鼠"别墅时却惊讶地发现有一大堆来信，信多到他连大门都推不开。这还不算什么，更大的惊奇还在后面。他发现大多数信居然是写给他的，打开信封一看，里面全是收据。原来范·德·瓦特以他的名义用分期付款的方式买了各种各样东西，甚至包括一辆崭新的路虎汽车和一辆运马拖车。

手足无措中，约西弗穿过村中公用绿地，去一位名叫巴顿夫人的朋友家。他又惊又怕，气喘吁吁地把这一切告诉了巴顿夫人。巴顿夫人很同情约西弗。她让约西弗赶紧回"松鼠"别墅，把自己的物品和账单搜集齐全，给范·德·瓦特留一个条子告知去向，然后就搬到她家来。约西弗依言而行，跑回"松鼠"别墅，收拾行李，把那些寄给他的账单收齐，给范·德·瓦特留一张便条。

就在约西弗离开范·德·瓦特家之前，他又停了下来，灵机一动，决定带点别的东西一起走，杰里米·索普写给范·德·瓦特的那些信。自从上次见到索普，约西弗就有一种奇怪的预感，觉得索普有朝一日会成为他的救星。当然，这种预感毫无理性可言，只是因为索普是迄今为止少数几个对他展现出善意的人。有时约西弗甚至突发奇想，认为这些以"亲爱的诺曼"开头的信件，不是写给范·德·瓦特的，而是写给自己的。

约西弗记得范·德·瓦特曾向他吹嘘，索普这些信就是他的"保险单"。所以为了回报索普对他的友善，约西弗想把这些信寄还给索普，以免信中有什么不得体的内容令索普难堪。约西弗知道这些信件就放在客厅的一个抽屉里，总共大约 30 封，包括那张索普写他想和玛格丽特公主结婚并勾引安东尼·阿姆斯特朗-琼斯的明信片。约西弗把这些东西一股脑儿和衣物放在一起，装进行李箱里。然后他关上门，前往巴顿夫人家。

两天之后，范·德·瓦特从提德沃斯回来。他发现约西弗留的便条，暴跳如雷，冲到巴顿夫人家大闹。巴顿夫人指责范·德·瓦特失礼失态，而范·德·瓦特一如既往地指责约西弗失职无能。闹到这个地步，约西弗不可能再在"松鼠"别墅住下去了。他先在巴顿夫人家暂住了一些日子。可惜没过几周，他那本来就不坚强的神经开始垮掉。从巴顿夫人家搬出后没多久，他紧张的神经就崩溃了。他认定这一切都是范·德·瓦特盗用他身份购买那些物品所致。

他开始对外人说杰里米·索普是他的情人。其实两人迄今为止，只不过见过一面而已。警察有一次接到报警，来到约西弗在恩斯通教堂村的住处。他们发现约西弗极其窘迫潦倒。据一位名叫弗雷德里克·阿普尔顿的警员事后回忆："我们在屋内发现这个可怜的家伙坐在楼梯最下级台阶上哭泣，嘴里还嘟哝着怪话。我从他的话中推断，他是因为这所房子的一名男房客和一个女人好上了而感到失落。我猜测他先前和这个男房客是同性恋关系……我们去的时候，约西弗边说边哭个不停。他还一个劲地提到杰里米，说要告诉杰里米这个，告诉杰里米那个。最后我们一位同事忍不住问'到底谁是杰里米？'他回答是'杰里米·索普'。"

后来约西弗被一辆救护车送到牛津城外专门收治精神病人的阿斯赫斯特专科医院。这家医院也是利特莫尔医院的分院。在医院里，约西弗接受了镇静剂和抗抑郁剂的治疗。几个星期后他出院了，和另外两个病人住在牛津的一间公寓里。但没过多久，约西弗又被送进阿斯赫斯特医院。1961年10月，医院主治大夫安东尼·威廉斯博士把约西弗叫到办公室，告诉他针对病情，能做的都已经做了。

威廉斯问约西弗有没有地方可去。约西弗一开始有点发蒙。他不好意思再去麻烦巴顿夫人，但确实没有什么可投靠的好友。突然他想起了杰里米·索普。他对大夫说，索普曾经告诉他，遇到困难可以去找他。威廉斯觉得这个主意好极了，立刻给约西弗办理出院手续，并又给他多开了一些药物，叮嘱他出院后要坚持吃药。

离开牛津后，约西弗返回科茨沃德村去取那个装有范·德·瓦特和索普信件的行李箱，还把他那条名叫蒂什夫人的杰克罗素梗犬一并带走。1961年11月8日，一手提着行李箱，一手牵着爱犬，诺曼·约西弗浑浑噩噩地坐上开往伦敦的火车。

3

厄丝的目光

下午两点多一点，约西弗和小狗蒂什夫人来到下议院。约西弗告诉门口的值班警长，他要见杰里米·索普。和其他下议院访客一样，他被要求填写一张绿色表格以说明身份。接下来约西弗又碰到一个没想到的钉子。值班警长告诉他，狗不允许被带入下议院。

约西弗一时不知道该怎么处置蒂什夫人。他在来的路上经过白厅时，发现那儿有个名叫"全英反活体解剖总部"的组织。约西弗估计蒂什夫人在那儿不会受到什么伤害，于是折返回去问里面的工作人员能否帮忙照看一会小狗。这些反活体解剖者对于照看小动物这种事当然乐于应承。约西弗回到下议院后，被领进圣史蒂芬厅等候。这是他第一次进威斯敏斯特宫，忍不住好奇地打量身边走过的一张张神色各异却又十分熟悉的面孔。十分钟后，索普大步流星地穿过瓷砖地板走过来。

约西弗之前还担心索普记不起他是谁，现在这些顾虑立刻烟消云散了。

"诺曼！"索普张开双臂，热情地对约西弗打招呼。

索普在约西弗身旁坐下，询问他的近况。约西弗就将自己碰到的倒霉事对索普说起来。还没等他说多少，索普就决定两人最好换到一间较为私密的办公室去谈。约西弗跟着索普上楼下楼，穿过各种回廊，最后来到一间采访室。作为一名资历尚不太深的议员，索普还没有自己的独立办公室。

在采访室，索普给约西弗端来茶水，聚精会神地听他讲述。当听到范·德·瓦特那些事情的时候，索普喃喃地骂道"这个愚蠢的混蛋！"不过其他时候，他一直保持沉默。等约西弗说完后，索普问他现在住哪儿。

约西弗只得承认自己现在居无定所。

那有没有什么地方去呢？

约西弗摇了摇头。

索普告诉约西弗，他次日要去马耳他，会晤马耳他前总理多姆·明托夫，约西弗今晚不妨和他一起去萨里郡他母亲家住一晚，这样至少在开车时，还可以继续讨论如何帮他摆脱目前的困境。对约西弗来说，这个安排已经算是谢天谢地。这时他突然想起蒂什夫人。他告诉索普小狗的事，索普让约西弗放心，这件事包在他身上。他在值班警长身上施展出自己的全部魅力，希望警长能为自己破个例。

值班警长很快就被索普的甜言蜜语融化了。于是约西弗从反活体解剖者那里接回蒂什夫人，回到下议院。索普已经在他的新车旁等他了。索普的座驾，由原先那辆鲁斯特阳光剑换成了一辆黑色路虎。在前往萨里郡的路上，他们在南伦敦的一栋房子前短暂停留。索普有两位男性友人住在这里。索普请他们其中一个人在约西弗遇到困难时帮忙照应一下。约西弗前所未有地觉得自己终于找到志同道合者了。在经历过去几个月的心理创伤后，他终于找到真正关心自己的人。约西弗感到如释重负，以至于忘了把从范·德·瓦特那里偷来的信还给索普。

七点多一点，他们到达了奥克斯泰德。不过在到达索普母亲家之前，索普先把车开到附近的马路旁熄火。他沉思片刻，对约西弗说进屋后，约西弗最好假装成陪同索普一道去马耳他的随行摄影师。而且约西弗最好不要用真名，就叫彼得·弗里曼好了。这个名字是索普凭空胡诌出来的。由于药物的作用，再加上白天的紧张感获得释放，约西弗现在感到困倦。他觉得索普这样安排肯定有他的道理，没多想就答应了。于是索普把车往前又开了几百码，驶入母亲家。斯通沃斯是一栋素朴的维多利亚晚期风格的石制建筑，建在村外的一处高地上。

如果说这栋房子威严肃穆，那么房子的女主人索普夫人更是有过之而无不及。厄秀拉·索普向来令人生畏。她虽然在政治上属于保守党，也是本地保守党骨干分子，却戴着单片眼镜，抽雪茄，来自一个盛产桀骜不驯女强人的家族。她自己的母亲诺顿·格里菲斯夫人曾有过骑着骡子穿越安第斯山脉的豪举。索普的父亲过去是保守党议员，在索普15岁那年去世。厄秀拉·索普虽说还有两个女儿，但她一直以来在索普身上投入了异乎寻常的精力。她和儿子或许政见不同，但却毫不含糊地为儿子的政治生涯出力。

索普刚把约西弗介绍给母亲，索普夫人就让他在访客簿上签名。约西弗在大厅里胆战心惊地望着摊开在桌子上的访客簿，竭力回想索普刚才给他起的假名。最后在索普悄悄的提示下，他在本子上写下"彼得·弗里曼"。接着他小声问索普地址写什么。

"就写科尔切斯特。"索普对约西弗耳语道。

这栋房子里面和外面一样肃穆阴沉。不多时三人坐下来共进晚餐。虽然晚餐不过是煮鸡蛋而已，但进餐仪式却一点没有简化，是在客厅铺着桌布、放着餐巾的餐桌旁进行。

进餐过程中，约西弗害怕索普夫人问他有关电视摄影的技术问题，一直吃得心不在焉。不过他多虑了。索普夫人只对和儿子交谈感兴趣。约西弗摆弄着煮鸡蛋，观察到索普和母亲在一起时反而不那么外向开朗。约西弗甚至觉得索普有点害怕他母亲。

用餐完毕，约西弗询问能否回房间去休息。那当然，索普夫人说着就去给约西弗铺床。这时才九点多一点。约西弗换上睡衣，刷牙。房间里就有一个洗脸池。约西弗拿出威廉斯大夫给他开的药片，比平时多服用了一些，然后就搂着小狗蒂什夫人上床睡觉了。

上床后没多久传来了敲门声，来人正是索普。他说怕约西弗寂寞，给他送本书消遣解闷。这本书是美国作家詹姆斯·鲍德温写的《吉奥瓦尼的房间》。互道晚安后，索普合上房门。约西弗本来困倦得根本读不进去，但扫了一眼后却发现这是一本有关两个男人之间恋情的书。约西弗躺在床上，能听见楼下索普和母亲说话的声音。令约西弗尤为惊讶的是，索普总是用教名"厄丝"来称呼母亲，而从不叫她"妈妈"或"老妈"。

约西弗听见索普对母亲道晚安——"晚安，厄丝"——然后就传来厄丝上楼的脚步声。厄丝的卧室正好在约西弗的隔壁。约西弗关灯准备睡觉。就在他要睡着时，又传来敲门声。这次的声音更加轻柔。

进来的还是索普。此时，他穿着睡袍。起初他坐在床尾。"你看上去像一只受惊的兔子。"他对约西弗说。他探过身，抱着他，叫他"可怜的小兔兔"。

令他尴尬的是，约西弗哭了起来。

接着索普出去了，回来时他拿着一条毛巾和一管凡士林。他把毛巾铺在床单上，和约西弗一起上了床，在阴茎上涂了一点凡士林。忙完这些后，他让约西弗转过身子，开始干他。约西弗痛苦万分——"整个人感觉被劈成两半；我觉得他把我往死里搞。"但即使如此，约西弗也不敢大叫，因为索普夫人就睡在隔壁。索普像是故意证明似的，指着墙壁在约西弗耳边小声道："妈妈就睡在那边。"对索普来说，他既沐浴在母亲的荫泽中，又厌恶母亲对自己的支配。这种复杂的情感，使得他明知母亲就在咫尺之外，却还放肆地干这种事，觉得这样很刺激。

为了不叫出声来，约西弗用嘴咬着枕头。时间好像过了很久，索普才从约西弗身体里拔出来，将自己擦拭干净。然后他拍了拍约西弗的大腿，就离开了。第二天早晨醒来后，约西弗发现睡衣的下摆上沾有血迹，大腿上也有。他用力搓着身子，努力把自己洗干净，然后穿好衣服，带着蒂什夫人去花园里散步。这栋房子的后面是一片梯田。这时正是日出时分，约西弗沿着梯田来回散步。"不知为什么，我觉得只要一停下来就更加痛苦，于是便不停地走动，边走边思考接下来该怎么办？"

最后他回到房间里，坐在床上等待着。八点钟索普又来敲门，问约西弗早餐的鸡蛋准备怎么吃。约西弗下楼后，发现索普和母亲在厨房里。索普在读报纸，他母亲戴着单片眼镜面无表情地坐在那儿。约西弗坐下后，看着餐桌上另一个煮鸡蛋，想起昨晚的事情，眼泪都快掉下来了。索普发现情形不对，赶紧匆匆结束他的早餐，告诉母亲他们马上就出发。

"我们去马耳他之前，彼得还有一大堆事情要处理。"他又补充一句。

　　约西弗好半天才反应过来，索普说的"彼得"就是指他。在门口的台阶上，索普夫人意味深长地打量着约西弗，说道："亲爱的，希望我们能再见面。"说着她向约西弗伸出手来。约西弗在握手时有个奇怪的感觉，虽然索普夫人不一定知道他和索普发生什么事情，不过就算她知道了，也不会十分惊讶。

　　在接下来的行程中，索普和约西弗大部分时间谁也没说话。快到伦敦时，索普告诉约西弗，他要去接他的秘书珍妮弗·金，并顺路送她去下议院。他叮嘱约西弗不要对任何人说昨晚的事，他们稍后会再讨论接下来该做什么。他们把珍妮弗·金送到下议院后，两个男人前往威斯敏斯特大桥南面的里昂转角酒店。

　　喝咖啡时，索普从钱夹里抽出一张十英镑的钞票递给约西弗，对约西弗说该找个住处。他告诉约西弗坐地铁去斯隆广场，然后在彼得·琼斯百货公司对面会发现一家报纸杂志店。这家店面的橱窗里经常贴着房屋出租广告。他让约西弗找到合适的住所后，给他打电话，告诉他地址。虽然当天晚上索普就要前往马耳他，但他许诺临走之前还会过来看约西弗。

　　约西弗按照索普的指示，果真在切尔西区的德雷科特广场附近找到一个出租房间，房东名叫弗拉德夫人。索普没有食言，午餐后就来到约西弗新租的房子里。两人又发生了关系，但这次没有插入。然后索普前往机场。他告诉约西弗两周之后回来。现在索普让约西弗比以往更加迷茫。虽然索普是约西弗的救世主，但约西弗觉得自己获得拯救付出的代价比当初预想的高昂。

约西弗虽然迷茫，但有一件事他却打定主意。他决定不把从范·德·瓦特家拿的那些信件还给索普。过去这些信件是范·德·瓦特的保险单，今后成了约西弗的了。

4

小兔兔

两周之后，索普从马耳他回来，径直前往德雷科特广场。在接下来的几周里，他和约西弗的生活变得有些模式化。有时索普顺道过来只为了跟他搞一下；有时约西弗去下议院看索普发表演说，然后两人前往改革俱乐部用餐；还有时约西弗特意绕道前往索普位于威斯敏斯特马沙姆科特的公寓过夜。不过他从不喜欢去索普的公寓过夜，因为每次他都只能睡在行军床上。

索普有时来德雷科特广场的楼下摁门铃，让约西弗下来，两人驱车前往巴雷西桥附近某个隐秘地点。完事之后，索普匆匆返回下议院，而约西弗则步行回家。这时约西弗大致明白怎么回事了，他成了一个被包养的男人。他对此心情复杂。索普一直要求约西弗把旧衣服全扔掉，给自己置办一身新行头。他让约西弗去老邦德街的吉凡克斯男装店买一套西装，再去杰明街给自己做衬衫的裁缝店做几件衬衫。见有人这么在乎自己，约西弗有些高兴，觉得生活有了一些保障。但对索普惟命是从，也令他感到不满。

还有性关系。由于生来就是罗马天主教徒，约西弗十分清楚教会视同性恋为罪愆。他甚至一度前往威斯敏斯特教堂做忏悔，向牧师诉说他正和一个男人发生关系。但他没有向牧师透露这个男人的名字。牧师拒绝对约西弗施以宽恕，除非他保证今后永不再犯。如此一来，约西弗心中的罪孽感更加沉重。

渐渐地，约西弗感到索普将这种他称为同性恋病毒的东西传染给他了。如果他这辈子没遇上索普，他会过教会认可的那种正常的异性恋生活。可是现在虽然意识到问题，他却陷入其中无法自拔。他喜欢风光的生活，喜欢金钱，而且最重要的是，除此之外他想不出其他路可走。有几次约西弗还陪索普去北德文郡选区看看。1961年圣诞节，索普安排约西弗和自己的朋友吉米·科利尔和玛丽·科利尔夫妇一起过节。吉米·科利尔准备代表自由党竞选蒂弗顿选区的议员。为了安抚科利尔夫妇对约西弗情绪的担忧，索普向他们谎称约西弗父亲刚死于一场空难。

当约西弗在科利尔夫妇家时，有一次他和科利尔夫妇偶遇索普和他母亲。大家一起在巴恩斯泰普的布鲁姆希尔酒店共进午餐。餐后索普母亲厄秀拉和科利尔夫妇提议去散步，但索普却说要带约西弗去试试几件新买的衬衫。他带约西弗去楼上他的房间里。不知道其他人是否觉得事情有点不对劲，反正没有人说出来。

时间到了1962年1月，阿斯赫斯特医院的一名叫"简·R"的前病号在伦敦出现了。她和约西弗是在住院期间成为朋友的。根据简的提议，约西弗和她从医院跑出来，在北牛津的普尔斯泰德路租了一间房子。一个来自利特莫尔名叫伊恩·B的病友同他们合住。从一开始这就注定是一个灾难性的安排。入住第一晚，伊恩就试图勾引约西弗。约西弗跑下楼正准备告诉简，却发现简跪在地上，头埋在煤炉里。约西弗拽着腿将她从煤炉前拖开，又用椅子砸破窗户玻璃，散去屋内的煤气味。

一天早晨，当约西弗从德雷科特广场自己的住所出来时，却惊骇地发现简·R正朝他走来，身上只穿着晨衣。约西弗确信自己没告诉过简自己的现住址。显然简一直在跟踪他，并像中了魔一样想勾搭他。有了上次的前车之鉴，约西弗觉得还是少和她往来为妙，断然拒绝了她的勾引。没想到两天后，简去警察局报案，声称约西弗偷了她的羊皮大衣。当警察关于这桩所谓的失窃案要对约西弗展开问讯时，索普声称自己是约西弗的"监护人"，有权在现场旁听。

问讯于1962年2月8日下午4点15分在索普威斯敏斯特宫的办公室进行。约西弗早早就来了。由于害怕，他头一天晚上一宿未睡。约西弗对索普说，为了少惹麻烦，他们今后最好停止来往。索普却对此抱以一贯的态度，即对自己不喜欢听的消息充耳不闻。相反，他又去吻约西弗，还把手伸进他裤子里。

等警察来时，两人才匆忙分开。两名警察中的一名雷蒙德·威特莫尔·史密斯警官，在这次问讯记录中写道："显而易见，约西弗是个性格软弱的人，精神压力巨大，而且对索普先生言听计从。约西弗在写声明时，索普先生一度离开办公室去议会参加一个表决。当索普先生不在场时，约西弗明显放松下来，而且变得更为健谈。"

警方得知约西弗和简·R两人都有精神病史后，决定不予立案。这件事过后，索普觉得约西弗最好避避风头，于是又将他送到科利尔夫妇家。约西弗在科利尔家给索普写了一封信，并附上一份几周前他在《乡村生活》杂志上刊登广告后收到的一份回函。那个广告是这么写的："前公学学生，21岁，善于训练马匹，曾是巴德明顿赛马手。

欲觅一份农场寄宿工作，工种不限，报酬够零花即可。"

约西弗在信中还表达了希望去法国学习马术盛装舞步的愿望，他流露出少见的对未来乐观的情绪，觉得事情总算开始朝好的方向发展了。

1962 年 2 月 13 日，也就是警察问讯的五天后，索普用下议院抬头的信纸给约西弗写了回信：

亲爱的诺曼：

　　通常寄给我的信件都送至下议院，不知为什么你的来信却出现在改革俱乐部我的早餐桌上，让我惊喜万分。

　　看到你情绪逐渐稳定下来，觉得生活又有了希望，我的喜悦之情简直难以言表。

　　现在的情况很好，你一定要相信，无论发生什么，吉米、玛丽和我都在背后支持你。下一步需要解决的就是你的经济问题……重要的是，你现在成了"一个家庭成员"，在做一件有益的工作——和蒂什一起——并乐在其中。真是棒极了！让那些医院见鬼去吧……

　　匆匆不尽，

　　小兔兔当然可以（也一定会）去法国。

爱你的杰里米，

想你。

这是一封日后给索普带来无穷麻烦的信。虽然这封信本身不能证明索普和约西弗是情人关系，但信中的暧昧言辞一目了然。索普还错误地把信的日期写成 1961 年 2 月，而不是 1962 年，这为一个灾难性的后果埋下伏笔。因为 1961 年 2 月初，约西弗只有 20 岁。虽说鸡奸在任何年龄段都是违法行为，但是低于 21 岁通常被视为未成年人。因此索普被指控的就不仅仅是犯有同性恋罪，而且是更为严重的同性恋强奸罪。

与此同时，还有一件当务之急的事情要处理。约西弗的国民保险卡落在范·德·瓦特家。由于约西弗走的时候，两人关系已经闹翻，约西弗不可能再把卡要回来。如果没有卡，约西弗就找不到工作。于是索普再次越轨。1962 年 3 月，他致电年金与国民保险部，询问能否为约西弗补办一张国民保险卡。第二个月，一张卡号为 ZT711516O 的新卡就寄来了。但出乎索普预料的是，这张新卡带来了一些难缠的麻烦。因为在年金与国民保险部看来，索普现在就是约西弗的雇主，在法律上他有义务每周给约西弗缴纳国民保险金。而约西弗对未来的乐观情绪也昙花一现。在接下来的数月里，他又变得迷茫起来。他靠做自由党在北德文郡的拉票员和在一些马厩打零工为生，精神状态也持续恶化。

这时又发生了另一件不幸的事。约西弗的小狗蒂什夫人因为咬伤约西弗医生养的小鸡而被宰。约西弗极度痛苦之下，又写信给索普，向他讲述这一切，并问他能否把以前拍过的一张蒂什夫人的照片寄给他。

1962 年 9 月 30 日，索普在回信中写道：

亲爱的诺曼：

这真是个悲惨的消息。我知道蒂什夫人之死对你打击有多大。我对此深表同情。

　　不过我将外出一段时间，无法给你寄照片（我现在北德文郡）。而且糟糕的是，我可能把那张照片贴到影集里，不好再撕下来。不过……

　　希望一切都能好起来。

你的，

杰里米

　　几天后，约西弗又试图自杀。他服食过量安眠药后割腕。约西弗情绪低落，索普在他心中迅速化身为一切不幸的根源，一个兼具无情的情人和不负责任的父亲的双重角色。两人依旧时常见面，但相互之间的争吵更加频繁。1962 年 12 月 18 日晚上，一次大吵之后，约西弗暴怒之下离开索普的公寓。在街头游荡几个小时后，约西弗心血来潮，拐进维多利亚区的伊斯顿酒店。无巧不成书的是，玛丽·科利尔（就是一年前收留约西弗的那位自由党德文郡参选人的妻子）正在这家酒店的前台工作。这家酒店是她小姑子开的，她帮忙打理业务。约西弗告诉玛丽·科利尔自己的麻烦，并对她坦承自己和索普之间的性关系。

　　玛丽·科利尔听到这个消息后惊呆了，一时不知该如何是好。约西弗又给他在科利尔家结识的一个名叫卡罗琳·巴灵顿-沃德的女人打电话。在电话中，约西弗一直处于歇斯底里的亢奋之中，声称要开枪打死索普，然后自杀。巴灵顿-沃德当然害怕约西弗的威胁，打电话报警。不久，11 点还不到，两名警察就赶到了伊斯顿酒店。

　　其中一位名叫爱德华·史密斯的巡警问约西弗是否真的认识索

普，约西弗说确实认识，并打开行李箱。箱子里有他从范·德·瓦特家带出来的那批信件，还有索普给他写的三封信。史密斯迅速把这些信件翻看了一遍。但他更关心的是约西弗威胁要杀死索普。虽然约西弗有一颗子弹，为了增加效果，他还把子弹拿出来向警察炫耀一番。但他没有枪。史密斯巡警判断暂时不会发生流血事件，于是让约西弗第二天去位于切尔西卢肯广场的警察局报到。

第二天早晨到警察局后，约西弗没再绕弯子。"我是来告诉你们，我和索普议员是同性恋关系。"他直截了当地对惊讶的罗伯特·亨特利探长和爱德华·史密斯巡警说道。约西弗说，袒露这个秘密是"因为这种不正常的关系给我造成极大的负罪感，我害怕这种事情还会发生在其他人身上"。接着约西弗还露骨地描述了他和索普在马沙姆科特公寓里种种性行为："他将阴茎插入我的肛门，来回抽动，最后射在里面。完事后，他用一片舒洁纸巾擦了一下。我想说的是，我不喜欢做这种事。我这么说不仅仅是为了洗清我自己，同时我是发自内心厌恶这事。我和杰里米在一起，因为他帮过我。对于帮过我的人，我当然不能拒绝。"

约西弗还描述了其他几次两人发生关系的事，其中一次是在巴恩斯泰普的布鲁姆希尔酒店。当时索普订了两个房间，约西弗醒来时却发现索普在他床上："那次他没用凡士林，而是另一种装在管子里的润滑剂。我没看见润滑剂的颜色。他把润滑剂涂在阴茎上，然后插进我的肛门。接着他让我也插他。我没有用润滑剂，但也把阴茎插进他的肛门里。我没有射精。我感到恶心。他对此很生气，离开了房间。"

在这份长达六页的供述上签字后，约西弗向亨特利和史密斯出示了箱子里的一些信件，包括那封日期写错的"小兔兔当然可以（也一定会）去法国"的信和明信片。他还向警方出示了另一封信，信的开头写着"我的天使，我想做的一切，不过就是能和你在德文郡一个农场厮守"。接着索普在信中详细地描绘了如何享受和约西弗的鱼水之欢。约西弗离开警察局前，一位法医检查了他的身体。他屈辱地弓起腰，让法医拿着探针检查他的肛门。法医证实，约西弗近来确实有过肛交行为。离开警察局后，约西弗再次在街头游荡了几个钟头。最后走投无路之下，只得又回到索普的公寓。

　　这起事件让办案的亨特利和史密斯陷入左右为难的境地。他们应该冒着触犯一位公众人物的风险深挖此事，还是尽快撇清干系？不难推测，最后自保心理占了上风。为了不卷进去，亨特利让德文郡的巴恩斯泰普警察调查这个案子。那些警察草草做了一些问讯，就反馈说没有确凿的证据做支撑。于是亨特利把装有所有相关材料的档案（包括约西弗的那些信件）一股脑儿都寄给了苏格兰场。在苏格兰场，这些材料交给特勤部，并复印一份交给军情五处，因为军情五处存有所有国会议员的档案。特勤部审阅了这些材料后，决定走一条阻力最小的道路。他们将约西弗的原始陈述连同那些信件锁在主管犯罪的特勤部副专员办公室的保险柜里，并很快将之抛诸脑后。

　　事情发展到这一步，本来应该告一段落，但实际情况却并非如此。1963 年 1 月，约西弗找到一份工作，在北爱尔兰科莫的卡斯尔马术学校上班。他收拾好行李，从凯恩瑞安坐轮渡到贝尔法斯特。但现在有个问题，他上班就需要国民保险卡。虽说索普答应给他寄卡，但却一直没寄。结果几个月后，马术学校只好辞退了约西弗。他后来又在一户人家找到一份照看马匹的工作，没有薪水，但是包吃包住。约西弗再次给索普写信，要国民保险卡，但毫无回音。也许索普不想和他再有任何瓜葛，也许他另有想法。

1963 年 6 月，英国陷入四十年来最大的一桩政治丑闻中。哈罗德·麦克米伦保守党政府中的战争大臣约翰·普罗富莫被迫辞职。此前他在下议院宣誓，从未与年轻妓女克里斯汀·基勒发生过关系，这个妓女还和苏联驻英使馆海军武官尤金·伊万诺夫同床共枕。面对排山倒海的压力，普罗富莫改口承认他以前在撒谎。

这起事件引发轩然大波。公众普遍难以相信一位政府大臣，还是一个老哈罗毕业生，会去狎妓。而他竟然为此在议会撒谎，这更进一步激起公愤。虽然索普本人和这起事件无涉，但他却本着一贯的风格，轻率地去蹚这个浑水。在下议院，他宣称自己掌握内幕消息，将有另外两名内阁大臣因"个人原因"被迫辞职。他的讲话立刻引起一波热烈的猜测。各大报纸也竭力探听这两位大臣是谁。

但三个月之后，负责调查这起事件的主事法官丹宁勋爵公布调查报告，表示没有证据支持索普的那些论断。索普只好道歉。"我接受丹宁勋爵的调查结果，并为由此可能造成的伤害表示歉意，"他在下议院这样宣称。接着他又使出一贯花言巧语的风格，企图为自己辩白。"这件事本身也证明了，我们公共生活的道德标准比许多人设想的更高。"

丹宁勋爵同时建议，国会议员可以互相收集秘档，进行监督，杜绝此类事件再次发生。索普一定意识到了，这个疑神疑鬼、媒体无孔不入的新时代对自己十分不利。普罗富莫和一个妙龄女郎睡觉都被搞得声名狼藉，他和约西弗的丑事一旦传出去，自己肯定身败名裂。不过这个念头就算在他脑海中出现，也只是停留一小会儿，并没有持续太长时间。

麦克米伦政府勉力支撑了一年，最后因为麦克米伦误以为自己得了晚期癌症而下台。在1964年10月的大选中，索普领先对手优势高达十五倍。这时的索普看上去简直势不可挡。虽然索普人气飙升，约西弗的人生却如自由落体般下坠。在1963年夏天都柏林皇家马术节上，约西弗的马在跳跃时摔倒。马落地时踩到约西弗身上，压断他六节脊椎。

他只得返回英格兰休养，并在沃尔夫汉普顿一家赛马场找了一份工作。这份工作也没持续太久。他又接连试图自杀。不过在整个这段时间里，他和索普继续保持见面，偶尔还在索普的马沙姆科特公寓过夜，还是睡在那张行军床上。他们之间也依然相互通信，其中索普写的一封信中还有这样的句子："我本来不想写任何服软的话，但我还是忍不住说我爱你，并迫不及待地想见到你。"此时索普对于约西弗已经向警方交代两人关系一事，还蒙在鼓里。

1964年12月的一天晚上，两人在一起时，约西弗给索普看登载在《赛马与猎犬》杂志上的一则广告。瑞士伯尔尼附近一个小镇兽医正欲招聘一名马夫。和以往一样，只要约西弗在求职方面露出希望，索普马上就积极帮忙。他连发几封电报给这位名叫肖卡尔的兽医，盛赞约西弗如何善于驯马。一周后，肖卡尔兽医回信，答应将这份工作交给约西弗。由于约西弗此前从未办过护照，索普带他去位于小法国街的护照局办了一份护照。

1965年1月，约西弗提着行李箱，身穿一套单薄的西装，脚蹬一双拷花牛津皮鞋，从维多利亚火车站出发了。他的行李箱里还装着索普写给他的信件。但是不幸又一次降临。约西弗先是将行李箱落在火车上，接着到瑞士后，他惊慌地发现没人来接站。约西弗冻得瑟瑟发抖，在雪中徒步两英里，才走到肖卡尔家。

到地方后，约西弗又迎来新的打击。他发现这些马匹处于无人看管状态中，而他自己吃住就在马厩的阁楼上。那里不仅严寒刺骨，而且马粪臭气熏天，能穿透地板传上来。最可怕的是，阁楼上到处是老鼠。约西弗只坚持了一晚，就打定主意离开。肖卡尔兽医对他的离去并未表现出过多的失望之情。他借给约西弗300法郎，让他购买回程车票。作为附带条件，一旦约西弗的行李箱找到了，他将扣留行李箱，直到约西弗还完钱后再把箱子返还给他。

等约西弗回到伦敦，全身上下只剩50便士。他径直前往马沙姆科特，摁响门铃。索普本以为这次约西弗总算可以找到一份较为固定的工作，所以见到他这么快回来有些不悦。不过当他得知装有信件的行李箱丢失，这点不悦就算不上什么了。索普的当务之急是尽快找回行李箱。他致电英国驻伯尔尼领事馆，接着几天后又给外交部写信，要求他们尽快找到行李箱。

与此同时，约西弗也感到自己在马沙姆科特不再受欢迎，于是又踏上流浪之旅。他返回爱尔兰，在都柏林城外一家酒店找到一份马术教练工作。可惜这份工作只持续一周，他就因为擅自在房间里留宿朋友而被解雇。很快他又找到另一份工作，在威克罗郡一对名叫夸克的夫妇开的种马场上班。

3月6日，约西弗在种马场上班三周后，夸克太太给索普写了一封情真意切的信：

亲爱的索普先生：

三周前诺曼·约西弗来我们种马场实习。我是在都柏林遇见他，开车带他来这里。第一天上午，工作不到半小时，他就来找我，说他要走，要我送他回都柏林。和我们在一起的一位朋友开车把他送到威克罗郡，从那儿他可以搭公交车去都柏林。可是他却偏偏要坐出租车——要知道我们离都柏林有38英里！当天下午他又从都柏林打电话向我们道歉，说又想回来。第二天我的朋友又开车把他接回来，但他不肯进家门。

他在这儿实习期间，我丈夫每周给他三英镑零花钱。他也可以像家庭成员一样和我们一起生活。诺曼说他不奢求任何东西，我们能收留他就已经很好了。我们当时觉得他说这话是愚蠢的自尊心在作祟。

我们竭尽所能让他有家的感觉，尤其是在他告诉我们他是个孤儿之后。他还对我们说，他母亲是法国人，父亲是一位著名的英国贵族。他出国用的是一本法国护照，他的姓氏约西弗也是他母亲娘家的姓氏。他母亲已经不在了。

在这段时间里，他三次提出要走，最近的一次是前天晚上。当时他和我丈夫就一匹马的种属产生争执。我让他去查阅一下《驯马手册》。查完之后，结果证明是他错了。可他却对我丈夫出言不逊，说"我不会再花整晚时间和你争论。我明天早晨就离开这里"。

坦率地说，我们对他的行为感到震惊。第二天早晨（也就是昨天）我们开车把他送到都柏林，和平分手……

我给您写信是因为他告诉我们，您是他的监护人。我们觉得这个孩子有问题。我们已经尽力了。他小小年纪就守寡（原文如此），过去的经历一定在他心中留下了……今后无论他从事什么工作，都要加把劲了。作为他的监护人，我觉得您有权知道发生在这里的事情……一个本来可以很阳光的孩子，现在却随时会变得下作……

您的真挚的，
夸克太太

虽然这封信内容在索普预料之中，但是来信本身还是让他十分不爽。况且他现在正急于找回约西弗丢失的行李箱，得知这个消息就更为不快。3月11日，他用下议院抬头的便笺写了一封回信：

亲爱的夸克太太：

十分感谢您3月6日的来信。听到诺曼·约西弗给您惹这么多麻烦，我感到很抱歉。

其实我并非他的监护人，只是曾经有几次试图帮助他，结果证明这是非常棘手的事情。说实话，我觉得约西弗人格分裂，无长时间自理生活的能力。

对于他的行为，我恐怕也无法负任何责任。

我相信他母亲应该还健在，就生活在肯特郡。

您的真挚的，
杰里米·索普

显然在这封信中，索普尽可能想和约西弗撇清干系。可是他要是以为事情能这样了结，那就大错特错了。

与此同时，约西弗又做了一件让人大跌眼镜的事：他去了一所特拉普派修道院。米勒雷山是西多会修道院所在地，位于沃特福德郡诺克米尔顿山的山坡上。这儿为短期隐修者免费提供食宿。约西弗不知道的是，他注定不可能远离范·德·瓦特。范·德·瓦特这时已经搬回爱尔兰，把自己名字改成诺曼，并成为科克郡狩猎联合会会长，后来更是作为爱尔兰马术队的一员，参加了1976年蒙特利尔奥运会。

来米勒雷山修道院的访客来源很杂，其中居然还有爱尔兰马铃薯协会主席。在这里人们和内心各种恶魔斗争。而约西弗在经历几个月的低落消沉后，立刻感到像是回到朋友当中。有几周他感到特别幸福。不久他和修道院一位住客发生暧昧关系。此人的兄弟是该修道院的修道士。两人结伴返回都柏林。但很快这段关系就无疾而终，约西弗又陷入抑郁中。

一天晚上，约西弗去圣史蒂芬·格林公园旁的一个教堂做忏悔，告诉牧师他想自杀。这位名叫迈克尔·斯威特曼的牧师对他施以援手，帮他在城南鲍斯布里奇附近找到一处寄宿地。在那里约西弗静坐冥想发生在自己身上的种种不幸，决定该采取单刀直入的行动。他给厄秀拉·索普写了一封信——就是索普在里茨大酒店和贝塞尔共进午餐时给后者看的那封信——告诉她索普和自己的关系，并向她借30英镑。他解释说自己需要钱支付从法国寄回行李箱的费用。

正如约西弗怀疑的那样，索普和他母亲之间的关系十分复杂。"她是个性格强势的女人，一旦打定主意就无所畏惧，敢于直言，经常不讲策略。"索普后来写到他母亲时这样说。她还极其自命不凡，是个无可救药的自大狂。索普记得自己5岁时，在奈特布里奇的家里，他母亲摁二楼客厅门铃，让女仆去取一些炭用来生火。女仆不得不去地下室，再爬两层楼把烧炭送上去。索普问母亲为什么不自己动手，母亲回答她不想把手弄脏。

从一开始，索普和母亲关系就不同寻常地亲密。厄秀拉不怎么关心另外两个女儿拉维尼娅和卡米拉，一心宠溺儿子。一有机会，就大肆吹捧儿子的成就。索普父亲是律师，也是前保守党国会议员。索普和父亲的关系就单纯多了。"我敬佩父亲。"他回忆父亲时就这么简单地说了一句。但是在家里，永远是戴单片眼镜的厄秀拉说了算。厄秀拉擅长弹钢琴，她鼓励索普学拉小提琴，这样他们就有更多时间相处。索普还在上幼儿园时，在一次音乐会上，园长对来宾宣布："下面有请小索普演奏小提琴，索普太太钢琴伴奏。"

从某种意义上说，索普太太一辈子都在给儿子伴奏。索普从小体质不强，6岁生日前得了肺结核，脊柱上绑着支架，一动不动地固定长达六个月之久。等他康复后，还得重新学步。即使成年后，他的后背还经常疼痛。第二次世界大战期间，索普父亲停止了律师工作，投身战事，家庭收入锐减。虽然家道中落，但厄秀拉的支配欲却变得更强。她下决心让儿子出人头地。

索普身体病恹恹的，但他并未因此颓废消沉。他继承了母亲唯我独尊的性格，急切地寻求任何抛头露脸的机会，甚至到了一种过分的程度，让他背上了"卖弄狂"的恶名。虽然他在表现自我方面总是跃跃欲试，但他本质上倒不是坏孩子。在伊顿公学，他经常照顾保护那些比他更弱小的男孩，当然某种程度上，这和他与约西弗的关系类似，就是对方混得越惨，越能激起他的保护欲。

索普15岁那年，父亲去世。父亲的死对索普打击很大——"我们之间的关系像兄弟，我为他感到十分骄傲。"不管内心多么沮丧，索普外在表现依然沉稳。这时杰里米·索普身上另一种东西凸显出来，一种对他日后人生十分有用的东西：磁性的人格。和索普在一起，能感受到他身上焕发的热情和活力，同时又不乏镇定从容。这两者构成一种奇妙的混合。反正索普是个非常有意思的人。即使他在竭力表现出严肃的时候，眼神中也不乏一丝诙谐。

当然不是所有人都买他的账。也有人觉得他奸猾自大。不过无论你怎么看待索普，你都不能忽视他。在牛津时，他故意衣着出位，穿着织锦马甲，手握银头手杖，尽可能吸引别人注意。但是在这种花花公子式的装扮下，他又不乏政治原则。他本可以轻易步其父母后尘，加入保守党。可他却选择加入自由党。做出这一选择，有三重原因，一是出于政治理念，二是索普脑海中一个疯狂浪漫的想法，觉得自己命中注定有责任领导自由党重新执政，三是渴望摆脱母亲的荫蔽。

外人却觉得，哪怕索普加入一个无政府主义组织，母亲厄秀拉也会尽其所能地在事业上给他推动。随着索普年岁渐增，他对母亲的干涉愈加厌恶。但他对母亲最放肆的举动，不过是在与她一墙之隔的隔壁房间里，和诺曼·约西弗做爱。从此以后，在接下来的三十年里，这两个男人的命运紧紧地联系在一起，彼此让对方欲罢不能。

3月26日星期五早晨，约西弗的信投递到厄秀拉·索普家里。收到信时，厄秀拉正在吃一成不变的煮鸡蛋。一读完信，她就拿起话筒给儿子打电话。

5

贝塞尔前往都柏林

当索普把他和约西弗之间的事统统告诉彼得·贝塞尔后，他问贝塞尔该怎么办。索普不是特别在意母亲的反应。不管他多么怕母亲，他知道自己总有办法令她回心转意。但现在他终于意识到约西弗的危险性。贝塞尔见索普跟自己讲了这么多推心置腹的话，感觉十分受用。贝塞尔渴望讨好这位越来越具有下届党首相的男人，忍不住想在这个紧要关头帮他一把。贝塞尔立刻自告奋勇向索普表示，自己可以去都柏林和约西弗直接谈谈。

听到这个提议，索普兴奋得要蹦起来。他问贝塞尔最快何时可以动身？贝塞尔说他需要先查看一下日程安排簿，不过本周晚些时候出发应该没什么问题。索普以前从不碰鞑靼牛排，今天由于心情大好，食欲大增。他把油和醋混在一起，浇在沙拉上，又敲开一个生鸡蛋拌到牛排里，狼吞虎咽地一扫而光。他还边吃边对贝塞尔做指示，告诉他去都柏林该对约西弗说什么。他让贝塞尔告诉约西弗，给他母亲写信是赤裸裸的敲诈。如果约西弗继续这样乱咬，他将被指控严重的刑事罪名。但是贝塞尔根据直觉判断，应该采取软的一手。他决定把这个念头放在心里，先不向索普透露。

两天之后，贝塞尔飞往都柏林。出发前，他给索普打电话，商讨接近约西弗的最佳途径。他问索普要不要把约西弗叫到他所住的宾馆房间里。

"你应该这么做，"索普道，"你会发现他在床上的表现棒极了。"

和往常一样，贝塞尔对索普这样口无遮拦的话感到既惊骇又刺激。他也想学索普这样口无遮拦地讲话，但一直没遇到合适的话题。而在议会下议院这种人们通常出言谨慎的地方，敢这样说话更是显得厉害。索普这种目空一切的派头，搞定一切的自信，是令他颇受欢迎的原因之一。贝塞尔也许不肯承认，但他确实很像索普的追随者，被索普迷住了。有好几次他暗自思忖，到底是什么令索普敢于这么放肆，最后得出的结论是，这很大程度上和索普的性取向有关。

贝塞尔不是第一个注意到索普具有双面性的人。在公开场合，索普性格张扬，充满魅力，自信可以突破任何人的心灵藩篱。但私下里，索普性格阴沉得多，更倾向于独处，隐遁自己。贝塞尔确信，这是由于他长期遮掩本性造成的结果。在某种程度上，索普享受这种双面人生。他甚至不止一次地玩火，冒着被人发现的风险去做一些禁忌之事。保守党议员诺曼·圣约翰-斯蒂瓦斯曾对政治新闻记者保罗·约翰逊说，他从未见过像索普这样爱冒险的人。"诺曼说，索普出事是早晚的事。索普做过的那些最疯狂的事，对诺曼来说都是绝无仅有的。"

从另一方面来说，索普身上这两方面特性颇为契合。虽然已经三十五六岁了，他的行为还像一个被宠坏的孩子，不管不顾地去蹚各种浑水，总以为最后会有人出来帮他收拾残局。过去这个角色由他母亲扮演，现在是贝塞尔。虽说贝塞尔是自告奋勇揽下这个活儿，但他内心还是存着念想，想知道自己从中能得到些什么。

　　贝塞尔到达都柏林后，下榻洲际酒店。接着他就去斯威特曼神父位于米尔顿公园的家，和神父见面。根据自己对罗马天主教牧师有限的了解，贝塞尔主观地认为斯威特曼神父应该是个不谙世事的老者，和这种人打交道易如反掌。可是当门打开后，露面的却是一个四十多岁、温文尔雅的中年人，这让贝塞尔吃了一惊。斯威特曼将贝塞尔请进客厅后，贝塞尔向他出示了约西弗寄给厄秀拉·索普的那封信。贝塞尔坚称，约西弗在信中所说的和索普有性关系完全不是事实。这种对现任议员的指控——尤其该议员恰好还是单身——会造成很大的危害。

　　贝塞尔说话时，斯威特曼神父始终沉默不语。在贝塞尔讲完后，他又继续沉默片刻。然后他平静地问道："如果这封信的内容完全是子虚乌有，那么诺曼·约西弗干吗要写这封信？"贝塞尔一时语塞，只得承认这个问题问得好。不过由于他对这个问题事先没有准备，所以只能搪塞说约西弗精神有问题。

　　"不，"斯威特曼用和刚才一样镇定自若的语气说道，"他精神没问题。"

　　斯威特曼接着告诉贝塞尔，约西弗当初找他时，情绪低落，还给他看了几封明显出自索普手笔的信件。不管这件事真相如何，斯威特曼觉得约西弗需要帮助。于是他除了帮约西弗联系住处，还给他一笔钱，并给他找了一点零活做。从那以后，约西弗的精神状态大为改善。不过斯威特曼称，他的"愈合期"肯定要花上一段时间。这次见面最后以斯威特曼将约西弗地址告诉贝塞尔告终。两人同意继续保持联系。

当天下午，贝塞尔就专程前往约西弗在鲍斯布里奇的住处。到了之后，贝塞尔发现约西弗不在家，于是就在名片背面写个便条，让约西弗给他在洲际酒店的房间打电话，无论白天还是晚上，什么时候都可以。贝塞尔回酒店用完餐后，就返回房间等电话。时间一个小时一个小时地过去。贝塞尔一直等到午夜，估计约西弗不会打电话过来，于是上床睡觉。

贝塞尔不知道的是，约西弗虽然服用了各种镇静剂，但却严重失眠。每天晚上他都要在都柏林街头游荡，经常一走就是十多英里。凌晨三点钟，约西弗回到住处，在门垫上发现贝塞尔的便条。便条结尾的署名他根本不认识。但是过去几个月，他过得浑浑噩噩，心情压抑，所以自己也不肯定哪些人他曾经见过，哪些人没见过。于是约西弗不顾现在是凌晨时分，还是决定给贝塞尔打电话。

贝塞尔在睡梦中被电话铃声惊醒。在昏沉沉状态下，他请约西弗早晨八点一起吃早餐。约西弗同意了，并挂断电话。可是到了早晨，却还是不见约西弗的踪影。此时贝塞尔觉得自己此行纯属浪费时间，于是上楼回房间收拾行李。

正在这时，电话铃再次响起，是酒店前台打过来的，说一位叫约西弗的先生在楼下等候。就像斯威特曼神父外表出乎贝塞尔预料，约西弗的形象也和他想的不一样。约西弗长得高高瘦瘦，一头乱蓬蓬的黑发，整个人看上去比 25 岁实际年龄要老，一部分原因是他有黑眼圈。约西弗显然十分紧张。两人握手时，贝塞尔发现约西弗手掌全是汗。约西弗对贝塞尔的第一印象是，此人不可靠："他看上去老练圆熟，声音洪亮油滑。"

贝塞尔解释说，自己此行是受杰里米·索普委托。但他要乘当天上午的飞机回伦敦，所以提议两人不妨在去机场的出租车上交谈。虽然天气不冷不热，但约西弗蜷缩在出租车后座瑟瑟发抖。为了防止司机偷听，贝塞尔让约西弗说到杰里米·索普时，用姓名的首字母J和T代替。贝塞尔告诉约西弗，他给JT母亲的信构成了敲诈，他有可能会因此被遣送回英国接受审判。贝塞尔甚至还声称，由内政大臣弗兰克·索斯基斯签署的引渡指令就装在他口袋里。

和贝塞尔说的大多数话一样，这种指控当然也是无中生有。约西弗给索普母亲的信也许不够慎重，但绝不会是敲诈勒索。他只不过想让她借30英镑给他。而且贝塞尔口袋里也并没有内政大臣或其他任何人签署的引渡指令。原因很简单，当时是1965年，英国和爱尔兰之间根本没有引渡条约。

贝塞尔的威胁也没对约西弗产生预期效果。约西弗不但没被吓住，反而要贝塞尔将引渡令给他看。贝塞尔不出意外地拒绝了这个请求。接着约西弗告诉贝塞尔，他现在只想回英格兰。"我跟他说：'这太好了。我从未敲诈过任何人。我很乐意返回英格兰。这样我至少可以站在法庭上把事情原原本本地讲出来。最后说不定还能把我的国民保险卡问题解决。'"

约西弗的这番话绝不是贝塞尔想听的。更令贝塞尔惊骇的是，约西弗告诉他丢失的行李箱里有几封索普给他的信。此前索普并没告诉贝塞尔行李箱丢失的事。约西弗注意到，说到信件丢失时，贝塞尔感到十分震惊。不过令贝塞尔稍感宽心的是，约西弗对于给索普母亲写信显得颇为懊悔，尤其是想到这封信会造成她不安，就更加发自内心地后悔。约西弗一再向贝塞尔重申，他所做的一切，不过是想要一张新的国民保险卡以及取回自己的行李箱。贝塞尔允诺将尽力帮忙。而且和来时相比，贝塞尔的态度急速发生了一百八十度大转弯。他让约西弗暂时留在爱尔兰，因为他觉得约西弗和索普两人现在离得越远越安全。

出租车到飞机场后，贝塞尔给约西弗五英镑以及回都柏林市区的出租车费。他还把自己在伦敦的地址告诉了约西弗，让他在"遇到急事时"和他联系。做完这一切，贝塞尔就乘飞机回伦敦了。总的来说贝塞尔对自己此行颇为满意。虽然过程中出现了一些未曾料到的小插曲，但正如那天稍晚时候他对索普所说的，他相信约西弗已经知道问题的轻重，不会再惹什么乱子了。

索普听后心情大好。对他来说，人生中又一个麻烦得到了解决。几周后，他送给贝塞尔一个礼物作为酬劳，一个镀金打火机。鉴于索普为人一向吝啬，对于花钱有种病态的抗拒，贝塞尔不禁深深地被这个小礼物感动了。

现在对于索普来说还有一个好消息。约西弗的行李箱终于找到了，并被送到苏黎世的英国领事馆。贝塞尔一如既往地出力帮忙，安排将行李箱运回英国。不过此时他自己也遇到了麻烦事。他对外欠债高达50万英镑，为了拆东墙补西墙，他需要飞到纽约去借一笔款项。他离开两周时间。从美国回国前，他和两位朋友吃饭。这两位朋友还带来一位女性友人——一个双亲来自立陶宛的女孩。不过贝塞尔对女孩的祖籍并不感兴趣。他感兴趣的是女孩"出众的美色"。两天后两人单独一起吃饭，"在我返回伦敦的头一天晚上，我们在肯尼迪机场附近的国际酒店共度良宵"。

贝塞尔回伦敦后心里忐忑不安，担心他的秘书兼情妇戴安娜·斯泰顿察觉他又进行了一次"猎艳之旅"。不过斯泰顿好像有更富戏剧性的故事告诉他。贝塞尔事先估计到，约西弗的行李箱邮来时，他不在伦敦，就叮嘱斯泰顿，箱子一到维多利亚火车站，就给索普打电话。于是 1965 年 6 月的一天傍晚，斯泰顿给索普办公室打一个语音留言电话，告诉索普行李放在维多利亚火车站的失物招领处。

当天晚些时候，索普就回电话了。"亲爱的戴安娜，"他说，"你正穿着一件漂亮的女式睡衣吗？"

接着他问斯泰顿能否第二天一早陪他去维多利亚火车站取行李，然后直接去皮卡迪利大街的爱尔兰航空公司办事处，把行李箱寄到都柏林。斯泰顿虽然觉得索普对于行李箱这么重视有点不正常，但并未表露出来。

第二天上午，索普按照约定开车来接斯泰顿。两人驱车前往维多利亚火车站。到了火车站后，斯泰顿办理取件登记，一名行李工把行李箱放到汽车后备厢里，然后两人前往皮卡迪利大街。在路上，索普借口说要顺路拐到自己马沙姆科特的公寓取点东西。到了公寓门口，索普把约西弗的行李箱从后备厢里拿出来，一路跑上楼。斯泰顿跟在他后面，进了索普的公寓。在索普公寓里，斯泰顿看见了难以置信的一幕，只见索普把约西弗的行李箱扔到客厅地板上，然后用力拽开箱子的锁，在里面乱翻一通，找到两束信札，都是用细线仔细地系好的。索普没有任何解释，径直拿着这两束信札和几件约西弗的衬衫走进卫生间。等他出来时，已经两手空空。他把行李箱的锁又扣上，拿回车里。

然后他和斯泰顿继续驱车前往爱尔兰航空公司办事处。到了地方后，斯泰顿填写贴在行李箱上的运单，用航空运输寄到都柏林的鲍斯布里奇。索普不情愿地付了 3 英镑 17 先令 8 便士的邮费。虽然很不爽，但索普现在聊以自慰的是，这钱花得还是很值的。索普觉得终于消除了心头大患。今后他再也没有把柄在诺曼·约西弗手里，可以高枕无忧。但贝塞尔对索普处理这件事却不是很高兴。当得知索普将信从约西弗的行李箱拿走，贝塞尔十分震惊，同时也很生气，因为这样一来，斯泰顿也卷入到这起可能酿成大祸的事件中。

贝塞尔也很好奇，想看看约西弗发现行李箱中信件不见了，会是什么反应。根据约西弗以往行事风格，他不大可能毫无反应。贝塞尔觉得，约西弗会去和斯威特曼神父说，而斯威特曼神父会再和他联系。如果真是那样的话，他只能撒谎，贝塞尔思忖着。虽然有时不免偶尔为之，但贝塞尔不喜欢撒谎。他还保持着基督徒的做派，认为撒谎是罪愆，内心感到不安。而且只要撒谎，就有可能被发觉。

6

这个畜生

正如贝塞尔所料，诺曼·约西弗在都柏林机场收到行李箱后一点也不高兴。他首先发现箱子手柄断了，接着打开箱子后又发现里面信件和一半的衣服都不见了。他好半天没搞明白，索普干吗要拿走他的衬衣。不过他很快就反应过来，这些衣服都曾在索普公寓的洗衣房洗过，上面有马沙姆科特洗衣房的标记。

当斯威特曼神父写信问贝塞尔，箱子从瑞士寄到都柏林途中是否被人动了手脚，贝塞尔义愤填膺地辩白道："我无法想象我的秘书会翻他箱子里的东西。我保证箱子和从瑞士寄出时一模一样。"在信的结尾，贝塞尔又说："我只希望约西弗先生今后踏踏实实从事一份工作，不要再给那么多无辜的人造成伤害。"

当然贝塞尔对上述期待并不抱有多大希望。不过贝塞尔担心归担心，约西弗的生活确实在改善。他在都柏林遇见一位女时装店主，两人好上了。这虽然不是约西弗第一场异性恋，但总归和以往的套路不一样。尽管约西弗没受过正规训练，但他对时装一直很感兴趣，并开始尝试为这位女店主设计男式服装。在此期间，他一直为自己的性取向深深困扰，难以自拔。这个好心的女店主主动出钱让他去看一位名叫彼得·法耶的爱尔兰大夫，后者声称能帮同性恋者治愈他们的"疾病"。治疗时，病人需要睡上一周，然后从理论上来说，醒来后他就会发现自己变成彻头彻尾的异性恋了。

1967年11月2日，约西弗如约来到位于菲兹威廉广场的波特贝罗疗养院。在那儿他签署了一份同意书，然后脱光衣服，接受注射，很快就睡了过去。他对后续事情唯一的记忆就是又接受了几次注射，并且在两名护士协助下，频繁地上厕所。一周之后，他彻底醒过来，喝了一杯茶就出院了。当天晚上，约西弗就光顾了一家酒吧，进去没多久，他就和里面一个正在喝酒的男子搭讪起来，之后两人回到约西弗的住处做爱。最后约西弗只能沮丧地承认，所谓"治愈"是彻底失败了。

虽说约西弗的性生活和以前一样混乱，但他的社交生活则大有改观。在时装店里，他和塔拉·布朗尼成为朋友。此人是奥兰莫尔·布朗尼四世男爵的儿子，同时也是著名的健力士酒业的继承人之一。不久约西弗就受邀前往健力士家族位于基尔达尔郡的雷克斯里普城堡度周末。约西弗敏锐地发现其他客人都和他出身迥异，有时他觉得自己充当的角色就好比宫廷里的弄臣。不过即便如此，他还是陶醉于这种氛围之中，对来自别人的关注感到很受用。

在一次周末宴会上，他正好坐在南茜·米特福德旁边。几周之后，也就是1966年3月，约西弗应邀参加在雷克斯里普举行的布朗尼21岁生日派对。在这次派对上，他结识了滚石乐队成员。这也是布朗尼度过的最后一个生日。九个月之后，布朗尼在伯爵府驾驶莲花跑车闯红灯时，与一辆货车相撞殒命。这起事故给布朗尼的另一位朋友约翰·列侬带来了创作灵感。他在歌曲《生命中的一天》里写下这样的歌词："在车里他飘然若仙，没发现绿灯变红。"

在布朗尼 21 岁生日派对上，约西弗还认识一个女人。她告诉约西弗，自己准备在都柏林开个模特事务所。她向约西弗抱怨，英俊小生现在非常稀缺，问约西弗有没有兴趣做模特。约西弗对她的提议一拍即合，不久他那忧郁沉思的面容就出现在电视和时尚杂志上，为各种奇装异服做广告。不过都柏林的时尚圈再热闹，和伦敦却根本没法比。大家都不停地劝约西弗，伦敦才是真正的中心。考虑众人的意见后，约西弗觉得自己的情况确实发生了变化，也开始认为他重返伦敦的时刻到了。

索普认为自己终于摆脱约西弗的纠缠，可是这种乐观情绪并未持续太久。就在他翻检约西弗行李之后没多久，就听到了一个坏消息。他通过自由党北德文郡的一位党员得知，巴恩斯泰普警方正在调查他和约西弗的关系。其实索普得到的消息早就过时了。巴恩斯泰普警方针对他的问讯已经过去两年多了。而且他们匆匆得出结论，认为这件事没有证据支撑。但索普对这一切一无所知。他只知道巴恩斯泰普警方开始四处搜罗关于他的证据。索普还得知，伦敦警方已于 1962 年 12 月对约西弗展开过问讯，并掌握了一部分信件。索普十分害怕巴恩斯泰普警方看到这些信件，于是向彼得·贝塞尔问计。如今碰到麻烦就去找贝塞尔商议，已经成为他的本能反应。

两人在正对着大本钟的布里奇街索普的办公室见面。

"我的天呐！"当索普告诉贝塞尔伦敦警察对约西弗展开问讯后，贝塞尔惊呼道。

索普将身体探过桌子，说道："彼得，你有什么办法阻止这帮德文郡警察拿到这些信件吗？"

贝塞尔的大脑立刻热心地转动起来。几秒钟后，他有了一个主意。

"乔治·托马斯。"贝塞尔说。

乔治·托马斯是工党在西卡迪夫选区的议员，也是目前政府中贝塞尔唯一熟识的官员。此人是一位虔诚的循道宗教徒，曾经担任过一个名叫"兄弟运动"的同餐同食组织的全国主席。当年不知为什么，贝塞尔也被提名担任这个职务。不过托马斯现在有一个远比上述头衔重要得多的职务。他是内政部政务次官。这个职位使他可以接触警方卷宗。贝塞尔提议他去找托马斯，试探性地从他嘴里看能不能套出关于约西弗信件的消息。索普觉得这个主意妙极了。他问贝塞尔怎样才能最快和托马斯碰面。

当天下午，贝塞尔给托马斯写了一封信，信中说他遇到了麻烦，但并未透露细节，只是询问两人能否见面聊聊。一两天后，贝塞尔和托马斯在下议院的茶室里不期而遇。托马斯一只手端着一杯茶，另一只手拍着贝塞尔肩膀。"嗨，伙计，"他说，"你要我帮什么忙？"

贝塞尔把托马斯带到茶室一个僻静的角落。"我要和你说的事，不是关于我自己的，"贝塞尔解释道，"是杰里米的事。"

他发现托马斯的眉头微微上挑。

"那个坏小子碰到什么事了？"托马斯问。

贝塞尔说，几年前索普在下议院碰见一个身无分文的年轻小伙子，索普可怜他……

"好的，"托马斯道，"请继续……"

说到这儿，贝塞尔紧张极了。他不知道该多大程度向未婚的托马斯透露索普同性恋的事。托马斯虽然态度和蔼，但是举手投足间自有一股清教徒气质。"他像一个罗马天主教牧师，不谙人间男女之事。"贝塞尔采用当初和索普交谈时的策略，小心翼翼地将话题向前推进。"杰里米迷上了这个小伙子，"贝塞尔往下说道，"两人成了好友……"

　　"他俩现在怎么样了？"托马斯问。

　　"过了一段时间，这个小伙子发表了一些对杰里米不利的言论……他声称和杰里米是同性恋关系。"

　　托马斯点点头，好像早就料到贝塞尔的话。

　　贝塞尔又说，这个年轻人还跑到警察局，交给警察一份声明和几封信件。更糟的是，巴恩斯泰普警方也开始调查这件事。说到这里，托马斯陡然变色，神态明显不及刚才那么友好。他喝干茶水，推开椅子，像要拂袖而去。见到这个情形，贝塞尔赶紧放弃请他帮忙搞到那些信件的念头，"我当时想，还是别求他做这件事，估计那样的话，他会当场翻脸。"

　　这时就得临时改变策略。在没太多考虑后果的情况下，贝塞尔大胆地问托马斯，能否安排他和内政大臣弗兰克·索斯基斯见个面。贝塞尔本人后来也承认，这是一个"唐突冒失的请求"——唐突冒失到托马斯会置之不理。不过贝塞尔惊讶地发现，托马斯又重新在位子上坐好，点了点头，说他会尽力安排这次见面。贝塞尔明白过来，只要不把自己牵扯进去，托马斯还是很乐意帮忙的。贝塞尔不知道的是，托马斯有充足理由不希望卷进这种事情中，因为直到 1997 年托马斯去世，他的同性恋秘事才为人所知。当初他和贝塞尔见面时，有人也正在敲诈他。

几天后，贝塞尔得到召见，前往索斯基斯的办公室。当他走进这间四壁镶着橡木的办公室时，发现办公室只有索斯基斯一个人，这让他既惊讶又松了口气。毕竟一位内阁大臣在没有助手在场的情况下会见一位议员是很罕见的。索斯基斯原是一位著名律师，在1945年的大选中成为国会议员。他身体不太好，走路有点跛。不过他虽然身体虚弱，但言谈举止还保持着威严。

"需要我帮什么忙？"他问贝塞尔。

贝塞尔一开始有点紧张，但很快就放松下来。"您这么爽快接见我，我感到受宠若惊。"他把约西弗给索普母亲写信，这两个男人之间相互通信以及他自己亲自去都柏林面见约西弗的事统统告诉了索斯基斯。等他说完后，索斯基斯问贝塞尔相不相信约西弗的话。

贝塞尔老老实实承认，他相信约西弗的话是真的。

从表面上看，索斯基斯没有理由要帮助索普，两人甚至不属于同一政党。但贝塞尔深知，在英国政坛有一条不成文规矩，如果涉及性方面的不检点且有被公开的风险，议员都会选择抱团。当索斯基斯再度开口时，他用食指轻叩写字台，以加重自己说话的分量。"当务之急是把他们俩隔开。你千万不能让杰里米深陷险境，任由这个畜生敲诈。"

听到这里，贝塞尔才提及巴恩斯泰普警方问讯的事。索斯基斯告诉贝塞尔不用担心此事，这只是一群惯于毁谤、闲不住的家伙推动的一场例行公事的调查而已。

"可是如果巴恩斯泰普警方来伦敦展开问讯怎么办？"贝塞尔

问道。

　　说这话时，贝塞尔注意到先前未曾注意的一个细节：索斯基斯的写字台上放着一个棕色卷宗。与此同时，索斯基斯条件反射似的把左臂向外侧移了几英寸，正好将手指盖住卷宗的顶端。"这几封信确实令人遗憾。"索斯基斯说话的样子更像自言自语，手指拨弄着卷宗的边缘。刹那间，贝塞尔感觉一道电火花在脑海闪过。"那一瞬间，我确信卷宗薄薄的封皮下就装着刚才说的那几封信。"

　　同性恋者通常都身处险境，索斯基斯继续说道。他本人认为，早就该对相关法律进行修订了，只要双方都是成年人，遵循自愿原则，同性恋就应该是合法的。贝塞尔适时地连连称是。接着索斯基斯回到索普这件事上。"当务之急还是将杰里米和这个畜生隔开，"他加重语气又说了一遍，"给他点颜色。如果他再敢对杰里米提任何要求，告诉他没好果子吃！必须将他从杰里米的生活中清除出去。"

　　贝塞尔觉得见面该结束了。他站起来，索斯基斯蹒跚地绕过写字台走到他跟前，用手拍了拍贝塞尔的肩膀，眼睛盯着他。

　　"必须将他俩隔开。"他再次重复道。

　　当贝塞尔向索普转述他和索斯基斯见面情况时，他特意提及索斯基斯办公桌上的那本卷宗。贝塞尔觉得卷宗里装的就是索普和约西弗往来信件。结果贝塞尔这番话不但没起到安抚索普的作用，反而让他更焦虑了。

　　"你觉得索斯基斯读过那些信吗？"他问道。

　　他要是没读过，那才是怪事，贝塞尔答道。听到这里，索普愈发激动起来。索普这个人有个习惯，一旦感到尴尬或恼怒，就会用右手

击打脑袋，然后将头发向两侧压平。他告诉贝塞尔，其中一封信对他
杀伤力尤其大。说这话时，他就在做那个动作。贝塞尔小心翼翼地问
这封信到底写了什么。

"我写操他时的感受，"索普说，"还写我多迷恋他。"

贝塞尔听后竭力安慰索普，说索斯基斯绝不会将这件事散布出
去。最后索普终于平静下来。当贝塞尔再次见到乔治·托马斯时，地
点还是在茶室。他感谢托马斯安排自己和索斯基斯会面。

你们谈得怎么样？托马斯好奇地问。

贝塞尔说谈得很好。

"那就好，"托马斯道，"我确信现在没什么好怕的了，告诉杰里
米忘了这事，伙计。"

贝塞尔离开茶室后没几分钟，就看见索普沿着议会图书馆走廊朝
他走来。

"我看见乔治了，是好消息。"贝塞尔告诉索普。

两人一起朝演讲大厅走去。"你再也听不到关于那卷宗的事
了，"贝塞尔继续说道，"乔治告诉我没什么可担忧的了。"

"那他的意思是不是指卷宗已经销毁了呢？"索普关切地问。

说到这里，贝塞尔做出一个冲动而有失谨慎的决定，不过这倒很
符合他的性格。其实贝塞尔根本没有确凿证据表明索斯基斯桌上那份
卷宗里装着索普的信件，更遑论索斯基斯已将它们销毁。但贝塞尔
知道，只要信件不消失，索普就会一直忧心忡忡。他觉得自己有义务
让朋友放宽心。

"是的，"贝塞尔谎称道，"信件都销毁了。"

索普听到这里停下脚步，转过身望着贝塞尔，脸上露出比平日更

夸张的笑容。

"太棒了!"他说。

在以后的数月里,贝塞尔脑海里偶尔会想起那棕色卷宗以及它的下落,"每次想起时,我的脑海都有一个模糊的问号"。不过随着时间流逝,这个问号变得越来越模糊,直到最后彻底消失。

7

肮脏的议题

　　1965 年夏，就在诺曼·斯科特收到遗失的行李箱后不久，工党来自庞蒂浦选区的议员列奥·阿比西和他议会同事保守党议员亚兰伯爵见面，两人有要事需要商谈。阿比西是个讲究穿着的人，衣着华丽，尤其喜欢宽大的真丝围巾和艳丽的格子衬衫。他还喜欢在下议院演讲时，穿插卖弄弗洛伊德精神疗法的相关知识，哪怕这种卖弄招来议员们嘲讽的嘘声和费解的神色，他也不为所动。

　　虽然阿比西自己不是同性恋，但他长期以来对涉及同性恋的司法改革抱有浓厚的兴趣，认为现行的相关法律荒谬过时。1957 年出炉的沃尔芬登报告，建议对男同性恋去罪化。但政府害怕可能出现的后果，将该报告束之高阁。1962 年 3 月，阿比西发起一场运动，旨在推动对沃尔芬登报告进行立法。他倒没有直接提出同性恋合法化，因为在当时的形势下，这样做毫无胜算。取而代之的是，他提出三项妥协措施。阿比西提议，对成人之间相互同意、私下进行的同性恋行为进行起诉时，需要得到总检察长的授权，这样会遏制警方滥用权力。

　　阿比西的第二项提议是，所有对同性恋的起诉，在时间上都必须限定在同性恋行为发生的十二个月内，这样会减少相关当事人受敲诈的概率。最后他还希望法庭在判决时，必须要有精神科医师的报告，因为这样会"稍稍将理解的光亮带进黑暗的法制思维"。

但不久阿比西就遇到一个难以逾越的障碍。这个障碍就是大法官基尔穆尔勋爵。他坚决反对在内阁会议中讨论这个他称之为"肮脏的议题"。1964 年，阿比西再次提交议案，但在政府一如既往的敌意中，这项议案又被轻易驳回。虽然社会氛围对于同性恋在缓慢地改善，但由于一心想加快推动立法却又屡屡受挫，阿比西感到疲惫失落。他决定今后要找个同盟军。此人要和他一样，热衷于同性恋司法改革。最理想的情况是，这个盟友是个贵族，有资格在上议院提起普通议员议案。如果一切顺利，在上议院获得足够多的支持，该议案就会被送交下议院表决。

结果他选择了一个让人大跌眼镜的人选，八世亚兰伯爵，或者也可以叫亚瑟·斯特兰奇·卡滕迪克·戴维·阿奇伯德·戈尔爵士。他于七年前继承这个爵位。此人在朋友中以"愣"著称。他在上议院为数不多的几次发言，全部是关于如何保护獾。他是个小个子，容易激动，红棕皮肤，满头白发，每次说话总喜欢用"怎么样，怎么样"来结尾，而不是乔治三世的风格。亚兰伯爵夫人是一名摩托艇运动员，和丈夫一样也喜欢獾。

他家在荷梅尔·荷姆斯特德附近，家里任由獾到处跑。他们夫妇在室内也穿着高筒胶鞋，以防脚踝被獾咬伤。养獾的危险还不仅限于此。有好几次亚兰伯爵夫妇都染上癣疾，他们甚至还不无得意地向访客展示他们的疤痕。

令大家——包括阿比西本人在内——感到意外的是，亚兰伯爵愿意投身同性恋司法改革。"我一开始也不明白这个正常的异性恋男人，又没什么形而上的信仰，为什么如此执着地投身于这项事业中。"后来阿比西才知道，亚兰的哥哥是同性恋，为此多年来接受心理治疗，但最后还是在继承爵位数月后自杀身亡。亚兰伯爵希望通过支持同性恋司法改革，来纪念亡兄。

阿比西和亚兰伯爵决定联手在上议院发起一项普通议员议案。这次的议案将摒弃任何妥协，取而代之的是紧紧抓住沃尔芬登报告的中心诉求，争取使 21 周岁以上、成年男性之间相互同意的同性恋行为合法化。

1965 年 5 月 12 日下午在上议院，亚兰伯爵起身质问其他议员："何为同性恋？同性恋因何而起？答案是：无人知晓。有人称之为疾病，有人称之为偏离生物常理，有人称之为弱点，还有人简单斥之为一种恶行。那么何为解决之道？答案还是无人知晓。甚至有人认为这个问题无解，至少在某些极端案例中是无解的。"亚兰伯爵接下来继续说道，"正常人"很可能觉得同性恋者"恶心，我们不愿去想他们，我们竭力认为他们邪恶，我们本能地想把他们消灭"。

在欲将同性恋者除之而后快的贵族议员中，决心最大的莫过于阿拉曼的蒙哥马利勋爵。蒙哥马利是不列颠英雄，1942 年指挥英军在埃及北部的阿拉曼打败纳粹德国陆军元帅隆美尔，一举扭转战争进程。蒙哥马利在这场战争前两个月，刚刚接管第八集团军的指挥权。他对手下说，有些人认为他是疯子。"我向你们保证，我清醒得很，"他这样宣称，"（不过）我明白有人总是认为我有点疯疯癫癫；这种话我听多了，以至现在会认为这是一种恭维。"

当时英国全国上下渴望一位军事上的救世主，所以大家对蒙哥马利的这些话不但不介意，还很受用。可是二十年后的今天，蒙哥马利这些桀骜不驯的说辞再拿出来，就不令人那么信服了。这位78岁的陆军老帅对着上议院济济一堂的议员，倚老卖老地用他那独有的含糊不清的口音胡扯一番："任何形式的同性恋行为，都是人类所犯下的最恶劣的兽行，是将人变成畜牲的行为。如果我们将来不得不为这项法案起个名字，我建议就叫鸡奸宪章好了，而不是性侵犯法案。"

当有人指出，法国以及其他一些欧洲大陆国家对同性恋采取更宽容的态度时，蒙哥马利驳斥道："我们不是法国人，我们也不是其他国家的人。感谢上帝，我们幸亏是英国人。"他进而提出英国议会史上最奇葩的一项修正案：如果要修改现行相关法律，那就把许可同性恋者的年龄提高到80岁，"这样至少同性恋者有养老金来支付后续的敲诈勒索"。

这一番言论让通常处变不惊的阿比西也无语了。他在想，蒙哥马利的脑子里到底藏着什么魔鬼。这个问题三十年后由蒙哥马利的传记作者奈杰尔·汉密尔顿找到了答案。后者表示，蒙哥马利一辈子都在压抑自己对年轻男孩的性冲动，苦不堪言。

不过蒙哥马利的情况不是孤例。另一位贵族议员，前最高法院首席大法官戈达德勋爵就曾耳闻他称之为"圈内人"讲的那些事，"真是糟透了，作为一名法官，听到这些事情真让人产生生理上的不适"。不过也有人压根不理解同性恋是什么玩意。比如内政部政务次官斯通汉姆勋爵就说："作为一名积极参与男性间生活且有三十五年团队比赛经历的男人"，他从未碰到过同性恋，所以严重怀疑这世上是否真有同性恋的存在。

与此同时，阿比西也在下议院发起普通议员议案。他在演讲开头宣称："那些本身已经不幸遭受同性恋折磨的人，还得背负各种可悲的负担。他们当中大多数人将永久地被剥夺天伦之乐、生儿育女以及和女性享受甜蜜爱情的幸福。"接着阿比西又忍不住老生常谈地拉出弗洛伊德，正告那些惊诧的议员，谁要是投票反对他的议案，谁就是在压抑自身的同性恋欲望。

不出所料，阿比西的演讲效果不佳。劳斯郡的保守党议员西里尔·奥斯本尤其不吃他这一套。"不管对也好，错也好，我们人民中大多数人都认为鸡奸是不道德的，违反自然的，丢人现眼而又令人作呕的，"奥斯本说，"我和大多数人观点一致。"对此阿比西又抛出他那套"压抑论"。他认为奥斯本"在幼年时期受到压抑，被强制禁止手淫，影响他成年后一门心思将同性恋诱惑从社会中斩草除根"。

虽然阿比西的议案在下议院以 19 票之差被否决，亚兰伯爵在上议院的遭遇却要好一些。"性侵犯法案"在上议院通过了二读。在三读时，亚兰伯爵坦承有好几次他希望自己从这件事情中彻底解脱出来，回去陪伴那些獾。"这件事一点意思都没有。有时当你看到某一封寄来的信，你会感到绝望不已。"

最让亚兰伯爵厌恶的是信中的那种语气。许多人在信中引用《圣经》，一般都是《申命记》或《利未记》里面的内容。亚兰伯爵纳闷，为什么没有人引用思想更开明的《登山宝训》呢。其实他收到的一封信中确实提到了《登山宝训》。他一开始展读来信，心情还挺高兴，可是当他读到寄信人说"《登山宝训》是伟大的抚慰之作"，他的心情又沉到谷底。还有一次，他收到一个寄到办公室的包裹，里面装着人的粪便。亚兰伯爵的秘书看到这黏糊糊的一团，就把它扔了。"这个不便保存，亚兰伯爵。"

但这时支持同性恋的势头已经起来了。1966 年初，亚兰伯爵的议案在上议院以 116 票对 46 票获得通过。接着议案转到下议院，由保守党议员汉弗莱·巴克利提交表决。虽然巴克利是个公开出柜的同性恋，但对于阿比西来说，却不是个合适的盟友，"不是那种我愿意挑选作为共涉险境的伙伴"。巴克利当年曾化名为 H. 罗切斯特·斯内斯的公学校长，给许多公众人物写恶作剧信件，最后被牛津大学开除。这件事为他赢得墨丘利神的绰号，暗示他为人不靠谱。

但是阿比西让议案在下议院通过却容不得半点闪失。议案以 179 票对 99 票通过二读。虽然前面还面临恶战，但阿比西和亚兰伯爵第一次看到了改革成功的曙光。

和索普一样，彼得·贝塞尔也赞成同性恋司法改革。不过这件事在他脑海中并不占据最重要的位置。他有其他更紧迫的事情要关注。经过短暂的债务偿还期后，他再次陷入债台高筑的境地。而且这次欠债金额巨大，贝塞尔觉得自己有很大可能会破产。一旦破产，会造成很多恶果。首当其冲的是，他将被迫立即辞去议员职位。

现在轮到贝塞尔向索普诉苦了。负债会导致辞职，对这样的后果索普也感到惊骇。因为这不仅会大大损害自由党形象，还会触发补缺选举，而自由党在补缺选举中远没有必胜的把握。索普答应将尽力为贝塞尔筹措资金。1965 年 6 月，索普去找自由党一位大金主，一位名叫蒂莫西·博蒙特的英国国教牧师。此人有独立的经济来源。博蒙特牧师答应借给贝塞尔 5 000 英镑。贝塞尔和过去一样，保持着无可救药的乐观情绪。他自信满满地认为这笔钱能支撑他到年底。

可仅仅两个月后，贝塞尔就将钱挥霍一空。他当初那些宏伟计划也化作泡影。贝塞尔只好又来找索普。索普再次答应帮忙。贝塞尔这次需要多少呢？有了上次的前车之鉴，贝塞尔决定这次把眼光放远一些，准备借1万5 000英镑。但是博蒙特这次还是只答应借5 000英镑，并且还附加一个条件，就是剩余那1万英镑有人借给贝塞尔，他才肯借这笔钱。于是索普去找自由党前党首菲利克斯·布鲁纳爵士，一位富有的商人。此时布鲁纳和家人正在地中海上游玩。他们的游艇定于几天后在科孚岛靠岸。索普正好也要去希腊度假，于是提议贝塞尔和他一起飞往科孚岛。他们来到布鲁纳一家下榻的酒店，索普去和布鲁纳商谈，贝塞尔则陪着布鲁纳夫人伊丽莎白闲聊。贝塞尔本来自诩什么话题都能聊，但这次却没聊几句就无话可说了。布鲁纳夫人50年代曾建立"不列颠清洁组织"，对垃圾杂物有一种病态的关注。

当索普和布鲁纳回来时，从索普神态看事情办得很成功。后来索普向贝塞尔转述见面情况时说，布鲁纳得知索普的请求后很震惊，惊呼道："这可不是小数目，杰里米！"和布鲁纳一家道别后，索普和贝塞尔乘坐一架道格拉斯DC-3型飞机飞往雅典。当天晚上，两人在雅典卫城山脚下一个餐馆举杯庆祝。

索普这次度假约了一位牛津老友，身材瘦高、戴着眼镜的银行家戴维·霍尔姆斯。贝塞尔吃惊地发现两人"不但关系亲密，还不避人"。虽然贝塞尔对同性恋的实际态度并不像他平时假装的那样宽容开放，但他对霍尔姆斯这个人也颇为认可。他欣赏霍尔姆斯的幽默感，还发现他们三人都是古典音乐爱好者。"我觉得他正是吸引杰里米的那种人。"其实索普选择霍尔姆斯还有一层更重要的考量，"他不会像诺曼·约西弗那样危及索普的事业"。

六个月后，1966 年 2 月 28 日，英国首相哈罗德·威尔逊宣布 3 月 10 日解散议会，3 月 31 日举行大选。威尔逊上台还不到 18 个月，但工党在议会中优势只有 4 席。威尔逊发现自己施政愈发困难。工党当时打出的竞选口号是"工党能干有目共睹"。可实际上没多少人看出这点来。况且头一年的补缺选举将工党在议会的优势缩小到 2 席。但威尔逊依然自信满满。他认为在执政的工党和爱德华·希思领导的保守党之间，选民更倾向于选择熟面孔。

　　对自由党来说，他们希望通过蓄积民众对工党和保守党的不满，将议会的席位由不温不火的 9 席再增加一些。不过这种期望比较渺茫：从战后历次选举来看，在工党执政期间，自由党在选举中表现都不佳。

　　就在议会解散前几天，贝塞尔和索普在议员餐厅共进午餐。贝塞尔的心情十分内疚。连续的财务危机让他人格变得十分撕裂。贝塞尔依旧自视为一个具有崇高信念的人，虽然他表现出的行为恰恰相反。而且问题是，他在沉沦的道路上越陷越深。

　　索普竭力给贝塞尔打气。他用自己最崇拜的伟人，自由党最后一任首相劳合·乔治的精神来鼓舞贝塞尔。劳合·乔治当年也遇到过很多挫折，"但是，"索普道，"他从未想过放弃。自由主义是他生命中最重要的信念，就和在我们心中一样，'这也是我们在这里的使命'。"

　　当天在议员餐厅进餐的还有列奥·阿比西。他也情绪不佳。威尔逊解散议会的决定对他来说不啻当头一棒，令他无法推动同性恋司法改革。一旦将要进行大选，议会中正在审议的议案都将自动终止。这就意味着阿比西和亚兰伯爵今后不得不一切从头再来。

8

贝塞尔再变戏法

"老天，真是这样吗？"当北德文郡选举结果公布后，索普喃喃地说道。他的当选优势由 1964 年的 5 136 票降到 1 166 票。贝塞尔的形势更不妙。贝塞尔在博德明选区用他自己的话来说，打了一场"三心二意的战役"，结果胜选票数刚刚 2 000 出头。总的来说，1966 年 3 月的这次选举对自由党来说喜忧参半。他们获得的总票数由 3 099 283 降到 2 327 533，但是议席却增加 3 席，总共达到 12 席。当然这次选举的赢家无疑是工党，它不费吹灰之力赢得 96 席的领先优势。正如哈罗德·威尔逊预测的，要想让英国选民投票给泰德·希思，还有很长的路要走。

在这次大选中索普为什么成绩这么糟糕？一个原因是选举中有一件事持续发酵。前一年在一次前往丹吉尔的旅行中，索普试图勾引一个年轻小伙子。这个小伙子不但气愤地拒绝他的骚扰，还将这件事告诉了自由党和保守党在北德文郡的地方组织。后来索普每次发表讲话，总有一些吵吵闹闹的年轻保守党分子喊着反同性恋口号，迫使索普不得不和他们激辩。北德文郡人喜欢索普，喜欢他说话时的霸气，津津乐道于他的各种怪癖，被他讲的笑话逗得哈哈大笑。不过对于他有可能是同性恋这件事，有些选民还是难以接受。

一个月后，贝塞尔在威斯敏斯特宫他最钟爱的茶室遇到一位自由党议员同事阿拉斯代尔·麦肯齐。麦肯齐是一位 62 岁的苏格兰高地农场主，是自由党关于农业问题的发言人。麦肯齐生性紧张胆小，当选议员前过着离群索居的生活，甚至连伦敦都从未来过。他到下议院门口时，居然被拒绝入内，因为他只说盖尔语。索普不得不给他安排英语突击课，好让他完成宣誓仪式。自此之后，他就赢得演说奇短的名声。即便如此，他的演说别人基本上也听不懂，因为他的口音太重了。

麦肯齐问贝塞尔能否和他聊聊。

"当然可以。"贝塞尔道。

于是麦肯齐降低声音："是关于杰里米的。"

贝塞尔发现麦肯齐好像显得难以启齿，脸都红了。

"是这样，"他开口道，"我觉得有必要对你说一下。"

接着他对贝塞尔说，他听到一些传闻，是关于一位目前居住在都柏林的男子。此人声称和索普是同性恋关系。麦肯齐向来在同性恋问题上立场鲜明，认为同性恋者都应该被关起来，最好永远不放出来。

"噢，我知道那个人，"贝塞尔故作轻松地说道，"他叫诺曼·约西弗。"

"你认识他？"麦肯齐问，"这真是太糟糕了，太糟糕了。看来传言是真的了。"

"当然不是。"贝塞尔说。这个约西弗的家伙有精神病史，贝塞尔解释道。索普遇见他后，只是想尽力拉他一把，不过试了一段时间后，觉得自己无能为力。而这时约西弗却耍无赖，开始瞎说他们是同性恋关系。

听完这话后，麦肯齐大大松了一口气。不过他好像并不肯就此打住。"当然，"他若有所思地继续道，"但杰里米至今未婚……嗯，从来没结过婚。"

贝塞尔感受到了这话中的危险。他意识到必须打消麦肯齐的怀疑。可是如何才能既打消他的怀疑又不引起更多的麻烦？这时他脑海中灵光一闪，想起他那位长期忍辱负重、能守大节的妻子葆琳娜有一次开玩笑对他说，如果贝塞尔有一天遭遇不测，英年早逝，为了党的利益，她会考虑嫁给索普。

"这话我只跟你说，阿拉斯代尔，这是个悲剧故事。"贝塞尔对麦肯齐说，"多年以前，杰里米爱上一位有夫之妇。"

贝塞尔发现麦肯齐睁大了眼睛。他想起来，麦肯齐是长老会教徒，在他眼里通奸和鸡奸没什么区别。于是贝塞尔赶紧向麦肯齐保证，索普和那位有夫之妇之间什么也没发生。索普为人体面，不愿意拆散别人婚姻。这时麦肯齐做了一件贝塞尔不无期待甚至主动希望的事。他问贝塞尔是否认识这个女人。贝塞尔说他的确认识她，甚至何止认识，他们简直熟得不能再熟了。

在意味深长地停顿片刻后，贝塞尔又补充一句："也许你现在明白杰里米和我为什么关系这么好。"

麦肯齐这时已经听傻了，眼珠子几乎从眼眶滚出来。

"你的意思是……"

贝塞尔什么也没说，只是点点头。但这其中的意味明白无误——他和索普通过对同一个女人的爱而联系在一起。等麦肯齐起身要离开时，贝塞尔注意到他的表情还是惊诧不已。

尽管贝塞尔乐意为索普保守他那个天大的秘密，但他内心还是觉得不踏实。因为这个秘密一旦泄露出去，他在其中扮演的掩饰角色也将为人所知，到时党内其他议员会责怪他不事先和他们打招呼。贝塞尔觉得最好再把一名议员拉进这个秘密当中。这次他选择的目标是理查德·温瑞特，此人和贝塞尔一样，是循道宗平信徒传教士，不过他的私生活比贝塞尔谨严多了。

当贝塞尔告诉温瑞特索普和约西弗之间的事情时，温瑞特一言不发。等贝塞尔说完后，温瑞特感谢贝塞尔坦诚相告，并告诉贝塞尔今后若想找人倾诉，卸下心头包袱，欢迎来找他。贝塞尔告别温瑞特后，心情极其舒畅。这种舒畅感后来经常涌上贝塞尔的心头，并伴着自豪。贝塞尔确信自己做的是一件正确的事。

这次大选结束后，一直有传闻乔·格里蒙德可能会卸任自由党党首。他的儿子在选举期间自杀身亡，经历丧子剧痛的格里蒙德对于制止自由党内部倾轧互斗兴味索然，更不用说这种事本身就是难啃的硬骨头。而在接班人的排位战中，索普被公认为是领先者。但是 1966年 9 月，在布莱顿举行的自由党大会上，索普却没有为自己赢得更多支持，因为他做出了一个被公认为是向罗德西亚宣战的号召。

索普是罗德西亚时任首相伊恩·史密斯的激烈反对者。伊恩·史密斯在罗德西亚施行种族隔离政策，导致白人定居者攫取了这个国家所有财富，黑人沦为收入微薄的附庸阶级。罗德西亚经济依赖石油，而石油主要通过铁路运输到国内。索普认为切断罗德西亚的石油运输，史密斯很可能就会垮台。因此他提议所谓的"供给线选择性轰炸"。

这个想法算不上疯狂，因为罗德西亚唯一的一条铁路线穿越的基本上是无人区，这样造成的平民伤亡就很小。不过罗德西亚目前还是英联邦成员，许多英国人有亲友居住在罗德西亚。某些保守的右翼人士一直想找机会攻击索普，将他视为本阶级叛徒和自以为是的流氓。当索普在一次顺口调侃时把泰德·希思形容为"无法点燃周围白兰地的圣诞布丁"时，这些人对索普的恶感就更加深了。

现在他们抓住这个机会对索普大加奚落。只要索普在下议院起立发言，他们就朝他嚷："轰炸机！轰炸机！"这波反对的声浪严重损害了索普的形象。再加上议会里关于他性丑闻的谣言一直在流传，某些自由党人开始怀疑索普是否真能成为一个受欢迎的党首。

这年冬天发生一件事。这件事彼得·贝塞尔一开始并没有太在意。不过后来他愈发感到此事关系重大。随着英国和罗德西亚之间的关系恶化，哈罗德·威尔逊提议英国应该对罗德西亚采取制裁措施。

国会三大主要政党各派出一人，组成三人小组，和伊恩·史密斯沟通，征询他可否同意一个皇家代表团去访问罗德西亚。贝塞尔是三人小组中的一员，代表自由党。三人小组希望通过这样的斡旋，可以避免对罗德西亚进行制裁。贝塞尔将三人小组草拟的电报稿发给索普过目。索普对里面的措辞稍加修改后，认为可以发过去。电报于 12 月 7 日发出，要求对方格林尼治时间第二天晚上 8 点前必须回复。

第二天下午，哈罗德·威尔逊在议会发表了两个小时的演说，猛烈抨击反对派，指责他们不是种族主义者就是胆小鬼，或者两者兼而有之。对于伊恩·史密斯领导的罗德西亚，他认为除了制裁，别无其他途径可行。他对电报的事有所耳闻，但觉得这纯属浪费时间。他对贝塞尔为人也不大瞧得起，觉得即便拿威斯敏斯特标准来衡量，这人也未免太过油滑，见风使舵。议会辩论接近尾声时，贝塞尔的助手递给他一个棕色小信封，里面是罗德西亚首都索尔兹伯里发来的电报。电报内容是对贝塞尔等三名议员所提三条建议的回应。电报写得很简单："第一条，同意；第二条，同意；第三条，同意。"

看完电报后，贝塞尔没等威尔逊结束演讲，就站起身来，问这位尊敬的发言者能否暂停一下。威尔逊一开始没理他。几分钟后，贝塞尔再次要求威尔逊暂时中断发言。这次威尔逊停下来，目光扫过大厅，说道："看来如果今天我要是不让某位尊敬的先生开口说话，这位尊敬的先生就要做出不那么令人尊敬的事情来！"

贝塞尔被威尔逊这一顿抢白说愣住了。他立刻不满地把目光投向索普，却发现索普低着头看地板，就是不抬头。议会辩论结束后，贝塞尔和往常一样去了茶室。在茶室里，他想来想去也没弄明白，为什么索普这位他为之两肋插刀并替他保守秘密的朋友，在刚才辩论时却没有为自己出头。

9

天伦之乐

对列奥·阿比西和亚兰伯爵来说，大选并不是令他们感到害怕的灾难。但是大选却终结了汉弗莱·巴克利的任期。他丢掉了在兰开斯特的议席。更过分的是，在选举中段，他的工党竞争对手公开高调地宣布结婚。但亚兰伯爵并不气馁。他再次努力使议案在上议院获得通过。虽然议案已经是第三次过会，但依然面临强烈有时甚至是极端的反对。"我不能容忍同性恋，"杜得利伯爵在议案三读时宣称道，"同性恋者是世界上最令人恶心的一群人。不幸的是，他们的人数还在上升。送他们去监狱简直对他们来说是一件美事。因为显而易见的原因，他们当中许多人都乐意去坐牢。"

阿比西和亚兰伯爵不久又找到一个同盟军。此人就是工党内政大臣罗伊·詹金斯。此人和他俩一样，对同性恋改革抱有热忱。阿比西怀着"或许最终能摧毁我们野蛮的同性恋法律"的希望，向詹金斯表达了想在下议院提交一份普通议员议案的想法。几天后，詹金斯让阿比西来见他。阿比西知道，詹金斯是个坚定的异性恋主义者。但其实詹金斯当年曾经和本科同学有过一段轰轰烈烈的同性恋情。这个同学名叫托尼·克劳斯兰德。两人是牛津同学。克劳斯兰德后来也加入了工党内阁，现在是教育和科学大臣。

和阿比西一样，詹金斯也是威尔士人。詹金斯的父亲亚瑟在20世纪40年代曾是阿比西所在选区庞蒂浦的议员。不过这也是阿比西和詹金斯仅有的交集了。而且阿比西还是詹金斯在政坛上为数不多十分讨厌的人。因为之前阿比西曾好几次骂詹金斯忘本，想归化为盎格鲁人。阿比西还指责詹金斯的母亲——这种指责也并非毫无依据——是一个一心往上爬的势利鬼。詹金斯后来也承认，他本希望由其他人来领导这场运动，一个并不那么沉迷于突出自我声音的人。不过当他发现这场改革和阿比西已经脱不开关系后，他告诉阿比西，如果议案在议会获得决定性多数，他会说服内阁成员允许进行一场充分的辩论。

为了保险起见，阿比西这次不准备再拿弗洛伊德理论来说事，这不是因为他改变了立场，而是他觉得"将同性恋鼓吹成崇高的情感"对"议会中广大身处不稳定异性恋关系的议员来说，会引起他们多心"。阿比西这次精心选择了一条中间路径。对于视同性恋为一小撮人放荡堕落行为的议会对手们，为了不让他们反对议案，他提出对同性恋者可以施以重刑。和21岁以下者发生性关系被抓，不管对方是否同意，都将被判处最高5年的刑期。当然这样做反过来会激怒"同性恋司法改革协会"，因为这个组织希望将双方同意发生性关系的最低年龄设定为18岁。

阿比西的议案这次在下议院一读时以244对100高票通过。这个结果比他自己预期的还要好。1966年12月19日，议案二读又毫无阻力地通过，将于次年夏天迎来三读，也是最后一读。而随着辩论时间的临近，阿比西变得愈发不安起来。他最担心的是议会里那些"乖宝宝议员"在最后一刻临时倒戈。他们的人数在议员中的比例高得惊人。"有一种类型的同性恋，其精神源头可以追溯到童年早期某位女性，可能是母亲或奶奶。这些人日后虽然没有发展成为同性恋者，但在心理上不知不觉依附记忆中那个母性或母性替代意象。而在现实中，他们反而会峻拒宽容同性恋者的呼吁和恳求，因为他们害怕自己会被同性恋吸引。"

阿比西觉得，其他不迷恋记忆中母性意象的议员们，可能压根对这种议题不感兴趣，也不会去投票。现在要警惕胜利唾手可得的乐观倾向。这种乐观倾向是基于对手们虽然一直在疯狂攻击，但是各说各话，更有利于阿比西这一方集合资源。但阿比西希望的却是反对派联合起来，提出某个单一话题。这样他就能号召支持者们有的放矢地组织反击。他现在觉得自己的支持者们有点盲目自大了。

这时一件意想不到的事帮助了阿比西。由于担心同性恋修法会对英国商船队的规章制度产生影响，英国国家海事委员会主动找上门来。阿比西向他们解释说，包括自己在内的任何人都无权制止商船队里的鸡奸行为。但是国家海事委员会不相信阿比西的话。他们质问阿比西难道没意识到同性恋修法未来将会置商船队于险境吗？

媒体得到风声后，开始渲染议案可能会通不过。这正中阿比西下怀。正如他预料的那样，一想到议案会通不过，他的支持者们就从麻痹大意中振作起来。但国家海事委员会并不肯罢休。最后阿比西提出一个妥协方案。这个妥协方案论荒诞程度，堪与蒙哥马利勋爵的提议相提并论：商船队的海员出海时可以与乘客或其他国家海员发生性行为，但相互之间不能做。令阿比西感到吃惊的是，海事委员会居然同意了这个妥协方案。

从三读一开始，反对派的策略就一目了然：他们竭力采取阻挠手段，通过冗长的演说把时间消耗掉，来阻止议案通过。反对派议员们轮番登场，废话连篇，极尽拖延之能事。几个小时过去了，发言者还在喋喋不休地长篇大论，让人觉得搞不好要通宵辩论。议员们精神疲惫，心情沮丧，纷纷涌出会议大厅去喝一杯。这种情形令阿比西感到棘手，因为议案要想获得通过，下议院议员人数无论何时都必须维持在 100 名以上。

阿比西焦虑地扫视座席，清点人数。他数了几遍，发现人数在逐渐减少。于是他每数完一遍，就离开座位，去休息大厅半推半哄地把支持者们拽回会议大厅。当最后投票时刻来临时，时间已经是 1967 年 7 月 4 日凌晨 5 点之后了。计票人统计完票数，99 位议员对议案投了赞成票，只有 14 人投了反对票。

精疲力竭的罗伊·詹金斯站起来，向同样精疲力竭的列奥·阿比西表示祝贺。他们通过联手努力，通过了一项重要而文明的议案。当阿比西走出下议院，威斯敏斯特宫庭院里的煤气灯还在燃烧着。他钻进汽车，驱车沿着圣詹姆斯公园林荫大道前行，身后一轮旭日正从海军拱门后升起。一个多么寓意美好的景象，阿比西心想。当他回到位于圣约翰森林的家里，阿比西妻子躺在床上，"还没有睡，在焦急地等我带回来的消息"。当阿比西告诉她结果后，她什么都没说，"只是将我揽入怀中"。阿比西清楚自己心中永远存在一种矛盾心理。他感到最初的喜悦迅速被一种奇怪的悲伤感代替。"我当时需要她的抚慰，因为没有什么能像成功那样令人感到失落。"他后来回忆道。

十天之后，议案在上议院也获得通过。事后当亚兰伯爵被问及

"为什么他的同性恋司法改革议案能通过，而关于保护獾的议案却通不过"时，亚兰伯爵顿了顿，然后若有所思地答道："因为在上议院，没有那么多的獾。"

10

两道誓言

1967年1月17日早晨，刚过9点半，彼得·贝塞尔位于蓓尔美尔街的办公室电话铃就响了起来。贝塞尔拿起话筒，听见电话线那头索普的声音。

"彼得，我是杰里米。乔终于下定决心了。"

"下定什么决心？"贝塞尔问道，心里估摸着是关于选区之类的事。

"他将于今天上午宣布辞职。"

贝塞尔一下子明白过来。

"天呐！"他大声嚷道。

两人约定午餐前在布里奇街索普办公室面谈。那天整个上午，贝塞尔都在来回踱步，思忖到底该把手中的一票投给谁。党首的真正候选人有三位——索普、埃姆林·胡森和埃里克·卢伯克。按理说贝塞尔的首选对象肯定是索普。但他心里仍然为索普上次在关于罗德西亚的事情上拒绝公开支持自己而耿耿于怀。另外他也担心，万一索普和约西弗的绯闻要是传出去就麻烦了。

胡森也是威尔士人,和贝塞尔算不上朋友,但两人的政见经常契合。在贝塞尔眼里,胡森有个缺点,那就是他的尖嗓门。尖嗓门令他不能成为一名优秀的演说者。不过贝塞尔思前虑后,内心开始倒向胡森。一股惯常的冲动又涌上脑门。他突发给胡森办公室打电话的念头。在电话里,他问胡森愿不愿意站出来参选。胡森说他还没想好,不过他反问,如果参选,贝塞尔会不会支持自己。贝塞尔再次不假思索,满口答应如果胡森参选,他一定会支持胡森。

　　直到放下电话听筒,贝塞尔才反应过来刚才做的承诺意味着什么。接下来他该怎么对索普交代呢?在前往布里奇街的路上,贝塞尔的脑子里盘算着各种可能出现的场面,无一例外的是,所有场面的结局都不太美妙。他把可能的参选人和各自的支持者在脑子里过了一下。如果最终的对决在索普和胡森之间展开,索普有望获得 6 票,而胡森获得 5 票。要是贝塞尔像他对胡森保证的那样,把票投给胡森,结果将是六比六平局。

　　当贝塞尔来到索普办公室时,索普也在焦虑地来回踱步。他一看到贝塞尔,立刻亲热地搂住他的肩膀。"我们要振兴这个老迈的政党!"索普大声说道,"我要像劳合·乔治那样用铁腕领导这个党,要让哈罗德和泰德好好知道我们的厉害。不要再废话连篇,要来一场十字军东征。"

　　这几句话令贝塞尔激动起来。很久以前,索普就告诉贝塞尔他要当首相。现在这个想法一下子显得不那么荒谬。贝塞尔的所有疑虑,伴随着他刚才对胡森的承诺,全都烟消云散。"从那一刻起,我成了他的人。这就是杰里米要做的:领导一场十字军东征……我的脑子里根本没想过,这样一来会违背自己对胡森的承诺。"

两人共进午餐后，贝塞尔前往下议院图书馆，想闭上眼睛理一理思绪。结果他坐下没一会，就感到一只手搭在自己肩膀上。贝塞尔睁开眼睛，发现埃姆林·胡森站在面前。

"彼得，"胡森道，"我决定请你做我的提名人。"

"埃姆林，我恐怕不行。"贝塞尔嗫嚅道。

胡森一脸的不解。"你是什么意思？"他问道。

"我——我必须要支持杰里米。"

一开始胡森什么也没说。他只是死死盯着贝塞尔，最后他开口时，声调一点也不尖厉。

"要不是你说会支持我，我根本不会站在这儿。"胡森道。

说完他便转身离开了。贝塞尔反思自己的所作所为，心里涌起一股再熟悉不过的情感：懊悔。"我对胡森的行为太令人不齿。"不过和以往一样，这种懊悔的情感并未持续太长时间。心头的乌云很快散去，他的情绪又饱满起来。"反正胡森还有大把的时间去撤选。"贝塞尔心想。

但是胡森并没有退出。他和埃里克·卢伯克都决定要抗衡索普。次日下午，无记名投票在党鞭办公室举行。12名自由党议员充满仪式感地将折叠好的选票放入一个香槟桶里。计票工作没用太长时间。索普得6票，胡森和卢伯克各得3票。接着索普前往科技大臣托尼·贝恩的办公室（贝恩答应将自己办公室借给索普用一下午），留下其他自由党议员商议下一步的方案。

这时理查德·温瑞特问贝塞尔能否和他私下谈谈。两人下楼来到议事走廊，这个走廊正好位于下议院大厅的正下方。他们走进走廊里的一间密室。这间密室好像是温瑞特事先专门预定的。合上房门后，温瑞特转身注视着贝塞尔。他想向贝塞尔求证，那些关于索普的谣传会不会有被公开的风险。

贝塞尔这次没有犹豫。

"如果有风险的话，我就不会投票给杰里米了。"

温瑞特点点头。"那最好了。我相信你的话。"

这种话贝塞尔可能好久都没听过了。反正他听后有些感动，感到良心好像被刺痛了一下。当两人离开密室时，温瑞特回楼上，而贝塞尔待在原地。"看着温瑞特绕过拐角从眼前消失，我有点动摇了。我本想叫住他，但又停了下来。片刻之后，就已经晚了。"

不久索普被召回到党鞭办公室。他被告知胡森和卢伯克已经决定退出。就这样在 37 岁时，杰里米·索普成为自由党领袖，是一个多世纪以来英国最年轻的政党领袖。

一个小时后，索普和贝塞尔两人单独坐在托尼·贝恩的办公室里。索普兴奋得坐立不安。自由党党首是他从孩提时起就梦寐以求的工作。或许是想给正在兴头上的索普泼一点凉水，贝塞尔把刚才温瑞特的问话告诉了索普。

索普脸上的笑容顿收。"噢，上帝！你怎么对他说的？"

贝塞尔说他向温瑞特保证，一切万无一失。

"其实你应该讲得更明确，"索普厉声道，"你一定要说，据你所知我不是同性恋。"

贝塞尔突然想起他先前和阿拉斯代尔·麦肯齐聊天时信口开河的话，于是对索普谎称，他也同样告诉温瑞特，索普和一位已婚妇女的孽缘。

索普这才放下心来。"这么说好极了！你杜撰谁来扮演那个令我心碎的女人？"

贝塞尔说他就让妻子葆琳娜担纲这个角色。

索普狂笑。"太妙了，我的贝塞尔，你真是个天才！"

但贝塞尔的话还没说完。这次他不想就这么放过索普，他想让索普明白他欠自己多大的恩情。贝塞尔向索普指出，如果他不对理查德·温瑞特撒谎，索普将注定输掉这场党内选举。虽说贝塞尔与平信徒传教士毫无共同之处，但他这次给索普讲起大道理也是头头是道。他板着面孔告诉索普，今后行为一定要检点，千万不要再出乱子了。

"今后如果你做了任何危及党的事，你就等于背叛了我们为之奋斗的事业。如果过去的事一旦曝光，你必须立即辞职。"

看着贝塞尔一脸严肃的表情，索普也庄重地点点头。"我向你保证。"他对贝塞尔说道。

今后再不要随便猎艳，贝塞尔对索普说。不要玩火，不要写那些轻率的信件。不管有多难，你必须要克制自己的性欲。贝塞尔说完这些话后，索普半天没吭声。

"好的。"他最后挤出这两个字。

但贝塞尔还是想要索普像刚才那样做保证。几秒钟过去了，两个男人互相面无表情地盯着对方。接着索普推开椅子站了起来。他走过贝塞尔座位时，低头对他说道："彼得，我向你保证，如果那些事曝光，我会用枪把自己脑袋打开花。"

11

风云突变

一开始贝塞尔还以为这封信是他选区的某个选民寄来的。读了几行之后，他跳到背面直接看签名，心情一下沉到谷底。信的署名是诺曼·约西弗。在信中，约西弗说他最近返回了英格兰，不过不是作为刚走红的男模衣锦还乡，而是又陷入新的一轮抑郁中。这次情况尤其严重。

"我现在没有钱，"约西弗写道，"我做不成模特，因为精神崩溃，所以无论什么衣服穿在我身上，都被我的泪水浸透。我也没法参加障碍赛马，因为马术行头和装备都卖掉了。我没有各种资格证件，同时还在服用大量药物，这说明我身体也不好……我现在也无法来伦敦，因为我没钱。我求求贝塞尔先生您帮我一把。"

现在回想起来，贝塞尔觉得这封信迟早会来。三个月前，也就是1967年4月，他就曾收到过约西弗的一封信。当时打开信后，他的一切不安都烟消云散了。那封信是从都柏林寄来的，约西弗在信中说他准备去美国发展。唯一的麻烦是护照被他烧掉了。贝塞尔能否帮他办个新护照？为了以示和过去诀别，他还决定改个名字，叫诺曼·斯科特。他问贝塞尔能否也将他的名字在官方系统改过来。

对于这些要求，贝塞尔不但不觉得麻烦，反而十分高兴。从来信的语气看，约西弗或者斯科特情绪不错，对未来也有憧憬。第二天下午，贝塞尔就把这件事告诉了索普。索普读完信后，撑起椅子后仰，深吸一口气。

"棒极了！"他说道。

如果斯科特真去了美国，那以后给他惹麻烦的风险将会降到最低。贝塞尔向索普保证，他将帮忙为斯科特搞到一本新护照，并帮他改名成功。两人还自信满满地相互安慰，这件事总算告一段落。

"上帝！"索普道，"终于解脱了！"

但是斯科特并没有去美国，而是用一本旅行护照回到了英格兰。他现在住在肯特郡同母异父的兄弟家里，并去奈特布里奇的圣乔治医院精神科一个名叫布莱恩·奥康奈尔的医生那里问诊。倒霉的贝塞尔这次又充当一回带来坏消息的信使。但索普这回仗着胜选的气势，决定主动采取行动。他安排第二天下午和他的律师碰头，并让贝塞尔也一起过去。

阿诺德·古德曼——威斯敏斯特男爵古德曼——是全英最负盛名、最令人敬畏的律师。他不但拥有一大批权贵客户，还是工党的官方律师，也是首相哈罗德·威尔逊的密友。他留着一头蓬乱的黑色卷发，大腹便便，下巴的肉像下垂的窗帘堆到前胸。他这副尊容让人过目难忘。

贝塞尔以前就闻得古德曼大名，对他颇为仰慕。一打交道后，他觉得古德曼有些"油滑"，而且他对古德曼狭小的办公室也感到失望。索普首先泛泛地把事情性质向古德曼介绍一番。然后他把诺曼·

斯科特写给他母亲的那封 17 页信件出示给古德曼看。古德曼通读一遍后，复印了一份留存。之后三人讨论下一步该怎么办。索普告诉古德曼，他想给斯科特写封信威胁他一下，但还没想好拿什么来威胁他。

古德曼反对这个主意，说最好不要留下任何纸面上的把柄。古德曼建议贝塞尔和斯科特面谈，尽可能地说服斯科特有机会还是去美国。贝塞尔依计给在肯特郡的斯科特写信，请他过来，并附上买火车票的钱。当斯科特两天后出现在贝塞尔办公室时，他的模样把贝塞尔吓了一大跳。"他神情紧绷，汗流浃背，屁股坐在椅子边缘，说话结结巴巴。"而对斯科特来说，他"充满恐惧"。对于贝塞尔的镇定自若、彬彬有礼，他显得比当初在都柏林时更害怕。"他很客气，但并不友好，"斯科特事后回忆道，"我有种强烈的感觉，他认为我是个一事无成的窝囊废。"

斯科特再次向贝塞尔重申，他全部的要求就是一张新的国民保险卡。这样等他的健康好转，至少有机会获得一份体面的工作。听了斯科特的请求后，贝塞尔第一次感到了问题的棘手。因为 1962 年 4 月，斯科特新的国民保险卡刚一下来，索普就把它弄丢了。

本来弄丢国民保险卡也不算什么大事，毕竟总有人丢卡，只要申请一张新卡就可以了。但斯科特的麻烦在于，他没有资格去支付他的"前雇主"索普应替他缴纳的积压的保险金。而如果索普现在支付这笔钱，就等于在法律上承认他对斯科特负有责任。索普甚至会因为没有在斯科特的国民保险卡上盖章而被起诉。

问题还不仅限于此。贝塞尔开始明白国民保险卡对斯科特还有其他重要意义。在斯科特看来，国民保险卡已经成为一种身份证件，是对他身份的官方证明。没有国民保险卡，他更感到没有归属感。

贝塞尔答应会再次帮忙。与此同时，斯科特现在身无分文。为了帮他渡过眼下难关，贝塞尔答应每周给他一笔零花钱。虽说斯科特现在穷困潦倒，他却不喜欢贝塞尔说这话时的语气，因为这让他回想起过去被包养时的不好回忆。他也不想被人当作寄生虫。不过最后他还是接受贝塞尔每周给他 5 英镑，这个数额正好和他要是有雇主盖戳的国民保险卡就可以领到的失业补贴相同。贝塞尔当场先给了他两周的钱，共计 10 英镑，并答应此后每周给他寄支票。他还许诺为斯科特在美国他即将开设的一家连锁汉堡店找一份工作。这家汉堡店是贝塞尔又一项商业投资，他确信能赚钱。

见面后，斯科特又返回了肯特郡。对于贝塞尔的许诺，他并未抱太大希望。但两周后，一张 5 英镑的支票准时寄来了。随支票一起寄来的还有一张便条，便条就写在印有下议院抬头的信纸上，看来贝塞尔对此并未多想。

当贝塞尔去纽约亲自考察美式快餐店的运营后，他马上明白斯科特根本应付不了快餐店里职业厨房的工作强度。而且斯科特大概率不会被允许入境，因为根据美国移民法，一旦美国当局知道他是同性恋，很可能把他归为"不受欢迎的人"。从美国回国时，贝塞尔在巴哈马的拿骚短暂停留。他询问巴哈马总督能不能为斯科特在巴哈马找一份工作。总督大人反应冷淡。贝塞尔甚至找了当地一家赛马训练场的老板，想问问有没有工作机会，结果还是一无所获。

贝塞尔对索普的态度也在经历微妙变化。虽然他还和过去一样喜欢索普的性格，但对他的崇敬却消退了一些。索普担任自由党领袖六个月以来，并没有什么大的动作，也缺乏亮眼的政绩。相反，情况和以往没什么大的区别。选民对自由党到底代表什么并不清楚。贝塞尔好几次恳请索普发表立场鲜明的政见，但每次都得到同样的结果。索普先是用他那独有的热情积极响应，接着就冷淡下来，注意力被其他事情牵扯过去。

贝塞尔开始怀疑，索普虽然嘴上说自己不信奉英国国教，但其实骨子里比外表装出来的更加保守。他的疑虑在索普作为自由党党首第一次出席一战停战日大游行时得到验证。和保守党领袖爱德华·希思、工党领袖哈罗德·威尔逊两人身着西装不同，索普戴着真丝礼帽，穿着爱德华风格的日间礼服。贝塞尔还发觉，索普爱惜羽毛，不愿插手那些出不了风头的政事。

虽然贝塞尔也四处猎艳，但这种事对他可不会构成罪名。作为对索普上台后无所事事的回应，贝塞尔现在热衷于一个令他自己也没想到的议题：交通运输改革。贝塞尔在 1968 年的交通运输法案中扮演了关键角色。这个雄心勃勃的法案旨在将陆路、铁路和水路交通协调统一起来。这项法案以压倒性优势获得通过。早在审议阶段，这项法案就打破了议会各项纪录。有关法案的辩论实录厚达 4 000 多页。有史以来单个委员会的讨论内容超过百万字，其中 20 多万字是贝塞尔贡献的。

即使这么忙，贝塞尔还是能找出时间寻花问柳，寻觅一些赚钱的途径，还每周按时给住在肯特郡同母异父兄弟家的斯科特寄零花钱。每三个月贝塞尔交给索普一个单据，上面是他寄给斯科特零花钱的数额。每次索普都是在下议院议员专用邮局签一张支票，然后快快不乐地把现金交给贝塞尔。整个过程两人从不提斯科特这个名字。贝塞尔觉得这是索普一贯的行事风格，只要不去想，事情会自动消失。

不过看起来索普脑子里也在考虑事情。一天晚上他请贝塞尔来下议院自由党党首办公室。这间办公室面积不大，装饰简朴，一面硕大的铅框玻璃俯瞰楼下的演说大厅，四壁是橡木墙面，天花板出奇地高。房间里只有一张对着窗户的写字台、一把安乐椅和一张绿皮沙发。成为党首后，索普也曾试图把办公室布置得活泼一些，比如换了新窗帘，在墙上挂几张自己的卡通带框肖像画，还配了一个酒柜。除此之外，索普还给房间里做了一些小的变化。成为党首后，索普愈发注重自己在公众面前的形象。他甚至把鼻翼上的一个瘊子点掉了，因为这个瘊子在电视镜头里清晰可见。

索普坐在写字台后，贝塞尔跷着二郎腿坐在绿皮沙发上。"佩德罗①，我决定结婚。"索普开门见山地对贝塞尔说。

贝塞尔一开始以为索普在开玩笑。"真的吗？你看上谁了？不会是皇太后吧？"

贝塞尔注意到索普回应他的笑声很空洞，再一细看，发现索普神情严肃。贝塞尔问索普，以前他不是说自己是个80%的同性恋吗？索普承认结婚对自己来说确实存在很多困难，但现在情况已经不能由他的喜好来左右。他还要考虑自己的名声。如果一直单身下去，就会成为人们的谈资，并很可能影响到下次大选时自由党的选票。

"但在性这方面你怎么考虑呢？"贝塞尔问道。

"我如果闭上眼睛，咬紧牙关，估计也能应付一下，"索普答道，"然后过几个月，我可以说自己老了，那方面不行了。"

① 彼得的昵称。

贝塞尔凭借自己丰富的床笫经验告诉索普，只要是智力正常的女性都会觉察到不对劲。

　　"所以我需要一个不抛头露面的女孩，"索普对贝塞尔的观点表示赞同，"不过我已经有了人选。"

　　贝塞尔不喜欢索普这种腔调。贝塞尔每当义愤填膺时，总是显得趾高气扬的样子，这次也不例外。这是个很荒谬的主意，他告诉索普。不仅荒谬，而且是不可原谅的欺骗行为。说完，他站起来朝门口走去。

　　索普赶紧把他叫回来。

　　贝塞尔犹豫了一下，收住脚步。过去贝塞尔经常见到索普的面部表情是，嘴角上扬，好像竭力忍俊不禁，不过一眼就能被人望穿。但索普如果不高兴时，他也会摆出一副贝塞尔口中的"满大人表情"，脸上诡异地毫无表情。贝塞尔发现索普现在就是一副"满大人表情"。贝塞尔这次坐下来，两只脚规规矩矩放在地板上。贝塞尔坐着的时候，脑子里冒出一个以前从未出现的念头：索普现在身为一党领袖，这个事实对两人的友谊产生了根本性的影响。过去是平等的婚姻关系，或者至少贝塞尔是这么认为的，但现在毫无疑问，索普占据支配地位。

　　这时索普突然大笑起来。

　　过了片刻，贝塞尔也跟着笑了起来。

　　"跟我说说，贝塞尔，跟女人做爱是什么感觉？"索普问道。

　　贝塞尔尝试着向索普解释，这是能增添生活质量的事。但索普听了还是一脸茫然。不过也不能说索普对女孩子一点经验都没有。在牛津上学时，索普曾和一个名叫玛丽格德·约翰逊的女同学短暂约会过。两人甚至接过吻。不过这个女同学日后回忆时说："这是我一生中经历的最正派的吻。"

索普告诉贝塞尔，他还曾经试着和一个女孩子睡觉，不过实在受不了她的体味。对此，贝塞尔给的建议是，女性的体香要像品鉴威士忌那样学会鉴赏。索普对此不以为然。不过他重申打算带一个女人上床，看看到底会发生什么。一周之后，索普和贝塞尔应邀出席一个官方午宴，两人同乘一辆出租车返回下议院。索普伸腰将出租车上的玻璃隔断合上，这样司机就听不见两人在后面的谈话了。

他还有个重要问题要问。

"佩德罗，你到底是怎么操那些女孩子的？"

贝塞尔觉得自己很难用语言来回答这个问题。还没等他想好一个合适的回答，索普就向他描述了在一次约会时，他将一个女伴带回家所发生的经过。他俩先在一个餐馆用餐，然后一起回到索普的公寓。接着索普将那个女孩的衣服脱光。到这里为止，一切都还顺利。但接下来灾难就发生了。"当我看她躺在床上，两腿张开，我只想哈哈大笑。"

这当然很煞风景，贝塞尔想，更不会激起对婚姻的期待。回下议院后，两人来到索普办公室。贝塞尔又坐到沙发上，索普还是坐在写字台后面。

"贝塞尔，到底是什么东西能激起你的情欲？"索普问道。

贝塞尔脑子里也是一团乱麻。他开始胡言乱语地用音乐来打比方。譬如拿贝多芬的《田园交响曲》为例，作曲家用弱音小提琴来传递水流冲击岩石的声音。这样的回答当然既不能让索普满意，也不是他预期的。

"噢，上帝，干吗说得那么复杂？"索普咕哝道。

贝塞尔以为索普会就此打住，不再关注异性恋的性问题。可惜他低估了这位党首的决心。一个星期后，索普又把他召来。索普告诉贝塞尔，他又试了一次，这次比上次成功，虽然当时他还在拉肚子。"我一夜都是进进出出卫生间，不过在这间隙我成功地操了她。瞧，我操成了！"

贝塞尔做了在这种情形下他觉得自己应该做的事：郑重其事地向索普表示祝贺。

可是索普却毫无成就感。

"真他妈的没意思极了！"他说，"可是如果领导这个老迈的政党我必须要付出这种代价，我将义不容辞。"

1967 年 8 月，索普和朋友戴维·霍尔姆斯前往希腊度假。他们的旅行开头就不顺。在希思罗机场，护照官在检查索普护照时问他，为什么要在名字后面加上"阁下"字样。索普声称这是他秘书所为，自己并不知情——索普秘书后来否认这件事是她做的。护照官对索普的解释并不满意，跟他说只有护照局才有权做这样的变动。

"是倒是，"索普调侃道，"但那些官员们并不总是那么兢兢业业。"

在希腊他们碰到两位年轻女士，其中夏洛特·普雷斯特是索普儿时的玩伴。另一位叫卡罗琳·阿尔帕斯，是一位富家女，家里是开连锁家具店的。卡罗琳曾就读于罗迪安女校①，后来又去了格施塔德的

---

① 创立于 1885 年，是英格兰著名女校，招收 11—18 岁女孩。

淑女学堂①。卡罗琳身材高挑，比索普还高几英寸，有一张表情丰富的大嘴。她今年 29 岁，是苏富比拍卖行印象派绘画部主任的私人助理。

虽然卡罗琳和索普以前见过面，但两人的关系也仅仅限于礼节性寒暄。不过这次两人一起在科斯岛和罗德岛游泳、晒太阳浴，关系突飞猛进。根据索普叙述，接下来发生的事是他和霍尔姆斯都想娶卡罗琳，两人又都绅士风度十足，约定失败的一方将给对方做伴郎。

不过鉴于霍尔姆斯是个深藏的同性恋者，索普这番话听起来未免有些不靠谱。而索普后来叙述他向卡罗琳求婚的过程，更是漏洞百出。当然索普更不会提及度假过程中发生的另一件事：他和霍尔姆斯招来一个男妓，他们三人去海滩玩，索普和霍尔姆斯都和男妓发生了关系。

等回到英格兰后，索普染上了淋病。和以往一样，他又去找贝塞尔帮忙。贝塞尔给他介绍一位汉普斯泰德的医生。这名医生给索普开了一些消炎药，并叮嘱索普在症状消失前要禁欲。索普从汉普斯泰德回来后没多久，就问他的媒体官迈克·斯蒂尔假如他结婚的话，对自由党的支持率会产生什么影响。斯蒂尔被索普的问题吓了一跳，说支持率估计会上升 2 个百分点。

索普听后难掩失望之情。"哦，难道不是至少 5 个百分点吗？"他说。

贝塞尔的汉堡连锁店迟迟无法开业。这年秋天，他又去纽约筹措

---

① 位于瑞士，是一所专门面向年轻女孩传授社交礼仪和文化习俗的贵族学校。

资金。在纽约期间，索普也过来和赞比亚总统卡翁达会谈。和卡翁达会面前，索普和贝塞尔在索普下榻的华尔道夫酒店小酌。索普说他希望和卡翁达的会谈能早点结束，这样晚上就可以出去找点乐子。贝塞尔明白自己早先对索普的劝诫算是白讲了。他一度想再次劝告索普要小心，但觉得没什么意义。于是他冷淡地让索普去格林尼治村试试。

"到了以后我该怎么办？"索普问。

"四处转转，就能找到好玩的地方。这对你应该不是难事。"贝塞尔说。

第二天早晨，当贝塞尔往索普下榻的酒店打电话，房间里却没人。贝塞尔焦急起来。后来问酒店的助理经理才知道，索普已经结完账去飞机场了。回伦敦后，索普才告诉贝塞尔事情的经过。他说去格林尼治村纯属浪费时间。"不过最后结果还不错。我在时代广场找到一个家伙，把他带回酒店。"最令索普满意的是，价格很便宜。"整个下来才花了 25 美元。"

不久索普告诉贝塞尔，他打算和卡罗琳·阿尔帕斯结婚。索普说，一次他带卡罗琳去邮政塔顶的旋转餐厅约会时，就把自己的意图挑明了，不过措辞一点也不浪漫。"我当时说，我岁数大了，就不说坠入情网那种话了。我想她喜欢我的直来直去。"

贝塞尔更关心一些实际问题。"你和她睡过觉没有？"贝塞尔问。

"当然没有。"索普道。

这种事还是事不宜迟，贝塞尔向索普建议。如果那方面没问题，两人在谈婚论嫁前至少同居 6 个月。

索普对贝塞尔的建议不以为然。"除非结了婚，否则我不会和一个女人共同生活的。"他高傲地说道。

贝塞尔对索普这套矫饰的鬼话一点也不陌生，甚至再熟悉不过。但他还是不知道该怎么反驳。

1968 年 1 月的一个清晨，一辆崭新的蓝色福特海盗船在曼彻斯特大区奥尔特灵厄姆附近径直高速撞向一个交通环岛。驾驶员被甩出车外，死里逃生，只受了一些外伤。警察告诉他，如果他当时系着安全带，会立刻丧命。汽车残骸撞得只剩下原来一半大小，方向盘在巨大冲力下扎进了驾驶座椅，刺穿了里面的衬垫。

虽然酒精呼测仪要等到十年之后才广泛应用，但当时对于怀疑醉驾的司机，通常会进行血液和尿样检验。虽然有大量证据表明这名司机是严重醉驾，但警察只是轻描淡写地警告一番，就把他放了。对警察来说，这名司机是个熟面孔。此人劣迹斑斑，经常赌博、酗酒，以各种危险玩命的行为著称。他大名叫乔治·卡曼，是一位 38 岁的刑事出庭律师，在曼彻斯特一家主要律师事务所执业。

卡曼出生于黑池，父母都是虔诚的天主教徒。他自己曾就读于牛津大学贝利奥学院。在贝利奥学院，他是大家眼里天赋出众的优等生，被时任牛津辩论社主席的杰里米·索普邀请在辩论社发表演讲。两人算不上密友，但关系一直不错。据说索普有几篇文章其实是由卡曼捉刀代笔。

1952 年卡曼以最优等成绩从牛津大学毕业，其中口试成绩在那届法律专业毕业生中和另一位学生并列第一。相形之下，索普只获得第三名。甫一获得出庭律师资格，卡曼就来到曼彻斯特执业。不过在他工作的律师事务所，人们普遍谣传他不会在那儿工作长久。至于他要去哪儿，从事什么性质的工作，就没人知道了。车祸后几个月，在一次赌博中，卡曼又输掉了房子。不过虽然他的私生活一团糟，但见识过他工作的人，没有人怀疑他的业务水平。卡曼从不掩饰自己的雄心壮志。最重要的是，他想在伦敦出人头地，尽可能给自己塑造一个引人注目而又具有感召力的形象。

12

幸福时刻

1968 年 5 月 30 日，星期四，杰里米·索普和卡罗琳·阿尔帕斯在兰贝斯宫一个私人教堂举行婚礼。仪式由克雷迪顿主教威尔弗里德·维斯托主持。索普的老朋友坎特伯雷大主教迈克尔·拉姆塞向新人赐福。由于教堂很小，现场除了双方家人，只有索普的选区助理莉莉安·普罗斯和男傧相戴维·霍尔姆斯等为数不多的几位外人。

索普的婚礼虽然办得简单，但婚宴却很铺张。800 多名来宾应邀出席于皮卡迪利大街皇家艺术院举行的奢华宴会。许多自由党党员抱怨这种浮华场面向外界传递出完全错误的信号。他们认为索普这样做犹如一个老派的托利党大佬，而不是锐意进取的政党领袖。有人甚至开始讨论罢黜他的可能。不过索普对此却不以为意，他忙于婚事的各种安排。在婚礼前几周，他就邀请那些即将出席婚宴的官宦来下议院他的办公室做客。

举行婚宴那天，索普和新娘站在门口台阶上迎宾。来宾中有首相哈罗德·威尔逊、反对党工党领袖泰德·希思，后者一反常态地原谅当初索普讽刺他是"圣诞布丁"。不过有个人却引人注目地缺席了。彼得·贝塞尔决定不参加索普的婚宴，这让他妻子葆琳娜颇为不满。贝塞尔找了一个很好的借口，说他人在纽约，正忙着说服投资者进行投资。不过正如他事后所承认的，如果想回来，他完全可以回来。不过他隐隐有种不祥的预感，觉得炸弹的引线已经点燃，所以决定回避。

尽管贝塞尔没有参加索普婚礼，但不久就发现自己还是被拉入索普的轨道中。贝塞尔从纽约回来后不久，就驱车前往索普位于马沙姆科特的公寓，去接索普一道参加一个宴会。贝塞尔一进门就发现索普整个住处全变样了。过去这里是斯巴达式禁欲风格，偶见一些中式装饰品和马克斯·比尔博姆的卡通画。现在在卡罗琳的指点下，整个氛围更温馨，更有家的感觉。

贝塞尔觉得惊奇的不仅仅是索普家的氛围，还有别的东西，要是放在过去，贝塞尔是难以想象的。索普夫妇一举一动都显得很恩爱。索普后来也告诉贝塞尔，他喜欢婚姻，喜欢卡罗琳的陪伴，喜欢这种无需撒谎的关系。最令贝塞尔不可思议的是，索普甚至觉得卡罗琳的身体很有吸引力。

贝塞尔以前总觉得卡罗琳傻得天真，但他很快就修正了自己的看法。卡罗琳虽说为人羞涩，但性格活泼，惹人喜爱。索普的很多朋友也持这个看法，他们以前和贝塞尔一样，觉得卡罗琳糊涂幼稚。而且贝塞尔还高兴地发现，卡罗琳对索普并非百依百顺。贝塞尔和索普出发前，卡罗琳问索普何时回来。索普说不知道，因为他不清楚宴会要持续多久。卡罗琳充满爱意地笑着说："你的话我一个字也不信。"

那么卡罗琳了解索普的过去吗？贝塞尔觉得应该不会。有一次他问索普这件事，索普认为卡罗琳从未有过任何疑心。索普说，和卡罗琳聊天时他曾故意提到同性恋这个话题，但卡罗琳"明确表示不想讨论这个问题"。

不过生活中有些迹象她是知道的，也并非毫不关心。比如她毕竟和戴维·霍尔姆斯很熟，而后者从不掩饰自己的同性恋倾向。不过熟识卡罗琳的人都知道，在光鲜的外表下，她内心还保存着些许单纯，尤其在性方面。她并非对同性恋视而不见，而是压根没想到自己丈夫根本不是正常的异性恋。她对索普婚后那些同性恋一夜情肯定也蒙在鼓里——当然索普自己也比过去更谨慎。

卡罗琳一开始觉得党首夫人的生活肯定艰巨困难，但她很快就适应了，举止自信，并且成为丈夫的坚定维护者。有批评者指责索普耗费过多时间和油头粉面的上流朋友交往。"说索普是上流社会社交名人完全是胡说八道，"她对《每日邮报》说，"从我认识他的那天起，就发现他和社会各阶层人士广泛交往。他喜欢民众，对民众感兴趣。"她甚至在政治价值观上也为索普辩护。"索普是个真正的自由党人。他信仰自由主义。他绝不会领导一个不践行自由理念的政党。如果那样的话，他会主动辞职。"

在卡罗琳身上唯一表现出和外表的幸福不一致之处，是她婚后不到一年就不停地做噩梦，情况甚至严重到她都不敢睡觉。索普对贝塞尔谈起过此事，说卡罗琳为此还去看过医生。不过医生也没有什么好办法，显然安眠药收效甚微。贝塞尔建议索普带卡罗琳去看精神科大夫。虽然这个建议一点也不离谱，但索普却反应强烈，斥责贝塞尔这个主意"荒谬至极"。两人从此再没谈过此事。

贝塞尔从纽约回来后，被迫面对一个无法回避的事实：他开汉堡连锁店的计划彻底失败。随着人生中又一项宏大计划流产，贝塞尔陷入前所未有的困境中。他认为要想避免破产，现在只剩一条路。他必须离开政坛，全身心地为自己解纾脱困。

贝塞尔情绪低落地去找自由党博德明选区工作人员，告诉他们下次大选自己不准备参选。这些工作人员自然要问什么原因。贝塞尔不愿意告诉他们自己深陷财务困境，以免外界察觉到什么不对劲，于是就含含糊糊地说个人生活出了问题。这些工作人员既遗憾又不解，但还是接受了他的请辞决定。贝塞尔现在只需要把剩余任期熬完就行了。不过这也还有两年时间。

贝塞尔也告诉索普自己不再参选的决定。索普还是一如既往地挽留他，不过在贝塞尔看来，索普这次的挽留有些奇怪，显得心不在焉。贝塞尔一开始以为索普是因为要当爸爸才分心，因为卡罗琳已经怀孕。但紧接着他脑海中闪出一个不祥的解释，是不是这位老朋友对自己失去信心？想到这里，贝塞尔就更加沮丧。

贝塞尔相应地就想做一些事情，让索普觉得自己对他多少还是有用的。1968 年夏天，他交给索普一份手写账单，上面是他按时寄给诺曼·斯科特零花钱的记录。他还答应帮索普看管一些文件，那些索普不想落入他人之手的文件。贝塞尔将这些文件连同一些银行对账单一起放入一个旧公文包里，然后把公文包妥善地放置在办公室。贝塞尔还和斯科特见了一面。这次见面时，贝塞尔给了斯科特 75 英镑，资助他重启模特生涯。由于这次见面后，贝塞尔没再得到任何消息，他以为事情已经顺利解决，所以拍胸脯向索普保证，斯科特肯定不会对外乱说他们之间的事情了。

"你认为会有人相信斯科特的话吗？"索普问贝塞尔。

贝塞尔说可能性不大，尤其是目前索普还结了婚。

"我的意思是，他现在手头好像也没有什么证据，对吧？"索普问，"没有什么信件或别的什么把柄？"

"没有，没有。"贝塞尔答道。

接着他停顿片刻，"不过……"

"不过什么？"

贝塞尔惊愕地发现索普转眼间又换上冷冰冰的满大人表情。贝塞尔说，他突然又想起来，斯科特好像曾经告诉他还保存了一些"JT"寄来的信件。这话是在前往都柏林机场的出租车上斯科特对他说的。

索普一下子就急了。"什么？"

贝塞尔让索普平静下来，他再好好回忆一下斯科特当时具体怎么说的，慢慢地把回忆连起来。贝塞尔记得当时对斯科特说，他不相信斯威特曼神父会轻信斯科特与索普之间有不正当关系。斯科特说，斯威特曼神父一开始确实不相信，但看了斯科特出示的几封索普给他的情书后就信了。

索普听后暴跳如雷。他埋怨贝塞尔怎么把这么重要的事情给忘记了？

贝塞尔无言以对。他的记忆现在漏洞百出。他想显得一切尽在自己掌控之中，于是对索普说："没关系，我们把那些信件弄回来就行了。"

可是怎么才能搞到手呢，索普想知道。

贝塞尔也被难住了——他不可能就这样直接去找斯科特要回那些信件。索普在办公室里来回踱步，嘴里念念有词，有好几次想开口，但又把话咽回去，还喃喃自语地说："不，这样不行。"突然他停下脚步，用手指着贝塞尔道："戴维！"索普说，"这是个办法。戴维能搞到这些信件。"

贝塞尔也觉得这可能是个办法。无论如何，现在得派一个以前从未接触过斯科特的人去见他。戴维·霍尔姆斯适合这个任务。贝塞尔顺着索普所指的方向，又把这个办法完善了一下。霍尔姆斯可以假扮成记者，说自己得到索普和斯科特的一些传闻，想把这个新闻素材买下来。如果斯科特同意，霍尔姆斯可以顺势问他有没有什么证据。那样斯科特就会顺理成章地拿出信件。

"妙极了！"索普夸赞道。

但是接下来贝塞尔发现这个方案有一个致命缺陷。如果霍尔姆斯宣称是舰队街某家报社记者，斯科特很容易打电话核实他身份的真伪。那就让霍尔姆斯装成是德国《明镜》周刊记者，索普建议道。斯科特绝不会费力地和一家德国刊物联系的。不过贝塞尔又想起另一件事。不知道霍尔姆斯装德国人像不像，这对他的演技是一大考验。贝塞尔还有一个更大的忧虑是，霍尔姆斯到底愿不愿意趟这个浑水？

"噢，我们让他做什么，他就会做什么，"索普说，"他乐意和我们混在一起。他会向曼彻斯特的朋友们吹嘘，他要去伦敦会见自由党领袖。"

虽然霍尔姆斯乐于和权贵们交往，但他和索普的关系远不局限于此。当年两人在牛津初识时，霍尔姆斯对索普就钦佩有加。不过贝塞尔猜测索普和霍尔姆斯是情人关系，未免过于离谱。虽说两人共享过性伙伴，但并无证据表明他们之间发生过关系。索普对霍尔姆斯也没那方面的意思。

一周后霍尔姆斯来伦敦。他给索普打电话要求见面。三人在下议院迎宾餐厅共进午餐。索普向霍尔姆斯表示自己有一件事需要霍尔姆斯帮忙。结果不出所料,霍尔姆斯非常乐意帮忙。不过听完索普要他帮忙的事后,霍尔姆斯开始打起了退堂鼓。他认为如果自己贸然去肯特郡,假扮成购买新闻素材的记者,斯科特不太可能相信他的话。

索普耐心地劝说霍尔姆斯,告诉霍尔姆斯自己的计划比他认为的更周密。第一步是安排霍尔姆斯见一下斯科特本人,好让他知道斯科特长什么样。贝塞尔在一旁说这个没问题。他可以安排斯科特来办公室一趟。霍尔姆斯只需要在马路对面一边溜达一边观察二楼贝塞尔办公室的窗户。当斯科特离开时,贝塞尔会给霍尔姆斯打手势。

"然后我该怎么办?"霍尔姆斯问。

索普建议霍尔姆斯到时主动靠近斯科特,佯装朝他借个火。接着索普有个更好的主意。"有了!你就让他知道你是个男同性恋,请他去喝一杯。"

霍尔姆斯这方面经验倒是很丰富,经常在街上搭讪陌生男子。他觉得做这种事手到擒来。

"到时不行你得跟他搞,这样才能把信件骗到手。"索普警告道。

贝塞尔觉得这样会节外生枝,赶忙说不行。出乎贝塞尔意料,索普也同意他的看法。还是用金钱更保险。索普问贝塞尔这些信件斯科特会索要多少钱?贝塞尔觉得 200 英镑足够了。但他忘了索普是个吝啬鬼。

"太多了,"索普抱怨道,"我觉得 25 英镑就够了。"

在索普的抱怨声中,他们讨价还价,最后说好是 100 英镑。当天下午,贝塞尔的秘书就给斯科特写了一封信,请他下周来伦敦。在斯科特来伦敦的前一晚，贝塞尔和索普在下议院索普办公室外面简单碰个头。索普告诉贝塞尔，晚上刚和霍尔姆斯共进晚餐，把明天的事又仔细商量一番。

"我告诉戴维，一定要拿到那些信件，"索普道，"用什么方式我不管，关键是一定要拿到。"

贝塞尔一开始以为索普的意思是让霍尔姆斯和斯科特发生关系。于是他再次向索普表示，这个主意太糟糕。但索普不耐烦地摇了摇头，一字一顿地说："我就是告诉戴维，要不惜一切代价。"

说完索普进了办公室，留下贝塞尔一个人在外面琢磨，索普刚才的话到底是什么意思。他应该不会让霍尔姆斯通过暴力手段获得信件。有那么一瞬间，贝塞尔脑子里闪过一个匪夷所思的想法，不过他很快就否定了这个想法，觉得自己一定是压力太大，所以脑海中才充斥着各种乱七八糟的念头。当然这种看法不无道理。

第二天早晨，贝塞尔按计划在办公室等待斯科特。在斯科特到达前一刻钟，贝塞尔朝窗外望去，发现戴维·霍尔姆斯站在马路对面。他一点不注意掩饰自己，反而站得笔直，眼睛怔怔地望着前方，好像白金汉宫前的皇家卫兵。这不是个好兆头，贝塞尔心想。

和以往一样，斯科特准时叩响房门。不过让贝塞尔印象深刻的，不是他的守时，而是外表。和他们上次见面相比，斯科特整个人面貌一新。他衣冠楚楚，穿着明显价格不菲的西装，一只手甚至还提个公文包。不仅如此，他的动作举止也变了。

他说话时不再因为紧张口吃或身体发抖，而是放松自信。他说自己的模特生涯突然迎来转机，现在获得一大把工作机会，钱也挣了不少。斯科特还从公文包里拿出许多黑白照片给贝塞尔看。照片上的斯科特穿着各种服饰，摆出各种造型。他还给贝塞尔看了一份个人简介，上面列了一些重要的信息："身高 5 英尺 11 英寸，胸围 38 英寸，腰围 30 英寸……"

贝塞尔对斯科特的状态十分惊喜，尤其是斯科特还告诉他今后不再需要每周给他寄零花钱了。最重要的是，斯科特对索普好像也不再怨恨。"我永远不会忘记杰里米，"他对贝塞尔说，"不过我现在过得很好，也不再想他了。"

趁着斯科特心情好，贝塞尔赶紧见缝插针地提醒他们两人在都柏林出租车上的那次谈话，当时斯科特告诉他还有一些索普的信件，并且把这些信件给斯威特曼神父看。如果这些信件落入坏人手中，那将引起极其严重的后果，所以不如让他帮斯科特代管这些信件，贝塞尔故意轻描淡写地建议道。

听了贝塞尔的话，斯科特一开始愣住了，接着他反应过来。斯科特说确实记得两人那次谈话，当时也确实有几封杰里米的信件。不过这些信件他在焚烧护照时也一并烧毁了。贝塞尔听了这话如释重负。他告诉斯科特，非常高兴看到他的事业走上正轨，希望今后能听到更多他的好消息。说完，两人握手告别，斯科特就离开了。

斯科特一走，贝塞尔就冲到窗户边使劲挥手，把他的秘书斯泰顿吓一跳。霍尔姆斯正站在马路对面人行道上警觉地注视着，看见贝塞尔挥手，打了个激灵，好像被一头斗牛顶了一下，于是穿过蓓尔美尔街。贝塞尔突然想起来，现在再让霍尔姆斯去搭讪斯科特已经没有意义，只会引起斯科特的怀疑。于是他把挥手改成招手。

霍尔姆斯看见贝塞尔改变手势，停在了马路中间，困惑不解。最后他明白了贝塞尔的意思，上楼来到贝塞尔的办公室。贝塞尔向他解释了事情的原委。

"你觉得斯科特真的把那些信件销毁了吗？"霍尔姆斯问。

贝塞尔想了想。过去他认为斯科特性格过于冲动，甚至有些妄想的症状，不过他倒不觉得斯科特是个骗子。

"是的，我相信他说的是真话。"

听了贝塞尔的话，霍尔姆斯也松了口气。不过他放松的原因和贝塞尔不一样。"我必须得说，看了斯科特的长相，我可不敢恭维杰里米的品位。"

等霍尔姆斯走后，贝塞尔长长地松口气。又一道难关闯过去了。他希望这次能终于划上一个句号。

13

射杀疯狗

　　贝塞尔故意没有细问斯科特的新生活。他觉得自己最好知道得越少越好。而且他也能猜到，斯科特的生活肯定复杂斑斓。他是精神病院的常客，还热情放纵地投入到摇摆伦敦①的时尚潮流中，要想当一名成功的男模，就得经常出入各种派对，结识各色人等。

　　斯科特通过他在爱尔兰的朋友介绍，认识了居住在伯爵府广场一个大公寓里的四个女孩，其中一个女孩名叫苏·迈尔斯，是泰特美术馆一位见习艺术品修复师。她和斯科特一见如故，颇为投缘，被斯科特迷住了。几周之后，斯科特就搬进了这四个女孩所住的公寓，和苏共处一室。但他们没有发生关系。斯科特觉得苏不是那种可以随便玩玩的女孩。"我非常尊重她。她太可爱了。我们意气相投。"不过迈尔斯过去的罗曼史也很混乱。她曾和比自己大很多的男人们乱搞关系。

　　一天晚上，四个女孩中一个名叫凯瑟琳·奥利弗的女孩问斯科特想不想去萨德勒威尔斯剧场观看玛戈特·芳婷②的舞蹈演出。她告诉斯科特，她和迈尔斯一位共同朋友也将去看演出。这人名叫康威·威尔逊-杨，二十出头，是个富家子弟，伊顿毕业，在贝尔格拉维亚有一处房产。斯科特和威尔逊-杨一见面就对上了眼。演出结束后，他们三人来到后台化妆间见玛戈特·芳婷。芳婷是威尔逊-杨父母的朋友。

第二天，斯科特就搬出伯爵府广场的公寓，搬进威尔逊-杨在切斯特广场的家。在斯科特头脑较为清醒正常的时刻，他能感觉到自己这位新男友也不是善茬："他性格喜怒无常，偏狭固执，习惯自行其是。"不过即便如此，斯科特还是被威尔逊-杨以及他的生活方式迷住了。威尔逊-杨发现斯科特喜爱古典音乐，特地带他去拜罗伊特看一场瓦格纳歌剧，还带他去萨尔茨堡听莫扎特作品音乐会。在旅行中，他买了一辆崭新的棕色梅赛德斯跑车。当斯科特说他非常喜欢这辆车时，威尔逊-杨毫不犹豫地把车送给他，哪怕斯科特从来没学过开车。

在回来的路上，两人拐到威尔逊-杨父母位于萨福克郡巴汉姆的家。第二天早晨，苏·迈尔斯出人意料地赶了过来。当她径直走进威尔逊-杨的卧室，发现两人睡在一张床上，眼泪立刻流了下来。接下来的周末气氛紧张。两人回到伦敦后，关系还是没缓和。威尔逊-杨和斯科特不停地陷入争吵之中。最后斯科特决定回爱尔兰住一段时间。此举令刚和斯科特签约的模特公司大为光火。这家位于肯辛顿的玻尼模特经纪公司已经为斯科特预排了许多时装拍摄任务。

斯科特在都柏林给苏·迈尔斯写信，请她过来陪自己。苏收到信后，毫不犹豫地推掉手头一切工作，飞到他身边。但两人还是保持着柏拉图式恋情。经过在都柏林的休养，1968 年 11 月底，斯科特返回

---

① 20 世纪 60 年代伦敦时尚文化产业蓬勃发展时期。
② 玛戈特·芳婷 (1919—1991)，著名英国芭蕾舞女演员，英国皇家舞蹈学院名誉院长。

伦敦，还住在伯爵府广场的公寓。他本想重操模特的旧业，但很快就发现情况糟糕透顶。在他不在伦敦这段时间，他的工作机会全丢光了。在模特界，他获得一个办事不靠谱的恶名。

斯科特只得再次给彼得·贝塞尔写信求助。贝塞尔现在已经看明白了，斯科特和索普身上有很多共同点，虽然他们不一定愿意承认。两人都对自己的行为不负责任，总想别人给他们收拾残局。倒霉的是，贝塞尔现在夹在中间，还得尽力让他俩满意。

12月3日，贝塞尔给斯科特回复了一封经过精心措辞的信。在信中，他对斯科特最近的落魄深表同情："我很抱歉听到你在都柏林不愉快的经历。我明天要启程去美国。我希望能找到一种一劳永逸的方式帮助你。无论如何，我很乐意回来后和你见面……现随信附上5英镑帮你渡过眼下难关。我的秘书斯泰顿下周还会寄给你7英镑。请对未来不要丧失信心。我相信大家会帮你找到解决问题的办法。祝你新年快乐。"

斯科特读完贝塞尔的信，把信给苏·迈尔斯看。苏·迈尔斯还是像往常一样，既同情又给斯科特打气。那天晚上，两人第一次睡在一起。

两天之后，杰里米·索普让彼得·贝塞尔来他在下议院的私人办公室。贝塞尔还和往常一样，坐在绿色皮沙发上，索普坐在写字台后面。几分钟后，索普问贝塞尔有没有诺曼·斯科特的消息。

贝塞尔说有，不过不是好消息。斯科特的模特生涯好像又遇到挫折。

"该死！"索普道，"我还以为再也不用听到这个家伙的消息。"

索普接着说，他不知道该怎样彻底摆脱斯科特，问贝塞尔能理解他整天担惊受怕是什么滋味吗。说着，索普重重地跌坐在椅子上，对着窗户做了一个绝望的手势。索普向贝塞尔坦承，最近好几次他都预感和斯科特的关系会毁掉他的政治生涯。

贝塞尔以往也见过索普情绪低落的时候，但从未像今天这样低沉到极点。他竭力安抚索普，说自己有把握将斯科特搞定，阻止他乱来。但索普只是摇摇头，眼睛始终凝视窗外。贝塞尔还在绞尽脑汁地想一些能进一步宽慰索普的话。就在这时，下议院分组表决的铃声响了，召唤议员们去议事大厅投票，这替贝塞尔解了围。

索普对贝塞尔说，等投完票后再接着讨论这件事。但贝塞尔有些疲惫，同时也受到索普沮丧情绪的传染，所以打算找个借口开溜。在去议事大厅的路上，两人先去了一趟卫生间。此时索普再次表现出反常举动。他把卫生间各个隔间的门挨个打开，确保里面没人，然后挨着贝塞尔站在小便池前。

"要不给他在国外找个工作怎么样？"索普道。

其实贝塞尔早就试过这一招，但是没有成功。不过为了让索普高兴，他说会再试试。两人步入议事大厅时，贝塞尔注意到索普还是一副心事重重的样子，耷拉着脑袋，板着脸。投票一结束，索普就抓住贝塞尔的胳膊，把他领回自己的办公室，让贝塞尔开溜的计划泡汤了。回办公室后，索普又颓然地坐到办公椅上。

据贝塞尔后来回忆，就在此时，索普第一次说道："彼得，我们必须把他干掉。"贝塞尔明白索普的意思，心头一阵恶心，但他决定把话挑明。

"什么？你是说要杀掉他吗？"贝塞尔道。

索普深吸一口气，把椅子从写字台前往后一推，站起身来。

"是的。"他说。

接着索普走到酒柜前，给自己斟了一大杯威士忌。他要给贝塞尔也来一杯，但贝塞尔拒绝了。

索普将威士忌一饮而尽。

"怎么样？"索普问。

贝塞尔震惊不已。他向来知道索普为人一贯天马行空，想入非非。贝塞尔觉得这和索普善于模仿的性格有关系。索普喜欢扮演不同的角色，也喜欢生活在这些角色中，最后通过这种方式来隐藏自我。随着年岁增长，索普这个癖好不但没有减轻，还越来越根深蒂固。他的事业越成功，他模仿别人的兴趣就越浓。他在言谈举止上模仿别人，把自我隐藏在别人的角色中。甚至他在公众面前表现出的形象也是一种模仿秀。"在面对电视观众或者在大型集会上，他的嗓音总是呈现不同的腔调，熟识他的人会立刻发现他们在观看一场他自己的超级模仿秀。"

不过现在贝塞尔却强烈觉得索普这次不是异想天开，也不是在假扮另一个人。为了拖延时间，贝塞尔也故意站起身，在房间里来回踱步。

"杰里米，这太荒唐了。"贝塞尔道。

"没别的路可走了。"索普对贝塞尔说。

这次让贝塞尔最担心的是索普说话时的镇定。贝塞尔想，索普已经疯狂了，他真的知道做这件事的后果吗？

"没有哪个神志清醒的人会公开讨论谋杀，更不要说还是两个下议院议员在下议院谈论。"

但索普重申已经没有其他路可走。此事涉及的利害关系太大。如果斯科特把这件事卖给媒体怎么办？到那时索普将身败名裂。贝塞尔听了索普这话，决定换个策略。他问索普有没有想好怎么行动？

"必须把他枪杀。"索普说。

看到贝塞尔惊愕的表情，索普又加了一句："彼得，其实没什么大不了的。就当杀死一条疯狗。"

但对贝塞尔来说，这件事非同小可。"这可比杀死一条疯狗血腥得多，"他对索普说，"斯科特也许确实是废物，但他毕竟是个人。"

索普没说话，阴沉着脸坐在那儿。贝塞尔怕自己刚才讲的话得罪了索普，于是又把话题转回到实施行动的细节上来。他问索普怎么处理尸体。

"在纽约我觉得通常的做法是，找一条河扔里面。"索普说。

但真正做起来比嘴上说说要难办，贝塞尔告诉索普。美国的河流一般比英国的深，受潮汐影响大。索普听了之后说，他最近在报纸上看到一则新闻，在美国高速公路的工地上，有人用速凝混凝土埋尸。

贝塞尔没好气地指出，既然索普都读到这则新闻了，那就说明尸体一定被人发现了。

"哦……"索普一时语塞。

突然索普又冒出一个主意。"锡矿！"他激动地跳起来，双手抓着贝塞尔的肩膀。"就这么办！"把斯科特扔到一个锡矿里。康沃尔郡有好几个废弃的锡矿，每个矿都有很深的矿井。尸体扔到那里不会有人发现。

说到这里，贝塞尔说自己要回家了。索普显然被贝塞尔这个举动激怒了，粗嘎地对他道了声晚安。但贝塞尔并没有回家，至少没有直接回家。他步行到威斯敏斯特的新宫院①的停车场，然后驱车驶出正

---

① 此处指 New Palace Yard，位于威斯敏斯特宫的西北角，建于 1100 年。

门，沿着议会广场兜圈子。开到一半时，他改变了主意，然后像是要为自己行为找个依据似的，贝塞尔回首向上看了一眼大本钟顶部的亮光。这亮光似乎奇异地向他给出某种暗示，示意他回去。

于是他又开车回到威斯敏斯特的新宫院，把车重新停回车位，走进议员茶室。他坐下来要了一杯茶，心里思忖索普刚才的话是不是动真格。他点燃一根烟，觉得索普是真的动了杀机。现在距离他们在里茨大酒店第一次讨论这件事，已经整整过去了四年。这四年间，索普被斯科特烦透了，整天生活在担惊受怕中。最开始索普说起斯科特还带一些温情，但现在已经荡然无存。他对斯科特只剩下恐惧。而且贝塞尔怀疑斯科特故意抓住索普身为党首这个软肋。他选择现在这个时机重新进入索普的生活，恐怕不仅仅是巧合。

贝塞尔喝完茶后，回到议员休息室。现在他不那么疲惫，相反脑子里在盘算各种问题。假如索普是认真的，自己准备多大程度上去帮这个忙？他真准备做谋杀犯的同谋吗？

贝塞尔抬头看了一眼议事大厅入口处戴维·劳合·乔治的雕像。他是自由党历史上最伟大的领袖。贝塞尔一直都很喜欢这尊雕像，因为他和索普一样，是劳合·乔治的狂热崇拜者。还有一个原因是，这尊雕像塑造得太逼真了，仿佛劳合·乔治真的站在那里指手画脚、滔滔不绝地说话。但贝塞尔觉得他现在好像在斥责什么。贝塞尔好奇，如果听到他和索普刚才的对话，他老人家不知会有什么指示。

贝塞尔站起身来，沿着空无一人的走廊朝索普办公室走去。他估计索普十有八九可能已经走了，所以没敲门就进去了。但索普还耷拉着脑袋瘫坐在椅子上。贝塞尔以为他睡着了，但索普却慢慢地抬起头来。

第二部分

14

终极解决

"动手的人是戴维。"

贝塞尔注意到，索普说话时诡异地用一种平淡语气，双眼好像深陷头颅里。贝塞尔觉得自己在这种情势下必须弄清楚索普到底要干什么。他真的要让戴维·霍尔姆斯去谋杀诺曼·斯科特吗？

"呃，我自己没法亲自动手，那样太显眼。你也不行，所以只能让戴维去。"

但贝塞尔已经目睹过戴维·霍尔姆斯在蓓尔美尔街佯装时的笨拙表现，觉得选谁都不能选他去执行这项谋杀任务。

"你疯了，"贝塞尔道，"戴维太嫩了。"

索普承认霍尔姆斯经验不足，但他重申除了霍尔姆斯，别无其他人选。

"如果事先对他交代妥当，没理由认为戴维肯定不行。"

但贝塞尔不以为然。"他会把事情搞砸。"贝塞尔信誓旦旦地说。

索普拒绝在这个问题上让步。他告诉贝塞尔，准备第二天上午给霍尔姆斯打电话，让他来伦敦，三个人碰个头。那么在接下来的一周里，贝塞尔将何去何从？在这关节眼上，他其实可以轻易找个借口，譬如说要去美国，因为那边的生意仍然需要花大量时间打点。但贝塞尔没有找借口。相反，他告诉索普没有外出计划。说完，两人再次互道晚安。这次贝塞尔开车离去时，已经毫不怀疑索普的决心了。而那浮现在他脑海中的另一个问题——他到底准备多大程度上去帮索普——他还是没有下定决心，一直在心里盘桓着。

1968年圣诞节，诺曼·斯科特作为苏·迈尔斯父母的客人，在他们家位于林肯郡斯皮尔斯比的一座安妮女王风格豪宅里度过。斯科特登门时特地穿了一身紫色天鹅绒西装。但是此举并没有给苏·迈尔斯父母留下良好的第一印象。在后面的交往中，他们对诺曼·斯科特的印象也没有改善。迈尔斯父母显然认为他就是个吃软饭的废物，对他基本不理不睬。圣诞节早晨，斯科特下楼来到厨房，在餐桌上发现一件礼物。他原以为这是一个显示善意的举动，借此拉近彼此关系。可惜这个想法并没有持续多久。撕开包装纸后，他发现里面是一个马克杯，杯壁上只印着一个单词——"Strychnine"①。

贝塞尔觉得事情还有希望，虽然只是一线希望，那就是圣诞假期能让索普回心转意，找回理性。但是当1969年1月议会重启时，索普告诉贝塞尔，戴维·霍尔姆斯将来伦敦，和他俩商议这件事。贝塞尔到索普办公室后，发现霍尔姆斯已经到了。贝塞尔见他还是那么直

---

① 马钱子碱，一种毒药。

挺挺地坐着。索普让贝塞尔反锁上房门，然后示意他坐下。看起来索普已经开始策划行动方案，并考虑良久了。霍尔姆斯将再次扮演《明镜》周刊记者的角色，和上次一样主动去搭讪斯科特。只是后面的剧本改成了霍尔姆斯告诉斯科特，周刊的总编出差来英格兰，现在正在康沃尔。霍尔姆斯将自告奋勇开车送斯科特去康沃尔和总编面谈，以达成交易。

说这些话时，索普边说边用目光扫视霍尔姆斯和贝塞尔。两人谁也没插嘴。索普继续往下说，等到达康沃尔后，霍尔姆斯会带斯科特去一家酒吧，把他灌醉，然后扶到汽车后排座，驱车直奔博德明的沼泽地带，在那儿干掉斯科特。索普说完后，一片静默，气氛紧张得令贝塞尔觉得不得不说点什么来缓个场。

"用什么方式干掉他？"贝塞尔问。

"拧断脖子不是一件轻而易举的事吗？"索普冷冷地说。

为了证明自己说的有道理，他站起来，绕到贝塞尔椅子后面，用一只胳膊勒住贝塞尔的脖子，另一只手握紧胳膊肘猛地使劲往上拧。这时贝塞尔第一次觉得索普是不是真的有些疯癫。他竭力指出这个方案有很多缺陷。譬如，霍尔姆斯万一只将斯科特勒半死怎么办？接下来该如何处理？

沉默再次降临。

"我觉得你讲的有道理，"索普最后开口道，"如果那样的话，戴维，你就要用枪干掉他。"

射杀斯科特后，霍尔姆斯需要把斯科特口袋里所有能证明其身份的物品全部拿走，然后把尸体拖过沼泽，扔进废弃的矿井里。索普还不忘提醒霍尔姆斯："你知道人暴死后，尸体会大小便失禁吗？一定要记住。"

贝塞尔虽然觉得索普说得有点恶心，但在现在的情形下，这不过是一桩小事。他又提出另一个反对理由。在漆黑的夜里，将一具身材魁梧的男尸——他记得模特照上斯科特的相关数据——拖曳经过荒野沼泽，要比索普嘴上讲起来难办得多，而且肯定会留下拖曳的血迹。

"那好吧，"索普突然又变卦了，"那就下毒。"

霍尔姆斯开车把斯科特带到酒馆后，偷偷把毒药放进他的酒里。现在轮到霍尔姆斯开腔了。到目前为止，他还一言未发。霍尔姆斯指出，索普计划中的另一个缺陷。"斯科特如果突然从酒吧的高凳上摔下来，不省人事，难道不成了一件更诡异的事吗？"贝塞尔忍不住大笑起来。贝塞尔一笑起来就停不住。"不用担心，戴维，"贝塞尔边狂笑边不忘调侃，"你可以向老板道歉，并询问最近的矿井在哪里？"

霍尔姆斯也跟着大笑起来，不过笑里带着紧张。索普没有笑。他一直盯着这两个人，等他们恢复平静。"必须选择一种慢性发作的毒药，"索普道，"这只是个技术问题，戴维。"索普接着宣称，他马上要去开个会，戴维和贝塞尔留下来继续讨论行动方案。

贝塞尔和霍尔姆斯转移到"访客咖啡厅"。贝塞尔问霍尔姆斯有什么想法。霍尔姆斯显然还处于震惊中，摇着头用沙哑的嗓音说："难以置信！"接着他又说，他不认为索普是真的想动手。贝塞尔想说服自己相信霍尔姆斯的话是对的，因为毕竟霍尔姆斯比别人更了解索普。不过他向霍尔姆斯建议，两人应该尽可能多地提出不可行的理由，这样索普才有可能对这件事失去兴趣。分手前，贝塞尔和霍尔姆斯互留了电话，以便两人可以背着索普交流。

无论索普的内心充满多少暗黑思想，在公众面前他一如既往地保持着亲切阳光的形象。他和卡罗琳生的儿子鲁珀特 1969 年 4 月 12 日出生了。十二周后，在下议院地下室教堂，坎特伯雷大主教主持仪式，为小鲁珀特洗礼。索普兴高采烈地抱着孩子，摆出各种姿势给记者们拍照。为了这次受洗仪式，家人特意把小鲁珀特裹着镶着布鲁塞尔花边的洗礼袍里。这件洗礼袍也是有传统的，当年索普的姐姐拉维尼娅、索普的妈妈、索普的祖母受洗时都用过。索普自己当天穿一件他父亲传下来的晨礼服，纽扣孔别着一朵大大的康乃馨。担任孩子教父的是戴维·霍尔姆斯和自由党议员埃里克·卢伯克。主教夫人琼·拉姆塞是孩子的教母。其他来宾还有彼得·贝塞尔和葆琳娜·贝塞尔夫妇。

　　不过现在无论什么事情，都无法阻止索普要痛下杀手，哪怕刚刚身为人父。在接下来的数月里，他好几次用"苏格兰问题"①或"终极解决"来指代这场谋杀。贝塞尔觉得"终极解决"这个词令人想起臭名昭著的纳粹。索普告诉贝塞尔，他已经想好了，霍尔姆斯最好不要在酒吧里毒死斯科特，而是在外面递给他一个掺了毒药的扁平装小酒瓶。虽然索普和贝塞尔都同意这个方案，贝塞尔还是发现一个问题。假如霍尔姆斯自己一口不喝瓶里的酒，斯科特难道不起疑心吗？

　　索普承认局部细节尚需完善，不过他依然坚信计划本身没问题。霍尔姆斯找慢性毒药怎么花费这么长时间？应该没这么费劲吧？贝塞尔赶紧哇啦哇啦胡乱解释一通。但索普依旧不依不饶，坚持他们三人

---

① 在英语中，斯科特和苏格兰两词形态相近。

再碰个头，进一步敲定最后的行动方案。

再一次见面时，索普告诉贝塞尔，霍尔姆斯下周来伦敦。他们三人将在索普办公室碰头。贝塞尔已经做好心理准备，估计又是一场尴尬的见面。但接下来传来的消息令他震惊不已。他确信这个消息彻底改变了事件的走势。在霍尔姆斯约定到达前两天，贝塞尔的秘书告诉贝塞尔，斯科特上午来过电话。他没有要求和贝塞尔通话，只是留个口信。口信内容也不长，就是他结婚了。

15

劫　数

　　1969 年 5 月 13 日，距离杰里米·索普婚礼几乎正好一周年之际，诺曼·斯科特和苏·迈尔斯在肯辛顿户籍登记处登记结婚。斯科特的婚礼和索普的比起来在风光程度上逊色得多。来宾寥寥。苏的母亲拒绝出席。苏的姐姐布琳达和演员姐夫特里-托马斯也没去。斯科特这边，他的母亲未被邀请。登记仪式结束后，婚礼早餐安排在老布朗普顿街一家名叫"潦倒艺人"的餐厅。巧合的是，这家餐厅隔壁就是全伦敦最臭名昭著的同性恋酒吧"科尔赫恩"。

　　依据惯例，新娘父亲迈尔斯上尉，一个咋咋呼呼的澳大利亚老头应该致辞。但迈尔斯上尉讲的话一点也不应景。他直截了当地指出，女儿的婚姻是一场劫数。午餐后，当苏和父亲告别时，他搂着女儿说："噢，宝贝，我真希望你现在和我回家，而不是和这个同性恋讨厌鬼在一起。"

　　迈尔斯一家人讨厌斯科特，还有一个重要原因是苏现在已经怀有两个月身孕。如果没有怀孕，苏很可能也不会和斯科特结婚。苏刚得知自己怀孕时，准备去打胎。自从 1967 年《堕胎法案》颁布后，她这样做是合法的。苏虽说被斯科特迷得神魂颠倒，但心里知道斯科特这个人不靠谱。而苏的母亲更是情愿出打胎的医疗费。但斯科特的想法不一样。虽然这些年来他在宗教信仰上不那么虔诚坚定，但他骨子里还是一个罗马天主教徒，认为堕胎是不道德的。他不仅想让苏留下孩子，还想让孩子在婚内出生。于是他非常正式地向苏求婚。

苏被荷尔蒙冲昏了头，居然相信斯科特今后可能会改弦更张，就接受了他的求婚。斯科特原本打算婚礼也在威斯敏斯特的地下室教堂举行，但迈尔斯上尉不同意。他有强烈的宗教信仰，不想让女儿这个婚礼劳驾上帝批准。苏的姐姐布琳达和姐夫特里-托马斯虽然没有来参加婚礼，但是慷慨地送给这对新人一份大礼，把他们在多塞特郡米尔顿·阿巴斯区的一栋乡间别墅借给苏和斯科特住一年。斯科特夫妇赶紧把伯爵府广场的公寓租出去，搬进乡间别墅，这样就把租金省下来了。

不过两人的乡间田园生活并没有维持多长时间。没过几个月，两口子的钱就用光了。苏很清楚父母对自己婚姻的态度，觉得他们不会施以援手。更糟糕的是，她得知由于斯科特没有国民保险卡——她自己的卡手续齐全——她无法领取生育津贴。由于当初彼得·贝塞尔向斯科特保证过帮忙过问国民保险卡的事，斯科特又写信来问贝塞尔事情进展如何。贝塞尔害怕收到斯科特的来信，因为他后来根本就没理会这件事。这里面的原因有两个：一是惰性在作怪，二是贝塞尔也怕引起更多麻烦。现在贝塞尔害怕斯科特知道自己什么也没做，于是给社会保障国务大臣戴维·恩纳斯写了一封信，简明扼要地把这件事的经过向他介绍一下。

恩纳斯的回应并不积极。他只是建议斯科特在当地失业人员职业介绍所申请一张临时卡。这个建议是贝塞尔最不想听到的。如果斯科特独自去当地失业办公室，他很可能又会对人说起索普。

接着又传来更糟糕的消息。8 月 27 日，贝塞尔的秘书告诉他，斯科特给她打了一个内容疯狂的电话。他和苏现在穷困潦倒，靠从别墅周围菜地里挖蔬菜度日。斯科特对贝塞尔大失所望，觉得他什么事也办不成，于是就给索普在北德文郡科巴顿的住宅打电话。他是从巴恩斯泰普的自由党人俱乐部搞到索普家的电话的。第一次打时，电话没人接。第二次是卡罗琳接的电话。

在电话里，斯科特用近乎歇斯底里的声音把所有问题一股脑儿倾泻出来："我告诉她，'我不管你知不知道，反正我必须要回我的国民保险卡'"。卡罗琳显然莫名其妙，问道："为什么杰里米会有你的国民保险卡？"斯科特答道："嗯，他过去是我的雇主。我们是情人关系。你是有孩子的人，应该知道要是没钱，我妻子生活会是什么样子。"

电话里卡罗琳沉默了。接着她说："我什么也不想知道。这太恶心了！"最后她说了声"对不起"就挂断电话。

事到如今，贝塞尔肯定要做点什么让斯科特平静下来。可到底该怎么办呢？贝塞尔打了好几个小时电话，最后总算帮斯科特从他所在的威莫斯社会保障局获得了临时救助金。当天下午，斯科特给贝塞尔办公室打电话。贝塞尔向斯科特解释，自己如何费尽周折帮他把关系转到威莫斯，现在有了临时救助金，他的燃眉之急解决了。

可是斯科特并不买账，认为这不过是贝塞尔再一次的欺骗之举。他更加愤怒，威胁说如果他和苏不能全额领到社保金，就把他和索普的事卖给一家全国性报纸。贝塞尔觉得没有哪家报纸会冒着被指控诽谤的罪名去碰这个题材。但另一方面，他又不愿意轻易冒险，放任斯科特胡来。还没等到他想好怎么说，斯科特已经重重地挂断电话。贝塞尔只好心事重重地又给斯科特写了一封信。"亲爱的诺曼，接着今天下午的电话内容，我们好像有点误会……"

贝塞尔接着辩解自己已经竭尽所能，才帮斯科特取得临时救助金，这样他们夫妇就能获得临时救助补贴。接着他话锋一转，半是恳求半是威胁地说："如果你按照电话里所威胁的那样行事，将会铸成大错。我是为你好。虽然你现在焦虑不安，但还是请接受我的建议和安排。"

在信的结尾，贝塞尔写道："我已经把情况告诉了杰里米·索普。"但事实是贝塞尔并没有把这个最新情况告诉索普。他打算把索普蒙在鼓里，越深越好。因为万一索普知道了情况，很可能故态复萌，又要实施"终极解决"。不知道是过于紧张，还是不小心，反正在贝塞尔给斯科特的所有信件中，这是唯一一次提到索普的名字。

后来的情况表明，斯科特根本无需去威莫斯领取救助金。健康和社会保障部派一名代表专程来见他。斯科特对来者说，自己从未在国民保险卡上盖过章，因为他的前雇主杰里米·索普——他曾和索普同居——答应帮他办理此事。

"您以什么身份和索普先生一起居住？"代表问道，"您是他的私人秘书吗？"

"不，"斯科特告诉他，"我们是情人。"

一周后，苏·斯科特收到了她的生育津贴支票。当天下午，苏前往附近的布兰福德。她告诉斯科特想买一些婴儿衣服。但到了地方后，她又改变了主意。她买了一件黑色镶嵌着闪闪发亮金属片的印第安裙子，四本企鹅版图书，还有十二片孔雀羽毛。斯科特觉得这样乱花钱不是好现象，但又自我安慰，觉得苏可能是为了缓解即将到来的分娩焦虑。他问苏怎么没买婴儿服装，苏说不用担心，因为现在起他们每周都有津贴了，所以过段时间再买也不迟。

不过支票并不是每周都寄来。他们总共只收到两张支票，每张15英镑，此后就再没有支票寄来了。雪上加霜的是，他们伦敦的租户也开始拖欠房租。这时苏已经怀孕八个月了。她变得情绪低落，对一切都感到腻味，不仅仅对乡间生活觉得乏味，对斯科特也感到厌倦。她决定宁愿面对父母的责难，也不愿再待在乡下，于是前往林肯郡去生孩子。她没有要求斯科特同行。于是斯科特只好带着他那条惠比特犬爱玛前往伯爵府广场的公寓。他成功地撵走了拖欠房租的租户。

1969年11月18日，底格里·本杰明·斯科特呱呱坠地。第二天诺曼·斯科特北上去探望刚出生的儿子。他妻子娘家勉强让他住了下来。他在苏家过完圣诞节。这次他连刻着马钱子碱的马克杯都没收到。家里的待客气氛比上次好不到哪里去。一月份，斯科特和苏带着小本杰明——大家现在都这么叫他——回到伦敦，搬进伯爵府广场的公寓。斯科特夫妇的日子过得愈发艰难。照看婴儿令他们精疲力竭。

就在这时，他们迎来一位不速之客，约西弗太太，诺曼的母亲。她兴冲冲地来看望自己的孙子。由于在斯科特小时候，她从未向斯科特展示出任何母爱，所以斯科特怀疑她此行别有所图。他想捉弄一下母亲，结果真证明了老太太其实对孩子并无兴趣。约西弗太太刚到时，本杰明在卧室睡觉。趁着约西弗太太和苏聊天，斯科特悄悄溜进另一个房间，给惠比特犬爱玛戴上婴儿帽，然后把小狗放进婴儿车里。

然后他让母亲进来。

约西弗太太扫了一眼婴儿车。在发现有任何异样之前，她就开始夸赞小本杰明多么可爱。她刚说完那些溢美之词，斯科特就大叫一声"爱玛"。听到斯科特叫它，爱玛戴着婴儿帽就跳出手推车。约西弗太太吓得厉声尖叫，跌倒在地。她此后再也没来过。

斯科特不久发现，苏得了产后抑郁症。她很少出门，越来越没精打采，大部分时间在家里卧床不起。斯科特也变得抑郁起来。这段时间唯一的好消息是补贴支票又恢复了。斯科特每周收到社会保障部门寄来的 15 英镑支票。斯科特还一连几周去一位精神病大夫那里就诊。后来由于无法支付每个疗程 4 英镑的费用，他只好自己采用鸡尾酒疗法，把抗抑郁药和催眠药混合在一起服用。

这段时间苏的状态在恶化。有一天斯科特发现苏写给她自己的一封信，信的内容明显透露出她的悲凉心情："他在床上躺在我身边，但毫无生气。有很多次我想唤醒他，想让他抱抱我。但他服用大量安眠药，一动不动。我真想去卫生间割腕自杀。第二天早晨就不在世上。这样就解脱了。"

后来他们又迎来一位不速之客，康威·威尔逊-杨。他环游世界归来，给斯科特夫妇带来一个结婚礼物——一把电水壶。他邀请斯科特夫妇当天晚上去他在切斯特广场的家里参加晚宴。苏婉拒了邀请，但斯科特去了，并留在那儿过夜。第二天一早，斯科特给苏打电话，向她解释发生的一切。"我竭力解释我多么需要慰藉，需要有个人唤起我。"不过作为不忠行为的借口，这个说法显然很牵强。苏说斯科特可以再回来，但需要一个条件，保证今后再也不要和威尔逊-杨见面。斯科特同意了，于是又回到伯爵府广场的公寓。

两天后，斯科特在照看本杰明时，发现苏坐在床上哭泣。他问苏怎么了，苏没有回答。这时斯科特一下子爆发，抓起一个烟灰缸朝墙上扔过去。"我当时说：'你看见我做的事情了吗？我努力让这个家变得美好。我虽然既没工作又没钱，但我已经尽我所能……'"

当天下午苏就带着孩子坐火车回林肯郡娘家。她和斯科特通过电话保持联系。几天后，苏给斯科特写了一封长长的信，说自己依然爱着他，想回伦敦。为了迎接她回家，斯科特专门邀请了几位两人共同的朋友来家里临时聚聚。但苏却一直没回来。等了几个小时后，大家都找借口散了。到了午夜时分，斯科特往苏父母家打电话，是苏接的电话。斯科特质问苏为什么不回来，她报以长久的沉默。最后她说："我不会回去了。一切都结束了。"

16

重回暗黑

整个 20 世纪 60 年代，自由党的财政状况都危机不断。杰里米·索普一当选党首，就决心找个金主。他认为，阻止自由党东山再起的原因就是竞选资金不足。"如果我们能找到一个肯撒钱的百万富翁就好了。"他总爱对彼得·贝塞尔说这句话。

但是富豪们对自由党都敬而远之。蒂莫西·博蒙特牧师大人觉得自己和菲利克斯·布鲁纳爵士已竭尽所能，才维持党的运转。到了 1969 年 5 月，突然冒出来一个救世主。此人名叫杰克·海沃德。他拥有两大财富来源。一个是继承他父亲的工程生意，另一个是他自己在加勒比的大巴哈马岛建设的一个深水港口。

虽然居住在巴哈马，海沃德却近乎狂热地亲英国。拜他所赐，大巴哈马岛上的居民坐上了红色双层巴士。他还把女王陛下的肖像挂在所有政府部门的办公室里。结果这一系列行为为他赢得了"米字旗"·海沃德的绰号①，他居然也以此为荣。

1969 年 4 月的一天，海沃德正在弗里波特港的家里读一份《每日电讯报》。报上登载一则倡议书，呼吁人们拯救布里斯托尔海峡上的伦迪岛，把它变成一个鸟类庇护所。这则倡议书发起人之一就是杰里米·索普。当天晚上，海沃德就给索普在伦敦的家里打电话。卡罗琳接的电话，告诉海沃德索普外出赴宴去了，让他晚些时候再打过来。

等海沃德再次打过来时，杰里米和卡罗琳已经就寝。当海沃德说他想参与伦迪岛的工程，索普由于被电话吵醒生出的怨气立刻烟消云散。不过卡罗琳却满怀狐疑，一个劲地在她丈夫面前比划警告手势，意思是说："你怎么知道他不是山达基教②的代理人？"

海沃德想知道整个工程需要多少资金。

"呃，我觉得需要筹措十二万五千英镑。"索普道。

"没问题，"海沃德说，"这事包在我身上。"

"什么？"索普惊讶得难以置信，"你是说全部资金由你来出？"

海沃德给与了肯定的答复。"我手头正好有闲置资金。"海沃德后来回忆道。事实上，他最后在伦迪岛花了 15 万英镑。这笔交易成交后，倡议方在岛上一间小教堂举办了一场答谢会。海沃德坐在前排正中间，索普夫妇坐在后面一排。海沃德虽说是个铁杆保守党分子，但却十分欣赏索普。海沃德对英国有种强烈的、浪漫主义色彩的期待，渴望一个有闯劲、有远见的政治家来治理这个国家。这个人既能拥抱现代，又和他一样尊崇传统。在答谢会上，他身体后倾，对索普低语道："杰里米，你应该去当首相。"

"是有这个可能。"索普答道。

这么难得的机会不能轻易让它溜走。在海沃德返回巴哈马之前，

---

① 米字旗英文是"Union Jack"和海沃德的名字 Jack 是同一个单词。
② 一种创立于 20 世纪中期的邪教，以使用不当手段敛财著称，宣称能使信从者发挥人的最大能力。

索普问他还有没有闲置资金。

"你想要多少？"海沃德问。

索普含含糊糊地试探道："大概和这次一样？"

但海沃德这时却犹豫起来。他想在做出承诺前先搞清楚这些钱将花在什么上面。能不能先做个开支预算给他看看？当然没问题，索普答道。他会派手下最擅长财务的人员来办理此事。事后他给已经回纽约的贝塞尔打电话，告诉他带一份可行性报告，尽快去一趟巴哈马。

贝塞尔自然领命行动。要不是事先知道海沃德是千万富豪，贝塞尔从海沃德的生活方式上根本猜不出来。没错，海沃德确实有一辆劳斯莱斯，可这辆车已经有十五个年头了。他的住所面积不大，里面的家具就是些朴素的沙发和仿古样式的桌子。贝塞尔见到海沃德后，立刻对这个人产生了好感，觉得他是那种真正的体面人。海沃德对贝塞尔印象似乎也不错。两人谈得很顺利。几周后，一张 15 万英镑的支票就寄到索普名下。这是自由党自 1920 年代以来收到的最大一笔政治捐款。

索普没有把这笔钱存入自由党的账户，而是另开一个新的账户，该账户只由包括索普、贝塞尔在内的几位自由党高层控制。索普说这样做是为了严格控制开支，也意味着不用这笔钱来偿还自由党的各种债务。那些债务将通过其他账户来进行。

贝塞尔这次来纽约还获得其他一些惊喜。一天晚上，他和一位朋友在广场饭店的橡树厅进餐时，发现邻座一位熟人正和一位黑发美女在一起。

"我想结识那位姑娘。"贝塞尔对那位朋友说。

他的朋友建议贝塞尔主动过去做个自我介绍。贝塞尔起身过去，发现这位黑发女郎"近看比远观更漂亮"。那天晚上剩下的时间里，贝塞尔连珠炮似的问他那位熟人各种问题。他得知这个女郎名叫黛安·凯利，今年29岁，已婚。不过这算不上什么坏消息，因为据说她和丈夫关系有很多问题。

几天后，黛安参加了贝塞尔和他朋友举行的一个餐会。黛安不仅对国际大事了如指掌，而且对艺术极有兴趣。更令贝塞尔欣赏的是，黛安"为人热情，有女人味"。餐后贝塞尔驱车送她回长岛的公寓。在室外台阶上，两人握手话别，互道晚安。贝塞尔虽说是个爱寻花问柳的登徒子，但也爱玩浪漫，内心向往优雅的爱情。他心里清楚，黛安不是那种会轻易和他上床的女人。要想表白，需要慢慢来。开车返回曼哈顿时，他做好了放长线钓大鱼的准备。

就在贝塞尔离开纽约前，他接到一个名叫诺曼·格拉汉姆的人打来的电话。贝塞尔几年前和这个人有些生意上的往来。格拉汉姆在电话中告诉贝塞尔，自己最近开了一家新公司。公司名称毫无吸引力，叫美洲塑料包装公司，生产的产品也不特别，不过是一种可挤压的塑料泡沫。但格拉汉姆预测这种新型塑料泡沫很快将风靡全球，因为它可以用来作为盛放家禽蛋类的包装箱。他问贝塞尔想不想负责公司在英国的业务。

现在对贝塞尔来说，只要能赚到钱，开着货车卖鸡蛋他都愿意干。但贝塞尔不想表现出太急切的样子，于是故意装作一直以来对塑料泡沫十分感兴趣的样子。两人见了一面，并迅速谈妥相关条件。这次回伦敦后，贝塞尔的人生发生了两大关键变化。一是他坠入爱河；二是他拥有美洲塑料包装公司英国分公司20％的股份。他现在坚信自己要想在经济上翻身，全靠这些装鸡蛋的塑料箱了。

贝塞尔后来再次回纽约时，给黛安打电话，约她出来就餐。但黛安说要先和她丈夫打个招呼，贝塞尔觉得这是她故意说给自己听的。结果她丈夫恰好在外出差，于是两人就这样又见面了。不过这次见面"和上次没什么变化，依旧是客套寒暄"。但贝塞尔不但不气馁，反而更加热情高涨。

对于黛安来说，她虽然和贝塞尔交往时保持警觉，但也被他深深吸引。"我读大学念的专业是政治学，所以可以想象一下，和一名英国现任国会议员交往是多么有意思的事。此人还相貌堂堂，思维敏捷，温文尔雅。他关心人权问题，说一口纯正的英式英语，辞藻华丽，雄辩滔滔，还很幽默。"

八个月之后，诺曼·格拉汉姆飞到伦敦，和贝塞尔商量在康沃尔郡建一座生产塑料蛋箱的大工厂。与此同时，贝塞尔对黛安付出的耐心也终于得到回报：黛安和丈夫决定离婚；她和贝塞尔即将成为情人。

贝塞尔和格拉汉姆花了几天时间和项目的潜在投资者进行沟通，谈得很顺利。贝塞尔以在一个高失业率地区创造出 800 个就业岗位为诱饵，成功说服他所在的博德明选区的利斯卡德乡村政务委员会在郊区买下十英亩土地。其后委员会通过表决，同意在这个地皮上建一座新工厂。

但这次两人在一起的时候，贝塞尔发现格拉汉姆身上以前他没发现过的新情况。在两人进餐中间，格拉汉姆经常将一个白色药片放在舌下。格拉汉姆告诉贝塞尔，他服用硝化甘油，是用来治疗心脏病的。几年前他患了冠心病，大夫给他开了这种药。不过他让贝塞尔放心，这个病不碍事，贝塞尔一点不需要担心。

1970 年 5 月 18 日，首相哈罗德·威尔逊受民调上升和预算受欢迎两大因素鼓舞，宣布将在 6 月 18 日举行大选，也就是五周之后。对于杰里米·索普来说，这是一次大考。这是他就任党首以来迎来的第一次大选，也是对他在全国声望的一次检验。由于自由党的财务状况比过去半个世纪都要好，索普就更没有借口失败。

经过长时间的集思广益，索普的竞选团队提出一个他们确信能获得胜选的口号。这个口号给索普笼罩一圈救世主的光环——"信念、希望和杰里米"。自由党专门雇了两架直升机，载着党内高层飞往全国各地。同时自由党还在所有办公室安装了最新式的通讯设备，索普本人更是不知疲倦地投入到选战中，经常一天工作 17 个小时。和他的两位竞争对手威尔逊和希思相比，索普的衣着装束——霍姆堡帽、双排扣马甲，以及一头扎进选民当中握着陌生人的手，仿佛对方像失联已久的挚友的那种做派，为他树立了既有闯劲、又带点邪气的公众形象。媒体对他青睐有加，公众也买他的账。

索普竞选过程中唯一一次事故发生在柴郡的奇德尔。当时一位女性示威者举着标语牌由于太过靠近还在旋转的直升机旋翼，结果标语牌被削成两半。接着索普惊恐地发现有一大绺沾满泥土的头发落在地上。索普夫妇认为她的头皮一定被削掉了，而且这则惨剧将会上新闻头条，于是赶紧从直升机上攀爬下来，结果发现是虚惊一场。这个女的戴的是假发，假发被直升机的下沉气流吹掉后，又被踩踏。

由于经济上的困境，彼得·贝塞尔这次不再参选议员。索普赠送他两卷真皮装帧的《议会论辩实录》作为送别礼，里面专门记录着贝塞尔 1968 年为推动《交通法》在议会通过时所做的各种发言记录。这项法案虽然最终获得通过，但在内容上大大缩水，和贝塞尔当初设想的版本大相径庭。

《议会论辩实录》第一卷上印有索普手写体赠言：

赠彼得：

　　我的亲密朋友兼忠诚同事。这件小小的纪念品记录了我们在下议院并肩合作的六年时光。这两卷实录不仅记录了你对博德明地区选民的服务和奉献，还记载了你为推动《交通法》付出的马拉松式努力。在这期间，你凭一己之力，起草或修改1 400项条款，进行了500多次发言和即兴讲话……

你诚挚的同事
杰里米

17

成为贵族的代价

随着投票日的临近，彼得·贝塞尔的失落感与日俱增。拜塑料蛋箱业务所赐，他的经济状况不像过去那样岌岌可危。但他现在有一种场外看客的感觉，不得不站在一旁，看着以前的同仁前往各地参加竞选活动。他渴望自己也能出点力，不过看起来那种日子一去不返。虽然自由党博德明分部对贝塞尔放弃竞选的动机始终不是很清楚，不过这一切已不重要。他现在的唯一压力就是要过一种双重生活，在德文郡时要假装和妻子葆琳娜婚姻幸福，去纽约又要花大量时间去陪黛安。

在距离大选不到一周的某天晚上，贝塞尔正要出门，电话铃响了。他拿起话筒，电话那头一个声音传来。"我是希斯林顿先生。"

对贝塞尔来说，这完全是个陌生的名字。

此人说他想和贝塞尔谈谈"杰里米，以及贝塞尔如何照应杰里米的朋友诺曼·斯科特"。

闻听此言，贝塞尔小心起来。他向对方说，斯科特不过是杰里米·索普多年来帮助过的众人中的一员而已。

希斯林顿干笑一声。杰里米先生是帮助他们都变成同性恋吗，他揶揄道。

贝塞尔立刻板起面孔道，这是极其无礼的挑衅，也是严重的诽谤，难道他不知道杰里米身为人父、婚姻幸福吗？

希斯林顿又干笑一声。"诺曼告诉我，是你负责照看他的生活，因为你对索普的所作所为实在看不下去。"

在电话交谈中，贝塞尔脑子里一直在飞快运转，竭力想回忆起来这个熟悉的声音到底是谁。贝塞尔隐约想起大约一年前，有人往他办公室打电话，宣称自己是斯科特妻子苏的继父。但其实苏并没有继父。这人并未透露自己的名字，但声称苏的生活被斯科特毁了，旁敲侧击要求索普对苏承担道义和经济上的责任。

贝塞尔想起来，这两个声音一模一样。当时他没把来电当回事，但现在就需要好好琢磨这件事了。电话中的男子又说："诺曼的妻子给我三封当年索普写给他的信。"听了这话，贝塞尔更加狐疑起来。

这会是真的吗？如果是真的，那就说明当初斯科特在撒谎，他并没有销毁索普给他写的信件。

那你想干什么，贝塞尔问道。

希斯林顿说，他已经写了一份材料，把诺曼·斯科特和杰里米·索普之间发生的事大致写下来。他打算在选举前一晚，驱车环绕北德文郡，向民众分发这份材料。接下来此人话锋一转，让贝塞尔颇感意外。希斯林顿说，他明显觉得贝塞尔十分同情斯科特的遭遇，所以想请贝塞尔帮忙散发材料。

贝塞尔竭力表现出镇定。他思忖自己现在唯一的念头，就是把希斯林顿手上的信件和即将要散发的材料搞到手。如果那样的话，两人见面不可避免。现在是星期五晚上，距离大选还剩五天。

"星期一晚上我们一起找个地方喝一杯怎么样？"贝塞尔向希斯林顿提议。希斯林顿同意了，说周日会再打电话过来，最终敲定见面的事。

第二天一早，贝塞尔就给索普打电话。"噢，上帝！"索普听后大声嚷道，"我们该怎么办？"

索普虽然用的是"我们"，但显然是想问计贝塞尔。贝塞尔也很烦躁，但他知道自己无论如何也要想出个办法来。索普和卡罗琳定于星期天下午来喝下午茶，到时他必须想出办法。

整个星期六，贝塞尔都在端坐沉思，到上床睡觉时他觉得大致想出一个可行办法。第二天早晨，希斯林顿打来电话时，贝塞尔问他准备在哪儿复印他的那些材料。希斯林顿的回答令贝塞尔既吃惊又释然。他告诉贝塞尔还不知道去哪儿印材料。他准备从伦敦开车过来，等到了康沃尔郡后再找地方复印。这正是贝塞尔想听到的话。他问希斯林顿干吗不找他帮忙。他可以在星期一午夜和希斯林顿在萨尔塔什的码头碰头，然后带他去位于利斯卡德的自由党办事处，那里有复印机。

"那儿没有人吗？"希斯林顿问。

"夜里没人，"贝塞尔让他放心，"我有一把钥匙。"

星期天下午，索普夫妇来贝塞尔家喝下午茶。两位妻子在屋里聊天，索普和贝塞尔到室外花园里散步。贝塞尔告诉索普自己的方案。等希斯林顿到了萨尔塔什后，贝塞尔领他去利斯卡德，然后说服他放弃那些信件。至于怎么说服，他现在还没想好。

索普觉得这个主意不可靠。"他不会把那些信件交给你的。他要是相信你的话，他就是傻瓜。"

贝塞尔也承认他的计划实施前提是希斯林顿会轻信他人。但贝塞尔还是觉得值得一试。

"这个混蛋绝不会放弃证据的。"索普在草坪上边踱步边说。如果他不肯就范怎么办？贝塞尔有没有备选方案？贝塞尔说他剩下的办法就是只能去警察局报案。

索普停下脚步，望着贝塞尔。"你的意思是我们去找警察，说斯科特那个垃圾手上握有我的证据？"

贝塞尔向索普指出，同性恋已不再是违法行为，所以至少索普不用担心这一点。"我不是在说法律，"索普打断贝塞尔，"关键问题是这件事会很快传出去。"贝塞尔对索普粗鲁的语气感到不快，反问他有没有更好的办法。有，索普道。"在码头和他碰头后，不要开车去利斯卡德，把他带到某片沼泽，然后干掉他。"

这种狠话贝塞尔之前已经听过好几次了，但从未像这次听起来如此杀气腾腾。他第一次感觉索普可能已经变成一个杀人狂。

索普察觉到贝塞尔的反应，于是提醒他这件事不光牵涉他本人，还涉及他肩负的重任。"彼得，你必须这么做，"索普道，"这不仅仅牵涉北德文郡，还关系整个党。"

贝塞尔知道再过几天就进行大选。他必须要阻止索普乱来。"杰里米，我向你保证，我一定会找到一个解除危险的办法。"他说这话时故意含糊其辞。对这种话索普根本听不进去。

"你说的解除危险是指干掉他吗？"

"我不同意杀了他，"贝塞尔道，"当然如果其他方法都不奏效，那另当别论。"

但对索普来说，现在已经不能再拖了。"你准备怎么杀他？"他问贝塞尔。

"我还不想具体讨论这个问题。"贝塞尔严肃地说。

"你有枪吗？"

其实贝塞尔有一杆枪，一杆老式运动步枪，但他从来没有用过。他都不确定枪的撞针还在不在。他觉得最好还是不要向索普透露自己有枪。

"用毒药怎么样？"

"不，肯定不行。"

贝塞尔想起自己有毒药。"我有一些三氯乙烯。"他说。这是一种用来干洗衣物的液体，他向索普介绍道，不过也曾用作麻醉剂，就像乙醚。索普不知道什么叫三氯乙烯，不过乙醚倒是知道。

"那再好不过了！你用三氯乙烯将一块手帕浸湿，捂在他脸上，就会把他迷昏过去。"

"杰里米，"贝塞尔淡淡地说，"你这是谋杀。"

索普盯着他。"彼得，其实这和杀死一条疯狗没什么区别。"

贝塞尔永远也不想听到这种话。

"一旦他昏过去，事情就好办了，"索普继续说道，"用一个重东西猛砸他的头部。至于尸体你肯定知道怎么处置，把它扔到一个锡矿矿井里。"

两人边说边走回屋内。用完晚餐后，贝塞尔和妻子葆琳娜开车送索普夫妇去利斯卡德下榻的彭科比特酒店。在去酒店的路上，索普在副驾驶座位上转过身，没头没脑地对坐在后排卡罗琳身旁的葆琳娜说："你想做贝塞尔勋爵夫人吗？"

葆琳娜吃惊得不知道该如何回答。

"我觉得贝塞尔穿上白色鼬皮服①一定很帅。"索普继续道。

所有人都大笑起来。但索普说他不是在开玩笑,是认真的。"彼得将会被封为贵族,成为下一任自由党上议院议员。"

贝塞尔本人沉默不语。他不反对成为贝塞尔勋爵,一点也不反对。别的不说,成为上议院贵族,立竿见影的好处就是可以吸引投资者把钱投进美洲塑料包装公司。但他不知道这是不是索普对他杀死希斯林顿的奖赏。

第二天晚上十一点刚过,贝塞尔离开家。他告诉葆琳娜的理由是他要去查看一下自由党的选举海报是否被涂抹损害。但他心里清楚自己内心是胆怯的。到现在为止,他都不知道该怎样说服希斯林顿把信交给他,也不知道希斯林顿如果发现情况不对发火,自己该怎么办。他驾驶自己的凯旋 2000 汽车穿过黑乎乎的康尼什路,盘算着到底能不能和希斯林顿讲道理,能不能让他良心发现。如果希斯林顿执意印发材料,那后果不光是毁掉索普的政治生涯,也将令自由党陷入灭顶之灾。他真想看到这个结果吗?贝塞尔到达萨尔塔什后,已经打定主意,就这么对他说。

这时已经快到午夜,街道阒无人迹。等他把车开进码头停车场时,他发现人行道上站着一个又高又壮的男子。这人朝相反方向走去,但当贝塞尔把车开到他身旁时,他先停下脚步,接着又开始走起来,速度比刚才更慢。

---

① 白色鼬皮服是勋爵的官方服饰。

140

贝塞尔摇下车窗。"是希斯林顿先生吗？"

希斯林顿看上去比贝塞尔想象的要苍老，五十多岁，一头浓密的白发。他穿一件呢子西装，和运动夹克款式差不多，一只手拿着一个老式铰合式手提旅行包。他上车后把旅行包放在双膝上。

"从这儿开到利斯卡德要多长时间？"希斯林顿问。

贝塞尔发现他嘴里喷着酒气，看起来他也很紧张。贝塞尔提议两人先不直接去办事处，而是中途停下来聊聊。希斯林顿同意了，在距离萨尔塔什三英里的地方，贝塞尔把车开到一个路边停车带，熄了车灯。

"我猜你想看看那些信件。"希斯林顿说。

他打开旅行包，从里面拿出四页纸。贝塞尔打开车内的灯。其中三张是手写的，第四张是打出来的。车内灯光比蜡烛亮不了多少，但贝塞尔还是看得很仔细。看第一封信时他就发现了异常。索普写信一般使用带下议院抬头的信纸，或者一种印有家族族徽的特制蓝色信笺。但这几封信用的是廉价的白纸，不过笔迹倒确实有点像索普。

"我最亲爱的诺曼……"贝塞尔开始看。第一封信写得不长，匆匆一览，感觉里面没什么不妥的内容。不过结尾处写着，"爱你，杰里米"。第二封信长一些。但贝塞尔又发现一些可疑之处。索普在书写时有缩写字母的习惯，譬如把"should"写成"shd"，"would"写成"wd"，但这封信没有缩写。

贝塞尔接下来读打印的那封信。这封信大致描述了斯科特和索普如何成为情人，索普如何将斯科特由直变弯，以及斯科特如何和苏·迈尔斯结婚。所有这些细节都准确无误。但此时贝塞尔更坚定了自己的怀疑。他几乎敢肯定，这些信是伪造的。

你是怎么搞到这些信的，他问希斯林顿。希斯林顿说这些信来自斯科特妻子的一个好友。除此之外，他拒绝透露更多内容。

"你认为这些信值多少钱？"贝塞尔问。

这回希斯林顿没有犹豫，立刻提出报价："5 000 英镑。"

贝塞尔说这个价格是不可能的。他对希斯林顿说，自由党根本拿不出这么多钱，尤其在距离大选只剩下两天时，更是银根紧缩。希斯林顿一言不发，只是拿回材料，放在旅行包上面。贝塞尔启动汽车，朝利斯卡德驶去。当贝塞尔驶进科林顿时，希斯林顿突然开口："那好吧，贝塞尔先生。我同意只要 2 000 英镑。"

贝塞尔小心翼翼地没有直接回答。

"希斯林顿先生，那我们就说定了。"贝塞尔道。

希斯林顿想知道何时能拿到钱。

"就在今晚！"贝塞尔冒失地说，"今晚你就能拿到。我在朴次茅斯有个办公室。办公室的保险柜恰好有一大笔现金。"

贝塞尔又是在信口开河。他的朴次茅斯办公室里根本没有钱，甚至连保险柜都没有。但贝塞尔估算在现在情势下，自己在德文郡会更安全，那儿的马路更亮，城镇也更大。于是他将车辆掉头，驶向朴次茅斯。他准备一看到警察就停车。不过在报警前，他需要确定希斯林顿的确是个骗子。于是他问希斯林顿是否真的认识诺曼·斯科特。

希斯林顿又咯咯地笑起来。"噢，那是肯定的。"

就和过去一样，贝塞尔知道该如何让对方露马脚。"我从不相信金发男人①。"贝塞尔道。

---

① 此处原文 fair-headed 是双关语，既指金色头发的人，亦指得宠的小人。

希斯林顿摸了摸自己浓密的白发。"我过去是金发。"他幽幽地说道。

"和斯科特一样是金发？"贝塞尔故作不经意地问。

"噢，不，"希斯林顿说，"没有他头发那么金黄。"

这句话彻底暴露了一切。诺曼·斯科特或许是个多面人，但他从来不染他那一头乌鸦般的黑发，哪怕在做模特时也一样。等车子开到朴次茅斯，已经是凌晨一点。贝塞尔把车停在火车站旁。他站在车外，看见一个警察。贝塞尔告诉希斯林顿自己要从后备厢取东西。他拿出自己的公文包，里面有一个信封，信封里有一些日常备用的现金。

回到车里，他对希斯林顿举起信封。

"希斯林顿先生，看见了吗？"

希斯林顿点点头。

里面有 200 英镑，贝塞尔告诉希斯林顿。他故意将信封垂落到自己座位和车门之间的缝隙里，让希斯林顿够不着。贝塞尔告诉希斯林顿，如果他把信和打印的材料交出来，他就能拿到那笔钱。如果他不同意，贝塞尔将径直走到外面那名警察跟前报警，说希斯林顿敲诈他。

希斯林顿一开始有点发蒙，没反应过来。"你是什么意思？"他问贝塞尔。

"就是我刚才说的那个意思。"

希斯林顿一下子反应过来。"你这杂种……操你妈！噢，操你妈！"

希斯林顿打开副驾驶的门，费力地从座位上下车，跑到司机车门那一侧。他把那些材料从车窗扔进去，然后从贝塞尔手里抢走信封。

"该死的！"他大声嚷道，"总有一天，我要把你们这些娘炮全干掉。你们都该死。全都该死。"说完，他用胳膊夹着旅行箱，消失在茫茫夜色中。从此再也未闻其人，未见其面。

驱车回康沃尔郡的路上，贝塞尔自我感觉好极了。这种感觉好久没出现过。在这件事中，他不仅展现出机智，还表现出令人肃然起敬的冷静。更重要的是，他挽救了党，挽救了党首。路上他将车又拐进一个临时停车带，用打火机把希斯林顿那些材料点燃烧掉。到家时快三点了。他将闹钟定在 7 点 45 分，然后上床睡觉。

早晨八点钟，他给索普打电话，说事情已经搞定。他没有告诉索普具体详情。

"太棒了！"索普说。

但是有两件事情给贝塞尔的喜悦之情蒙上了阴影。其一是似乎越来越多的人知道索普和斯科特的绯闻；其二是危机一出现，索普的第一反应总是杀人灭口。

18

雪上加霜

1970年的大选对索普和自由党来说都是一场溃败。他们从海沃德15万英镑捐款中拿出10万投入选战，结果只获得6个议席，而1966年大选他们还获得12个议席。直升机、电传收发机、印有"信念、希望和杰里米"的海报，这些统统没有用。

这次选举对哈罗德·威尔逊也是一场灾难。他误读了选民的情绪，从而酿成大错。在这次大选中，选民年龄首次降到18周岁，而以前是21周岁。威尔逊本以为这批首投族会支持工党。但从实际情况来看，首投族最想要的是改变。做出误判的不仅是哈罗德·威尔逊，还有众多的民意调查机构。选举前一周，大多数民意测验表明，工党将至少领先10个点。但选举当天早晨，《每日电讯报》发出不同的调门："保守党赢得大选的希望正在增加，家庭主妇支持他们！"

无论是因为家庭主妇还是首投族，反正工党领先优势过百的局面一扫而空。最后工党获得288个议席，保守党获得330个。6月18日下午5点5分，哈罗德·威尔逊和夫人玛丽从后门离开唐宁街10号。一个小时后，泰德·希思入主首相官邸。早已等候的支持者们齐声高唱"因为他是一个大好人！"来欢迎他。

　　选举当晚，彼得·贝塞尔作为自由党代表应邀参加由罗宾·戴主持的一档 BBC 关于选举直播的节目。在聚光灯密集的直播间，贝塞尔惊恐地盯着电视屏幕，目睹了自由党一个接一个失去议席。接着又传来消息，北德文郡票数接近，还要重新计算选票。电视上索普在巴恩斯泰普的市政厅现身，脸色阴沉。重新计票结果公布，索普以 369 票的微弱优势守住议席，和四年前 1 166 票的大幅优势不可同日而语。要不是卡罗琳在竞选时出力，北德文郡的很多人认为索普会落选。

　　而在贝塞尔的老地盘博德明选区，结果要等到第二天中午才公布。贝塞尔抓紧时间睡几个小时，还要赶回直播间。等他再次回到直播间时，罗宾·戴说结果出来了。罗宾·戴没有直接告诉他结果，而是递给他一张纸。虽说贝塞尔已经做好最坏的心理准备，但结果还是证明他错了。保守党完成反转，把他当年 2 000 票的优势逆转成 4 000 票的胜势。当罗宾·戴请他对观众说两句，贝塞尔只是说这个结果"令他的心都碎了"。戴在一旁等着，显然还想贝塞尔再说点别的。但贝塞尔无话可说。后来他意识到泪水顺着脸颊流淌下来。

　　索普仍竭力维持斗志昂扬的样子。他对老友、前议员同时也是性侵法提案人汉弗莱·巴克利说："我保住了议席，还有可爱的儿子和深爱的妻子。"但和贝塞尔交流时，索普就坦率多了。他承认自己也无法解释这个结果。"佩德罗，为什么老魔法失灵了呢？"

　　十天后，贝塞尔偕夫人葆琳娜出席在伦敦市政厅举行的联合国协会年度晚宴时，他还在思考这个问题。索普原本也应该出席。当贝塞尔夫妇步入市政厅时，一位官员拦住他俩。

"你们听说索普夫人的事了吗？"此人问贝塞尔夫妇。

"你是说卡罗琳？"葆琳娜道，"她怎么了？"

"她在今天下午一场车祸中遇难。"

当天早晨，索普夫妇开着他们那辆绿色福特安格利亚从德文郡驶往伦敦。由于行李太多，索普夫妇决定稳妥起见，索普带着 11 个月大的小鲁珀特改乘火车。卡罗琳先将父子俩送到火车站，然后回家继续收拾行李。

当她沿着汉普夏郡 A303 公路行驶时，车子突然失控开到对面的车道，撞上迎面驶来的一辆 13 吨重的货车，接着又和一辆汽车发生连环碰撞。卡罗琳的汽车被撞飞到 12 英尺空中，底朝天地重重摔在马路上。来自贝辛斯托克的伊丽莎白·乔治夫人当时正好就在现场："太可怕了！她的车上还有一束白色康乃馨，花瓣撒落一地。车子四轮朝天，一片狼藉。"卡罗琳被困在车里。当时她对前往施救的警察还可以讲几句话。可是当救护车载着她到达贝辛斯托克医院时，她已死于脾破裂。

当天下午索普还在下议院发表了一场演讲，并恭喜下议院议长再次当选。演讲结束后，他和两位同事去他办公室，讨论如何在只有 6 个议席前提下体现自由党的政治存在。他们没聊多长时间，就传来敲门声。来者是警察总监。他问索普能否出来一趟。索普回来后一言不发，瘫坐在椅子上。

现在看来，不管当初索普和卡罗琳结婚的动机有多么不纯，但无疑他逐渐深深爱上了卡罗琳。卡罗琳之死击垮了索普——"就好像我自己的生命也走到了尽头",甚至令他开始反省生存的本质,虽说他严格意义上讲不是一个善于内省的人。在一次 BBC 的宗教节目中,索普这样说道:"除非你真的相信有耶稣复活这回事,否则人生就是一场恶作剧……人死不仅仅像灯灭,一定有更深层次的意义。"

卡罗琳的葬礼在科巴顿自家花园举行。戴维·霍尔姆斯主持葬礼。与此同时,巴恩斯泰普也举行了一场公共悼念仪式。人们站在街道两旁默哀。在追思会上,小提琴家耶胡迪·梅纽因演奏了巴赫无伴奏小提琴第二组曲。人们对索普在选举中领导无方的不满,也随着卡罗琳的去世而转化为同情。

但接下来的几周里,索普的朋友和同僚感到事情变得有些不对劲。虽说过去索普也宠爱儿子鲁珀特,但他现在对鲁珀特的安全变得有些神经过敏,尽可能每时每刻都和他在一起。他来威斯敏斯特议会大厦开会或履职时,面带戚容,一副魂不守舍的样子,好像不知道自己身在何处。卡罗琳车祸调查结果显示,她在车祸发生前精神似乎处于恍惚状态。和她相撞的货车司机布莱恩·诺克声称,两车相撞时,卡罗琳眼睛正朝车内某个位置在看。但坐在货车副驾驶座位的斯蒂芬·布莱斯却提供了截然不同的说法:"我看见那辆安格利亚汽车时,它已经越过马路白色中线 1 英尺,司机目视前方好像不知道往哪儿开。我觉得她当时在做白日梦。她好像要有意撞向我们的货车,还摇了摇头,仿佛知道接下来会发生什么。"

自此以后,有关卡罗琳出事当天前往伦敦前发生什么事就有了各种猜测。其中一种猜测是,当天索普刚坐上火车,诺曼·斯科特就来到他家,告诉卡罗琳他和索普的事,披露了很多以前没说过的细节。根据这种猜测,卡罗琳遭遇车祸是心不在焉的结果。

斯科特却始终宣称他和卡罗琳只交谈过一次，而且还是将近一年前了。当时索普还能说服卡罗琳斯科特说的都是假话。但现在由于悲愤交加，同时想为卡罗琳之死找个说法，索普开始认为斯科特对他妻子的死负有责任。

虽然考虑到索普情绪低落，但贝塞尔觉得有一件事还是要和他谈谈。当他走进索普家里，惊愕地发现整个家布置成纪念卡罗琳的灵堂。望着满墙卡罗琳的照片，贝塞尔对索普的精神状态更加忧心忡忡。"这种情况，说轻一点，是一种不健康的精神状态；说重一点，说明索普陷入一种对死亡的迷恋。"

贝塞尔告诉索普，就在卡罗琳去世之前，斯科特给他的秘书打电话，说他正在办理离婚。可以想见，这是个危险的征兆，斯科特也许会利用离婚作为把柄，重新来纠缠索普。贝塞尔认为，解除斯科特威胁的最好办法，就是找一个性格温和的说客去劝说斯科特，让他明白公开这件事情将会是最愚蠢的一件事。贝塞尔建议给斯科特写信，请他来办公室见面。到时他会安排自己的律师莱昂纳德·罗斯来充当说客。

索普同意了，不过他说这样做仅仅是权宜之计而已。接着索普又老调重弹："最后还是要有个终极解决方法。"索普接下来大谈如何以工作为诱饵，将斯科特骗到美国，然后或者用毒药毒死他，或者用铲子打死他，最后抛尸于佛罗里达某个沼泽地。贝塞尔耳朵虽然在听，但脑子却开始走神。

他现在满脑子装的都是美洲塑料包装公司的事务。公司原本计划在康沃尔郡建一座工厂，但现在遇到了麻烦。诺曼·格拉汉姆原本以为，他已经为可压缩塑料泡沫注册了专利，接下来就会将革命性的鸡蛋箱投入生产。可现在有两家美国药企巨头发起专利挑战，并准备自行生产这种泡沫。

在这种情况下，贝塞尔觉得稳妥起见，应该将公司的英国分部从美国总部剥离出来。为了安抚不安的投资者，贝塞尔主动提供个人担保，自愿承担任何损失，在财务问题上，贝塞尔这辈子做出过许多重大误判，而这一次将证明是最具灾难性的。

斯科特来到贝塞尔办公室时，他明显又经历了人生一次巨变。表面的光鲜，脆弱的自信，都已经荡然无存。他比过去显得更颓废，这很大一部分是因为大量服用药物使他长时间处于半清醒状态。几周前，苏·迈尔斯和她两位同父异母兄弟开一辆搬家卡车来伦敦。他们自行闯入公寓，将家具搬走。斯科特一觉醒来，发现除了睡觉的床，整个公寓空无一物。

在离婚诉讼期间，斯科特也比贝塞尔想象得更沮丧，因为苏背后有父母的鼎力支持。斯科特虽说脑子整天昏沉沉的，他还是想出一个方案。公寓的房东想重新装修公寓，愿意付给斯科特1 500英镑请他搬出去。斯科特在《泰晤士报》上看到一则出租广告，位于北威尔士一个名叫塔伊彭特的村子有一家磨坊要出租。斯科特从未去过塔伊彭特，也不认识那儿的任何人，但他觉得这个磨坊看上去很美。他也想趁机换换环境。如果一切顺利，他还想在那儿开一家马术学校。

贝塞尔也从未去过塔伊彭特。不过这地方听起来离伦敦很远，令人放心。贝塞尔建议斯科特前往威尔士之前，和他的律师莱昂纳德·罗斯见个面，讨论一下关于他离婚的事。为了安排他们之间这次见面，贝塞尔好不容易说服索普付给罗斯一笔律师费。斯科特说他主要诉求是获得儿子本杰明的监护权。贝塞尔心里觉得这种情况基本不可能发生，因为斯科特有同性恋乱交行为，还有记录在案的精神病史，家庭法院不太可能把孩子判给斯科特抚养。不过他还是通过罗斯传话给斯科特，同意给他支付新房租，还说今后可能会帮斯科特建马术学校。

可接下来发生的事，打消了贝塞尔脑子里的所有念头。1970年10月，诺曼·格拉汉姆突发心脏病去世。格拉汉姆一死，他的债主们慌了，美洲塑料包装公司迅即破产。贝塞尔猛然间发现自己身负五十多万美元债务。

19

巨大沼泽

1971 年 2 月 5 日，诺曼·斯科特的一个朋友开车送他前往塔伊彭特。这位朋友是个珠宝交易经纪人，最近刚和诺曼·斯科特好上。当然这不算什么出乎意料的事。车上还载着两只惠比特犬爱玛和凯特，一只名叫"苹果"的阿富汗猎犬和一只猫。塔伊彭特当地人其实见识过许多非英国国教徒。早在 19 世纪，这个地方就是威尔士最大的艺术家聚居区。不过像斯科特这样的外来人，当地人从前还真没碰见过。

斯科特令人侧目的不仅仅是他沉思阴郁的气质，还有他的衣着。斯科特衣柜里还存有以前当模特时穿的时装。在伦敦，他这种穿着还讲得过去，算是个时髦青年。但是在塔伊彭特，他那天鹅绒西服、色彩亮丽的大翻领衬衫让人觉得他是刚从时间机器里下来的怪人。

一开始当地人对斯科特还算礼遇，但和他保持一定距离。斯科特对此不以为意。他对来自外界的非难早已习以为常。况且塔伊彭特这个地方很合他的心意。他喜欢这个磨坊，看上去和《泰晤士报》上的广告一样美。他还热爱这里的清新空气，崎岖优美的地貌，远离错综复杂的都市生活。他甚至开始尝试将药物减量。

可是好景不长，这段田园牧歌式生活再次中断。斯科特刚到塔伊彭特不久，就收到贝塞尔一张 25 英镑的支票，是由莱昂纳德·罗斯转交的。不过这也是最后一次了。好几周过去了，斯科特再没收到支票。他很快就没钱付房租。随着银行账户余额越来越少，他服用的硝基安定剂量越来越多，甚至超过了规定剂量。有一次斯科特去屋后的山野散步时，甚至想一死了之，暴尸荒野。结果虽然又困又冷，但斯科特生命力却依旧顽强，被当地一个汽车修理铺老板凯斯·罗斯发现。

罗斯和妻子将斯科特领回家，惊愕地听斯科特叙述由于和索普的关系引发出的这么多麻烦。他们鼓励斯科特给贝塞尔打电话，告诉他现在面临的困境。贝塞尔吞吞吐吐地表示，他不想在电话里讨论这件事，让斯科特来伦敦面谈。第二天早晨，一个装着 10 英镑纸币的信封到达磨坊，作为斯科特的车资。

见面后，贝塞尔和以往一样，找各种借口。但斯科特已经有点不相信贝塞尔的话了。贝塞尔告诉斯科特，索普现在还沉浸在丧妻之痛中，而他自己在经济上也暂时遇到一些麻烦。斯科特听后不为所动。他就问贝塞尔，自己的房租怎么办，还有先前承诺的帮自己开马术学校的事。看到诺曼·斯科特要动怒，贝塞尔又软了下来。他答应替斯科特补交房租，并资助他开马术学校。只是在资助金额上存在争议：斯科特坚持贝塞尔当初承诺的是 5 000 英镑；而贝塞尔宣称自己只答应出 500 英镑。

斯科特回塔伊彭特后稍稍安心，认为下一张支票会很快寄到。结果事与愿违。他只是在 4 月 7 日收到贝塞尔寄给他的一封信："亲爱的诺曼，实在抱歉，我现在有急事要前往美国，暂时无法筹措你需要的资金……"

凯斯·罗斯看到这封信后，忍不住替斯科特打抱不平。罗斯决定直接给下议院的杰里米·索普写信："斯科特先生的经济状况非常糟糕。他并不是走投无路，没有朋友肯帮他。但显然这件事必须得到彻底解决。这件事要是解决了，对你也是有利的。"通常索普收到这样的信会直接交由贝塞尔处理。但贝塞尔现在还在美国，于是索普安排他的助理汤姆·戴尔回复这封信。虽然这封回信的署名可能是戴尔，但信中流露出的高高在上、不屑一顾的口气是典型索普式的："就我所知，他（索普）并不认识诺曼·斯科特。不过他认为范·德·布莱希特·德·瓦特（原文如此）认识一个叫诺曼·约西弗的人。这个诺曼·约西弗和诺曼·斯科特或许是同一人。索普先生让我转告你，他对那位先生不负任何义务。"

对斯科特来说，这封信不啻狠狠掴了他一记耳光。他更加抑郁。一个月之后，他身上的钱彻底花光了，只好搬出磨坊，住到附近一个废弃的活动房里。不过他那副惹人心疼的落拓气质再次挽救了他。一个名叫格温·帕里-琼斯的女人（她原先是村邮政所的所长）主动结交斯科特，并允许他住进自己的一间农舍里，房租当然是免费的。

格温·帕里-琼斯五十出头。她丈夫曾经是威尔士近卫军团一名老兵，两个月前刚去世。帕里-琼斯出身于一个虔诚的宗教家庭，被认为恪守妇道，譬如她从不涉足当地酒馆。她为人善良、敏感，长着一张斯科特称之为"莫迪里阿尼"①式的脸庞。帕里-琼斯还是个良好

---

① 莫迪里阿尼（1884—1920），犹太裔意大利画家和雕塑家，以形象颀长、色域广阔、构图不对称的肖像画和裸体像著称。

的倾听者。斯科特坚持说，自己是在帕里-琼斯的引诱下才和她擦出火花的："基本上是她主动投怀送抱。"不过无论从哪一方面看，斯科特都不能算是被动的接受者——性取向的模糊从未对他的行为产生任何外在的抑制作用。

不久两人就手拉手在村子里散步。一个中年寡妇和一个气质忧郁的外来年轻人的恋情引爆了整个塔伊彭特。当地人本来对斯科特的态度就满腹怀疑，现在变得更极端。斯科特认为，假如帕里-琼斯注意到外界的反应，她不但不在意，反而更加自豪："我觉得她内心很得意，没想到在自己人生暮年居然勾搭上一个年轻光鲜的男同性恋者。"

帕里-琼斯不仅是个良好的倾听者，还是一名自由党的坚定支持者。她和埃姆林·胡森的父亲是多年好友，而胡森的选区蒙哥马利郡离塔伊彭特不远。帕里-琼斯对斯科特一事的看法和罗斯一家是相同的。她也认为斯科特的问题，根子就在于与索普的孽缘。帕里-琼斯觉得自己也应该介入此事。她给埃姆林·胡森写了封信，说她认识的一位年轻人由于和胡森某位自由党同事的同性恋关系正遭遇磨难。她在信中没有提索普的名字。这位匿名同事为掩盖这段同性恋情，不仅毁了这个年轻人的生活，还败坏了自由党的声誉。

胡森在回信中丝毫没有掩饰自己的惊愕之情。这封日期为1971年5月19日抬头印着"机密"的信件开头是这样的："亲爱的帕里-琼斯太太，谢谢您寄来这封内容令人不安的信件。鉴于您在信中严肃的暗示，考虑到事情的性质以及我和这位先生的关系，我认为您有必要向我提供更多确切内容和确凿证据……"

帕里-琼斯在回信中并没有提供更多细节。不过她这样写道："请转告彼得·贝塞尔先生，诺曼·斯科特先生现在情况糟透了。如果贝塞尔先生还要脸面的话，请尽快履行当初的承诺。"这句富有意味的话触动了胡森。他提议帕里-琼斯本周来他所在的选区见个面。出于慎重起见，帕里-琼斯觉得最好是她和斯科特一道前往下议院。胡森同意了。他们约好下个周末，也就是 5 月 26 日下午见面。

此时的贝塞尔正在纽约疯狂地周旋于各个银行之间，竭力说服这些银行贷款让美洲塑料包装公司英国分公司能维持下去。但每家银行给出的答复都是相同的——公司已经无可救药，他要想摆脱债主讨债的唯一办法，就是宣布自己破产。

贝塞尔刚到纽约没几天，戴维·霍尔姆斯就给他打电话，说自己也在纽约，为什么不一道共进午餐呢？贝塞尔觉得这是个不错的散散心的好办法，于是爽快地答应了。由霍尔姆斯提议，两人在阿尔冈昆酒店聚首。这家酒店自从 20 世纪 20 年代起就是"阿尔冈昆圆桌俱乐部"所在地，这个非正式俱乐部云集当时文坛一些头面人物，如多萝西·帕克，罗伯特·本奇利，剧作家乔治·库夫曼等，他们经常在这里谈笑风生，妙语连珠。

相比之下，贝塞尔和霍尔姆斯的聚会就乏味多了。他们先是聊索普，感觉他深陷忧伤，有些不能自拔。"他是在自暴自弃。"霍尔姆斯直言不讳道。贝塞尔则担心索普这样下去会精神崩溃。霍尔姆斯说精神崩溃倒不至于，不过索普的确流露出危险的偏执倾向。贝塞尔不在的这段时间，索普又催促霍尔姆斯拿出可行方案去干掉诺曼·斯科特。他俩该怎么办呢？

贝塞尔一如既往地喜欢和霍尔姆斯在一起商量事情。更重要的是，他觉得霍尔姆斯人品不错，戴着厚重的黑框眼镜，举止拘谨，怎么看也不像干鬼鬼祟祟勾当的人。但同时贝塞尔也觉得霍尔姆斯难以捉摸。霍尔姆斯业余爱好是听莫扎特歌剧，收藏一些小古董，这些嗜好和他外表一样古板。贝塞尔有时甚至想，这些是不是霍尔姆斯刻意营造出来的表象，用来掩盖他真实的本性。不过即使霍尔姆斯是谜一样的人物，对贝塞尔来说，他也不是特别有心机的那种类型。

就像索普和斯科特身上共同点颇多但两人都不愿意承认一样，贝塞尔和霍尔姆斯也一样。譬如两人都有点崇拜索普，只不过在崇拜方式上，霍尔姆斯表现出顺从和付出，而贝塞尔则在关键时刻把索普的个人幸福放在高于自己的位置。但是两人究竟到底为什么不厌其烦地在斯科特一事上帮助索普？对于这个问题，贝塞尔后来曾反复扪心自问。他能想到的唯一解释是，索普身上具有一种杰出的能力，这种能力远不局限于激发出朋友的忠诚，还能令他的朋友心甘情愿为了他去深陷险境，做出牺牲。

贝塞尔和霍尔姆斯在阿尔冈昆酒店讨论如何除掉斯科特，由于索普的不在场而显得有些荒诞。毕竟贝塞尔现在暂无任何行动来引诱斯科特从塔伊彭特来美国。另外即使贝塞尔想这么做，斯科特获得美国签证的可能性也很小。不过索普还蒙在鼓里，以为斯科特在前往美国或其他某个动手地点的路上。

午餐结束时，两人想出一个方案。他们认为，既然能说服索普相信他们有能力成功谋杀斯科特，他们也应该同样有能力说服索普放弃谋杀斯科特。不过要想让索普觉得谋杀斯科特行不通，当务之急是把细节向他解释得越详尽越好。他们要让索普明白，雇佣一个职业杀手风险太大，最好让霍尔姆斯来亲自动手。接着他们就可以编造理由说某个环节出问题，最后不得不放弃谋杀计划。

虽然在讨论时贝塞尔一直有些心不在焉，但他知道这个方案也不见佳。里面的漏洞和实际执行谋杀的漏洞一样多。不过由于暂时也想不出更好的办法，贝塞尔觉得先这样吧。两天之后，贝塞尔将飞往佛罗里达，继续和当地的银行会谈，霍尔姆斯说他稍后也去佛罗里达，和他继续商议。

两人按约定在佛罗里达劳德代尔堡霍华德·约翰逊酒店外见面。进酒店前，霍尔姆斯让贝塞尔看一眼他租来的汽车后座。后座上躺着一把枪。

贝塞尔吓坏了。

"你这是干什么，戴维？"贝塞尔问道。

霍尔姆斯打开后座车门，让贝塞尔仔细看看。贝塞尔一看，发现原来是一支玩具枪。要是平时，他或许觉得这是个恶作剧。但现在哪怕见到一支假枪，他也非常紧张。两人走进酒店咖啡厅。当霍尔姆斯在桌上铺开一张硕大的佛罗里达地图时，贝塞尔的紧张感加剧了。霍尔姆斯指着地图上位于中佛罗里达东面劳德代尔堡和西面那不勒斯之间的一大片无人区。贝塞尔见地图上标识的是大塞浦路斯沼泽地。霍尔姆斯说他今天晚上准备亲赴大塞浦路斯沼泽看一看，以便向索普描述时显得煞有介事。

贝塞尔提醒他沼泽地里有响尾蛇。霍尔姆斯打个寒战，说他平生最怕蛇。

"戴维，"贝塞尔道，"看来你脑子里还存着谋杀的念头。"

当天晚上，贝塞尔决定也去大塞浦路斯沼泽看一看。要想让索普相信他和霍尔姆斯已经尽全力了，他们就要充分做好准备工作，经得起索普严密的盘问。贝塞尔开车在湿热的夜气里朝沼泽地深处驶去，透过前车灯，可以看见没有路灯的狭窄车道两侧是深深的沟渠。把一具尸体扔进其中任意一道沟渠，数周甚至数月都不会被人发现，也可能会直接被鳄鱼吃掉。

贝塞尔在心中设想，假如斯科特现在坐在车里，会是什么情况：他怎么样在一处前不着村、后不着店的位置停下来，然后霍尔姆斯从黑暗中冒出来，用枪打爆斯科特的头。"我设想着举起尚有余温的尸体，扔进路旁的沟渠，然后沼泽里的夜行动物就会像食腐动物那样发出啃啮的声音。"

驾车返回西棕榈海滩他下榻的假日酒店时，贝塞尔内心被一种绝望攫取。他想起自己做过的各种承诺，始乱终弃的女伴，以及现在接踵而至的财务危机。他觉得自己把所有事情都搞得一团糟。从压抑阴郁的大塞浦路斯沼泽地返回西棕榈海滩闪耀着霓虹灯、灯火通明的街道，贝塞尔感觉来到了另一个世界。不过即使如此，他的心情也没好转。

他来到酒店餐厅吃晚餐。在餐厅一角，一个三人乐队开始演奏，几对老年夫妇站起来随着音乐跳舞。贝塞尔餐桌上有一个红色玻璃碗，里面还点着一根蜡烛。一只飞蛾在玻璃碗四周飞来飞去，试探着越来越靠近火苗。正当它的翅膀就要碰到火苗时，贝塞尔探身吹灭了蜡烛。也就在这一瞬间，他主意已定。他不准备像飞蛾这样玩火自焚，一点也不想。那样会烧死自己的。

20

一起预料之外的死亡

大约十年前，也就是 1961 年 11 月，诺曼·斯科特平生第一次端坐在议会大厦圣史蒂芬大厅，抬头看见杰里米·索普张开双臂、满面春风地朝他走来。现在他和格温·帕里-琼斯坐在一起，看到一个身影穿过黑白相间的地板朝他走来。来人自称是埃姆林·胡森的秘书。她语带歉意地向斯科特和帕里-琼斯解释，胡森先生临时有急事不能过来，要到晚上才能赶回来。他们愿不愿意先见自由党党鞭戴维·斯蒂尔？

斯科特认为这又是一个伎俩，企图诱使他再度上当受骗。但两人既然已经来了，如果就这样直接返回威尔士也没什么意义。于是过了片刻，他们经人引路，走进了党鞭办公室。斯蒂尔是个衣冠楚楚、矮小干练的苏格兰人，端坐在一张硕大的写字台后面。见两人进来，他起身相迎。斯蒂尔对斯科特的第一印象并不好。"他握手时软绵绵的，手掌又凉又湿，好像出了很多汗，说话吞吞吐吐，没精打采，显然精神快崩溃了……总之他给我的印象是那种任由生活摆布，将自己生活中的不幸怪罪于他人的家伙。这种人我们经常遇到……"

而对斯科特来说，正如他自己所坦言的，当时情绪处于"高度激动状态"，而格温·帕里-琼斯则"被那种场合镇住了，十分紧张"。斯蒂尔的第一反应是斯科特就是个神经病。不过即便如此，他觉得最好还是耐着性子听他把话讲完。虽然此前斯蒂尔已经听胡森转述过帕里-琼斯来信的大意，但他还是要斯科特再亲口说一遍事情的经过，这样可以厘清一些细节。斯科特遵照斯蒂尔的要求，原原本本、从头到尾把自己一连串痛苦遭遇又说了一遍。结果斯蒂尔听完后不但没弄清楚，反而更糊涂了。由于格温·帕里-琼斯在第二封信里提到彼得·贝塞尔的名字，所以斯蒂尔和胡森都以为信中所说的那位"行为失检的自由党同仁"就是彼得·贝塞尔。而从贝塞尔过往的经历来看，他要是做出那种事并不太令人吃惊。但贝塞尔已经卸任议员，所以这件事对自由党基本不会造成什么损害。

可是听着听着，斯蒂尔慢慢了解到事情的可怕真相。帕里-琼斯信中那个人不是贝塞尔，而是杰里米·索普。斯科特手上更是握有信件作为证据。这些信件数量还真不少。斯科特把信件从包里拿出来，递给斯蒂尔。这时斯科特注意到斯蒂尔的脸色发白。"有点不太寻常。他的脸好像正失去血色。"斯蒂尔注意到，所有信件都是贝塞尔寄来的，并附有一张固定金额的收据。这笔钱的用途并不清楚。其中一封信内容很刺眼，里面有这样的一行句子"我已经和杰里米·索普说了，让他知晓你的现状"。

斯科特还宣称，自己还有其他信件——杰里米·索普写给他的情书。斯蒂尔听了这话，脑子里反复回响一个问题。眼前这个说话口吃、汗流浃背的年轻人说的会是真话吗？和其他自由党议员一样，斯蒂尔对索普私生活传言有所耳闻。但他以前并不加以理会，觉得这种事要么是空穴来风，要么和自己的政治生涯无关。但如果索普真的定期打钱给斯科特，那事情的性质就变了。虽然斯蒂尔不倾向于相信斯科特的话，但斯科特有一句话听起来是真的。"斯科特描述索普早晨敲他房门时，问他鸡蛋要几分熟。我觉得这是典型的索普式语言。"

斯蒂尔向斯科特表示，自己需要和自由党其他议员磋商此事，他们能否明天再来一趟。斯科特表示自己很愿意，但格温·帕里-琼斯却说她必须返回威尔士。当天晚上，胡森返回下议院时，斯蒂尔把胡森叫到自己办公室。据胡森事后回忆，斯蒂尔当时"面色惨白"。

"和贝塞尔无关，"斯蒂尔向胡森解释，"是关于杰里米。"

两人商定，唯一的办法就是直接和索普面谈。但索普此时不在国内，他正在访问赞比亚。更麻烦的是，马上就要过圣灵降临节了。按照原先的安排，斯蒂尔准备开车带着妻子和两名幼子去苏格兰法夫度假。

第二天，也就是 5 月 27 日，斯科特又回来见斯蒂尔和胡森，其实就是接受他们两人的交叉质询。这次斯科特又讲述了索普给他写的那些信。斯蒂尔和胡森自然想亲眼看看信件，但斯科特说这些信现在不在他手上。他已于 1962 年 12 月把这些信交给警方了。和斯蒂尔一样，胡森现在倾向于认为斯科特精神有点不正常。"我有一种强烈的印象，觉得斯科特对索普有一种近似偏执变态的迷恋，就像一个被抛弃的怨妇。"胡森后来回忆道。

不过斯蒂尔现在倒不那么笃定了。又见了斯科特一面后，他改变了原先的看法。他能看出来斯科特情绪容易陷入歇斯底里，但并没有明显的精神病迹象。见面结束前，斯蒂尔和胡森问斯科特能否在圣灵降临节后再来一趟。斯科特觉得这次总算有点摸对路子，再加上他也不急于赶回北威尔士，于是就答应了。

　　作为一名德高望重的出庭律师，胡森在警界有很好的人脉资源。他成功联系上爱德华·史密斯，也就是斯科特宣称自己1962年面晤的两位警察之一。爱德华·史密斯当年是一名巡警，现在已经擢升为警方的刑事总监。史密斯证实当初的确和斯科特见过面，斯科特确实给过他一批信件。不过他已经将这些信件转交给军情五处。听到这里，胡森也开始动摇怀疑起来。等索普一回到伦敦，他就给索普打电话，要求他做出解释。索普大大方方地承认自己见过斯科特，不过坚持说当时是为了帮他走出困境。胡森质疑道，如果仅仅是这层关系，为什么斯科特对索普母亲在奥克斯泰德住所的装潢以及他本人在马沙姆科特的旧公寓描绘得头头是道？

　　索普由于从赞比亚归来，刚下飞机，心情不错。他承认斯科特在很多场合拜访过他。但两人之间绝对没有发生过任何性关系。胡森并不相信索普的话。他提议请自由党内大佬组织一个听证会，这样才能把事情彻底弄清。这显然是索普不愿意看到的局面。索普提议第二天两人在下议院办公室见面。索普对自己的辩才一向自负，相信自己能化解危机，说服胡森。

　　但事实上胡森比索普预想的更难缠。他对这件事了解得越多，越怀疑索普在撒谎。两人见面很快演变成一场大吵。胡森重申要召开一次听证会。索普威胁要动用自己的关系，毁掉胡森的律师生涯——不过他没具体说怎样毁掉胡森的律师生涯。过了片刻，两人都平静下来。但胡森还是要一个确切的说法。假如斯科特所言属实，该怎么办？索普会辞去党首职务吗？

"那当然，"索普痛快地答道，"不过这件事不是真的，所以我不会辞职。"

戴维·斯蒂尔的法夫自驾之旅远不如他预料的那么放松。每天晚上他都要找个公用电话亭，给胡森打电话，询问事情进展。他得知索普在听证会事情上松口了，但有个条件，就是听证会主席需要他亲自指定。他指定的人选是比尔斯伯爵，自由党上议院领袖。比尔斯曾立过战功，生意也做得很大。不过他这个人据说为人不太讲究方法策略，也不善于洞察入微。

入夜，斯蒂尔躺在房车里久久不能入睡，担心接下来发生的事。等他度假归来，听证会日期已经确定。1971 年 6 月 9 日下午两点，斯科特被带进比尔斯伯爵在上议院的办公室。在椭圆形橡木桌一端，比尔斯伯爵、埃姆林·胡森和戴维·斯蒂尔坐成一排，直面斯科特。据斯科特说，他当时非常紧张。"我从小就接受教育，要尊重长者。当时在座的三位都是德高望重的长者，气势逼人。"

斯蒂尔原本希望比尔斯采取循循善诱的方式来展开问询，因为他已经见识过斯科特的性格一点就燃。但他也知道比尔斯的为人，性格简单粗暴。果然不出所料，从斯科特进门开始，比尔斯就摆出咄咄逼人的架势。并且随着问询的深入，他的态度愈加恶劣。等斯科特说完事情的来龙去脉，胡森问斯科特为什么在这件事上死死揪着索普不放。

"我并没有死揪着不放。"斯科特抗议道。斯科特说他只想要回自己的国民保险卡。而且说到这里，斯科特眼里噙着泪花——他还爱着索普，哪怕他认为索普对他非常不好。比尔斯这时再也忍受不了了。他怒拍桌子，告诉斯科特他就是个普通的敲诈犯，精神还有点问题，显然需要接受治疗。斯科特所谓的索普给他的信在哪里？那些信里又包含什么会对索普构成伤害的揭秘？既然斯科特说不出这些问题的答案，那么原因就只有一个，这一切都是子虚乌有。

比尔斯或许希望这样一来会给斯科特一个下马威，让他就坡下驴，不要再回来找麻烦。可是他如果这么想，真是无可救药地低估了斯科特。正如斯蒂尔暗自思忖的那样，斯科特是由特殊材料做成的，远比他柔弱的外表更坚强。"我才是那个在道义上被敲诈的。"斯科特大吼道。接着他骂比尔斯是"自命不凡的老匹夫"。他还再次强调，自己握有和索普绯闻的物证，并打算要回它们。

发泄一通后，斯科特摔门而去，留下三位问询者默然呆坐。该说的话全说完了，斯蒂尔干巴巴地总结道："这次沟通还不如不沟通。"

这次见面虽然让斯科特怒不可遏，但也让他明白一个重要道理："除非他能拿出和索普相关的实打实证据，否则这些当权者不会相信他的话。"这就意味着他必须取回 1962 年交给警方的那些信件。于是和胡森一样，他也决定去找刑事总监爱德华·史密斯。

斯科特前往位于切尔西的卢肯警察局。这是当年他和史密斯见面的地方。别人告诉他，史密斯已经调到索斯沃克警察局。他给史密斯留一张便条，请史密斯给他回电话，然后就回到暂住的公寓。没过多久，史密斯就打电话过来了。两人约好第二天在索斯沃克见面。斯科特到达后，被带到问讯室。在问讯室里，史密斯和另一位级别更高的警察约翰·珀金斯警务总长已经在那等候他了。

斯科特本以为这次见面不会持续太长时间，并且要回当年的信件也会非常顺利。可惜这两件事他都算错了。首先，他被告知必须写一份书面陈述。

为什么？斯科特问道。

史密斯没有直接回答，只是说："书面陈述对他未来有好处。"

接着斯科特再次详细地把他和索普的关系又叙述一遍，比任何以往一次更详尽。随着问讯的进行，问题也越来越尖锐。斯科特反应过来，警察在怀疑他企图敲诈索普。

在接受盘问长达 10 个小时后，斯科特按照警方要求在这份长达 33 页的陈述上签字，然后被告知可以走了。此时已经是凌晨一点。警务总长珀金斯开车送他回家。在路上斯科特说自己还是没取到那些信件。

"那些信件你别想再见到了。"珀金斯说。

次日斯科特返回北威尔士，内心比以往更坚定一个想法，即各种神秘黑暗势力正汇聚在一起对付他。与此同时，那份结尾印有"苏格兰场大都会警察局助理专员署"字样的陈述，像其他高度机密文件一样，锁在一个铁制保险柜里。1962 年斯科特在警方录的口供也放在同一个保险柜里。

让索普恼火的是，胡森依旧四处打探，想竭力搞清楚索普事件的真相。为了阻止胡森的调查，索普前去面见保守党内政大臣瑞吉诺德·莫德林。索普和莫德林一向私交甚笃，两人都是一家名为"他者俱乐部"的会员。这家俱乐部入会资格极为严苛，当年由温斯顿·丘吉尔创立，成员每两周在萨瓦酒店聚会。在添油加醋地将他和斯科特的关系修饰描述一番后，索普说他准备发表一份声明，以应对比尔斯伯爵的问询。不过在此之前，他想了解一下警方对斯科特的调查有没有什么新的进展。

　　莫德林建议索普直接去找约翰·沃尔顿爵士，他是大都会警察局的警务总监。沃尔顿爵士非常乐意效劳，他说警方不掌握任何关于诺曼·斯科特精神病史的情况。这样一来索普就好办了，他可以放心大胆地把斯科特描述成患了狂想症的疯子。而且沃尔顿和莫德林都同意为索普作证，证明他的声明内容属实。如果沃尔顿读过警局里有关索普的卷宗——其实他要是没读过那才是咄咄怪事——他肯定知道索普的这份声明谎话连篇，漏洞百出。可是他只提出一些小的修改意见，就再没任何异议了。

　　1971 年 7 月 13 日，索普给瑞吉诺德·莫德林写了一封密信：

亲爱的瑞吉：

　　对于你在斯科特一案中表现出的关心和提供的帮助，我深表感激。对我、比尔斯和斯蒂尔来说，此案已经结束。但让我们三人感到极其恼怒的是，出于并非完全无私的动机，胡森还在四处调查，看能否从中挑起什么事端。他都已经建议我辞去党首和议员职务。

　　弗兰克（比尔斯勋爵）认为，现在能让胡森明白，他这一番旨在抹黑我的努力纯属瞎折腾，唯一的办法就是我给弗兰克写一封密件，在信里把相关事实罗列出来。这封密件将由弗兰克保管，但可以出示给胡森看。现将此信附上，同时我也想和你确认，此信内容已经在你我沟通时披露过了，并且沃尔顿爵士也知悉相关内容。

　　总之，我想把该密件寄给弗兰克时，能分别附上你和沃尔顿爵士的便笺，或者由你执笔代表你们两人也可以，以证明信中内容属实。除此之外，我别无他求。当然这封密件将作为机密文件保存在弗兰克办公室的卷宗里。

琐事相扰，有劳清神。但政治学第一要义就是最不忠诚的朋友，就存在于你的同事当中。

你永远的

杰里米·索普

或许是莫德林觉得索普这封信写得含混不清，或许是他觉得这封信写得不够全面周密，反正他的回信并不是那种非常痛快地答应为索普背书。

亲爱的杰里米：

谢谢你将写给弗兰克·比尔斯的信寄给我看。我已经把信转给警务专员看过了。我们两人都均无异议。

瑞·莫

但对索普来说，这种表态已经足够了。他志得意满地在弗兰克·比尔斯和埃姆林·胡森面前挥舞着莫德林的这封回信，告诉两人现在可以盖棺论定，斯科特对他的指控完全子虚乌有。由于和斯科特打交道时碰了一鼻子灰，比尔斯当然非常乐于相信索普的话。但胡森还是心存怀疑。不过苦于手头并无证据，胡森也不好轻举妄动。正如他给格温·帕里-琼斯的信中所言：

显而易见，我和斯蒂尔先生所关注的，是对身居高位的同事的一项严厉指控。而此人对该指控矢口否认。另一方面，那位年轻人所说事实令人信服，而且他本人境况糟糕，所以进一步的证据就显得尤为重要。

两天之后，格温·帕里-琼斯回信了。仅仅一个月前，她还急切地想为斯科特仗义执言，但现在情况变了。她在信中流露出一丝谨慎，也可以说是失落。"村里人一开始是接受他的，"她这样写斯科特，

> 但后来大家都对他产生怀疑，避之唯恐不及，由于我本人是许多福利工作的志愿者，所以我觉得有责任尽我一点微薄之力，为他提供饮食，坐下来倾听他的苦恼。自始至终，他像一位完美绅士那样对我彬彬有礼，毫无任何邪恶动机。只是在回忆过往时，他才心存内疚。这对他来说，是一场永不停歇的战斗，考验和证明他是否真想过上正常人的生活。在这过程中，除了他自己，没有人能帮助他成长为一个真正的男人。
> 千万不要再让他卷入任何一场官司——他将不会再打扰您。
> 十分感谢，同时也抱歉给您在百忙之中又增添这么多麻烦。
> > 您的真挚的，
> > 帕里-琼斯夫人

诺曼·斯科特从伦敦返回不久，就和格温·帕里-琼斯搬到一起住了。这件事令塔伊彭特当地人目瞪口呆。帕里-琼斯为了让斯科特的心思从索普和那些丢失的信件中转移开来，出资 500 英镑帮他建了

一所儿童马术学校。这个马术学校经营得很好，斯科特教孩子们骑马。但两人私下生活就不那么顺利了。帕里-琼斯所梦想的两人关系很快就变得渺茫。显然在这段感情中，她投入的要比斯科特多。"我觉得她爱上我了，但我并不爱她。"斯科特事后回忆道。

帕里-琼斯愈来愈沮丧。几个星期后，她就搬回自己原来的住处。半个月后，斯科特收到一封寄给帕里-琼斯的信件。斯科特感到事情一定很紧急，就打开信件。信是塔伊彭特邮政所现任女所长寄来的。她写信是想告诉帕里-琼斯，她的姑母一直想联系她，却联系不上。她的姑妈越来越焦急，不知帕里-琼斯能否尽快给她回复。

斯科特读完信，就马上觉得"事情很不对劲"。他给邮政所女所长打电话，让她报警。当警察来到帕里-琼斯住处，摁响门铃，却没有应答。他们破门而入，结果在楼上卧室发现帕里-琼斯躺在床上，已经死亡。由于室内暖气开着，她的尸体已经严重腐烂，很难辨识她何时死亡，又是怎么死的。

斯科特认为，帕里-琼斯是死于自杀，是目睹政治腐败后惊骇而死。她一辈子都对政治家怀有最崇敬心理，但伦敦之行后，她的这一信念被击得粉碎。另外一种可能就是她的死亡和精神因素有关，不过如果那样，就和她写给胡森那最后一封信矛盾。还有一种可能是她哀恸亡夫，毕竟他去世还不到一年。但无论哪种可能，都无法打消人们这种疑虑，即帕里-琼斯死于颜面尽失，没脸再活下去。她公开和一个小她很多的男人牵手，可不久两人关系又破裂。无论在她自己眼里，还是在塔伊彭特当地人看来，在这件事上她表现得就和一个傻子无异。

如果说帕里-琼斯去世前，塔伊彭特的村民和斯科特只是保持一定距离，那么这件事发生后，大家对他完全不理不睬。儿童马术学校的报名人数越来越少，甚至有传闻说是斯科特谋杀了帕里-琼斯。一名男子声称曾亲眼见到一个硕大的东西从斯科特开的货车上掉下来。他说斯科特鬼鬼祟祟地下了车，捡起那件东西，把它放回车里。这名男子显然是在暗示，斯科特当时在转移帕里-琼斯的尸体。警方调查一番后，发现没有证据显示斯科特和帕里-琼斯的死有关。

不过斯科特也感到自责，"我觉得这场灾难因我而起"。他后来写道。1972 年 5 月，在邦戈奥康纳法庭进行验尸调查时，斯科特作为目击者出庭。帕里-琼斯夫人"是个好女人，品行端正，"斯科特在现场说，"如果没遇到我，她不会死去。"说完这些，斯科特却并没有停下来的意思。在无人诱导的情况下，他继续把帕里-琼斯如何陪他去下议院处理那些难题的事也说了出来。这些问题都是直接由他和自由党领袖杰里米·索普之间同性恋关系引起的。

他这番突如其来的控诉，把验尸官 E.普利恰德-琼斯吓一大跳，赶紧让他闭嘴："当他开始对索普先生进行奇怪的控诉时，我觉得我不想知道关于那些事的情况。"斯科特只好怏怏地闭口不言。虽然在验尸时在帕里-琼斯体内发现安眠药利眠宁和硝基安定的成分，但验尸官普利恰德-琼斯还是给出帕里-琼斯死于酒精中毒的结论。

"帕里-琼斯夫人确实存在精神问题。但我认为缺乏清晰证据表明她死于自杀，所以出于保险起见，在做裁定时还是不要把话说死。"

碰巧的是，一位名叫德里克·贝利斯的当地记者那天也在验尸调查现场。贝利斯对于搞出大新闻并不是新手。九年前他曾采访过披头士乐队，当时披头士乐队正在兰迪德诺①的音乐厅举行为期六晚的驻场演出。邦戈奥康纳法庭通常不是能爆出大新闻的场所，贝利斯当天来这里本来是看一位滑雪事故死亡者的验尸听证会。由于来早了，他坐在法庭后排，百无聊赖地消磨时间。当斯科特开始他和索普之间关系的长篇大论时，贝利斯立刻站起身来，全神贯注地听着，并在一张纸上迅速记录。然后他冲到外面，给伦敦他曾打过交道的每一家报纸打电话，报告这一特大新闻。

---

① 位于威尔士北部一个海滨度假胜地。

21

一个小计划

彼得·贝塞尔十分清楚该怎样杀死自己。首先服食一片安眠酮——他已经连续服用这种药物好几个月了，发现这种药不仅令他昏昏欲睡，还能消除焦虑。然后驾车来到一处偏僻地点，此地需要有一段直道。最后将油门踩到底，驾车朝树撞去。

事后验尸时可能会裁断这是一场意外死亡。那样的话，他的家人将会得到一笔保险金（这份保险是他几年前购买的），他们也会免于知道他是由于自杀而带来的痛苦。如果他的死亡被界定为自杀，保险公司将分文不赔。

贝塞尔知道自己还想找一个气候宜人的地方来终结自己的生命。"我想要在死时感到阳光的温暖，听见大海的声音，看见头顶天鹅绒般的夜空。"可当贝塞尔真正驱车行驶在佛罗里达乡间道路，想寻觅一段直道和一株结实程度合适的树时，他意识到自己死前还有一件事想完成。在当时的境况下，这个临终愿望显得有些不同寻常。他想再见杰克·海沃德一面。

第二天上午，他和海沃德联系，敲定见面时间，然后给自己订了一张飞往大巴哈马岛的机票。海沃德乘坐一辆车头插着米字旗的劳斯莱斯来机场接贝塞尔。坐在眺望海滩的露台上，贝塞尔向海沃德讲述了自己经济上的种种问题，以及第二天准备自杀的打算。贝塞尔原本以为海沃德听后会大吃一惊，但海沃德的反应却较为平淡。或许海沃德本能地察觉到，贝塞尔这种人和绝大多数普通人不一样，他的心气和银行存款密切挂钩。

但贝塞尔向海沃德解释，自己来大巴哈马岛不是为了和他谈经济上的困难。他此行的目的是最后一次为杰里米·索普帮忙。他简要地向海沃德讲述了索普和诺曼·斯科特之间发生的事，两人关系如何闹到不可收拾，而他贝塞尔又如何代表索普一直支付斯科特的零花钱。假如贝塞尔死了，必须有人接替他继续照顾斯科特，否则他又会去找索普，这是绝对不允许的。贝塞尔准备今后让斯科特和他的律师莱昂纳德·罗斯联系。不过时不时可能还需要小额资金。

不知海沃德能否支付这些费用？

海沃德一口应承下来，但条件是他的身份需要保密。"这件事包在我身上，彼得。我也不认为你现在到了走投无路的地步。但是无论发生什么，你都不用担心这个叫斯科特的家伙。不过万一他知道了我的身份，他会认为自己发现了一个无底洞。"

海沃德接着把话题转回到贝塞尔的麻烦上来。难道他就没有能帮忙的地方吗？贝塞尔对海沃德主动提出帮忙很感动，但他说自己心意已决，无论如何也不会改变主意。

"好吧，你自己的事你自己最清楚，彼得，"海沃德说，"不过如果你改变主意，你知道在哪里会找到我。"

海沃德还执意亲自开车送贝塞尔去机场。分手时，两人握了握手。贝塞尔坐在飞机上等待起飞时，看到的最后一幕是海沃德站在停机坪上，向他挥手告别。贝塞尔飞回棕榈滩后，做自杀前的准备。他决定第二天将是自己生命的最后一天。可是当天晚上，身处佛罗里达闷热的空气中，他的内心被另一种更加强烈的欲望攫取。他渴望再次见到黛安·凯利。"为了能抚摸她，感受她在身旁的感觉，凝视她美丽的双眸，为了她张开双臂搂住我时的温暖——要是能从生命中再匀出一个周末和她独处，那么赴死时的感觉就好多了。"想到这里，贝塞尔耳边马上传来杰克·海沃德的声音，好像从很远的地方传来，重复着先前那句话——"不过如果你改变主意，你知道在哪里会找到我。"

第二天一早，贝塞尔第一件事就是掉头前往机场，又订了一张飞往大巴哈马岛的机票。这次他没事先打招呼就直接过来了。他问海沃德先前说的那些话算不算数？当然算数，海沃德一如既往地回答道。既然如此，两人商定下周在纽约碰头，看看海沃德能为贝塞尔做些什么。

等海沃德赶到纽约时，贝塞尔已经在那里和黛安·凯利共度了周末。脑子里一切有关自杀的念头全都烟消云散。这很大程度上当然要归功于再次见到黛安，但并不完全是。因为黛安的父亲也答应帮助他。为了讨宝贝女儿的欢心，这个名叫弗雷德·米勒的有钱会计师准备资助贝塞尔在纽约设一个办公处，成立"彼得·贝塞尔有限公司"美国分部。而海沃德也答应为贝塞尔担保 10 000 英镑银行透支额度，并再借给他 25 000 英镑。

在过去的几个月里，"美洲塑料包装公司"的债主们愤怒地向贝塞尔讨债。现在有了新的注资，贝塞尔就有底气和那些债主们周旋。

他先立刻支付首笔还款，剩下的今后分期偿还。风暴就这样过去了，或者说表面上过去了。贝塞尔终于可以抬起头颅，感受到阳光照在他那道道沟壑的面庞上。

当德里克·贝利斯关于斯科特在邦戈奥康纳咆哮法庭的报道发到舰队街时，索普办公室被要求发表声明。"经过细致的调查，斯科特先生的所有指控纯属子虚乌有，"声明写道，"斯科特先生有精神病史。"新闻编辑们看到"精神病史"这几个字眼时，都打起了退堂鼓。贝利斯的这则报道没有获得发表。

即便如此，索普还有其他对自己不利的新闻需要处理。1971年5月，《泰晤士报》报道，"自由党内部对于索普提名将上议院终身议员席位授予西蒙·马凯颇感诧异。西蒙·马凯是自由党苏格兰分部的联合司库。虽然他已经代表自由党三次征战盖勒韦地区的议席，但很多英格兰的自由党分子从未听说过此人。某些自由党党员对此略感不解，觉得索普应该'提名'一位德高望重的党内人士，如自由党前主席德斯蒙·班克斯或博德明选区前议员彼得·贝塞尔。"

贝塞尔本人对索普此举也感到不解。他问索普究竟是怎么回事，索普解释道，这是自己不得已而为之的举措。西蒙·马凯或许声名不彰，但却极其富有，并允诺捐助25 000英镑给自由党。在选战耗费了杰克·海沃德150 000英镑赠款的大部分后，自由党现在亟需资金。贝塞尔的不快并未持续太久，一想到自己即将能偿还所有债务，一个上议院议员席位也就不算什么了。

索普决定动用马凯的捐款，建一个新的自由党政治广播电台。他急切觉得自由党需要和更年轻的选民建立联系。他四处打探，希望能找到一个合适的传播自己政见的形式。不知道谁给他出的主意，说他应该和电台主持人吉米·萨维尔搭档，出现在受邀观众面前。索普本人对这个建议欣然接纳。不过无论怎么看，这两个人的组合都显得怪异：萨维尔一身黑衣，一头染发根根戳立着，像塞得满满的床垫。而索普穿着深灰色西装，头发夸张地朝一边梳着，以遮挡谢顶的部位。

有一位观众发问，英国是否容忍破坏法律的行为。两人都使劲摇头。"我相信在我们这样一个民主国家里，人们没有理由去破坏法律，"索普道，"我们有足够多的渠道，无需去做违法的事。"萨维尔对索普的话点头附和。

四十年后，吉米·萨维尔去世后，他被揭露为英国历史上最臭名昭著的娈童者。在节目播出的当时，他性侵儿童的行为正达到顶峰。而索普本人也一再和别人商议如何干掉诺曼·斯科特。据贝塞尔称，索普还用另一个议员席位来换取政治献金。这种行为最高可被判入狱两年。

在南威尔士，列奥·阿比西又找到一个议题可以大做文章。由于对人口暴增愈加关注，他开始坚信可以使用一种被忽视的节育办法：输精管结扎。在英国，关于输精管结扎在法律上是模糊地带。从法理上来说，对男性施行输精管结扎手术的医生有可能会受到指控，因为这会损害男性徒手搏斗的能力。当工党新当选议员菲利普·怀特黑德宣称将发起对输精管结扎术合法化的提案时，阿比西主动表示支持。

怀特黑德开始对阿比西的支持一笑置之。但阿比西却对议会羞于讨论该议题有一套自己的理论。他把这种现象归因于困扰整个英国社会的"情欲绝望症"。说得更具体一点，就是由于英国议会中很多男性议员——如果不是所有男性议员的话——心理上背负的"阉割情结"所导致。

"当然男人对性冲动和性器官怀有一种奇怪而矛盾的心理……在传统基督教伦理体系中，男性的性器官被认为是不洁和罪孽之源，应当加以鄙视并严加约束；但另一方面，性器官也是自豪之源，和男人的自尊、脸面和权力紧密相连。而很少有人比政客更讲究威势，更关心权力。"

但是怀特黑德认为，过于强调男性和性器官之间的关系或许弊大于利。他的这个顾忌不无道理。阿比西希望输精管结扎提案越早通过越好，但实际操作起来受一定因素制约。怀特黑德认为问题关键在于，对于报名做这种手术的男性要进行筛查，摒除那些不是抱着节育动机而是怀着"精神上自贬倾向"的人。

不过怀特黑德也认为，真正想通过输精管结扎术来满足性受虐妄想的人毕竟还是少数。同时他也明白，有阿比西这样一位善于造势的议会老手助阵，他的提案获得通过的概率大增。况且阿比西现在正在兴头上，让他停下来并不是一件容易的事。阿比西认为，要想让这个议题获得足够多的关注，他必须做出一些惊人之举。1972 年 1 月，在议案二读时，他故意"偷梁换柱，以博得眼球"。

阿比西和阿拉斯代尔·麦肯齐不同，后者对索普同性恋传闻的关注令贝塞尔都感到吃惊。阿比西并不以说话简洁著称，不但不简洁，反而十分冗长。这一次他再接再厉，发表了自己在下议院有史以来最长的一次演讲。为了让演讲达到预期效果，他使用了很多手段，如变换声调，时而愤怒地咆哮，时而又哀怨地低鸣，使用的语言也富有戏剧性，充满了他自己称之为的"麦克白式的引证"。

在这场纵横捭阖式的演讲中，阿比西谈了很多内容，从"阿拉伯的劳伦斯广受议论的性倒错"到新拍的电影《发条橙》，再到伦敦避孕套厂家杜蕾斯的商业行为是"一场邪恶的垄断"。他最后以一句格言体呼吁来结束演讲："智慧是人们从错误中获得的教训，对智慧我们本身就要有需求。"

阿比西结束演讲刚一坐下，工党威斯敏斯特选区的议员洛里·帕维特就过来表示祝贺，夸赞阿比西风度翩翩的衣着和雄辩的口才，说自己在听的过程中虽然有时候不确定阿比西到底站在哪一边，但无疑被他折服。

不管怎样，阿比西的策略奏效了，最后议案涉险过关。在祝贺菲利普·怀特黑德完成"政治成人礼"后，阿比西自己也感到心满意足，希望这项新的立法"也许会为这片土地上人们的家庭幸福贡献一点微薄之力"。

而在曼哈顿，彼得·贝塞尔也正在经历着"情欲绝望症"。既然打定主意继续活下去，贝塞尔决定清理自己混乱的感情生活。虽然他现在和黛安打得火热，但他和葆琳娜依然还是夫妻。而且随着葆琳娜在纽约联合国总部找到一份工作后，情况变得更加尴尬。经过一番权衡，贝塞尔觉得别无选择，只能向葆琳娜和盘托出全部真相。其实早在多年以前，葆琳娜对丈夫就已经不抱任何幻想了。但她还依然爱他，听到这个消息心里很不好受。最后两人达成协议，葆琳娜独自一人住在一套租赁的公寓里，贝塞尔和黛安住在另一套公寓里。

1972年一个秋日下午，贝塞尔正在家里，电话铃响了。是索普打来的。他显然非常兴奋。"请深吸一口气，贝塞尔，"索普道，"我又要结婚了。这次是和皇亲国戚——可以这么说。"

"噢，上帝！"贝塞尔惊呼道。

其实贝塞尔几个月前就知道索普正和海尔伍德女伯爵玛丽安交往。玛丽安全名是玛丽安·斯坦因，出生于维也纳，二战前随父母逃离奥地利。在英国，斯坦因成为一名成功的交响乐钢琴师，后来嫁给英国女王表弟海尔伍德伯爵。当时海尔伍德伯爵身边的人并不都赞成这桩婚事，这里面很大一部分原因是玛丽安是犹太人。据一位皇室成员形容，结婚时玛丽安的嫁妆除了一台斯坦威钢琴外别无他物。但玛丽安和女王相处融洽，两人同龄，哪怕玛丽安丈夫和另一位音乐家小提琴手帕特里夏·塔克威尔私奔后，玛丽安和女王依旧经常见面。

现在索普准备正式对外宣布他和玛丽安订婚的消息。"呃，"他咨询贝塞尔，"你觉得这件事会对我作为自由党党首的形象有什么影响？"

不会有太大影响，贝塞尔认为。攀龙附凤的势利行为从来不是困扰自由党的罪愆。不过贝塞尔倒是觉得，这次订婚会为外界有关索普"病态地沉湎于卡罗琳之死"的说法画上一个句号。

索普的第二次婚礼和第一次婚礼套路大致相同。先是 1973 年 3 月 14 日，在帕丁顿的婚姻登记处举办一个简单的仪式，这次的男傧相是索普的财务顾问罗宾·塞林格。接着四个月后，又举行了一场不无奢华的婚庆典礼。将近一千名宾朋应邀参加于考文垂花园歌剧厅举行的音乐晚会。请柬上印着烫金的索普家族族徽。此举又招来批评声，说索普浮华虚荣。但索普这次的回击却粗俗直接。"我他妈的才不管这些呢，"他这样对《泰晤士报》说，"每个人过好自己的日子才是正经事。"

这对新婚夫妇在纽约度蜜月。在纽约期间，索普花了一整天时间和贝塞尔泡在一起。贝塞尔依然怀念下议院的议员生活，很想听到最新的政治消息和政坛八卦。索普对他讲了很多。去年 10 月，自由党在兰开夏郡罗切达尔选区获得一场意外胜利，以 5 000 多票优势击败工党。分析家对这场胜利有两派意见，一派认为胜利应归功于自由党候选人塞西尔·史密斯的独特个人魅力。塞西尔是兰开夏郡本地人，是个咋咋呼呼、胖得出奇的家伙。人们都叫他"大塞"。不过也有观点认为，这不过表明选民对保守党和工党都很失望罢了。

　　六个星期后，自由党在另一场补选中再次获胜。在萨顿和奇姆选区，多达 33％的选民改投自由党。这下情况明朗了，说明形势在发生重大变化。索普认为在下次大选中议会有可能出现无一党独大的局面，届时他本人或者自由党就能左右局面。

　　过了一会儿，两人的聊天由政治转向另一个两人都感兴趣的话题——各自的感情生活。贝塞尔把葆琳娜和黛安的事情统统告诉索普，而索普则向贝塞尔描述他和玛丽安在一起多么幸福。玛丽安不仅认识很多头面人物，还和索普的音乐品位相似，为人忠诚，和索普儿子鲁珀特关系也很好。不过并非一切都发生了改变。索普向贝塞尔坦言，自己的同性恋癖好还保留着，一有机会就放纵一下。

　　"那玛丽安有察觉吗？"贝塞尔问。

　　"当然没有。"索普说。正因为如此，索普准备一直对她隐瞒此事，就像以前和卡罗琳在一起时那样。索普也曾试图隐晦地挑起这个话题，只不过玛丽安的反应更加极端。

　　"她吓一大跳？"贝塞尔问。

　　"不止于此，"索普说，"她感到十分恶心。"

和以往一样，贝塞尔喜欢陪着索普。和索普在一起不仅能让他焕发活力，还让他感到自己存在的价值。而一旦索普放弃想谋杀诺曼·斯科特这个疯狂的念头，贝塞尔就更乐意和索普混在一起。早前，戴维·霍尔姆斯曾告诉贝塞尔，索普相信他们编造的那个故事了，即诱杀斯科特失败。霍尔姆斯声称自己和贝塞尔试图把斯科特引诱到佛罗里达，然后把他枪杀，尸体直接扔到大沼泽里。可惜斯科特没有来，这个计划只好泡汤。在各种谋杀未遂的借口中，这个借口堪称最蹩脚的。但是即便如此，这似乎也打消了索普脑海中的谋杀念头。

　　不过就当索普准备回宾馆时，他停下来，拍了拍贝塞尔的肩膀。"顺便说一句，"他对贝塞尔说，"我们还有未完成的买卖，你知道的。"

　　"你是什么意思？"

　　"斯科特的事。只要他还在，我就感到不踏实。"

　　离开纽约后，索普夫妇飞往大巴哈马岛，成为杰克·海沃德的座上宾。在大巴哈马岛逗留期间，海沃德和索普详细讨论了两人数月前已经讨论过的一件事。海沃德曾经告诉索普，他有意把弗里波特的几处不动产出售。当时索普就动了心思，干吗不让彼得·贝塞尔居中当中介呢？

　　这并非一个完全利他的建议。如果交易顺利完成，贝塞尔和索普将从中赚取大笔佣金，每人可能会赚得一百万美元。海沃德原则上赞同索普的主意。而贝塞尔已经和美孚石油公司一位主管说起过这件事。一旦相关条件成熟，美孚石油公司将会接手买下这几处不动产。

　　就在这时，一场灾难意外袭来。贝塞尔原本确信在纽约州一个名叫布朗克斯维尔的小镇上一桩大额房地产交易会让他大赚一笔，于是把黛安父亲的钱全部压上去。但这场交易进展不顺，银行威胁如果四周之内无法完成交易，就将撤资。贝塞尔再次面临人生中的常态——在悬崖边上摇摇欲坠。他的思绪再一次回到一段笔直的马路，马路尽头是可以迎头撞上的一棵大树。

1973 年 12 月 12 日，贝塞尔飞到伦敦，来到索普位于奥默广场的新家。索普的新家是一幢乔治风格的石砌豪宅，俯瞰肯辛顿花园。这栋宅子是玛丽安上次离婚时分得的财产的一部分。用餐完毕，玛丽安借故离开，让索普和贝塞尔单独聊。贝塞尔告诉索普自己遇到的这个最新的麻烦。如果到明年一月初，他拿不出近 50 万美元的资金，他就完蛋了。他现在该怎么办？索普一开始也束手无策。他让贝塞尔第二天晚上再过来。他利用这段时间谋划一下。

第二天贝塞尔再来时，索普笑容满面地亲自给他开的门。

"进来吧，"索普道，"我有主意了！"

索普设想出一个方案。当他告诉贝塞尔这个方案后，贝塞尔也拍手称妙。这个方案极为大胆，索普向杰克·海沃德要求提前支付弗里波特不动产交易的佣金。然后贝塞尔拿着自己应得的那笔款项去偿还布朗克斯维尔交易中的债务。现在这个方案中唯一的软肋是，要想提前拿到佣金，他俩必须假装和美孚公司的交易基本完成。虽然没有理由怀疑和美孚公司的交易会出问题，但现阶段也没有任何可担保措施，保证这场交易一定会顺利完成。

贝塞尔竭力不去设想和美孚公司的交易如果也出纰漏该怎么办。但另一方面，如果一切进展顺利，他的生活将再次逆转。"不用早晨起来坐在床沿一支接一支抽烟，强打精神应付新的一天到来。"

"你觉得我们要多少钱合适？"索普问。

"45万怎么样？"贝塞尔建议道。

"那就50万吧，"索普说，"我至少还需要1万英镑解决斯科特的事。"

第二天，索普和贝塞尔先去下议院。索普来到办公室，拿起电话拨外线，给海沃德打电话。在电话中，他向海沃德解释自己需要提前得到佣金。这样的请求确实有些不符合规矩，但其实大可不必担心。而且索普居然说数额也不大，"不过区区50万美元而已"——放到今天会超过250万美元。

当索普在电话中和海沃德交谈时，贝塞尔突然有种发现真相的感觉，"这位以人品正直而受全国几百万选民拥戴和下议院各方尊重的自由党党首，现在公然向一位无条件信任他的商人撒谎"。而且这已经不是索普第一次在财务问题上进行欺诈。早在一个月前，一家名为"伦敦城乡证券集团"的银行由于负债5 000万英镑而破产。索普是这家银行的非执行董事。这家银行曾经因为向借款人征收高达280％的利息而广受诟病。后来在英国贸易部公布的一份报告中，索普因为他在该银行事务中扮演的角色而受到谴责。

杰克·海沃德似乎对提前支付佣金一事并不在意。他说这事交由他律师来处理，他会做出具体安排。钱第二天一早就会打到贝塞尔的账户上。索普放下电话，站起来兴奋地搂着贝塞尔在房间里跳起华尔兹。

"我们成功了！"他大声嚷嚷道，"我们成功了！我们成功了！"

但第二天午后，贝塞尔给银行打电话，却发现钱还没到账。等他回办公室，发现海沃德已经打过电话，并有语音留言。显然是出了一

1. 心事重重的杰里米·索普被议会里的自由党同事、
大块头的塞西尔·史密斯挤得靠边坐。

2. 彼得·贝塞尔:长着一张像"棋盘石路面"一样的脸。

3. 1968 年 5 月,杰里米·索普和卡罗琳·阿尔帕斯在婚礼上。
"如果领导这个老迈的政党我必须要付出这种代价,我将义不容辞。"

4. 戴维·霍尔姆斯努力在即将来袭的暴风雨中保护自己。

5. 诺曼·斯科特:"他简直就是个天生尤物。"索普对贝塞尔说。

6. 安德鲁·吉诺·纽顿：航班飞行员，持枪杀人犯和厌狗者。

7. 皇家法律顾问乔治·卡曼律师的公共面孔：在法庭外，他像是换了一个人。

8. 不屈不挠的玛丽安·索普,永远那么倔强地维护自己的丈夫。

点麻烦。贝塞尔思索要不要给律师打电话？他一时有点发蒙，不过很快就稳住心神，给海沃德律师打电话，得知钱由于要经过海峡群岛转账，所以要过几天才能到账。

贝塞尔问到底要多长时间。

律师回答具体时间也说不好。

贝塞尔别无选择，只好回纽约干等。在回纽约的飞机上，贝塞尔一支接一支抽烟，喝了不知道多少杯茶水，心里越来越觉得事情不对劲。又过了好几天，钱还是没到账。反而是海沃德的一位商业助手向贝塞尔询问有关美孚交易的更多细节。贝塞尔再三向他保证一切正常，但那人似乎还是不太相信。此人还说海沃德需要和他的合伙人进一步讨论弗里波特这个项目。

这些新情况没有一件让贝塞尔感到顺心。

而索普在电话中的语气也一反常态地严厉，指示他必须让海沃德相信，美孚交易一切顺利、万无一失。"这件事你必须做成，彼得。否则我俩都会掉进屎坑里。那样一来，麻烦就大了。"

但贝塞尔几次电话联系海沃德都无功而返。万不得已的情况下作为最后一招，贝塞尔和索普决定飞往大巴哈马岛当面和海沃德沟通。索普找了一家私人飞机，从迈阿密起飞，途中遇到强气流，贝塞尔认为这是不祥之兆。

到达大巴哈马岛后，为了准备和海沃德的见面，贝塞尔服用了两片镇静剂。他最近将自己镇静剂的剂量从一片增加到两片。双方见面后，海沃德一如既往地客气，但贝塞尔觉得客气中多了一丝戒备。一番寒暄之后，索普选择单刀直入。

"杰克，你好像不大信任我们。"索普说道。

海沃德沉默了片刻，然后他对贝塞尔说："彼得，请你先回避一下。"

贝塞尔立刻明白怎么回事。海沃德并没有怀疑索普在算计他，他还没想那么远。他是认为贝塞尔在其中搞鬼。于是他站起身来，竭力维持一副体面的神态走出房间，回到酒店。不知为什么，贝塞尔心里涌起一股奇怪的放松感。如果非要为这场有预谋的欺诈找一个责任人，贝塞尔宁愿这人是自己，而不是索普。

在这次见面前，贝塞尔就打定主意，如果拿不到钱，他只有自杀这一条路可走。但现在他发现了另一种可能。它不像自杀那么决绝，但也可谓是重大之举。他可以人间蒸发。当索普回到酒店，贝塞尔告诉他自己的决定。如果黛安愿意的话，他准备偕黛安逃到某个遥远的国度，很可能会是南美，这样警察和债主都找不到他了。不过走之前，他会明确宣布，在欺诈海沃德一事上，他负全责，和索普无关。

贝塞尔本来还存有顾虑，以为索普会反对这个计划。如果那样，贝塞尔会很失望。没想到索普立刻同意了这个计划，认为这是目前情况下唯一比较现实的选择。他告诉贝塞尔，自己一回伦敦，就命令助手查询哪些南美国家和英国没有签署引渡条约。

主意已定，剩下的也没什么好说的了。两人都很疲惫，睡觉去了。1974年1月2日，索普乘坐班机从迈阿密回伦敦。贝塞尔送他到机场。看着索普撇着八字脚走向登机口，贝塞尔不禁悲从中来，觉得两人这次说不定是永诀。事实上，两人后来又见面了，不过那已经是五年后，而且见面的场合也是贝塞尔做梦也没想到的。

贝塞尔和索普在迈阿密机场分手前两个月，也就是1973年11

月，巴特西露天游乐场经理因过失杀人罪造成五名儿童遇难，在老贝利中央刑事法庭①受审。这五个孩子在玩一个叫"大俯冲"的游乐项目时，由于制动系统失灵，在一个三合一的斜面顶部向后滑落。露天游乐场经理詹姆斯·霍根请皇家法律顾问②乔治·卡曼为自己出庭辩护。在此之前，卡曼并没有太多出庭辩护的经验。对检方来说，这起案件案情很清楚。露天游乐场经理应该对所有游乐设施的安全负责。所以一旦出了事，他将依法受到惩处。

卡曼的辩护却把事情搅得一点也不那么简单。他声称霍根对自己的职责范围并不知情，也从未有人告知他。卡曼坦言，自己这番话算不上辩护，而是他掌握的事实。在做法庭总结发言的前一天晚上，卡曼和一位朋友外出就餐，餐后两人继续饮酒。一向不胜酒力的卡曼喝得酩酊大醉，以至于他的那位朋友不得不送他回家。

朋友在离开前，对卡曼说："上帝啊！乔治，明天对你来说可是大日子！你可要保持个好状态！"

第二天，卡曼向陪审团做陈述。当天在庭审现场的还有戴维·纳普利爵士和他的一位合伙人克里斯托弗·默里。戴维·纳普利是继古德曼勋爵后英国国内最有名的律师。这也是纳普利和默里第一次见到卡曼出庭辩护。两人都立即被卡曼的表现打动。大多数出庭律师辩护时都是大嗓门，像在一个拥挤的剧场对着后排观众喊话。卡曼却表现平实，语气像日常谈话。但他在谈话中十分善于运用语言技巧，善于选用一些让人印象深刻的措辞。用纳普利的话来说，他最大的感受是

---

① 老贝利的正式名称是"中央刑事院"，负责审理英格兰和威尔士的重大刑事案件，由于伦敦老城墙叫贝利，而法院正好和老城墙在同一条线上，所以法院也得名老贝利。

② 皇家法律顾问是英国律师界的特殊阶层，是英国律师的最高荣誉，为终身制。

"陪审员们好像被卡曼催眠了"。

默里也同样很受震撼。"卡曼的表现令人振奋，在律师行当中是激动人心的一幕。听他的辩护，你会突然抬起头来，像平生第一次听人辩护，并且在心里想，真是棒极了！真的与众不同！"

在经过四个半小时的磋商后，陪审团带着裁决归来。陪审团认定那位经理完全无罪。纳普利离开法庭时对默里说，像这样的律师一定要多加留意。

22

分崩离析

1973 年 12 月初，当贝塞尔返回英格兰时，他本来忙着处理自己的事务，并没有太关注身边的情况。但即便如此，他也发现，在自己离开的这段时间，英国国内发生了一些奇怪的变化。他租了一辆汽车，却被告知加油可能会成问题，因为现在汽油供应紧张。发电站燃料短缺，导致全国经常停电。许多工厂倒闭。贝塞尔有一次去梅费尔区开会，居然发现整幢大楼一片漆黑。会议秘书拿着手电筒把他带到一间点着蜡烛的会议室。这景象就像一幅 17 世纪荷兰油画里的场景。

首相泰德·希思和煤矿工人在涨薪问题上已经争执数月之久。工人们要求工资上涨 15%。这项请求被拒后，全国矿工工会号召发起一系列闪电式罢工。与此同时，阿拉伯国家主导的石油输出国组织由于抗议美国介入赎罪日战争①，实施石油禁运，导致油价飙升。到 12 月中旬，中央发电委员会发出警告，燃料供应已不足以应付整个冬天。需要用泛光灯照明的足球赛事已经被禁止，工作日期间电视节目晚上十点半就结束。整个国家突然陷入停滞。

为了储存燃料，首相希思在不得已情况下做出惊人之举，宣布一周由五天工作制改为三天工作制。他原本希望这样一来，公众的怒火会逼迫矿工们复工。但现实证明此举毫无作用。2 月 4 日矿工们投票决定，在即将到来的周日举行全面罢工。希思视这一举动是对自己权威的公然威胁，决定在 2 月 28 日举行大选。

　　进入现代以来，还没有哪次英国大选是在这样一种戏剧性背景之下举行的。通货膨胀率高达 17％，失业率则创下 30 年代以来最高。但民众害怕的还不仅仅是丢掉工作，他们还害怕失去性命。去年地方武装爱尔兰共和军将炸弹袭击扩大到英国本岛。在矿工投票决定罢工的当日，利兹附近 M62 公路上一辆载着士兵和他们家属的军车发生炸弹爆炸，死亡 11 人。

　　索普觉得现在局势不稳对自己有利。借着上次补缺选举胜利的东风，自由党这次全面出击，史无前例地一口气推出 517 名候选人。刚刚宣布大选时，保守党领先约 7％。随着选战的进行，保守党的领先优势收窄。保守党和工党竞争越激烈，自由党越有可能脱颖而出，成为左右大局的力量。

　　不过这次大选没有直升机载着索普全国到处飞。自由党的财务承担不起这种奢侈的噱头。对于这次选举，海沃德依旧慷慨解囊，但捐的钱没有上次那么多。他还蒙在鼓里，认为是贝塞尔想单独私吞他的钱，于是给索普寄了一张 60 000 英镑的支票。和上次一样，这笔钱并没有进自由党的官方账户，而是存入一个只有少数几个人才知道的非官方账户。

----

① 指 1973 年 10 月 6 日埃及、叙利亚和巴勒斯坦游击队反击以色列的第四次中东战争。

在选战中，索普一如既往地把自己包装成中心。过去这么做还情有可原，因为毕竟在一众候选人中，他是选民唯一认识的自由党议员。但这次他有了一个对手。凡是见过塞西尔·史密斯竞选表现的人，都不太可能立即将他忘记。他不光占据自由党宣传材料的显要位置，还在自由党的两次电视讲话中出现了一次。"看在良知的份上，让我们一起携手将这些虚伪的骗子赶走吧，"他在广播中用简单而不无道理的语言向选民说道，"让我们废话少说，直接动手吧。"

和这次讲话一起播出的还有许多公众人物对他的支持，其中就包括史密斯的朋友吉米·萨维尔。萨维尔发来一封助威的电报："杰里米，你搭好舞台。现在好戏该开演了！"和萨维尔一样，塞西尔·史密斯死后也被披露是一个系列娈童案的作案人。在2014年的一次报道中，共有144人声称遭受过史密斯的性侵犯，年纪最小的只有8岁。但当年警方对史密斯的调查却不断遭到阻碍。负责案件的警官被告知，如果他们执意调查，将会丢掉工作。

吉米·萨维尔并不是自己家里唯一和自由党关系密切的家庭成员。他的哥哥约翰尼曾经代表自由党参选北巴特西选区的议员。在他去世15年后的1998年，约翰尼·萨维尔被指控性侵南伦敦图汀某医院的精神病人，当时他是这家医院负责康乐活动的管理员。

随着选战进入最后冲刺阶段，自由党的士气受民意测验结果的影响而大涨。2月初时，自由党的支持率是10%。三个星期后，已经升到28%。支持率的激增让索普飘飘然。他宣称自由党"获得压倒性胜利都有可能"。他的这番言论令许多同僚惊愕不已。但索普却表现出一贯的大言不惭。他现在是顺风顺水，确信没有什么可阻止自己。

在塔伊彭特，诺曼·斯科特却成了弃儿。就连他以前的朋友都对他避而不见。他关闭马术学校后，觉得自己应该换一种活法。不过在离开威尔士之前，他看望了儿子本杰明。不出彼得·贝塞尔所料，斯科特想获得本杰明监护权的希望落空了。1972 年 9 月，他的婚姻正式终结后，他每年只获得 4 小时和儿子相处的时间，而且还必须有一名儿童保护警官全程在场。

斯科特来到苏·迈尔斯和父母居住的林肯郡。见面后，本杰明送给斯科特一件礼物，一个印第安人塑料玩偶，装在一个麦片盒子里。本杰明让斯科特下次来时把这个玩偶再带过来。但斯科特走的时候觉得在现在的情况下，父子二人不可能建立任何关系。他再也没回来过。

离开塔伊彭特后，斯科特短暂地在苏塞克斯郡的一家种马场打工。不久他的老朋友杰克·列维和丝黛拉·列维夫妇告诉他，他们在北德文郡的南莫尔顿镇刚买了一所美丽的老宅子。他们觉得斯科特不妨去那里小住一段时间。于是 1972 年底，斯科特搬到了德文郡。正如列维夫妇所描绘的那样，这所位于南莫尔顿的老宅子舒适宜人。但不幸的是，它紧邻当地的自由党俱乐部。斯科特用自己以前挣的钱，买了一匹马。在他搬到南莫尔顿镇不久的一天，他骑马穿过镇中心。在镇中心广场的一侧有一个豁口，一次只容一辆汽车或一匹马通过。斯科特骑马靠近豁口时，发现一辆白色罗孚汽车正停在另一边等待着。开车的人正是杰里米·索普。

这是两人自 1964 年以来第一次见面。时间已经过去八年多了。斯科特过豁口时，挥手大声说道："谢谢！"等斯科特过了豁口再回头看时，发现索普的车还停在那里没有动。对索普来说，这次偶遇是斯科特像魔鬼附体、对自己紧追不放的又一铁证。这回他甚至追到了自己的老巢。其实斯科特现在主要考虑的是如何让生活重回正轨，可惜阴差阳错，他和索普又再次碰头了。

或许是再次见到索普受到刺激，或许是依旧为格温·帕里-琼斯之死感到难过，亦或许本来就是因为性格因素使然，反正没过多久斯科特又开始颓废起来。他去当地南莫尔顿中心医院一位名叫罗纳德·格里德的医生那里问诊。他把自己过去的人生经历，包括和索普的关系，一股脑儿都告诉了格里德。怕格里德不相信，认为自己是个妄想症患者，斯科特还告诉格里德，他手上有许多前议员彼得·贝塞尔的信件。信件内容涉及索普定期给他寄零花钱的事。这些信件斯科特当初在下议院也给戴维·斯蒂尔看过。

格里德对这件事颇为好奇，问能否亲眼看看这些信件。于是斯科特在第二次就诊时把这些信件带来了。虽然斯科特告诉格里德自己酗酒，一天一瓶杜松子酒，这位大夫还是给他开了一种名叫利眠宁的强力抗焦虑药物和安眠药硝基安定。结果服用这两种药物后，斯科特陷入了更深的羞耻和抑郁的恶性循环中。一天晚上，怀着对同性恋的内疚感，斯科特用剃须刀片在胳膊上刻下"无可救药"。

格里德大夫将斯科特伤口缝合后，建议他去见自己的一位朋友，弗里德里克·潘宁顿牧师。潘宁顿这个人多才多艺，兴趣广泛，曾做过乐队领队，也干过农活，偶尔还做一些驱魔的法事。他做法事的地点有时在北莫尔顿的教堂里，甚至在中心医院也做过。据中心医院另一位大夫说，每个周一的晚上，医院楼上都会传来呻吟嚎叫声。

潘宁顿牧师还是一位非常热衷于催眠术的业余催眠师。他和格里德都认为，催眠术或许对斯科特有帮助。斯科特觉得既然有史以来药效最强大的两种精神类药物对自己都收效甚微，催眠术估计也没什么用。他的这种怀疑很快就应验了。不过在实施催眠术时，在意识的各个阶段，斯科特都反复提及他和索普之间的事。

潘宁顿也对斯科特和索普之间的事很感兴趣，决定用录音机把斯科特在催眠过程中说的话录下来。接着他把相关细节透露给一位名叫蒂姆·凯格文的熟人。此人正是索普在北德文郡的保守党政敌。一开始，凯格文觉得此事不过是精心炮制出来的奇思妄想。但潘宁顿向他保证，这件事绝不是空穴来风。至于后来凯格文是如何相信一位业余巫师兼催眠师的话的，并不是很清楚。不过 1974 年 1 月，凯格文充满好奇地去找过斯科特。斯科特不仅把他和索普的关系告诉了凯格文，还给他写了一份书面声明，在声明中披露了更多细节。凯格文拿到这份声明后，一时不知该如何处理，于是把它交给了保守党中央党部。

中央党部也没有人知道该如何处理此事。于是就一级一级上传到保守党党首卡灵汉勋爵处。卡灵汉勋爵并没有亲自阅读这份声明，因为他觉得读这种内容的材料有些猥琐。不过他认为这件事最好告知首相泰德·希思。卡灵汉和希思一致认为，如果斯科特声明里的内容只要稍微沾点边，索普就完蛋了。但希思也明白，自己如果想通过这件事捞取政治资本，会触犯英国政坛一条不成文规定——即政治家的私生活是他们的私事，不管这些事多么耸人听闻。于是他决定听从卡灵汉勋爵的建议，不将这件事揭盖子。

其实不仅仅是潘宁顿牧师觉得斯科特的故事值得传播。格里德大夫也是这么想的。虽说格里德大夫对自己在施行催眠前对病人许下的保密誓言还心存顾忌，但他还是去找了索普律师兼好友迈克尔·巴恩斯。格里德告诉巴恩斯，他的一位病人手上握有巴恩斯一位客户的泄密信。

无巧不成书的是，一位既是索普朋友又是巴恩斯朋友的人，当时也在场。这人不是别人，正是戴维·霍尔姆斯。当天晚上，霍尔姆斯就驱车来到索普家。两人来到屋外的储物间说话。霍尔姆斯把事情经过告诉索普。"我们必须拿到这些信件。现在距离大选投票只剩几天了。这些信不能让公众知道。我们不能冒这个险。"

第二天上午，霍尔姆斯来南莫尔顿中心医院找格里德大夫，告诉他想买这些泄密信。霍尔姆斯问格里德大夫能否充当中间人。格里德一口答应了。两人商谈了价钱。格里德要价 25 000 英镑，觉得这是一个合理的价格。霍尔姆斯秉持一贯的精打细算作风，认为这个价格太离谱。经过一番简单的讨价还价，两人最后商定为 2 500 英镑。

由于列维夫妇收回房子，斯科特只好再次搬家。这次他搬到了埃克斯穆尔国家公园边缘的一间荒僻的平房里。一天晚上九点半左右，斯科特正准备上床睡觉，突然被咚咚的敲门声叫起来。开门后，他发现来者是格里德大夫。格里德告诉斯科特赶紧把那些信件给他。在杜松子酒和硝基安定的联合作用下，斯科特神志恍惚地向格里德大夫指了指盛放一个棕色活页文件夹的抽屉。"我当时头脑一团糨糊，只是说：'我不明白你要干什么。'格里德说：'没关系，我会在你厨房桌子上留一张便条，把事情说清楚。然后你明天来找我就行了。'"

霍尔姆斯付给格里德 2 500 英镑后取到了信件，然后他和迈克尔·巴恩斯驱车回到索普家。三人一直商议到凌晨三点半。接着霍尔姆斯和巴恩斯又驱车来到巴恩斯家。在巴恩斯家，他们把信件投入到雅家炉里，亲眼看它们烧成灰烬。对于霍尔姆斯来说，这是漫长而又圆满一天的最后大结局：又一组具有明显隐患的信件随着一缕轻烟消逝了。

第二天上午，当斯科特走进南莫尔顿劳合银行，他惊讶地发现自己账户上多了2 500英镑。不过当他得知是格里德偷窃他的信件——他就是这么看待的——才换来这笔钱时，他非常不高兴。"我主要是怕有人用这些信作为证据，把我送进精神病院。于是我径直去格里德的诊室，质问他：'你把我的文件夹拿到哪里去了？我想要回来。'当时场面很紧张。我记得一个女人还闯了进来问：'发生什么事了？'我说：'格里德大夫偷了我的信件！'"

斯科特的担心后来证明并无依据。格里德的行为虽说诡异——甚至令人费解——但并不表明他想用这些信件来陷害斯科特。其实不光斯科特的担心没有根据，就连霍尔姆斯也纯属多虑。这些信件最多只能证明彼得·贝塞尔每周给斯科特寄一笔零花钱。看了信的人会更倾向于认为是贝塞尔而不是索普才是付给斯科特封口费的人。

其实还有一种可能性，可惜谁也没有注意到。那就是，如果斯科特真的重视这些信件，他怎么可能不存这些信件的复本呢？事实上斯科特果然留了一手。换句话说，霍尔姆斯花2 500英镑买了几张并没有用的废纸。霍尔姆斯的愚蠢还不限于此。正如彼得·贝塞尔所担心的那样，虽然外表温文尔雅，喜欢搜集小古董，但霍尔姆斯是个彻头彻尾的大傻瓜。由于当时身上没带现金，霍尔姆斯付给格里德大夫一张自己的私人支票。这张支票现在正放在南莫尔顿的银行里。

这样一来，一条顺藤摸瓜的线就建立起来了。从斯科特经过格里德大夫到戴维·霍尔姆斯，这位索普交情最悠久、交往最密切的朋友。假如有人肯下力气查的话，一定可以查到索普那里。

在投票日当天，最后的民调显示泰德·希思领先五个百分点。等计票开始时，哈罗德·威尔逊几乎放弃希望，准备吞下失败的苦果。各地选票陆续出来。到午夜时，结果过于胶着，难分轩轾。整个夜里也依然如此。但到了凌晨时分，政治版图却已经发生巨变。保守党得票最多，占到37.9%，工党以37.2%的得票率紧随其后。

不过这些都无所谓，重要的是哪个党在议会拥有最多议席。答案是工党，总共获得301席，比保守党多4个议席。自由党获得19.3%的选票。如果按照得票比例分配议席——自由党多年来一直致力争取这个目标——自由党人将获得一百多个议席。但在现有的制度下，他们只获得14个议席。不过这个数字也比上次选举多了8个议席。这14个议席可以让自由党在下届政府的构成上拥有决定性的平衡力量。索普本来希望压倒性胜利的梦想肯定是破灭了，但使自由党成为重要的平衡力量看起来更有可能成为现实。

对索普个人来说，这次选举是一场胜利。在上次选举中，他只是以369票的微弱优势保住北德文郡的席位。这次选举他的优势扩大到11 000票。作为一个从不掩饰胜利、作风高调的政客，索普和支持者们准备星期六晚上在巴恩斯泰普的街道举行一个烛光集会进行庆祝。在唐宁街，首相泰德·希思和大臣们面色阴沉地坐在内阁官邸商讨如何保住权力。与此同时，哈罗德·威尔逊也在动一番心思。和希思一样，他也读过军情五处关于索普的文档，知道他和斯科特之间的事。哈罗德·威尔逊在认真考虑要不要把这件事泄露给媒体。威尔逊知道，一旦他把索普名声毁了，也就等于毁了保守党和自由党结盟的可能性。不过他最后还是听从特别顾问伯纳德·多纳格的建议："我对他（威尔逊）说，不要搞丑闻揭发这种事，不要去迎合媒体下三滥的趣味。"

星期六晚间，索普在科巴顿乡间住宅的电话铃响了。保姆接的电话。电话那头一位男子说他是唐宁街 10 号的执勤官，问能否和索普先生通话。保姆说索普和太太玛丽安还在巴恩斯泰普参加烛光集会，得到晚上十点半才回来。执勤官说他会稍晚再打过来。索普十点半到家，但一直到十二点电话铃也没响。索普这时再也等不及了，主动给唐宁街打过去，电话接到泰德·希思那里。其实希思已经打过好几次电话，但当地接线员总掉线。希思对索普说，自由党和保守党在许多议题上观点相似，两人不妨见面谈谈。

对此索普没有任何异议。

希思只有一个请求：两人见面能否不对外公开？索普也乐见其成。第二天早晨，索普穿上一件大衣，脚蹬惠灵顿长靴，从后门悄悄离开乡间住宅。住宅前门停着一辆车，作为迷惑记者的幌子。索普步行蹚过三块泥地，来到助手停车的地方，然后前往汤顿火车站。他梦寐以求的命运之约终于到来。

在纽约，彼得·贝塞尔还在忙着计划如何让自己消失。在既可以逃亡又没有引渡风险的目标国中，他认为尼加拉瓜和委内瑞拉看上去最靠谱。贝塞尔深知自己的计划不能告诉任何人，甚至自己的孩子。他告诉孩子们，如果超过三天联系不上他，就去他办公室的保险柜里查看。他在保险柜里留了三封信。一封是给 21 岁儿子保罗，一封是给女儿葆拉，她 24 岁，还有一封是给妻子葆琳娜。

在信中，贝塞尔坦言自己在经济问题上向家人撒了谎，说自己是名誉扫地、一事无成的失败者。贝塞尔说没有钱留给他们，除了每人信封里 200 英镑钞票。他们也没法在他为他们租的漂亮公寓里继续住下去了，只能把能卖的东西都卖掉，一切重新开始。贝塞尔也给债主们写了信，为自己在布朗克斯维尔不动产交易失败辩解一番。在逃亡前的忙乱和自责中，贝塞尔偏偏忘了一件事：他忘了1968年夏天他藏在伦敦办公室里装满信件的那个手提箱。

不过即使混成这样，贝塞尔也有好消息，黛安决定陪他一起走，虽说她刚获得一份新工作。1974年1月，贝塞尔飞到洛杉矶，此行的路费也是黛安垫付的。他原本想找一家便宜的汽车旅馆住，但又怕引起怀疑，觉得还是要装作一个成功商人的模样，于是入住了贝弗利的威尔逊酒店。黛安第二天早晨赶了过来。她辞掉自己的新工作，没有告诉任何人自己去哪儿。"一切都是迅速发生的，没有时间来得及思考。我决定跟他一起走，因为我爱他。这是说服他放弃自杀念头的唯一办法。"

让贝塞尔惊慌的是，黛安这次还带来两只德国腊肠犬——"我对此举是否明智深表怀疑。"在贝弗利的威尔逊酒店住了一晚后，第二天早晨他们租了一辆车向南开，沿着5号州际公路一直开到墨西哥。下午三点，他们穿过边界。

当他们驾车驶过拥挤破烂的提华纳①时，贝塞尔比以往更强烈地对自己所作所为的意义产生怀疑。他原本以为逃脱责任和债务会让自己如释重负，但现在的感觉却更加抑郁消沉。

他们继续往前开，一直开到下加利福尼亚半岛的海滨城市恩瑟纳达。他们在一个破旧的汽车旅馆住下，以9美元一晚的价格租了一个小房间。此行黛安带了一些旅行支票，而贝塞尔身上只有69美元。

---

① 墨西哥西北部城市。

第二天下午，贝塞尔坐在沙滩上，看着黛安和两只腊肠犬嬉戏。但每隔一小会儿，他都要看一下表，脑子里想象着发生在纽约的情景。他想象着保罗和葆拉读到信时的样子。贝塞尔一直都喜爱女儿的双手——"葆拉有一双小巧精致的手。"在葆拉还是孩子时，牵着葆拉的手是印在贝塞尔脑海中的美好回忆。可现在他脑子里设想的全是他们打开信封读到信时的情景。两个孩子一定吓坏了：任何人读到这种口气的信都会以为他要去自杀。贝塞尔也想知道黛安父亲在得知借给自己的钱打了水漂后会是什么反应。

当天晚上，贝塞尔和往常一样，服用两片安眠酮后，早早就上床了。几个小时后他醒来时感觉像是有人坐在他胸口上，令他无法呼吸。虽然当时天气很热，他却感到身上寒冷彻骨，汗却嗞嗞地往外冒。贝塞尔尽管疼痛难忍，头脑却很清楚。他知道自己这是突发心脏病了。

23

被贝塞尔利用了

　　杰里米·索普一出帕丁顿火车站，就来到位于奥默广场的家里。他在家里换了一套更正式的服装，适合谈论政事的场合。接着他让朋友兼演讲稿捉刀人理查德·摩尔开车送他去唐宁街。索普外表显得镇定，但摩尔能感觉到他内心十分激动。

　　到了唐宁街，摩尔在车内等候，索普独自走进唐宁街10号首相官邸。一个小时后等他出来时，面对记者索普守口如瓶，只是说他得和党内其他议员讨论后才能回答记者问题。但党内其他议员已经得知索普和首相的这次见面，因为一大群摄影记者把索普来去的照片都刊载出来。这些自由党议员十分不满。一方面他们认为索普背着大家去见希思是不忠诚之举，同时更重要的是，他们怀疑索普私下和希思达成什么协议。自由党党鞭戴维·斯蒂尔是通过午间新闻才得知这次会谈的，"这件事非同小可，虽然出人意料但却非常符合索普的行事风格"。就连索普的铁杆支持者埃里克·卢伯克（也就是后来的埃夫伯里勋爵）也觉得索普此举过于轻率。"党内普遍觉得，任何和托利党人的接触行为都是犯忌讳的。"

退一步说，就算索普同意自由党加入联合政府，又能换来什么好处？索普后来坦言他会成为外交大臣。而在希思看来，"他强烈希望索普担任内政大臣"。但其实这两个职位索普都很难得到。希思对索普已经怀有戒心。一个曾支持轰炸罗德西亚的人，一旦掌控外交大权是绝对不会和托利党同心同德的。而通过斯科特事件，希思也很难把国内安全事务托付给这样一个容易被敲诈的人。

对于这次政治交易，索普一向坚称如果不给自由党议员在内阁中相应比例人数，自由党人是不会满意的。希思虽然贪恋权位，但对于这样苛刻的条件也很难答应。正如一位自由党人打的形象比喻，这样做无异于让托利党坐上电椅，然后主动打开开关。

周末希思和索普再次见面，力图达成交易。但两人谈的时间越长，达成交易的可能性越小。在讨价还价过程中，有一个挥之不去的事实是，即使两党组成联盟，在议会中距离多数还差几个议席。星期一早晨，索普返回唐宁街 10 号做最后一次努力。到晚上六点钟，双方终于对外宣布合作流产。一个小时后，哈罗德·威尔逊坐车来到白金汉宫面见女王。女王请他组建少数党政府。所有人，就连威尔逊最亲密的盟友都认为这个少数党政府撑不过几个月。

如果接下来再来一次大选，索普希望能更充分地备战。这就意味着需要更多的钱。于是 4 月 10 日索普给海沃德写了一封信。这封信里充满着感叹号，即使对于索普这种情绪激动的人来说，也显得过于亢奋，语气则介于吹嘘与恳求之间，还流露出些许尴尬："敬谨请您给我开两张支票！原因如下：每位候选人在其选举中的经费都有封顶上限。哪怕超出一分钱，即会被褫夺席位。而我本人既领导全国选举，又参加巴恩斯泰普的地方选举。如果两个选举在经费上有重叠，就会授人以口实。对于这种情况，我想予以力避。"

不过在信中，索普对彼得·贝塞尔有一句简短而醒目的评价。过去索普曾向海沃德夸赞贝塞尔是他的挚友和忠诚的僚属。可惜现在贝塞尔的面纱被剥光。

"他是一个恶棍。"索普在信中关于贝塞尔就写了这一句话。

一张 40 000 英镑的支票将汇到自由党大选账户里，另一张 10 000 英镑的支票则汇给索普一位朋友。此人名叫纳迪尔·丁肖，是一位帕西商人，居住在海峡群岛的泽西。索普对于这种安排解释得含糊其辞，但暗示 10 000 英镑那张支票将用于他自己个人竞选花销。

三周后，海沃德夫妇光临奥默广场索普的家，成为座上宾。事后，海沃德打给索普 50 000 英镑。收到钱款后，索普又给海沃德写了封信。这次信中的语气更为谄媚。"很难用言语来穷尽我以及自由党对您慷慨之举的感激之情。"在信的末尾署名前，索普又加了一句尖酸刻薄的挖苦话，"能在奥默广场款待您真是太好了。唯一美中不足的是，我俩尤其是对您来说，贝塞尔这个家伙有点让人败兴。此人真是十足的混蛋。"

他写完这封信的两天后，也就是 5 月 16 日，索普姐姐卡米拉在切斯特广场的家里自杀身亡。自从丈夫五年前去世后，卡米拉的抑郁症就越来越重，不得不过量服用巴比妥酸盐。她和索普从小就不亲，这很大程度上归因于他们的母亲对儿子明显偏心。不过索普作为亲属不得不去认领尸体，一如当年去认领他的第一任妻子卡罗琳的尸体一样。

此事虽然让索普很烦心，不过很快他就有其他事需要忙活了。正如他或者说所有人预料的那样，威尔逊的少数党政府没有维持多久。

经过一个危机四伏的夏天后，首相威尔逊宣布 10 月 10 日再次举行大选。这是自 1910 年以来第一次一年之内举行两次大选。这次自由党打出一个让对手更加不快的口号"更进一步！"。拿了海沃德的钱，索普立刻以 300 英镑一天的价格雇了一艘气垫船。索普觉得这种新型动力交通工具和自由党标榜的奋勇向前的形象十分契合。可惜选举进行到一半时，气垫船沉了。

同时英国民众也不愿意让索普"更进一步"。和上次大选相比，自由党还少了 1 席，在议会只获得 13 个议席。索普自己也狠狠被打了一记耳光，在北德文郡的优势缩水到 4 000 票。不过威尔逊获得正名，工党以 3 票的优势成为议会多数党。对泰德·希思来说，这次选举失败意味着他个人政治生涯的结束。除了他本人之外，所有人都毫不怀疑他完蛋了。至于斧头何时落下，只是时间问题。

医生给出了明确的诊断：彼得·贝塞尔得的是心肌梗死，必须尽快送往医院。但贝塞尔拒绝挪地方。他告诉黛安，如果要死，他宁愿死在这家破旧的汽车旅馆，而不是墨西哥的医院里。医生只好勉强同意他在旅馆里观察一晚。第二天早晨，贝塞尔感觉好些了，胸口的疼痛感消失，也可以下床走路，虽说走得不太稳。

到了这时候，想玩失踪的念头显然愈发不切合实际。和死亡擦肩而过令贝塞尔情绪消沉。他现在一门心思想掉头回美国。"我相信我活不长了；昨晚发生的是地震前的第一次预警。"第二天临近中午时，贝塞尔和黛安收拾行李，由黛安驾车，掉头朝北开往加利福尼亚。一到圣地亚哥，黛安就想带贝塞尔去医院。但贝塞尔再次拒绝。虽说他不想主动诱发另一场心肌梗死，他也同样不想阻止心肌梗死复发。他只让黛安给纽约的女儿葆拉打个电话，说他一切都好，让她放心。

接着两人又从圣地亚哥出发，一直开到海滨镇，在海滩边又找了一家廉价汽车旅馆住下。趁贝塞尔休息时，黛安又打了一个电话。这次是打给她父亲的。世上没几个父亲对自己女儿和一个臭名昭著的好色之徒勾搭在一起感到放心，尤其是这个家伙还做生意接连失败，并有自杀倾向。在弗雷德·米勒看来，贝塞尔闯进黛安的生活简直就是一场灾难。自从黛安遇到贝塞尔后，她的婚姻就毁了。她又主动放弃收入优裕的工作，现在两人明显属于私奔。

米勒还在贝塞尔的一个商业项目中投入大笔资金，结果这个项目和贝塞尔其他商业项目一样注定失败。在这种情况下，米勒完全有理由飞到加利福尼亚，亲手干掉贝塞尔。但米勒显然是个宽容大度的人。他同意为贝塞尔收拾烂摊子，并尽力帮他摆脱那些债主们的纠缠。他甚至自掏腰包，拿出 10 000 美元给杰克·海沃德，以换取后者的口头承诺，今后不再报复贝塞尔。

除了杰克·海沃德之外，贝塞尔的债主还包括两家银行，纽约的大通曼哈顿银行和普利茅斯的威斯敏斯特国民银行。在米勒的大力斡旋下，这两家银行对贝塞尔的落魄都表示宽容。威斯敏斯特国民银行的经理甚至给贝塞尔写了一封不同寻常的信，信中的语气居然还带着一点哲理："我深察人性中的弱点，对你经历的创伤唯有报以同情和理解。"

在贝塞尔收到这封信之前，他和黛安已经决定在海滨镇住下来。他们租了一间可以眺望大海的小木板屋。屋内只有一个房间和一个卫生间。两人虽然身无长物，囊中羞涩，日子过得却很快活。贝塞尔觉得这种淳朴简单的生活很适合自己。在海滨镇，他体会到一种以前很少体验到的宁静。他现在心里也踏实，因为弗雷德·米勒已经帮他摆平那些债主。

贝塞尔觉得现在是改变自己人生方向的时候了。今后他将不再做那些雄心勃勃的发财梦。不会再有什么塑料鸡蛋箱或歪门邪道的房地产交易。他准备从事完全不同的事业：当一名童书作家。他把这个想法和黛安进行了交流，两人决定联手，贝塞尔写故事，黛安画插图。

贝塞尔的这个想法从何而来？透过这个想法，显然可以看出贝塞尔想遁入一个纯真的世界，生活在林间一个小木屋里写童书。那儿没有欺诈，没有谎言，没有把尸体抛进佛罗里达沼泽的阴谋。这是一种净化心灵、洗涤过往恶行的方法，能帮助他重拾心灵的宁静，以免后悔莫及。但贝塞尔不知道的是，一切都已经来不及了。一旦把车开进沼泽，就无路可逃。

大选后的一个月，一个名叫安东尼·约翰逊的建筑工兼装潢师和他的兄弟唐纳德以及四名工人，来到蓓尔美尔 41 号的一套公寓里施工。这间公寓的前租户刚刚匆忙搬走。约翰逊在公寓的廊厅里干活时，发现天花板上镶嵌一块活动玻璃板，只有用梯子才能够得着。这块玻璃板是不透明的，"所以一眼看上去不知道里面有什么"。安东尼·约翰逊把这块活动玻璃板指给他兄弟看，于是兄弟俩一起合力把玻璃板顶开。

玻璃板上面的隔层有一些旧窗帘和一个公文箱。他们打开箱子后，发现里面有一个用金属夹夹紧的棕色大信封。信封里装着男人的黑白裸体照片，其中一张照片背面写着"赠给杰里米，爱你"。下面的署名是一些他们认不清的缩写。

当天晚上，唐纳德·约翰逊把这个公文包带回家里，又仔细查看里面的东西。他发现除了照片外，里面还有几封抬头印着下议院徽章的信件和署名是彼得·贝塞尔的银行结算单。看了这些结算单后，约翰逊马上就推断出这个名叫贝塞尔的人身陷财务危机。还有另一封篇幅更长的信，收信人是厄秀拉·索普，写信者署名诺曼·约西弗。

当初施工前，工人们就被告知除了地毯之外，房间里其他东西一概都处理掉。但他们不但没把公文箱里的材料扔掉，反而决定联系《星期日镜报》。结果当天晚些时候，就有两名记者来到这间贝塞尔以前的办公室，拿走公文包。第二天，约翰逊兄弟来到施工现场发现公文包不见了，还被告知无法要回公文包。兄弟俩表示了不满和抗议。于是两人被邀请当晚和《星期日镜报》主编鲍勃·爱德华兹见面。

在办公室，爱德华兹和约翰逊兄弟边喝边聊。爱德华兹告诉这两人，这些信件的主人是自由党党首杰里米·索普。当天下午他刚去下议院，把这些信件亲手交给索普。但是爱德华兹既没有告诉索普也没有告诉约翰逊兄弟的是，他在交还信件前留了一手，把那些信件偷偷复印了一份，就像当初诺曼·斯科特所做的那样。

几周之后，约翰逊兄弟收到一张 200 英镑的支票。随支票还附一张便条，上面写着这是一份"谢礼"，感谢他们兄弟遵守公德、光明磊落的行为。

本来按理说，与上台掌权失之交臂后，索普应该退居幕后，甚至进行一番反思。可惜这从不符合他的行事风格。11 月底，他又给海沃德写信，索要更多钱款。在信中，他宣称自由党需要一笔钱来进行游说，游说进行选举改革——"一旦我们将目前的选举制度成功改变，就有可能组成联合政府，到那时我们将获得超过 100 甚至 150 个议席。"

在信中索普又顺带损了贝塞尔，甚至损了好几次："我惊讶并惊恐地得知恶棍贝塞尔居然在塑料箱生意中将您坑得那么狠……整件事让我感到恶心……如果您慷慨大度，愿意弥补这个窟窿，我当然万分感激。如果像您所言，您觉得自己被贝塞尔利用了，我也十分理解，哪怕十分尴尬！那个家伙真是个畜生！"

海沃德现在肯定明白，自由党在大选中获得 150 个议席的概率比彗星撞地球还要低。不过即便如此，他还是同意再出一些钱。至于再出多少钱，以何种方式汇出，索普在 1975 年 3 月写给海沃德的信中做了安排。他再次请海沃德寄两张支票，一张 7 000 英镑的支票寄给"自由党选举基金"，而另一张 10 000 英镑的支票还是寄到海峡群岛的纳迪尔·丁肖的账户里。

和以往一样，索普对于为什么要分开寄支票解释得含含糊糊。不过他向海沃德保证，所有这一切都是光明正大的，钱最后都会用于同一项事业，即"让自由党活下去！"其实对于那笔 10 000 英镑的款项，索普心中有一个完全不同的计划。这笔钱他根本不想用于什么人、什么党活下去，经过六年的口头筹划，他终于下定决心，要除掉诺曼·斯科特。

现在已经完全无法得知索普何时下决心一定要除掉斯科特。看上去也没有什么事情逼着他铤而走险。也许是贝塞尔办公室那沓信件被发现并且《星期日镜报》主编也看到那些信件，也许是他姐姐的自杀刺激了他，令他比以往更加对死亡抱有执念，亦或许是他受够了提心吊胆过日子，不知道下一棒子从哪里打过来。

自从十五年前第一次相遇，索普和斯科特就变成了一对可怕的加伏特舞①舞伴，互相责怪对方毁了自己的生活。只要斯科特还活在人世一天，索普的恐惧就不会消除。消除恐惧的唯一办法就是让斯科特永远闭上嘴。过去索普把这个希望寄托在贝塞尔身上，现在他告诉戴维·霍尔姆斯自己的计划，用 10 000 英镑雇凶杀人。具体细节由霍尔姆斯来安排。

霍尔姆斯领命后开始思索。他给一位生活在南威尔士名叫约翰·勒·梅苏尔的朋友打电话。勒·梅苏尔 41 岁，性格温和，在家乡布里金德附近开一家打折地毯店，人称"地毯约翰"。对地毯的共同兴趣将他和霍尔姆斯联系到一起，因为霍尔姆斯也曾是一家名为"魔术地毯公司"的董事。但这次霍尔姆斯和勒·梅苏尔联系，并不是想讨论地毯，而是另有他事。

1975 年夏，就在授意戴维·霍尔姆斯找人干掉诺曼·斯科特后，索普自己显示出精神崩溃的征兆。他突然取消所有公开应酬，离开伦敦，来到德文郡的别墅呆了六周。索普母亲厄秀拉说，当时索普精神紧张。表面上看，这种精神紧张是由于索普号召发起"英国是否应该留在欧共体"的全民公投引起，他本人是强烈支持留下来。但索普一般情况下精神没那么脆弱，尤其是他自己亲自发起这场运动。根据后来发生的事情判断，他这次闭门不出很可能另有缘由。因为他做出了一个决定，跨越了一道红线。对于索普，对于霍尔姆斯和贝塞

---

① 原为 17 世纪一种类似小步舞的法国农民舞蹈。

尔，今后的一切都将回不到从前。

当索普躲在德文郡的别墅时，一个名叫丹尼斯·梅甘的小混混兼古董火器贩子接到了一个电话。打电话的人自称是杰里米·索普的代表，问梅甘能否见面商谈一件紧急的事。双方在西伦敦的一家意大利餐馆共进午餐。进餐时，来人向梅甘透露了找他的目的。他问梅甘愿不愿意为自由党去杀掉一个叫诺曼·斯科特的人，一个"必须要永远闭嘴的讨厌家伙"。梅甘一开始对开车去德文郡亲自看一眼这个猎物的设想十分感兴趣。可一到德文郡后，他就临阵畏缩，又返回了伦敦。"枪杀一个人可不是儿戏。"他事后回忆道。不过梅甘同意问问周围有没有人对此事感兴趣。

1975 年，一年一度的露天游乐场主持人宴会在黑池的萨沃酒店举行。这是一项只对男性开放的慈善活动，旨在为露天游乐场工人募集善款。宴会门票每人 15 英镑，但票价中只含一杯威士忌或白兰地。不出所料，当晚的局面很快失控。所有来宾都喝高了，其中有个人特别能闹腾。他名叫安德鲁·纽顿，29 岁，是不列颠岛航空公司一名飞行员。这家航空公司总部就在黑池。他喜欢朋友们叫他"吉诺"，但他的朋友们却都给他另起一个绰号"鸡脑"①。

据传在宴会中途，纽顿的一位名叫乔治·迪金的朋友走过来搭讪。乔治·迪金在南威尔士人称"独臂匪首"②，31 岁，个头不高，棕色头发，靠出租老虎机发了点小财。几天前，迪金受人之托，要寻

---

① 原文为"chicken-brain"，意为"愚蠢的，缺乏常识的"。
② 该绰号并非指迪金只有一条胳膊，而是暗指他做老虎机生意，因为老虎机通常只有一条摇臂。

觅一个能干"狠活"的人。迪金觉得纽顿或许感兴趣。听说酬金在5 000至10 000英镑之间，纽顿毫不犹豫就答应了。"我就是你要找的人。"他对迪金说道。

宴会结束后，几个袒胸露乳的女孩上台进行义拍，纽顿趁机用甜点的脆皮往一个女孩乳头上抹。这个女孩的男朋友也在场，他让纽顿住手。但这时纽顿白兰地已经喝多了，根本不知道收手。一场斗殴如期开打。人们不得不强行将这两个男人分开。纽顿后来告诉警察："那天晚上气氛很热烈，我喝了很多酒……我记得看了一场脱衣舞表演和一场喜剧，但再多就记不起来了。"

宴会结束后，纽顿醉得连路都走不动，更别说开车了。迪金开车送他回圣安妮斯的公寓。迪金离开时，双方约好几天后找个时间谈谈当晚提到的事。那天夜里，纽顿吐得满床秽物。

$$24$$

加拿大来客

就在 1974 年圣诞节前不久，诺曼·斯科特搬离了位于埃克斯穆尔的那间荒僻的平房。他在那儿感到危险正步步逼近。其中发生的一件事让他尤为震惊。据斯科特说，一天中午他正要进屋做午餐，忽然听到头顶传来直升机粗重的马达声。他抬头一看，发现一架直升机正在降落。他觉得情况不妙，赶紧跑到屋内，锁上所有的门。这时从直升机上跳下来两名男子，一人身着时髦的灰色西装，另一人穿着迷彩服。他们大声敲击斯科特家的前门，接着又敲窗子。

此时斯科特正猫着腰躲在前门的后面。"我吓得浑身是汗。我有强烈的预感，觉得他们来者不善。"这两人没敲开前门，又绕到屋后，试了试后门。斯科特听到后院的院门传来拉拽声。几分钟后，直升机重新起飞，绕着屋子飞行一圈后，朝着汤顿方向飞走了。

斯科特从平房搬出后，来到他的朋友珍尼特·劳伦斯和克里斯托弗·劳伦斯夫妇位于巴恩斯泰普郊区的家中过圣诞节。劳伦斯夫妇和斯科特一样，喜欢动物，刚买了一条活泼的大丹犬幼崽。他们给它起个日语名字"梨花"，这个名字在日本经常用来称呼刚出生的女婴，意为忠诚可靠。

到了元旦，斯科特再次搬迁，住到其他朋友家里。由于不再信任格里德大夫，他又另找一名大夫，此人叫道格拉斯·弗拉克，是埃克斯特郡埃克斯维尔精神病院的心理咨询师。在对斯科特做了一番检查后，弗拉克大夫觉得斯科特心智健全，只是有强烈的焦虑症。在检查时，斯科特把他和格里德大夫的事以及他受骗上当卖掉那批信的事都告诉了弗拉克。弗拉克觉得此事有违医患伦理，便上报给英国医疗辩护联盟①。医疗辩护联盟的工作人员听说斯科特声称和某位声名显赫的政治家有同性恋绯闻，就将此事告知财政法务部，也就是今天的政府法务部。财政法务部又将此事汇报给军情五处。这样军情五处原先关于杰里米·索普事件的档案又增加了新的材料。

而对斯科特来说，后来发生的诸多事件更坚定了他的怀疑，即事情变得越来越不对劲。一天晚上，他正在巴恩斯泰普一家他最喜欢的名叫"闹市客栈"的酒吧里小酌时，接到一个电话。电话那头传来浓重的德国口音，声称自己是德国《明镜》周刊的"斯坦纳"先生。斯坦纳告诉斯科特，他正在做一篇关于索普的报道，不知能否采访斯科特。斯坦纳说他听说斯科特曾和索普有过绯闻，想了解斯科特有无相关证据。

当然有，斯科特一口答道。他把戴维·霍尔姆斯花2 500英镑买下的那些信件早就复印保存下来。斯坦纳问斯科特，能否将这些证据见面时一并带过来。两人约好两天后在巴恩斯泰普的"帝国酒店"见面。见面当天，斯科特并没有带全部信件的复印件。他只带了其中一

---

① 英国全国性医疗工作者行业协会，主要功能是防范和处理医疗事故和纠纷。

部分，用一个文件夹装着。到了酒店之后，斯科特才想起来自己根本不知道这个斯坦纳长什么样。斯科特坐在酒店大堂，发现一辆银色梅赛德斯轿车开进停车场。"我以为既然是一辆德国轿车，上面肯定坐着德国人。"可是酒店一个侍应生走过来告诉他，一位名叫斯坦纳的先生正在打电话找他。

斯科特于是把文件夹放在椅子上，走到公用电话亭去接电话。电话里那位口音浓重的斯坦纳先生向斯科特道歉，说他刚被周刊召回国去写一篇新的报道。这是一篇重头报道，斯坦纳向斯科特解释，极具爆炸性，读者一定感兴趣——保守党刚刚选择时年49岁、身为两个孩子母亲的玛格丽特·撒切尔作为新党首。所以很遗憾，两人见面只能另约时间。

"那到底什么时间呢？"斯科特在电话里问。斯坦纳没有回答，直接挂断电话。斯科特感到蹊跷又无奈，只得返回酒店大堂。他坐定后，发现自己带的文件夹不见了。

也许是为了把过去的事记录下来，也许是为了有可能获得出版，反正斯科特开始着手写类似回忆录的文字。他把自己和索普相识以来的经历尽可能地全部写进文字里。他也向几位朋友透露准备把故事卖给报社。在斯坦纳消失的八天后，一天深夜，斯科特在穿过巴恩斯泰普的棚户市场时，遭到几个人的袭击。他们先把斯科特打倒在地，然后反复用脚踢他。结果斯科特被打掉两颗牙齿，被踢得不省人事。

苏醒后，斯科特挣扎着走到北德文郡一家诊所。在接受治疗时，他竭力想把这件事缕出个头绪。斯科特一开始认为这只是一起偶发的攻击。但当他回过神来，记起了一个细节。当时"其中一个人问我，你是诺曼·约西弗吗？我回答，是的，但这个名字我已经弃用六年多了"。斯科特说完后，那帮人就开始打他。

格里德大夫往斯科特账户上打的 2 500 英镑已经花完了，斯科特不得不再次流浪街头。"我过去常在巴恩斯泰普岩石公园的公共厕所里过夜。我用烈性苹果酒把自己灌得酩酊大醉，躺在公厕小隔间里。接着我做了一件蠢事。我这个人向来爱干净，以前也从未如此潦倒过，所以我想洗澡时，就去一家名为'福特斯科'的酒店开个房间。我都不会在那儿过夜，只是为了洗个澡，因为我心怀内疚，觉得自己会玷污旅店的房间。洗完澡后我又返回公厕。"

在流浪街头六周后，一对夫妇可怜斯科特，邀请他去家里住。斯科特住在这对夫妇家中时，又接到一个神秘电话。一个自称叫伊恩·赖特的人告诉斯科特，他一直在找斯科特，因为有一份男模工作想请他来做。"他当时的原话是，你他妈的能不能快点来伦敦？"

此人声称为一家名叫潘希罗的时装公司工作，说准备付 800 英镑雇斯科特做两周模特。斯科特听完后疑窦丛生。"我说，伦敦至少有 500 个长相英俊的模特，况且我在杂志上已经消失多年。你为什么要雇我？"但赖特解释说，斯科特正是他想要的那种类型。

挂断电话后，斯科特打通电话号码查询台，发现根本就不存在什么潘希罗时装公司。而那个叫赖特的人留下的电话号码则是特拉法加广场一个公用电话亭的电话。又没过多久，绰号叫"友谊夫人"的"闹市客栈"的老板娘主动提供一个房间给斯科特住，只要他平时帮她干点零活即可。九月初的一天，当他们两人听完一场民谣音乐会出来后，两名警察一左一右抓住斯科特的胳膊，把他塞进警车里。斯科特表示他们没必要这么动粗，其中一个警察说："噢，是的。我们就怕你跑掉。"

在巴恩斯泰普警察局，斯科特得知自己的罪名是欠"福特斯科"酒店住宿费，也就是犯下了欺诈罪。但很快斯科特就明白，这些警察根本不关心他欠不欠"福特斯科"酒店的钱，他们关心的是斯科特手上掌握的那些文件。斯科特声称那些文件是他的私人物品。闻听此言，刚才态度还算不错的警察们的腔调立刻改变了。

其中一位名叫弗泽兰德的巡警告诉斯科特，他们这次行动直接听命于掌玺大臣，也是首相在上议院的非正式代表。那么显然当天晚上掌玺大臣办公室有人来到警察局。同时斯科特被告知，如果不配合的话，他将会被关起来，"在接下来十四年里将见不到太阳"。

斯科特无计可施，只得带警察去他住的"闹市客栈"，把剩余那些贝塞尔写给他的信的复印件交给警方。警察们还听说斯科特在写回忆录，要求看看他的手稿。做完这一切，他们押着斯科特返回警察局，把他在女囚室里关一晚。斯科特认为这是故意羞辱他。第二天一早，他被带到治安法庭，被判罚交纳 58 英镑罚金。宣判后，法庭将手稿还给他。

要不是几天后收到他的律师杰里米·弗格森写来的一封信，斯科特直到这时还只把这些事情看成是对自己的恐吓。弗格森的来信开头是这样写的："亲爱的斯科特先生……我真的觉得你的人身安全正受到威胁，因为有人想阻止你出书……""他（弗泽兰德巡警）告诉我，他也和我一样觉得你在我们这里待的时间太长，周围的人知道你的意图和打算，所以会招来严重伤害。正因如此，他要求如果你真的准备出版书，一定要提前告诉他，他会给你提供保护，使你免受攻击。"

斯科特的朋友劳伦斯夫妇虽说喜爱动物，但梨花对他们来说已经

216

成为一个考验。梨花脾气温顺，一点也没攻击性，但身形却像个小马驹，需要大量运动。劳伦斯夫妇问斯科特能不能每天带梨花出去遛一次。无独有偶，"友谊夫人"也有一只大丹犬。这样斯科特就可以带着两只狗一起遛。1975年10月初的一天晚上，斯科特遛完狗后，把它们交还给各自的主人，来到巴恩斯泰普一家名叫"三桶"的酒吧喝酒。他发现一名男子站在吧台旁。此人身穿一件海军蓝短外套，里面是一件翻领毛衣。

不过让斯科特对此人留意的，不是他的衣着，而是他的烟斗。他抽的是硕大的海泡石烟斗。烟斗的斗柄是弯曲状，斗钵壁镶着一圈银边。这种烟斗斯科特在福尔摩斯电影之外还从未见过。难闻的烟雾从斗钵顶端冒出来，"他看上去和周围的环境格格不入。他也盯着我看"。斯科特向来讨厌烟斗的气味，于是就对那人说能否离吧台远一点。"我的语气一点也不粗鲁。我只是向他解释我受不了烟斗的气味。他走到吧台另一端，大口地吞云吐雾。"

又过了一个星期，到了10月12日，是个星期天，大约在中午时分，斯科特正牵着"友谊夫人"的狗回"闹市客栈"，结果在路上又碰到那个烟斗客。他穿着一件红色拉力夹克，站在一辆马自达轿车旁。当斯科特走过时，他上前一步，做了个自我介绍。他自称彼得·凯恩。斯科特只是点点头，准备继续往前走。但接下来这名男子说的话让斯科特停下脚步。"他对我说，我身处险境，非常危险。一个从加拿大来的人要杀我，报酬超过1000英镑。"

凯恩声称自己是受雇来保护斯科特的。虽然他没有透露雇用他的人是谁，但表示愿意开车送斯科特去见那个人。斯科特思前想后一番，觉得这件事有些不妥。凯恩见斯科特拒绝自己的提议，变得有些生气。"他说:'我希望你他妈的还是老老实实跟我走。'"但斯科特还是峻拒。不过斯科特同意去和凯恩喝一杯,因为他想探听自己这位神秘保护者是什么来路。但不管怎样,首先要把狗交还给"友谊夫人",他向凯恩解释道。

斯科特一路跑到"闹市客栈",告诉"友谊夫人"赶紧把那辆马自达轿车的车牌号记下来。然后他和凯恩顺路前往福特斯科酒店,就是斯科特去开房洗澡欠账的那家酒店。在酒店的酒吧里,凯恩要了一杯苦柠檬软饮料,而斯科特为了平复自己的紧张神经,要了一杯双份威士忌。两人在酒吧没待多久,凯恩就坚持要换个地方,因为他觉得酒保看他的眼神怪怪的,让他不舒服。

于是两人换了地方,这次去的是帝国酒店。斯科特察觉凯恩比自己更紧张。他问凯恩确切身份是什么,凯恩说他是"特派调查员",但并没有进一步解释具体职责是什么。凯恩显然对斯科特和索普的关系非常感兴趣,特意夸张地把斯科特的话记在随身带的一沓粉色纸巾上。他再次告知斯科特有生命危险,说自从两人上次见面以来,斯科特就差点和死亡擦肩而过。

但斯科特依旧搞不清凯恩是什么来路。他不觉得凯恩是那种天生使人产生信赖感的人:"他说起话来绕来绕去。"不过事到如今,斯科特自己也不知道该信任谁。凯恩虽说鬼鬼祟祟,但让斯科特聊以自慰的是,此人至少还把他的性命安危放在心上。两人分手时,凯恩说一旦他得知"加拿大来客"到了英格兰,就会马上通知斯科特。

当斯科特把他和凯恩见面的事告诉劳伦斯夫妇,劳伦斯夫妇给他出了个主意。他们认为这个主意对各方都好。既然斯科特和梨花已经混熟了，斯科特不如把它留在身边护身。这条狗虽说性格温顺，但由于身形庞大，令人不敢小觑。谁要是想来伤害斯科特，看到梨花后都不得不三思而行。

又过了两周，有一天斯科特前往科姆马丁村为一位外出的朋友临时看房。他带着梨花一起过去。这位朋友家没有电话，斯科特嘱咐"友谊夫人"，如果有人找他，就让那人在当地一个名叫"纸牌盒"的酒吧留个信。结果 10 月 23 日晚上，斯科特来酒吧喝酒时，酒吧老板说有他一个电话。斯科特拿起话筒，听见一个声音说："你好，是诺曼吗？"

"是我。"斯科特答道。

"我是安迪。"

"你是谁？"斯科特没弄明白。

"对不起……"电话那头说，"我说我是彼得。"

斯科特反应过来电话那头是凯恩。他察觉凯恩的声音上气不接下气，而且他是从公用电话亭打过来的。每隔一小会儿，电话那头就提示投币。

"他来了。"凯恩道。

"谁来了？"

"那个从加拿大来的人。"

"你肯定吗？"

"他已经到了，"凯恩说，"人已经到德文郡了。"

"那我该怎么办？"斯科特问。

"明天晚上六点钟，我们在科姆马丁的德尔弗斯酒店碰头。"凯恩说完就挂断电话。

25

沼泽里的谋杀

第二天晚上，斯科特如约来到德尔弗斯酒店，大丹犬梨花温顺地跟在他后面。走到酒店时，斯科特发现凯恩在酒店门口对面的公用电话亭里等他。凯恩这次没穿拉力夹克，而是穿一件黑色翻领毛衣，外面套一件连帽厚夹克。开的车也不是那辆黄色马自达，而是一辆破旧的蓝色福特科蒂纳。凯恩向斯科特解释道，他要去二十英里外的波洛克拜访一位客户。他让斯科特和他一起走。这样万一那个加拿大来客突然出现，他也可以保护他。但他俩走向福特车时，凯恩才第一次看到梨花。凯恩一下子停下脚步。他这辈子就怕狗，体型越大的狗，他越讨厌。

"我不想让这个家伙上车。"凯恩指着梨花说道。

"如果你不带着它，我也不去。"斯科特说。

凯恩抱怨一通后妥协了。但把梨花塞进车里不是一件容易事。由于车子的后门打不开——后门感觉都快刮着底盘了——梨花只得从驾驶员一侧的门爬进车里。进到车里后，它的身形正好适合躺在后座上。凯恩狐疑地从后视镜望了望后面，发动汽车，开往波洛克。这时天已经黑了，开始下起雨来。不知为什么，斯科特心中涌起一股奇特的放松感，"感觉不会有伤害降临到我头上。"

车子驶离科姆马丁村不久，凯恩让斯科特从仪表盘下的储物箱里找几根火柴。他想点烟斗。虽然一想到烟斗的烟雾就让自己作呕，斯科特还是伸手进去摸了摸。他在里面摸到一盒火柴，但感觉这盒火柴出奇地重。斯科特用手滑开火柴盒，发现里面有几个圆柱体状的小物件，撞到一起还发出轻微的叮当声。不知为什么，斯科特觉得这些玩意像珍珠。

凯恩粗鲁地让斯科特把这些物件放回去，再好好找找。这次斯科特找到几根火柴。凯恩将他那把海泡石烟斗递给斯科特，让斯科特帮他点燃。烟味比斯科特想象的更难闻，但车外下着雨，没法开车窗。

大约七点半，他们终于到了波洛克。凯恩让斯科特在城堡酒店等他，他八点回来。可半个小时后，凯恩还是没回来。斯科特又等了二十分钟。最后斯科特等烦了，决定自己叫一辆出租车回家。于是他走出城堡酒店。这时雨很大，雨点落在碎石路上四下飞溅。斯科特无奈之下正要往回走，突然发现马路对面一辆轿车正向他闪着车灯。斯科特的第一反应是置之不理，因为刚才凯恩爽约让他很不快。可是这辆车一直闪着灯，于是斯科特带着梨花走了过去。

凯恩摇下科蒂纳的车窗。

"我以为我们在酒吧碰面。"斯科特道。

"噢，不，"凯恩说，"我可不能被人瞧见。"

接着他主动提出送斯科特回科姆马丁村。

"那个加拿大来的家伙呢？"斯科特问。

凯恩说他也不知道此人的确切位置。不过不用担心，自己会保护斯科特的。斯科特和梨花上了凯恩的车。八点半刚过，这辆车开始朝波洛克山上的一片开阔的沼泽地驶去。随着山势增高，车窗外的能见度越来越差。现在不光下雨，也开始起雾了。凯恩开的很慢，每小时不到二十英里。令斯科特惊诧的是，凯恩开始把车沿着马路两侧按折线开，眼睛一直盯着后视镜，好像在找什么人或物。

虽然凯恩开得这么诡异，斯科特却还是有一种奇怪的放松感，甚至是安全感。不过对于这个彼得·凯恩，有一件事斯科特并不知道。他的真名根本不叫凯恩，而是安德鲁·纽顿。他也不是受命来保护斯科特，而是受雇来谋杀他的。纽顿不停地看后视镜，是想找到事先放在马路边的一个纸盒箱。他放置这个纸盒箱是想作为斯科特埋尸地点的标记。

斯科特看纽顿把车开得歪歪扭扭，就问他是不是哪儿不舒服。纽顿说自己有点累。斯科特虽然这辈子从未取得过驾照，但还是主动提出来帮他开车。纽顿觉得这是个好主意，提议等到了地势平坦的地方，他们交换一下位置。此后两人没再说话。现在雾散去一些，雨还在下。斯科特能听到雨水拍打车顶的声音。

开到山顶后，纽顿把车子停在路边。在漆黑一片的前方就是埃克斯穆尔沼泽，方圆数里荒无人烟。在他们右边，斯科特能看见天尽头的卡迪夫市的灯火。斯科特打开副驾驶的门，冒雨来到另一边驾驶室的门口。纽顿也下了车。大丹犬梨花也跟着一起下来了，还以为他俩是要带着它遛遛呢。梨花一看见斯科特，就兴奋地扑向他，斯科特抓着它颈项上的狗链，对纽顿说其实他不必下来淋雨，可以从车内挪到副驾驶位置。

但纽顿却说："噢，不，这样正好。"

斯科特没有听到枪响。他只看见梨花身子一歪，倒在地上。斯科特摸了摸梨花的头，感觉手黏糊糊的。虽然外面黑得伸手不见五指，但斯科特确信黏糊糊的东西是鲜血。

"你干什么？"斯科特大叫道。

他跪在地上正查看梨花时，感觉有个硬邦邦的东西抵着自己的脑袋。接着他听到纽顿声音清楚地说道："现在该轮到你了。"

斯科特没有多想，下意识地跳起来撒腿就跑，越过草地边缘，跑到沼泽地里。他跑了一会儿，觉得自己在朝有亮光的卡迪夫方向跑。在身后车灯明亮的黄色光线照耀下，要想开枪射中他易如反掌。斯科特突然停下脚步。他认为自己肯定死定了。与其一个人死去，还不如和心爱的大丹犬死在一起。于是浑身被雨淋透并沾着梨花鲜血的斯科特转身朝停车的地方跑去。

斯科特回到车旁，借着车灯的亮光看见雨幕后的纽顿。他手上握着一把左轮手枪，低着头使劲摇着，嘴里一遍遍咒骂着"该死的破枪！该死的破枪！"

过了片刻，纽顿突然跳进车里，猛地调转车头，车轮在泥地里急速打了个转，朝着山下开走了。斯科特跪在梨花尸体旁一动不动，仿佛稍微动一下就会在漆黑的夜里再也发现不了自己的爱犬。几分钟后，他抬起头看见远处射来两束汽车灯光。

斯科特看着灯光渐渐靠近。最后当车身出现在山脊时，斯科特冲到马路上，使劲挥舞双臂。一开始他以为汽车不会停，但车子降速靠边停了下来。车上坐着下班的英国汽车协会巡路员泰德·里斯贝和他妻子以及两个朋友。

　　"救救我！"斯科特声嘶力竭地喊道，整个人都快要晕过去了，"有人杀了我的狗，还要杀我。"

第三部分

26

"三个火枪手万岁！"①

　　诺曼·斯科特浑身是血，警察一开始以为他也中枪了，于是叫救护车把他送到迈恩黑德医院。一位大夫检查后确认斯科特并没有受伤，但显然受到严重惊吓。于是他又被带到迈恩黑德警察局。"都是那该死的索普干的，他不但毁了我，现在连我养的狗也不放过。"斯科特对问讯的警察说。接着他把过去发生的一切又重复一遍，索普如何诱奸自己，国民保险卡，最近几周以来发生的蹊跷事。他讲的时候还顺带提到了自己正在写的自传。

　　警察按部就班地做着笔录，然后开车把斯科特送回科姆马丁。第二天，一个名叫麦克克里的探长来到斯科特所住的村子。如果说头一天晚上做笔录的警察对斯科特还怀有怜悯的话，这位麦克克里探长却心存怀疑。他说斯科特讲的事听起来有点"太过疯狂"。他接下来的话，暗示是斯科特自己射杀梨花，好为他出书造势。斯科特虽然对出书不太了解，但认为一位作者要是为了出书如此大费周章是绝对不可能的。但麦克克里还是不相信斯科特。

　　这时真正一锤定音的人物出现了。"友谊夫人"埃德娜来到巴恩斯泰普警察局，向警方提供斯科特让她记下的那辆黄色马自达车牌号。经查这辆车属于黑池一家车辆租赁公司。这样一来就很容易查到事发当天是谁租了这辆车。但纽顿已经跑了，他偕女朋友去卡拉奇度假去了。

1975 年 11 月 18 日，纽顿和女朋友回英国时，在希思罗机场被逮捕，并接受讯问。为了给自己行为找个解释，纽顿决定发挥想象力，天马行空地胡编乱造一通。这不是他第一次做，也不会是最后一次。他声称斯科特手上握有几张可能对他声誉造成损害的照片，并以此为把柄一直敲诈他。他说自己这几张照片刊登在一家定制杂志上，是他应约为一位"无所事事的女士"拍的几张尺度较大的照片。结果后来的情况表明，这位"无所事事的女士"是斯科特，他威胁要把这些照片寄给纽顿的老板。

纽顿承认自己杀死了那条狗，但他否认企图谋杀斯科特。"我只想吓唬吓唬他，但枪走火了。"审问持续了两天，最后，纽顿被控犯有携带枪支并有意危及他人生命罪，取保候审后就释放了。虽然整个事件扑朔迷离，但警方倾向于相信纽顿的版本。当他们在迈恩黑德警察局再次讯问斯科特时，态度明显比以前更粗暴。斯科特说，警察摁着他的头反复撞墙，并不让他接受治疗。他们还毫不掩饰地告诉斯科特，他们认为同性恋者比异性恋者更容易陷入歇斯底里的狂想中。也许他们想通过这种方式来羞辱斯科特，好让他老老实实闭嘴。不过如果他们真的这样想，未免太低估了斯科特。"我倒是想知道你们自己上床后会有什么变态之举。"斯科特反唇相讥。这样一来，问讯室的

---

① 此处原文是法语。

氛围显然好不了。

一直到此时，媒体还没获得关于此事的任何风声。但到了1975年10月31日，情况发生了变化。《西索姆塞特自由报》以"大丹犬谜案：雾中狗之死困扰警方"发了一篇报道。《西索姆塞特自由报》是个小型家族式报业，每期发行量不到一万份。报道是这样写的，"浓雾笼罩的沼泽地发生一起谜案，一位自称是政治作家的人声称发生一起针对自己的谋杀案。截至发稿时，警方的调查还在进行中。布里奇沃特警方对于有关案情的传言——即杀狗者的目标是狗的主人，只是枪支卡壳才没有得逞——既不证实也不否认。警方也没有透露狗的主人是否就是居住在科姆马丁公园路的一个名叫诺曼·斯科特的先生。"

这则新闻很快就成为这家小报历史上最著名的一篇报道。

在彼得·贝塞尔和黛安·凯利居住的海滨小屋为数不多的家当中，居然还有一台电视机。1975年元旦跨年夜，他俩观看纽约时代广场上的直播节目。画面播出了联合化学公司大厦楼顶上一个巨大的发光球。午夜当新年倒计时开始时，发光球随着新年钟声落到地面。黛安和贝塞尔眼含热泪，互相拥抱。"我有个预感，今年将会属于我们。"黛安说。

贝塞尔的心情同样乐观。他手头的童书已经写了三稿。故事情节是一个名叫"月亮"的小外星人来到地球，受到一个酷似贝塞尔的人照顾。此人是个热心肠，不过偶尔也会犯糊涂，但对人性抱有始终不渝的信念。写作之余，贝塞尔还在洛杉矶做点咨询工作，挣点小钱。三周后，他们将招待第一位来自英格兰的客人。贝塞尔和黛安都觉得这是他俩回归社会的重要标志，哪怕来人在贝塞尔的客人名单中不一定是什么贵客。此人就是戴维·霍尔姆斯。霍尔姆斯 12 月底打电话给贝塞尔，说准备来旧金山度假，问能否顺道过来看看。

"杰里米现在怎么样？"贝塞尔问。

"他让我向你们俩问好。他现在很好，就是有一点担心。"霍尔姆斯对贝塞尔说。

当贝塞尔问担心什么时，霍尔姆斯说在电话里不方便讲。霍尔姆斯来看贝塞尔时，捎来索普的一份礼物，一本关于劳合·乔治的书。在书的扉页，索普写道：

赠彼得：

这是一个自由党人送给另一个自由党人关于第三个自由党人的一本书。

三个火枪手万岁！

1976 年新年，

爱你的 杰里米

见面寒暄后，霍尔姆斯想和贝塞尔单独聊聊。贝塞尔小屋没有空余卧室，他给霍尔姆斯在当地的布里奇汽车旅馆订了房间。贝塞尔建议两人在去旅馆的路上边走边聊。

"现在的问题还是诺曼·斯科特。"一出门霍尔姆斯就说道。

贝塞尔已经好久没听过斯科特这个名字了，所以霍尔姆斯说的时候，他一开始还没反应过来。

"噢，你是说那个约西弗。难道他还在纠缠吗？"

"闹得越来越大。"霍尔姆斯不安地说。

霍尔姆斯接着把那个故事讲给贝塞尔听。霍尔姆斯讲得惴惴不安，贝塞尔听得哈哈大笑。霍尔姆斯说斯科特一直在敲诈一个名叫安德鲁·纽顿的生活放荡的航班飞行员。一天晚上，两人开车经过埃克斯穆尔时爆发争执，纽顿一气之下用枪打死了斯科特的狗。贝塞尔向来爱狗，忙问那条狗是什么品种。霍尔姆斯却更显紧张，说他也不知道是什么品种，反正是大型犬，块头很大。霍尔姆斯说，这名飞行员已经被捕。一旦他出庭受审，斯科特将作为证人出庭。根据斯科特过去的表现，他到时很可能又会说这一切都是杰里米·索普策划的。

贝塞尔听到这里，依然不理解这件事和自己有什么关系。不过很快他就反应过来了。霍尔姆斯说，一旦有证据表明斯科特有敲诈前科，法官就不会相信他的话。

"你说的敲诈前科是什么意思？"贝塞尔问霍尔姆斯。

"嗯……"霍尔姆斯有点犹豫，"譬如你可以写一封信，就说斯科特以前也敲诈过你。"

话说到这里，贝塞尔彻底明白了。霍尔姆斯此行的目的，不是简单的探望老友。

你和索普商量过吗，他问霍尔姆斯。霍尔姆斯承认，其实这一切都是索普的主意。贝塞尔说他需要考虑一下。他越想越觉得这个主意很卑鄙。他如果听索普的话，站出来说斯科特一直在敲诈他，情况会怎么样？他会被控犯有伪证罪。

"不，不，那绝不会，"霍尔姆斯让贝塞尔放心，"这封信只是相当于一份备忘录罢了。"

当天晚上，贝塞尔与霍尔姆斯共进晚餐。晚餐的氛围很好，但有一件事让贝塞尔陷入思考。当时三人正在喝咖啡，贝塞尔无意中瞥了一眼霍尔姆斯，发现霍尔姆斯正直勾勾地盯着他，脸上带着怪异的表情。"他的眼神中透着惊恐，一瞬间我察觉到一种我先前不能理解的涵义，让我觉得不安。"

霍尔姆斯返回旅店后，贝塞尔把霍尔姆斯的提议转述给黛安听。黛安的态度十分明确：贝塞尔除非疯了才会答应这件事。贝塞尔觉得黛安讲得有道理。半夜醒来时，贝塞尔脑子里还在想过去发生的那些种种困扰他的事情。多年以前，还在康沃尔郡时，他曾对妻子葆琳娜也说过这件事，当时葆琳娜说："约西弗这件事迟早会把杰里米拖下水。到那时，杰里米将会拖你一起下水。"

"胡说八道，"当时贝塞尔反驳道，"杰里米怎么可能拖我下水？"

"我也不知道。但你记住我的话，他绝对会这么做。"

第二天早晨，贝塞尔专程前往霍尔姆斯住的旅店，准备开车送他去机场。他手上拎着一台便携式打字机。

"好吧，我答应做这件事。"他对霍尔姆斯说。

在贝塞尔做过的昏事中，这件事最难以解释。他的本能反应是拒绝霍尔姆斯的请求。而他对于黛安的意见也一向言听计从，这次也不例外。午夜醒来时，他甚至有一种不祥的预感。但最后他还是决定蹚这个浑水，那么唯一的解释就是贝塞尔对于索普有求于自己深感荣幸。无论如何，他渴望受到索普的器重，来自索普的赞许让他感到温暖。

霍尔姆斯见他同意了，从口袋里掏出几张下议院的便笺纸，上面是索普已经写好的草稿，大意是告诉贝塞尔该怎么写。贝塞尔对索普的草稿做了一点修改，但基本意思没改动。他写道，他和斯科特初次相识时，斯科特表现得极其谦恭，对他提供的帮助深表感激。但后来斯科特就变了。"他和我见面时，威胁说要把我和我私人秘书的绯闻披露给外界。我当然感到害怕，因为这会对我妻子、孩子还有我的政治生涯都很不利……我只好答应他的部分条件，给他几英镑，并答应回国后和他再见面。这件事我做的固然不对，但在当时的压力下，我别无他法。"

这些内容当然是一派胡言，包括贝塞尔所谓的付给斯科特的封口费。写完署名时，贝塞尔看了看自己写的东西，又加了一段话。这段话既像是为了让自己心安，也像是令外人相信。他说自己是个品行端正的人："再多说一句。我在担任下议院议员期间，视帮助困难者为分内之事。我帮助斯科特一事绝非个案，许多我当年的选民可以为我作证。"

完事后霍尔姆斯来到卫生间，把索普的草稿撕成碎片，冲进马桶里。然后他拨通了索普在伦敦的电话。玛丽安接的电话，她告诉霍尔姆斯索普出去了。"请你转告索普，使命完成。"霍尔姆斯对玛丽安说。

贝塞尔心里还有疑惑。在前往机场的路上，他问霍尔姆斯是否还有其他事情瞒着他。霍尔姆斯一开始并没有回答。最后他开口了，但声音小到贝塞尔不得不让他提高一点嗓音。

"那个飞行员确实是受雇去暗杀斯科特的。"霍尔姆斯道。

贝塞尔觉得自己早就应该想到这一点。可是索普是怎么找到这个杀手的呢？

霍尔姆斯沉默片刻。

"不是杰里米找的，"霍尔姆斯说，"是我找的。"

"噢，天呐，戴维！"

霍尔姆斯又告诉贝塞尔，这个飞行员杀手的酬金是 10 000 英镑，但暗杀计划却失败了。纽顿杀死那条狗后，手枪哑火了，只得趁着夜色驾车逃离现场。听完这一切，贝塞尔觉得自己像是在做梦一样——"这简直是一本蹩脚侦探小说里的桥段。"

到达机场后，贝塞尔把霍尔姆斯放到候机楼，然后去停车。这时他又冒出一个想法。既然霍尔姆斯承认是自己雇纽顿去杀斯科特，贝塞尔就不能让他把自己写的那封信带走。不说别的，这起码表明是霍尔姆斯自己，而不是索普想让斯科特去死。

贝塞尔越想越慌，赶紧朝候机楼跑去。但他很快就跑得喘不过气来，不得不放慢脚步。霍尔姆斯虽然说好会等他，但等贝塞尔到了后却发现他已经不见了。贝塞尔冲到登机口，透过窗户看见霍尔姆斯乘坐的飞机停在跑道上。他看到机门渐渐关闭，移动舷梯脱离机身。

27

乱套了

当杰里米·索普得知诺曼·斯科特将以证人身份在安德鲁·纽顿一案中出庭时，他明白自己必须有所行动，无论如何要把对自己可能的伤害降到最低。他决定去拜会自由党的新党鞭塞西尔·史密斯。史密斯身为党鞭，职责就是协调自由党国会议员在投票时保持一致。

但史密斯的权力不限于此。他还是党内道德作风问题非正式监察员。一旦有什么丑闻和负面事件露出苗头，他都需要知晓。不过就算索普不知道史密斯自己的性癖好丑闻，估计也找不到比这件事更荒谬讽刺的事情了。

据史密斯回忆："索普进来后坐到一个小凳子上，跷起二郎腿问：'你听说我的麻烦事了吗？'我当时对接下来的谈话内容一无所知。"

"'不，'我说，'什么麻烦事？'"

"'我想还是告诉你为好——此事可能会被公开。'"

索普告诉史密斯，一个精神极度不稳定的家伙不久将会出庭作证。到时他十有八九会声称自己和索普曾经是同性恋关系。在克服了最初的惊讶后，史密斯低头若有所思地凝视着自己硕大无比的腰带。接着他告诉索普，他觉得这件事没什么大不了的。既然索普声称此人精神不正常，那么没人会相信他的话。

但等索普走后，史密斯决定自己单独着手调查此事。在调查中，他第一次得知斯科特早在 1971 年就找过戴维·斯蒂尔，还得知贝塞尔给斯科特寄钱的事。史密斯还去拜访了内政大臣罗伊·詹金斯。据史密斯说，詹金斯非常乐意帮助身处困境的议员同僚，主动提出会"引导警方将关注的重点放到斯科特的个人背景上"。

索普不知道的是，危险正朝他步步逼近。在索姆塞特有个名叫奥布伦·沃的人。此人是小说家伊夫林·沃的儿子，同时也为一家名为《私眼》的讽刺杂志写专栏。他读了那篇"雾中狗谜案"的报道。虽然奥布伦·沃从未见过索普，却一直很讨厌索普，部分原因是觉得此人穿的双排扣马甲下一定隐藏着什么秘密，另一部分原因是他不喜欢索普那张扬的公学毕业生做派。

1975 年 12 月初，在为《私眼》写的一篇文章中，沃这样写道："整个西索姆塞特都在谣传一件令人难堪的事……诺曼·斯科特先生……他曾声称有个大人物朋友，自由党政治家杰里米·索普……被英国汽车协会一位巡路员发现跪在一条名叫梨花的大丹犬旁哭泣。这条狗头部中弹身亡。"在文章结尾，沃话里有话地写道："我只希望索普先生不要为朋友的狗死去而伤心过度，提前结束自己的政治生涯。"

威斯敏斯特宫里读《西索姆塞特自由报》的人不多，但读《私眼》杂志的却不少。也有不少人读《星期日快报》，这家报纸在 11 月 2 日刊登一篇报道，标题是"埃克斯穆尔之谜：一个受惊的男人和一条被枪杀的狗"：

　　这是一起诡异的案件。一条大丹犬因头部中弹而亡。有人在事发当晚发现狗主人，一名受惊吓的男子在埃克斯穆尔游荡。警方调查此案时一些神秘举措也让当地居民颇为不解。当事人是居住在北德文郡科姆马丁村的名叫诺曼·斯科特的男子。他宣称自己是自由党党首杰里米·索普的前好友。

　　他对警方以及九天前在沼泽地将他救起的人讲的故事让人听了毛骨悚然。一个他原本以为是私家侦探的人，开车将他从波洛克附近的一家酒店接走。那人把车停在一个荒僻的路边，突然拔出枪来打死他的狗。接着他把枪对准斯科特本人，不料这时手枪卡壳了。斯科特夺路而逃，枪手开车离开。警方拒绝讨论此案的背景，只是公事公办地声称正在调查这条狗的死因。但当地人不禁心生疑窦：为什么一起普通的杀狗案最后由阿冯和索姆塞特地区刑事调查部副专员、高级探长迈克尔·查利斯亲自接手？查利斯探长告诉记者，他之所以接手此案是鉴于案情重大。但他拒绝透露进一步的消息。

在威斯敏斯特宫的茶室和走廊里，大家对此事开始纷纷议论起来。随着传闻四起，多年前那些快被人遗忘的旧闻也重新浮出水面。接下来又有了新的动向，诺曼·斯科特没等安德鲁·纽顿一案开庭，就开始公开怒斥索普，因为另一个同样千载难逢的机会出现了。1976年1月29日，斯科特被指控冒领58.40英镑的社保金而在巴恩斯泰普法院出庭受审。社保金冒领是斯科特有意为之，因为他知道这样一来，自己就可以在法庭上放开大胆地讲话，而不会受到任何指控。

斯科特站在被告席上，发射了一枚精确制导导弹。"十五年了，"他声音颤抖地开始诉说自己的经历，"我要好好把这件事讲清楚，因为这件事完全变了味。我由于和杰里米·索普的性关系，这些年来一直受到迫害。"

几分钟之后，这枚导弹准确击中舰队街。在发表一个简短声明——"我上次和斯科特先生见面交谈已经是十二年前的事了。他对我的指控纯属捏造。"——之后，索普就躲到奥默广场的家里，锁上大门，并指示门房告诉来客自己不在。在他消失期间，塞西尔·史密斯只得出面代替索普应对各种质询。

次日，史密斯恳求索普向他透露更多信息。如果斯科特真的像索普所说，是个精神不稳定、厚颜无耻的小人，难道他就拿不出什么证据吗，可以透露给媒体的证据。索普思索片刻后说道，其实证据也是有的。

这一次半夜惊醒彼得·贝塞尔的不是仿佛有人坐在胸口的那种压迫感，也不是对陈年往事的不安回忆，而是真切的电话铃声。贝塞尔拿起话筒，看了一眼闹钟，现在是凌晨三点。

"彼得，我是查尔斯。"

查尔斯·尼格斯-范西是贝塞尔的律师。

虽然贝塞尔想竭力听明白尼格斯-范西在说什么，但听了半天还是没明白为什么尼格斯-范西要深更半夜给他打电话。"全国的所有报纸都在给我打电话，"尼格斯-范西告诉贝塞尔，"我还没进办公室，记者们就已经早早在门口等着了，你说我该怎么办？"

"什么怎么办？"贝塞尔听完后更糊涂了。

"就是杰里米·索普那件事，"尼格斯-范西不耐烦地说道，"记者们都想看看你写的那份关于诺曼·斯科特的书面证词。"

"等等，"贝塞尔说，"什么证词？"

"就是你写的那份书面证词，自由党党鞭塞西尔·史密斯刚把这份书面证词透露给媒体。"

贝塞尔现在彻底清醒过来。他的第一反应是不相信。戴维·霍尔姆斯走后，贝塞尔就给他写信，让霍尔姆斯把那份他声称诺曼·斯科特敲诈他的证词销毁。霍尔姆斯回信说他保证销毁。现在看来他并没有这么做。当时索普也通过霍尔姆斯向他保证，这份证词除了律师不会给其他任何人看。这两个人显然都对贝塞尔撒了谎。

贝塞尔决定他必须马上和索普通话。但问题是他囊中羞涩，付不起越洋长途电话费。他让尼格斯-范西给索普传话，让索普紧急给他回电话。但是两天过去了，索普也没有打电话过来。贝塞尔在家里做一点手工活。黛安的一只名叫瑟斯顿的腊肠犬得了关节炎。贝塞尔给它做了一个特殊的支架，这样它只用两只前腿也可以挪动。

一天，贝塞尔带着瑟斯顿来海滩散步时，心里想不知道伦敦那边情况怎么样了。他现在接触不到英国的新闻，报纸通常需要两天才能送到这里。他有一种不安的感觉，觉得自己身后的形势正在发生变化。他还担心人们非议他。虽说他现在也没什么名声可言，但还是希望自己能存有那么一点颜面。

电话铃终于响了，但不是索普打来的。打电话的人是《每日邮报》的政治记者戈登·克雷格。他不知怎么搞到了贝塞尔的电话。他问贝塞尔能否接受采访，回答几个问题。贝塞尔有点举棋不定。不过他明白，如果不把自己对这件事情的看法披露出来，他可能会彻底完蛋。

"好吧。"贝塞尔说。

"到底有没有书面证词这回事？"

"没有……"贝塞尔道，"没有，不存在什么书面证词。"

这话没错——具有法律效力的书面证词是当着律师的面宣誓后的正式声明。

"那你定期给斯科特打钱，让他替你保密不要将你的绯闻传出去，是不是真的？"

"不是真的。"

"那这件事是怎么来的？"

"我压根不知道，"贝塞尔回答，"我肯定不会付什么封口费。我干吗要那么做？这种事情好多人早就知道了。"

"那你是代杰里米·索普把钱付给斯科特的吗？"

贝塞尔已经好久没有拿腔拿调摆谱说话了。不过重新拾起这副口吻对他倒不是难事。"这份证词内容荒谬。"他傲慢地说道。

他表示给斯科特打钱完全是出于自己的好心，想帮助一个落魄的朋友而已。贝塞尔心里清楚，自己这一套说辞经不住推敲，根本不可能长久地欺骗公众。挂断电话前，克雷格告诉贝塞尔，《每日邮报》驻洛杉矶记者已经在前往他家的路上。贝塞尔放下电话，发现双手在发抖。过去两年多来，他成功地将自己与世隔绝，和自己过去的所作所为一刀两断。但现在这种状态将会被打破。

趁着《每日邮报》记者还没到，贝塞尔告诉黛安有事情需要告诉她。两人在厨房的桌子边坐下来。

"戴维上次来的目的不像你所知道的那么简单……"贝塞尔道。

他发现黛安果然紧张起来。

"继续讲，"黛安道，"你知道我能承受得住。"

贝塞尔承认自己没有听从黛安的劝告，给戴维·霍尔姆斯写了一封信。这封信现在已经被泄露给伦敦的媒体了。

不出所料，黛安的脸色变得很不好看。

"你是说这封信是为了掩饰那场未遂谋杀？"黛安显得很不可思议的样子。

现在看来事情确实如此，贝塞尔只好老老实实地承认。

当贝塞尔把自己的所作所为说完后，黛安半天没说话。接着她目光直视贝塞尔，就说了一句话，"你真是做了一个糟糕的决定"。

这时电话铃又响了。这次打电话的人是索普。索普装作一副若无其事的样子，先问了问贝塞尔身体怎么样。贝塞尔没好气地顶了他一句，说近来的事情让他的身体又变差了。于是两人就谈起那份书面证词。贝塞尔问媒体是怎么知道的。索普说这都怪塞西尔·史密斯。在斯科特向外界大放厥词后，他把这份证词出示给史密斯看，结果史密斯在没有告诉他的情况下，把证词泄露给了媒体。

事已至此，贝塞尔只得相信索普的话。他向索普表示，他准备委托律师发布一个声明，最大限度还原真相。在声明中，贝塞尔将指出最初是斯科特向索普求助，索普又委托贝塞尔来处理此事，原因是斯科特的国民保险卡弄丢了。在斯科特与卫生和社会保障部交涉期间，贝塞尔每周给他寄5英镑生活费，因为当时他一贫如洗。他这么做完全是出于好心，别无他意。贝塞尔也告诉索普，他将否认斯科特曾敲诈过他，或掌握他的私生活秘闻。

听到这里，索普第一次显得惊慌起来。"你千万别这么做，"索普道，"那样会把一切都毁了。我求求你，彼得，给我点时间，让我把这件事摆平。我保证今后我们一起发个联合声明。"

听出索普害怕了，贝塞尔的心又软了。"其实我最不想给你添麻烦，但你知道，我也要保护我自己。"

最后两人商定共同起草一份联合声明，交由贝塞尔的律师查尔斯·尼格斯-范西发表。挂断电话前，贝塞尔还有一件事想搞清楚。虽然他已经从一个火枪手那里知道内幕，但还是想听听最直接当事人的说法。

"我不想听拐弯抹角的话。到底是不是戴维雇佣那个飞行员的？"贝塞尔问。

这次轮到索普犹豫起来。

"是的，"索普最后终于承认了，"这才是最危险的。"

"噢，上帝！"贝塞尔惊呼道，"真是乱套了！"

一结束和索普的通话，贝塞尔就开始起草声明，然后再在电话里向尼格斯-范西逐字口述。尼格斯-范西再将声明传给索普。经过一番口舌之争后，索普终于同意里面的措辞。当天下午，贝塞尔的声明正式向媒体发布：

应各方要求，我就诺曼·斯科特先生一事发表如下声明……首先，多年以前，我本人以及我的公司——彼得·贝塞尔有限责任公司在数月时间里向斯科特先生支付总额 200—300 英镑的费用。这笔款项只是单纯地为了帮助斯科特先生解难纾困，因为他当时一贫如洗。此举并无重大深意。我要特别声明，这笔钱绝非由第三方或代表第三方，向斯科特先生支付。

其次，我对付给斯科特先生 2 500 英镑一事毫不知晓。在所传此事发生时间段，我刚从一场大病中康复，囊中羞涩，和家人至亲都无联系。

我还听说有传言，说我羁留国外不归是害怕一旦回国就会陷入破产的境地。此种说法纯属无稽之谈。大约一年前，在我的债权人包容和合作下，除了一笔债务尚存争议，其他债务均已沽清。上述传言自然不能成立。

这份声明发布时，《每日邮报》记者道格拉斯·汤普逊已经到达贝塞尔居住的海滨镇。贝塞尔告诉汤普逊，他不能谈索普的事，但是他很乐意说说为什么从公众视线中消失以及他在加州的生活。第二天早晨，也就是 2 月 3 日，《每日邮报》刊登了一篇首页报道，标题是："我在索普事件中的角色"。在这篇报道中，贝塞尔否认自己曾受斯科特敲诈，并重申当年他给斯科特寄钱完全是出于好心。

第二天贝塞尔的自由党前同事们在每周例会上一边仔细阅读这篇报道，一边就相关内容质询索普。索普开始有些慌乱，但很快就放松下来，对各种质疑一一加以辩白。他反复宣称，自己从未和诺曼·斯科特发生过同性恋情。最后在座的大多数人倾向于相信他所言属实。不过现在自由党陷入两难窘境。这起事件拖得时间越长，索普对今后选举所造成的隐患就越大。可是起码目前为止，他们也不能根据这些未经证实的传言，就让索普下台。

正如埃姆林·胡森在给其余十二位自由党国会议员分发的一份文件中所言——"如果仅仅由于本党因不实传闻蒙羞，就让杰里米下台，这对于我们这样的民主社会不啻是一种践踏和不公之举。"但同时，胡森也并非一无所知的法盲。在文件中他继续写道："另一方面，如果这些指控属实，杰里米·索普作为能干有为的党首就不应该拖累全党，让大家陷入或对其不忠，或为其掩饰的两难抉择。"

自由党人对嘲笑讥讽并不陌生。很久以前，他们在漫画里就被刻画成一群唐吉诃德式的蠢人。但在诺曼·斯科特事件爆发后，人们对他们的讥讽更加犀利。有一次，戴维·斯蒂尔在斯特拉斯堡的酒店套房里召集欧洲理事会中自由党党员开一个招待会。出于纯粹省钱的目的，斯蒂尔一般出差时总是和他的男助理睡一个房间。结果会上一位托利党来宾看见房间里两张床后大笑，"我们就知道你们自由党人爱好这一口。"

斯蒂尔勃然大怒。他对这位议员说："你对我怎么开玩笑都没问题。但你无权侮辱我的助手。我希望你向他道歉。"

不过斯蒂尔很快就发现，局面现在已经一发不可收拾。媒体已经联系到格里德大夫，得知他拿贝塞尔的信件换得2500英镑。《每日镜报》刊登的一篇文章标题为"男模和2500英镑的礼物：索普涉嫌献礼疑云"。与此同时，贝塞尔的海滨小屋被记者包围。他们拿着大把现金希望他接受采访。

2500英镑一事让整个事件风向发生改变。媒体现在普遍抱着同情的心态，而对斯科特却毫不掩饰地流露出厌恶。2月8日的《星期日镜报》称他"令人作呕"；《世界新闻》认为此人的话不可信；《星期日泰晤士报》把斯科特描述成一个"性格古怪、极端的家伙，热衷于破坏他人名誉"。

当天晚些时候，索普再次接受问讯。这次问讯的是德文和康沃尔地区刑事调查部首脑普罗文·夏普警督。索普告诉夏普，自己正在写一份材料，将会把他和诺曼·约西弗也就是斯科特关系的来龙去脉讲清楚。写完后，他将把材料送给他的律师古德曼勋爵。律师看完如果没有问题，就会转给夏普。

在这过程中，索普表面上还维持着一贯温文尔雅的风度。他和玛丽安依旧出席社交晚宴，举止和平常无异，仍然谈笑风生，魅力十足。唯一表现出他身处压力的迹象是，他只要怀疑有人对玛丽安态度粗鲁，就会不同寻常地发怒。

过了几天，夏普给索普打电话，询问他的材料写得进展如何。索普说很遗憾，古德曼勋爵最近感冒，无法审阅。

夏普又问给格里德大夫付钱又是怎么回事？索普对此是否知情？索普承认对此事有所耳闻，但否认是自己授意安排的。

夏普又问关于安德鲁·纽顿的事。索普在这件事上有些底气。"我从不认识嫌疑人纽顿先生，"他自信地宣称，"我从未见过此人，和他没有任何直接或间接的联系。有关他的事情，我只知道报纸上报道过的那些内容。"

但这样一来就出现一个显而易见的疑问："如果不是索普给格里德大夫那笔钱来换取贝塞尔的信件，那会是谁做的呢？"要不是戴维·霍尔姆斯自己沉不住气，这个问题或许在短时间内还是悬案。2月底，霍尔姆斯做了贝塞尔早就预料他会做的事——他主动招供了。由于害怕追查到自己头上，他主动去找总检察长诺曼·斯凯洪爵士，说购买这批信件的是自己。他说之所以这么做，是为了保护自由党。紧接着霍尔姆斯的律师发布一个声明，宣称此举"完全是霍尔姆斯自已主动的行为，尤其没有告知索普先生。"

如果霍尔姆斯以为这样会让整个事件平息下来，那他真是比贝塞尔想象得还要愚蠢。当媒体得知霍尔姆斯正是索普儿子鲁珀特的教父时，简直欣喜若狂。"索普孩子的教父声明支付2500英镑给诺曼·斯科特"，第二天《每日镜报》的大标题这么写道。头一天晚上，索普从奥默广场的家里给霍尔姆斯打电话。他痛心地说："戴维，你怎么能这样？"

真相的面纱逐渐揭开。人们开始第一次公开谈论索普下台的事。埃姆林·胡森觉得索普政治生涯到头了。理查德·温瑞特也是这么认为的，而戴维·斯蒂尔一时没了主意。"也许霍尔姆斯确实在索普不知情的情况下擅自购买了这批信件；但难以想象，此事曝光后他会不告诉自己老友索普事情是他做的。"

当天深夜，索普给塞西尔·史密斯打电话，问媒体报道会把他推向何种境地。

"现在一切乱套了。"史密斯说。

在海滨镇，彼得·贝塞尔又做出一个决断。他告诉黛安，他准备做一件她丝毫不感到惊讶的事：充当替罪羊。由于他早前的证词未能帮索普解困，现在他准备把与诺曼·斯科特有关的事全部承担下来。也就是说，他准备为所有这一切承担责任。他觉得反正自己名声已经毁了，再加一条罪状也无所谓。可是如果索普辞去自由党党首，将会对自由党造成无法修补的损失。

"看来你只关心索普。"黛安犀利地说。

贝塞尔觉得黛安说的没错——这个决定确实很情绪化。其实贝塞尔经常一激动起来，比丘吉尔的拥趸对丘吉尔的热情更狂热。

"是的，"他对黛安说，"如果索普这条船要是沉了，噢，上帝，我会拔枪为他自杀。"

不过即使在贝塞尔看来，自己的反应也显得过于怪异。他到底心里是怎么想的？反正从表面上看，他此举是牺牲自己保护索普。这算是对他行为的一种解释。还有一种解释，就是他不愿从这出好戏中退出。

由于贝塞尔笃信自己是在帮索普，所以决定打电话告诉他这件事，虽说越洋长途话费很贵。接电话的人不是索普，而是玛丽安。

"他不在家。"玛丽安冷冷地说道。

贝塞尔被玛丽安的腔调刺痛了，他让玛丽安等索普回来后尽快给他回电话。

"好的。"玛丽安说完后挂断电话。

不到半小时，索普电话就打过来了。玛丽安是怎么回事，贝塞尔气得质问索普。"没什么，就是因为紧张，"索普说，"我保证她没别的意思。我俩现在正在煎熬中，你知道的。"

其实玛丽安的冷淡是刻意表现出来的。无论她有多紧张，她对索普的忠诚从未动摇。哪怕直到现在，她也不相信那些说她丈夫是同性恋的传闻。但她确信贝塞尔是个坏家伙，要为报纸上那些事情负责。

当贝塞尔告诉索普，自己准备替他背锅，索普的反应有些漠然。贝塞尔见索普这样，不但不感到失落，反而更加同情他。"杰里米，我知道你现在非常不好过。"

"是的，"索普的声音听起来精疲力竭，"每天早晨我醒来时，都

247

有恶心的感觉。"

"杰里米，我一定会尽力，"贝塞尔告诉索普，"我会时刻想着你。你可以随时给我打电话，不论白天还是黑夜。振作起来！我们几个老伙计不会被击垮！"

第二天2月19日，索普给贝塞尔写了一封信，感谢他的忠诚，并激励他要坚强。"你不要再说了，"索普写道，像是怕贝塞尔又要说出那种话，"上帝保佑你！照顾好自己＋记住劳·乔（劳合·乔治）。你的永远的，杰里米。"

贝塞尔的回信表明，他的行为是经过深思熟虑的，而且他还对上次电话中玛丽安对他的态度耿耿于怀。"你知道这么多年来，我一直尽我所能地帮助你……所以我不能理解玛丽安对我的态度。她在电话中把我当成是大便。这根本不公平！"但在信的结尾，他又自打圆场，"你要相信我，我所做的肯定不会伤害你，不会伤害我，不会伤害自由党。你无需感到不安。如果你担心，就给我打电话。黛安让我向你问好，并深表理解。有时我一觉醒来，想到你所受的折磨，不禁为你感到心疼。"

贝塞尔写完这封信两周后，列奥·阿比西应约会见他的老友兼同事，下议院议长威尔士人乔治·托马斯。两人是多年的好友。阿比西觉得托马斯为人睿智有礼。但见面后阿比西却吃惊地发现托马斯状态糟糕。他的脸色发灰，浑身发抖，几乎说不出话来。最后托马斯总算平静下来。他告诉阿比西，BBC的一个节目组正在制作一个关于杰里米·索普的片子。节目组跟他联系了，他们尤其关注十三年前巴恩斯泰普警方调查索普同性恋那件事。

说到这里，他停下来。阿比西提示他继续往下说。托马斯解释道，彼得·贝塞尔当年告诉他，索普曾经写过几封内容敏感的信。索普害怕巴恩斯泰普警方看到这些信件。于是当时托马斯安排贝塞尔和时任内政大臣的弗兰克·索斯基斯爵士见面。据他所知，这件事后来被偷偷地压下来了。但 BBC 现在正要请他谈谈当年他在这起事件中扮演的角色。

　　表面上看，托马斯其实没什么可担心的。但阿比西是少数几个知道托马斯隐疾的人。托马斯自己也是同性恋，害怕自己的事遭连累被曝光。阿比西不知道的是，托马斯还是一个由几位资深议员组成的娈童团伙的成员，塞西尔·史密斯也是这个团伙的成员，这件事直到托马斯死后才浮出水面。

　　阿比西一眼就看穿如果托马斯接受 BBC 采访会具有什么危险性。"在我看来，显然他一旦接受新闻调查记者的采访，就会有暴露自己的危险。"阿比西担心托马斯到时会受自己潜意识控制，"我怀疑在压力之下，他能否控制内心萌发的自责自怨的苗头，说不定到时会主动坦白。"阿比西建议托马斯摆出一副高高的、事不关己的态度，让秘书给 BBC 回函，就说身为下议院议长不适合以私人身份接受采访。阿比西相信，这样就会没事了。事实也果然如此。托马斯依计而行，BBC 只好另觅他途。

　　但是感受到压力的不仅仅是托马斯一个人。3 月初戴维·斯蒂尔和他的老朋友纳迪尔·丁肖准备在梅菲尔的切斯特菲尔德酒店共进晚餐。斯蒂尔刚到达酒店，就发现情况有些不对头。丁肖一副紧张不安的样子。他先是让斯蒂尔发誓替他保密。斯蒂尔好奇到底是什么事，于是郑重发誓会保密。

丁肖说他很担心，担心到当天下午甚至去找了他的老朋友威斯敏斯特枢机主教。接着他告诉斯蒂尔，海沃德打给他 20 000 英镑的事。他按照索普的吩咐，把钱转给霍尔姆斯。当时索普给的理由是，海沃德不想让人知道他捐款，免得让人觉得是个会轻易捐钱的金主。但丁肖现在回过头思考这件事，觉得疑窦丛生。如果这 20 000 英镑没有用在大选上，会去哪里呢？会不会用于购买贝塞尔的那批信件？

斯蒂尔听到这里，脑子里浮现出一个更糟糕的念头。这笔钱会不会被彻底挪作他用，譬如用来雇佣安德鲁·纽顿？这一难以置信的猜测意味着极其严重的后果。堂堂一个主要政党的党首，贪污一大笔党的经费来雇凶威胁甚至谋杀自己的前情人，这真的可能吗？

不管真相如何，斯蒂尔都觉得自己处境极其尴尬——"我记得临走时，感觉脚下大地都在移动。我有一种末日即将来临之感。"斯蒂尔向丁肖保证，他不会把两人交谈的内容告诉任何人。但从现在他掌握的事实来看，索普不可能再担任自由党党首。

接下来发生的一件事，出乎所有人的预料。

28

该死的谎言

1976 年 3 月 9 日星期二，在出席下议院首相质询会时，哈罗德·威尔逊站在发言席，手放在公文箱上，说出令整个下议院震惊的一句话："我现在毫不怀疑，目前针对自由党党首的种种事端，背后有来自南非势力的强大介入。"

当然不仅仅是南非一心想把索普搞下台，威尔逊说。显然还有其他一些黑暗势力也在活动，包括"形形色色、性质各异的私人代理人"。这番话一出，就连首相所在的执政党内部都认为他疯了。大家都觉得，为什么南非人会大老远热衷于诋毁一个只有 13 名议员的小党党首，而所谓的"形形色色、性质各异的私人代理人"究竟又是什么人？

索普是极少数对这一言论不感到困惑的人之一。两周前，威尔逊首相邀请索普和夫人玛丽安来他在下议院的办公室。三人一直谈到次日凌晨时分，讨论的话题是南非国家安全局（简称 BOSS）正在策划一个阴谋，准备毁掉威尔逊和索普。

威尔逊这么想到底有何根据？事后回顾，这件事纯属子虚乌有。

并没有切实的证据表明有南非势力介入进来，只是阴谋论和一系列奇怪诡异的巧合促成了威尔逊产生这个想法。威尔逊的住宅曾经被盗几次，一些私人文件被偷走。早在几年前，诺曼·斯科特结交了一位南非记者戈登·温特，此人为了多挣些钱，暗中为南非国家安全局效力。为了邀功请赏，温特把斯科特和索普的情事向南非国家安全局做了汇报。更乱的是，斯科特和温特后来还睡到了一起。

所有这些事情足以让威尔逊确信，他和索普已成为一场精心策划阴谋的对象，这场阴谋旨在抹黑甚至推翻英国现任领导人。现在回过头想想，威尔逊这种偏执念头也许就是后来吞噬他的老年痴呆的前兆。而对索普来说，这不啻是天赐良机。越谣传白厅周围充斥密探间谍，人们就越发难辨真假，而他就越有可能脱身。

索普给威尔逊写了好几封信。在信中，他竭尽所能地煽风点火，加剧威尔逊的偏执倾向，向他露骨地暗示南非国家安全局利用斯科特作为同性恋版的玛塔·哈丽①。为了听起来更逼真，索普还宣称斯科特的朋友利维斯——斯科特搬回德文郡后一直就住在他家——"或许操纵一个邪恶的间谍网。"索普在信中写道，"他家的卫生间大到足以供六个人使用。"但不是所有人都上索普的当。刑侦总监普罗文·夏普在给总检察长的一份报告中，对于所谓的南非因素和结论表示怀疑："这起不可思议事件的真相还不明朗，还有若干疑点。"

与此同时，大批新闻记者在奥默广场安营扎寨，盼望索普露面。可是索普闭门不出，并拒绝一切采访请求。不过威尔逊在下议院发表讲话后的星期五，《星期日泰晤士报》总编哈罗德·伊文斯成功打通

---

① 20世纪初国际著名交际花，1917年在巴黎以德国间谍罪被法军枪毙。

了索普的电话。伊文斯和索普虽然不是朋友，但两人关系一直不错。"我很喜欢他这个人，"伊文斯回忆道，"在招待会上，只要看到索普在，我都会松口气，因为和他聊天很有趣。"

索普告诉伊文斯来他家时从后面的货运通道进来，这样不会被人发现。等伊文斯到了后，两人前往索普的书房。"他不像以往那样精力旺盛，但我也不觉得他精神紧张或情绪低落。我记得他当时坐在高窗下的一张老式写字台边，透过窗户我能见到大批的记者。"

伊文斯鼓励索普发表"一个全面而坦诚的声明"。索普一开始拒绝正面回答任何问题，但过了一会儿他软了下来。索普承认他和斯科特之间或许通过一两封信，但内容完全是公事公办。他再次否认他们之间存在同性恋关系，并把自己现在的遭遇说成是公众人物的职业危险："曾经有个名叫琼的女人，住过精神病院，她声称和我结过婚。还有传言说我和另外一个女人结过婚，并生了三个孩子。"

伊文斯走的时候，对索普的话并不完全相信，但还是抱着姑且相信的态度。那一期的《星期日泰晤士报》刊登了一篇大标题为"诺曼·斯科特的谎言"的文章。在文章中，索普发表了一个声明，否认对他的每一项指控。他从未和斯科特一起睡过觉，也从未偷过他的国民保险卡，他以及其他人也没有付给斯科特任何"补偿金"以用来安抚斯科特。这份声明的结尾写道："另外有传言称，我了解并卷入斯科特和贝塞尔之间的事情，参与并卷入以 2 500 英镑从斯科特手里购买那批信件。所有这些传言都是假的。"

彼得·贝塞尔读到这篇报道时正在洛杉矶。在洛杉矶，贝塞尔喜欢住在日落大道的一家汽车旅馆里。他用保罗·霍夫曼博士的名字登记，以防止在周围碰见他的债主。贝塞尔常用这种手法来躲债，而且总喜欢给自己化名加一个博士头衔。

这家汽车旅馆位于日落大道较为破旧的一端，周围尽是些露天酒吧和嬉皮士风格的小店。马路对面的咖啡馆卖一种名叫"撒尿蛋糕"的甜点，深受顾客欢迎。还有一家商店出售英国的报纸。贝塞尔买了一份一天前的《星期日泰晤士报》，带回汽车旅馆。看报时，他的目光久久停留在头版，感到难以置信。在贝塞尔看来，索普断然否认的六点是完完全全的事实：索普显然和斯科特是同性恋关系，付给斯科特"补偿金"就是为了安抚他。内页是另外一篇由该报"深度报道组"撰写的文章。在这篇文章中，索普编造了更多细节。

贝塞尔读着读着，内心由难以置信变为愤怒。这篇文章把所有责任都从索普身上推卸到贝塞尔身上。显然是贝塞尔允许斯科特"光顾"他在伦敦的办公室；斯科特也确实"多多少少利用一下这个地方"。更让贝塞尔难以容忍的是下面的内容。贝塞尔早先的声明——那份证词——所谓的斯科特以性丑闻为把柄敲诈他，也被斥为缺乏可信度："披露异性恋丑闻通常不会被认为是一件致命的事。"对于为什么是贝塞尔而不是索普想让斯科特封口，"深度报道组"给出另一个理由，即贝塞尔怕这件事牵连到自己的生意。"深度报道组"主动提及了布朗克斯维尔房地产交易，还写到了塑料鸡蛋箱投资失败的事。最让贝塞尔耿耿于怀的是，文章把贝塞尔写成是一个"跑腿"，好像整天自以为了不起，其实不过是跟班小弟。文章给人的总体印象，往好了说贝塞尔是个轻信他人的傻瓜；往坏了说，他是个性亢奋的变态。

让贝塞尔愤怒的不光是文章将他描述成这个样子，还因为索普把斯科特说成是"无可救药的骗子"，"处心积虑地编织谎言构陷他人"，"完完全全在胡说八道"。虽说贝塞尔对斯科特并无保护欲，但他也觉得索普做得太过火了。索普在贝塞尔心中已不再是那个值得尊崇的人，一个用自身活力赢得六百万张选票的政治家，而是变成一个躲在角落里为了自保而乱吠的畜生。

与此同时，还在德文郡的诺曼·斯科特又经历了一次人生变故。他和一位名叫希拉里·亚瑟的女人好上了。这个女的后来怀孕，于1976年5月生下一个名叫布莱妮的女儿。当斯科特读到这份《星期日泰晤士报》，他的反应比贝塞尔还要剧烈；他一气之下把报纸撕得粉碎。接着他发表一份个人声明，针锋相对地逐条回应索普。

是，我们之间就是同性恋关系。否，我从未说索普偷了我的国民保险卡：他只是在给我补办国民保险卡时将卡扣留了。否，我从未说自由党出钱让我保持沉默，是彼得·贝塞尔每周寄给我5至7英镑，这样才使得我可以居住在老家。

最后，索普先生声明否认自己了解或介入彼得·贝塞尔和我之间的联系，对此我只有一个答案——我有一封日期是1969年8月27日的信，在信中（贝塞尔）这样写道，他已经对杰里米·索普说过了，索普已经了解相关情况。

这还不是索普目前所知道的唯一证据，还有更能一锤定音的证据，能明确表明他和斯科特之间恋情的证据——就是他们曾经来往的信件，尤其是1962年12月当斯科特威胁要杀死索普，警方将斯科特带回警察局时发现的那些信件。1976年5月1日，斯科特投诉大都会警察局专员罗伯特·马克，要求他归还自己的那些信件。

当贝塞尔读到斯科特的声明时，他已经返回了海滨镇。他沿着海滩走了很远，脑子里思考着索普对待自己的态度。他甚至还抱着幻想，幻想索普会给他打电话辩解自己的所作所为，甚至向他道歉。但电话并没有响，四周一片死寂，令贝塞尔倍感痛苦。

29

犹　大

　　1976 年 3 月 16 日，埃克斯特皇冠法庭开庭审理安德鲁·纽顿一案。开庭后没多久，一名男子走进来。他来到媒体席，对一位同事低语一番。很快所有在座的记者们都开始小声议论起来。原来伦敦方面刚刚传来一则消息。这则消息令法庭上正在审理的案件与之相比也黯然失色。哈罗德·威尔逊做了一件比将索普的倒霉事怪罪于南非间谍更出人意料的事：他主动宣布辞职。

　　虽然威尔逊后来宣称，最近两年他一直有辞职的想法，但此刻他宣布辞职还是令几乎所有人大吃一惊。面对不明朗的政治前景，股票市场自由落体般暴跌。三天后，又出了一条爆炸性新闻。这次是来自白金汉宫：玛格丽特公主和斯诺登勋爵正式分居。这是有史以来第一次公开宣告破裂的皇室婚姻。

　　支撑国家的台柱一个接一个倾覆。这样一来就令安德鲁·纽顿一案退出了报纸头版。和其他正在发生的事件相比，纽顿案不过是令人倒胃口的小菜。在法庭上，纽顿坚称斯科特一直用几张对他不利的照片来敲诈他。对于是否有人雇佣他去枪杀斯科特，纽顿一直小心翼

257

翼，守口如瓶，一点没有提及霍尔姆斯。纽顿坚持说，他当时并没有把枪口直接对准斯科特，而是故意移开，只是想吓唬吓唬斯科特。他确实扣动了扳机，但什么也没发生："我看见弹壳卡在里面。"

按照规定，斯科特以证人身份出庭。在法庭上，他重复了自己和索普同性恋一事。对此，纽顿的出庭辩护律师，也是皇家法律顾问的帕特里克·巴克斥之为荒谬的奇思异想。巴克认为斯科特精神错乱，死钻牛角尖。不过他也承认斯科特是公开出柜的同性恋者。"我们也发发善心吧。一个人如果天生就是同性恋者，他自己也没有办法。"

接着巴克继续说道，同性恋者一般都"有一种可怕的作恶倾向"。他还指责斯科特在证人席上极尽表演之能事。"大家难道忘了，他刚开始说话时故作娇柔的嗓音和假装羞涩的样子吗？"巴克提醒陪审团。

法庭了解到，警方问讯时没有发现纽顿和自由党任何一名议员有关系的证据，也没有发现纽顿和"斯科特口中"任何人有关系。陪审团很快就一致裁定纽顿有罪。在量刑时，法官用一种开玩笑似的责备口吻对纽顿说，无论怎么冲动，也不能挥舞着枪恐吓敲诈者。法官最后以危及人身安全罪判处纽顿入狱两年，以破坏财产罪判处入狱六个月，两罪并罚判处两年徒刑。一开始人们不知道法官在判决中提到的破坏财产是指什么，后来才知道原来是那条名叫梨花的狗。

直到这时，索普还觉得自己不会有事。前首相递给他一条意外的救生索，其实应该是两条：斯科特在法院出庭；安德鲁·纽顿乖乖地关在监狱。彼得·贝塞尔又在五千英里之外的美国；而对于自由党同仁，索普相信自己有能力打消他们的疑虑。

但是索普低估了贝塞尔受到的伤痛，如果他肯停下来考虑一下贝塞尔的感受的话。他也低估了自由党同事的惊骇程度。这些自由党人不仅震惊于自己的党首显然卷入到一起谋杀案中，而且还可能挪用党内资金。几位党内大佬已经给贝塞尔打电话，讨论索普的未来。在电话里，虽然贝塞尔坚持称自己对什么谋杀一无所知，但谈起和斯科特之间的事，贝塞尔表现得比过去更加无所顾忌。

而且贝塞尔现在还没和索普取得联系。他越来越觉得索普在算计陷害自己。为了未雨绸缪，他买了一个盒式录音机，连在电话上。4月20日星期二，当电话铃响起，电话那头传来戴维·霍尔姆斯声音时，贝塞尔摁下了录音按钮。

霍尔姆斯（还是那惯有的阴郁嗓音）："唉，还在继续。"

贝塞尔："是吗？你是说事情还没了结？"

霍尔姆斯："没有，事情没有了结。"

贝塞尔："噢，上帝！现在既然有这样一个天赐良机，事情该结束了……杰里米怎么样？"

霍尔姆斯："还在煎熬着。当然这种压力可以理解，我们也希望……"

贝塞尔："你转告他，我想接他的电话，如果他有机会给我打电话……我很乐意接到他的电话。"

又过了几分钟，霍尔姆斯开始表明这次打电话的真实意图。原来杰克·海沃德一直在索要贝塞尔的地址。索普虽然竭力阻止海沃德找到贝塞尔，但他也不知道能隐瞒多久。要是放在平时，贝塞尔对此不会多想。但贝塞尔现在犹如惊弓之鸟，他确信这是索普故意托霍尔姆斯给自己传暗语：如果贝塞尔在斯科特一事上再不闭嘴，索普就会引入杰克·海沃德来对付自己。后果会让贝塞尔很难受。贝塞尔现在还欠着海沃德的钱，如果财务上再有麻烦，他最后可能会因为欺诈而被起诉。

接下来的几天里，贝塞尔在脑海里一直盘算着他和霍尔姆斯的谈话。对于索普威胁要把他的行迹透露给海沃德，贝塞尔并不特别在乎。现在对于躲债，他已经是老手了。但是透过索普的行为，他感到一种被出卖的感觉。他现在确信，他的这位老朋友已经抛弃他了。过去贝塞尔曾经目睹过，索普一旦对人冷淡，将会给人多么心寒的感觉，会让人觉得暗无天日，幻灭空虚，也会让人感到危险。他太了解索普了。只要有人对自己构成威胁，索普会毫不犹豫地将那人毁灭。过去贝塞尔充当索普的帮凶，为了赢得这位大佬的赞许，贝塞尔愿意为索普做任何事。但现在党内同志情谊，让人丧失抵抗力的咯咯笑声，在索普办公室随便走动，都已成了过眼烟云。

贝塞尔再次觉得，如果什么都不做，自己可能更危险。不过即便如此，贝塞尔还是又花了两周时间才下定决心。因为这一步一旦迈出，将会是决绝并且无可挽回。5月5日，贝塞尔终于下定决心。他给《每日邮报》驻西海岸记者道格拉斯·汤普逊打电话，问两人能否第二天下午在西好莱坞一家咖啡店见面，但不是上次卖"撒尿蛋糕"的那家店。当汤普逊到咖啡店后，贝塞尔说自己先前书面证词的内容全是假的，斯科特从未敲诈过他；他定期寄给斯科特的零花钱，都是索普让他做的。

当天晚上，索普出席在皇家艺术院举行的一场白领结盛会。这时哈罗德·伊文斯已经听到风声，《每日邮报》将刊登贝塞尔的最新讲话。伊文斯约索普在活动开始前见个面。两人站在皇家艺术院入口处的庭院中交谈。伊文斯很快发现索普的举止有点不对劲。"他不再像过去那样放松自信。我能发现他身上那种置身事外的感觉正逐渐消失，而我对他的信任也在一点点丧失。"

当初伊文斯姑且相信索普是无辜的，很大程度上是因为他不想让外界觉得《星期日泰晤士报》视同性恋为洪水猛兽。但现在他觉得自己上当受骗了。他原来曾经旁敲侧击询问索普关于贝塞尔和霍尔姆斯在加州见面的事。索普当时矢口否认自己知晓这件事，但现在却暗示他自始至终都知道这件事。

"我反应过来，他一直在对我撒谎。"如果他在这件事上能撒谎，那么还会在哪些事上撒谎呢，伊文斯想。

当索普要离开时，伊文斯又提到了贝塞尔。以前听到贝塞尔这个名字，索普没有什么反应。但这次他回应了。

"贝塞尔就是犹大。"索普就说了这一句话。

第二天《每日邮报》的头版标题是"为了保护索普我撒了谎"。在文章中，对于索普和斯科特的同性恋关系，贝塞尔既没有加以证实，也没有予以否认。贝塞尔心里肯定有数，自己这个态度根本无助于平息外界对此事的议论，相反只会火上浇油。为了把事情来龙去脉讲清楚，贝塞尔宣布准备接受 BBC 汤姆·曼戈德的采访。他希望进行一场电视专访，这样人们可以亲眼见到他本人。一听到这个消息，戴维·霍尔姆斯就打来电话。贝塞尔再次打开电话上的录音机。

霍尔姆斯上来就请求贝塞尔不要和任何人交谈。

"你难道忘了只有我们三人才知道全部内幕？"霍尔姆斯说。

贝塞尔当然没忘。但现在再来说什么"忠诚""友谊"已经太晚了。三人之间分享了十多年的这个秘密已经不受他们控制了。

"对不起，戴维，"贝塞尔疲惫地说，"现在到了该把真相说出来的时候了。"

霍尔姆斯一时不知道该说什么好。他让贝塞尔稍等片刻。贝塞尔通过电话远远地听见压低的说话声，好像霍尔姆斯用手捂着话筒。当霍尔姆斯回来时，声音更加阴郁。

"就没有其他可说的吗？"

"没有了，"贝塞尔道，"恐怕没有了。"说完贝塞尔放下话筒。

当得知斯科特提出申诉要求取回自己和索普的通信，索普果断采取行动。索普的律师古德曼勋爵从警方手中得到了信件的复印件。为了先下手为强，他们主动向《星期日泰晤士报》提供其中两封信供刊登。哈罗德·伊文斯应邀来到古德曼的办公室，索普也在场。伊文斯注意到，索普表情比那天在皇家艺术院外面时更加阴沉。古德曼告诉伊文斯，只要不抱有过度敌视的态度，《星期日泰晤士报》可以刊登这两封信。索普的朋友罗宾·塞林格也在场，他问能否刊登这两封信的一部分内容。但伊文斯拒绝了，要么全文刊登这两封信，要么不刊登。

在整个见面过程中，索普基本没说话，除了偶尔有几次带着哀求的口吻要伊文斯保证，刊登这两份信件不会对他造成任何伤害。当伊文斯问索普能否解释一下信中的"小兔兔当然可以（也一定会）去法国"是什么意思，索普说他不记得了。

在信件登报的头一天晚上，一群自由党高级人士——包括索普的朋友兼议会同事克莱蒙特·弗洛伊德议员——想和索普当面谈谈他的个人问题。索普邀请他们来奥默广场的家里喝一杯。这些人来到索普家里后，索普将他们请进书房，关上房门。

当得知这两封信第二天将在报纸上刊登，弗洛伊德和其他同事都认为索普应该在局面无法挽回前采取一些措施。譬如关于他同性恋的传闻，如果不是完全空穴来风，他至少应该向妻子玛丽安交代清楚。大家都觉得玛丽安对索普是同性恋一事完全知晓，并且没有放在心上。毕竟她自己就是作曲家本杰明·布里顿和他长期情人男高音彼得·皮尔斯两人的密友。但索普曾在纽约告诉贝塞尔，玛丽安对他的事一无所知，或者就算知道也装聋作哑。

"我们都觉得如果玛丽安通过报纸才知道这件事，那会非常不好，"一位当时在场的人回忆道，"直到那时，我对杰里米在性方面的情况还一无所知，也不知道他是男同性恋。这件事太令人惊讶了。我们当时都放开了谈。杰里米肯定不想主动告诉玛丽安，但他也不想把自己的性取向再遮掩下去。他用惶恐的口吻说，过去他在性方面确实比较乱，但他无法控制自己。这同时也说明索普当时十分紧张，极其渴望找到一个解决问题的办法。我觉得当天晚上他会和玛丽安谈这件事。"

玛丽安虽然对此事十分震惊，但似乎并不那么痛苦。"我认为她的态度是，他们夫妻二人过去都做过一些让现在后悔的事。但过去的事就让它过去吧，她也不感兴趣。"即使索普过去曾是同性恋，她在内心也准备接受这个事实。没有证据表明，玛丽安怀疑索普雇凶去谋杀斯科特。

第二天上午的《星期日泰晤士报》的头条标题是"杰里米·索普写给斯科特的信件"。标题下面刊登了两封信的全文。其中一封信，就是关于斯科特的小狗蒂什夫人被扑杀的信，内容非常正常。但另一封信就不一样了。这封信是索普手写的，信的结尾是"小兔兔当然可以（也一定会）去法国。爱你的，杰里米"。这一下子全英国的早餐桌上都在讨论一个话题——小兔兔。哪怕是自由党内的死忠分子，也无法再假装这是一位国会议员对普通民众的正常称呼。那么小兔兔到底是指什么呢？

虽然《星期日泰晤士报》继续对索普抱着疑罪从无的态度，但对索普的支持度每小时都在减少。"显然它们（这些信）的措辞超越了大多数男人之间写信的亲昵程度；不过这些信倒是和索普其他信件的口吻相一致……旨在激励一个情绪消沉的男子。可这些信件能作为一桩绯闻的证据吗？如果这些信件是身处正常异性恋的一男一女互相写给对方的，那显然不能作为两人发生肉体关系的证据。"

当天晚上，戴维·斯蒂尔乘坐夜班火车从苏格兰赶过来。他一到伦敦，就专程前往位于圣约翰伍德的克莱蒙特·弗洛伊德的家里。"当时的气氛非常阴沉。现场就我们三人。我们坐下后，杰里米递给我一个信封。"里面是他的辞职信。

当贝塞尔对霍尔姆斯说该到了讲述真相的时候了，其实他心里还是没下定最后决心。他还有一条关键信息想替索普保密，那就是纽顿、霍尔姆斯和索普三人之间的关系。贝塞尔知道，一旦自己对这件事露出口风，索普就会涉嫌谋杀。虽然他对索普怀恨在心，但他并不想把事情做得那么绝。

星期天上午，在海滨镇贝塞尔家客厅，BBC记者汤姆·曼戈德开始对贝塞尔进行录像采访。在采访中，曼戈德一度停止摄像，临时插了一句："你能否谈谈纽顿事件——那条被枪杀的狗？"

"不，"贝塞尔答道，"那是一件不相干的事。"

录像采访进行了一整天。第二天上午八点钟，当曼戈德到达贝塞尔家继续采访时，贝塞尔从他脸上表情可以看出他有重要消息。

"他辞职了。"曼戈德说。

其实这不算什么太意外的消息。但贝塞尔还是十分吃惊，他不解索普为什么要现在辞职。是什么促使索普下定这个决心？贝塞尔怀疑可能是关于小兔兔的那封信。这封信确实很丢脸，但本身并不能说明什么。贝塞尔越想越觉得索普辞职可能和自己有关。当他在电话中告诉霍尔姆斯准备披露真相时，霍尔姆斯还有索普一定以为他准备要讲安德鲁·纽顿的事。所以霍尔姆斯在电话中听起来才那么惊恐。贝塞尔怀疑，这也是索普终于决定要辞职的原因。

想到这里，贝塞尔的心情更加复杂。虽然索普终于辞职，让他长舒一口气，但他绝不想做最后将索普推落悬崖的那个人。他记得索普曾向他发誓，如果过去的事情被曝光，他会一枪打爆自己的脑袋。贝塞尔还记得索普姐姐卡米拉就是自杀身亡的。

当天晚些时候，贝塞尔驾车送曼戈德去机场。此时贝塞尔身心俱疲，曼戈德也和他一样，在副驾驶座位上半坐半躺着。路上曼戈德用不经意的口吻问贝塞尔，为什么在采访中不回答纽顿和那条狗有关的问题。

"因为我们说好不谈无关的问题。"贝塞尔又重复了一遍。

"那就是说杰里米和这起枪击事件无关喽？"曼戈德还是漫不经心地进一步追问道。

贝塞尔愣住了。

曼戈德在采访时给贝塞尔带来一些伦敦的报纸，其中一份《每日镜报》关于安德鲁·纽顿庭审现场的报道，在证人席上印出了斯科特那则声明。其中一行字尤为突出："贝塞尔先生，你将见证并最终要讲出真相！"任何涉及他道德操守的证言，对贝塞尔都造成深深的刺激，尤其这句话还是来自他先前指控犯有敲诈罪的斯科特。贝塞尔现在回想起当初他和索普关于如何谋杀斯科特的种种对话：速凝混凝土、锡矿、下毒的扁平装小酒瓶、大沼泽地……他内心的反感和内疚一阵阵地升腾，谨慎再次走开。

"有关，"贝塞尔缓缓地说，"索普和那件事有关。"

曼戈德闻听此言，立刻坐直身子。

"有什么关联？"

贝塞尔眼睛盯着前方的路面，沉吟片刻后答道："是杰里米说服霍尔姆斯去雇佣安德鲁·纽顿，让他去暗杀诺曼·斯科特。"

曼戈德听后，再次开口时更像是喃喃自语，而不是在对贝塞尔说："是，是的，这样一切就都能说通了……但怎么证明呢？"

"无法证明，"贝塞尔对曼戈德说，"霍尔姆斯什么都不会承认，只有我在指控杰里米。"

这次曼戈德反应得很快。

"不，不会，"曼戈德说，"不会只有你指控杰里米，还有纽顿。等他出狱了，会让他开口的。"

30

迈恩黑德的冰冷

1977 年 4 月，安德鲁·纽顿从普里斯特监狱放出来后，脑子里只装着一件事：怎样才能尽可能地多赚钱。由于犯下持有致命武器罪，他想重操飞行员的旧业看起来希望不大。而且由于身背谋杀斯科特的嫌疑，也不太会有人急不可待地雇用一个杀手。

三个星期后，约翰·勒·梅苏尔付给纽顿 5 000 英镑，希望这笔钱能封住他的嘴。但纽顿已经打定主意，要把自己的故事卖给报纸，这样挣的钱会多得多。纽顿也知道自己手上没有确凿的证据来证明暗杀斯科特是一桩蓄谋已久的阴谋，于是他也像贝塞尔一样，开始偷偷地将他和戴维·霍尔姆斯、乔治·迪金以及勒·梅苏尔等人的通话进行录音。

争夺纽顿故事的新闻大战最后由伦敦《新闻晚报》记者斯图尔特·库特纳赢得。当纽顿还在监狱时，库特勒就和纽顿的女朋友混熟了，这样等纽顿出狱，他就可以先下手为强。不过在交易之前，库特勒想确认纽顿讲的是不是真相。库特勒向纽顿出示一大堆照片，让他从中指认霍尔姆斯。"他毫不犹豫就认了出来。"

接着纽顿主动给库特勒播放他和霍尔姆斯通话的一段录音。"我记得中间有一段听起来会让任何一个新闻记者都感到不寒而栗。当时霍尔姆斯说，'你我都知道这场阴谋旨在……'我知道接下来他肯定要说的是'谋杀斯科特'，可偏偏就在这个关键的节骨眼上，纽顿把霍尔姆斯的话打断了。我当时气得真想掐死这个笨蛋。"不过就算没有直接承认，他俩的对话内容已经足以证明具有犯罪嫌疑。不过纽顿想大赚一笔的念头却落空了。纽顿一开始给自己的故事标价 75 000 英镑，并且还额外索要 25 000 英镑以防自己因为此事再次被捕，并被指控犯有更严重的罪行。但纽顿最后只因让库特勒听电话录音而获得区区 3 000 英镑。

在接下来的四个月时间里，库特勒和写作搭档乔安娜·帕特那抽丝剥茧地仔细梳理杰里米·索普和安德鲁·纽顿之间存在关联的相关确凿线索。1977 年 10 月 19 日，《新闻晚报》头条报道："我受雇谋杀斯科特。独家新闻。杀手讲述惊天密谋。"报道登载后，索普在接受采访时声称："我对所谓的密谋一无所知，但欢迎警方的任何问讯。"

不过索普心里清楚，自己一番话是不会长久平息舆论的。他现在已经是危机四伏。索普虽然在人前还能装出一副若无其事的样子，但他内心开始崩溃。他经常喝得酩酊大醉，在酒后的颓唐中越陷越深。有一次在回牛津当年就读的学院参加聚会时，索普终于垮了，直言自己这辈子彻底完了。他的朋友们担心索普可能会自杀。

在《新闻晚报》刊登纽顿那篇报道的八天后，索普实在抵挡不住外界日益无情的压力，宣布召开记者招待会。八十多名记者来到自由党全国俱乐部格拉斯通图书馆。当索普在妻子玛丽安和古德曼律师事务所一位名叫约翰·蒙特格梅里的律师陪同下露面时，现场安静下来。

面容枯槁的索普开始读起声明："我想要强调的是，那些盼望出现耸人听闻揭秘事件的人们可能要失望了……迄今没有一丝一毫证据表明我参与了所谓的谋杀斯科特的阴谋。"他承认自己以前曾经帮助过斯科特，两人发展过"一种亲密而充满爱意的友谊"。但是"绝没有发生过任何性行为"。

接下来索普明显将话锋指向贝塞尔，"经过一番深思熟虑后，我认为他（贝塞尔）如果真有什么过硬的证据，就应该去找警方，而不是来找媒体"。至于霍尔姆斯出资购买斯科特和贝塞尔往来信件的事，索普表示自己对此一无所知。"我当时要是知道，一定会立即阻止这件事。"

索普最后说道："重新炒作此事对我妻子、我的家庭和我本人产生了无法忍受的压力。否认这一点是荒唐的。但是家人坚定不移的忠诚，国内认识的和不认识的朋友的大力支持，使我能够增强信心和决心，勇于直面这一挑战。所以我无意辞职（指辞去议员职务），也尚未接到来自选区协会要我辞职的请求。"

说完索普拍了拍玛丽安的肩膀，喝了一口水，然后坐下来。在场的几位记者提了几个循规蹈矩的问题后，BBC记者凯斯·格雷夫斯大胆地问了一个盘桓在每个人心头的问题："这件事归根结底还是关于您的私生活，所以有必要问您，过去到底有没有过同性恋行为？"

要是以前索普对妻子玛丽安的忠诚还保留些许怀疑的话，那么现在他可以自豪地将这些怀疑一扫而空。玛丽安在现场一直沉默不语，但现在她发起飙来。"来，来，站起来，"她插嘴道，"站起来，再说一遍。"格雷夫斯又把刚才的话重复一遍。"您对关于自己过去是同性恋的谣传有何评论？"

这次没等索普或玛丽安开口，约翰·蒙特格梅里抢先开口了。"我不会允许我的当事人回答这个问题。我也不会解释原因。如果你不知道向一个公众人物提这个问题多么不得体、不礼貌，你就不配待在这里。"

最后在一片喧嚣中，索普从后面的楼梯溜走了。

1977 年 12 月 12 日，刑事总监迈克尔·查利斯和他的副手、警官戴维·格里诺飞往洛杉矶。和他俩同行的还有两位记者巴里·彭罗斯和罗杰·库特尔。这两名记者正在写一本关于索普事件的书。彭罗斯和库特尔在业界被并称为"彭库特"，而且两人身份特殊，既受到彼得·贝塞尔的信任，也受到警方的信任。查利斯事先问过彭罗斯和库特尔，能否为警方和贝塞尔的见面铺平道路，因为警方认为和贝塞尔的见面将会十分棘手。作为回报，贝塞尔在接受询问时，彭罗斯和库特尔将被允许留在现场。

他们一行四人在贝塞尔律师位于贝弗利山的办公室和贝塞尔见面。寒暄之后，查利斯说明来意，想知道贝塞尔愿不愿意在针对杰里米·索普的案子中提供合作。或者说得更直接一点，贝塞尔是否愿意出庭作证。

贝塞尔说他需要时间考虑。他像往常一样征求黛安的意见。"我们反复权衡了两种对立意见，彼得也在竭力思索哪种做法正确。"第二天上午，贝塞尔请他们一行来海滨镇的家里。在接下来的四天里。他们与外界隔绝，只有黛安给他们送三明治和咖啡。对查利斯来说，这种做法和他通常办案模式相距甚远。但他从学校毕业就干警察这一行，知道该怎样瓦解人们的心理防线。他一面向贝塞尔表示，自己无权强迫贝塞尔回英国，另一方面又强调贝塞尔对能否起诉索普至关重要。

虽然这次查利斯和格里诺回英国时，一切都无定夺，但两人认为此行没有白来。几天后贝塞尔接到一个意想不到的电话。打电话的人是杰克·海沃德。他们两人已经四年没联系了。自从上次见面后，贝塞尔就百分之百相信，如果海沃德再跟他说话，一定会咬牙切齿。但这次在电话中，海沃德的语气很温和。海沃德表示，如果贝塞尔回英国，两人或许可以见面聊聊。

贝塞尔带着戒心表示这个主意听起来不错。海沃德继续用友善的口吻说，如果贝塞尔愿意偿还欠他的 35 000 英镑，他会非常感激。不过海沃德也明确表示，这件事一点也不着急，自己也无意给贝塞尔造成任何压力。

当挂断电话，贝塞尔又陷入沉思。这里面到底暗含什么玄机？贝塞尔从中读出隐藏的信息。他对刚才和海沃德的对话越琢磨越觉得里面的信息明确。贝塞尔悟出其中关键信息是英格兰。海沃德用一种隐晦的方式告诉贝塞尔，只要他愿意出来作证指控索普——如果这样他肯定要先回英格兰——他就无需惧怕欠海沃德钱的事。这只能说明一点：海沃德认为贝塞尔在弗里波特欺诈案中的行为不是出于自己的本意，海沃德好像也开始怀疑索普了。

1978 年 3 月，查利斯和格里诺再次来到加利福尼亚。这次他们带来了在贝塞尔以前办公室藏着的纸质材料的复印件，其中有一封斯科特写给索普母亲的信，还有几封斯科特写给贝塞尔关于每月零花钱的信。虽然这些信件本身不能说明索普和斯科特是同性恋关系，但它

271

们毫无疑问证明，索普声称对相关事情不知情纯粹是胡扯。查利斯再度询问贝塞尔愿不愿意出庭作证。

贝塞尔的心情还是十分矛盾。他和索普的友谊固然已经不可能修复。他对索普本来就所剩无几的忠诚，在读过《星期日泰晤士报》那篇索普试图栽赃给他的文章后也几乎消失殆尽。对贝塞尔来说，这篇文章是他和索普决裂的标志。但贝塞尔也知道，如果他回到英格兰，会被视为犹大。而且由于在策划暗杀过程中所扮演的角色，他将注定被人唾骂。

"人们会朝我扔臭鸡蛋。"他闷闷不乐地说道。

查利斯这时机智地打出王牌。"没有你，我们办不成这个案子，"查利斯告诉贝塞尔，"目前来说，你是我们的主要证人。"

查利斯看得很准。要想说服贝塞尔，最有效的武器是恭维。每当陷入道德上的困境时，贝塞尔固然会用自己的良心作为指引。但不可避免的是，每次总有一些其他因素掺和进来。虽说他现在很享受和黛安在海滨镇的生活，但他身上也有不安分的东西，令他无法忍受这种隐居或者说默默无闻的生活。对于他这样一个大半辈子都在各种各样布道台度过的人来说，沉默不语简直就和谨小慎微一样，完全不合他的天性。在法庭露面将让贝塞尔再次成为公众人物，而不是一个在加利福尼亚海滩遛狗的中年人。

当天晚上，贝塞尔和黛安又谈了一次。第二天，贝塞尔给他的律师打电话，告诉了自己的决定。他准备回国，但必须满足某些条件。其中一个主要条件是，对索普的起诉必须得到有力执行。直到这时，贝塞尔依然怀疑英国政坛当权派会抱团包庇索普，绝不让他受审。

那天下午当查利斯和格里诺登上回英国的飞机时，查利斯的公文包里装着一份署名的声明。声明还附一页纸，上面写着："本人彼得·约瑟夫·贝塞尔，同意必要时在英国出庭，为本人向刑事总监迈克尔·查利斯出示的书面声明中提到的具体相关人物作证……这些人可能会因声明中所涉及的案子遭起诉。"

这是一场漫长艰苦、耗资巨大的战役，现在总算到了收网的时候了。

由于杰里米·索普的律师古德曼勋爵以前没办过刑事案件，他询问戴维·纳普利爵士是否愿意接手这个案子。1978 年 8 月 4 日上午，纳普利驱车来到奥默广场索普家，接上索普，又一起来到迈恩黑德警察局。到警察局时刚过中午，两人和纳普利的搭档克里斯托弗·默里会合。三人被带进问讯室。警察让索普坐下。令纳普利惊讶的是，一个小个子、外表毫无任何特点的男子站在房间角落里，"像一个被罚站的学生一样四下张望着"。纳普利问此人是谁，得到的答复是索姆塞特郡警察局长肯尼思·斯蒂尔。

刑事总监迈克尔·查利斯向索普出示了逮捕证。"我给他看了逮捕证，并把逮捕证上的内容念给他听。如果他愿意的话，我们也欢迎他亲自看一遍。我告知索普，有了相关授权，我正式逮捕他，并向他通报相关的权利和义务。"

在这种令人胆战心惊的场合，不是所有人都能保持镇定。"我记得当时我有一种强烈的感觉，自己正在见证历史，"克里斯托弗·默里回忆道，"索普情绪控制得很好。他整个人冷若冰霜。当时场面令人震惊，我记得我和戴维·纳普利还交谈一番，认为索普久经选战，对待紧张已经安之若素。"

听完警方的告诫后，索普答道："我听到你所说的话了。我根本没有犯相关罪行，将会全力申诉。"警察给索普提供一些三明治和咖啡，然后将他带到几百码之外的迈恩黑德治安法庭。在审判厅，索普被指控犯有策划谋杀和教唆谋杀两大罪名，这是有史以来对现任国会议员施以的最严重指控。索普再次宣称自己无罪。"我将全力申辩，为自己做无罪辩护。"

当天清晨，查利斯也逮捕了戴维·霍尔姆斯。和索普不同，霍尔姆斯在听完警方的训诫后一言不发。这位对索普一直忠心耿耿的霍尔姆斯已经在布里斯托尔警察局被警方讯问了两天——在监室里他身上还沾了床虱，但他依旧不愿牵连到索普。甚至当索普建议他将所有罪名都担下来，不管什么刑罚都要承受时，他也没有表示任何怨言。后来据霍尔姆斯回忆："杰里米感谢我在什么事情上都没牵连到他。他安慰我说：'我已经问过了，就算一切都搞砸了，你最多就判七年徒刑，如果表现好的话，四年半就能放出来。如果我们两个都栽了，对谁都没有好处，这一点你肯定同意。'"

可惜现在这一切都没有用了。两人都被捕了。霍尔姆斯和乔治·迪金、约翰·勒·梅苏尔一样，被指控犯有策划谋杀罪。一旦四人的指控成立，每人的保释金将高达 5 000 英镑。

当汤姆·曼戈德打电话告诉贝塞尔这个消息时，贝塞尔正在3 000英里外纽约的一个酒店房间里。当曼戈德告诉他索普正式被起诉时，一道闪电突然划过天空，紧接着传来一声炸雷。站在威灵顿酒店 25 楼的窗户向外望去，贝塞尔看见曼哈顿的天际线被明蓝色的闪电不断点亮。这对于他刚才听到的消息，真是个恰当的舞台背景。

31

舞台侧翼的候场

1978 年 10 月，自由党全国大会在兰开夏海岸的索斯波特召开。由于 18 个月前吉姆·卡拉汉领导的工党在议会失去多数席位，工党和自由党非正式地组成一个联盟，也就是"工—自协议"。在经历失落和尴尬后，自由党的命运似乎又迎来转机。在这背景下，这次大会的气氛极其紧张。自由党人现在最避之唯恐不及的就是负面曝光。

会议的前一天半时间里，一切都波澜不惊，照常进行。就在关于外交事务的辩论即将开始时，会议厅的后门一下子被推开。杰里米·索普在妻子玛丽安陪同下，沿着过道走向讲台。自由党大会通常没有什么戏剧性的事件发生，但这一幕堪称戏剧性。大家一时都手足无措。有些人开始站起来鼓掌，还有人突兀地坐着不动。

索普辞去党首职务后，为了表示安抚，曾被任命为自由党外交事务发言人。当继任党首戴维·斯蒂尔得知索普被控策划并教唆谋杀后，他恳请索普不再担任这个职务。索普不情愿地同意了。他还答应斯蒂尔，如果自己被捕，将会辞去议员一职。但后来他又接受了来自地方党部精心设计的请求，改变了主意，继续担任议员。

索普原先还做过承诺，为了让自由党人免受尴尬，他将不出席自由党大会。但现在斯蒂尔惊讶地看着索普朝自己走来，他明白索普又一次违背了诺言。"这当然非常符合他平时张扬的行事风格。他没有选择从侧门进来，这么做非常索普。"斯蒂尔需要当机立断，"我不得不表现出无所畏惧的样子，同时冷落怠慢也不可取。"

斯蒂尔立即起身，向索普伸出手。索普握住斯蒂尔的手，露出灿烂的笑容。两个男人通过握手以示团结，但这种方式非常不令人信服。一名在场的记者写道："斯蒂尔先生热情地握着索普的手，但感觉他好像更愿意热情地掐住索普的脖子。"后来斯蒂尔更是直言道："杰里米其实把大会毁了。我们大家只能忍气吞声。"

不过通过这件事，自由党人也获得一个重要教训。如果再想着索普会温顺地退居幕后，那就大错特错。

同年秋天，警方在曼彻斯特 M60 高速公路上发现一辆梅赛德斯新车在行驶时，突然错误地偏离方向，撞上路旁防护栏。他们把车辆拦住后，司机却拒绝接受呼气测醉驾检查，也不提供尿样。在被带到普拉特莱恩警察局后，这名司机对巡警说道，"你知道我是谁吗？"

巡警说不知道。

"我是大曼彻斯特区警察局长的法律顾问，"他理直气壮地宣称，"我叫乔治·卡曼。"

接着他让警察给他接警察局长的电话。电话中的警察局长詹姆斯·安德森好像正在和几位高级幕僚聚餐。得知事情原委后，安德森派一名高级警官来处理此事。这位警官到达普拉特莱恩警察局时，还穿着宴会服。他发现卡曼坐着一间监室里，房门开着，一名警察正给他喝茶醒酒。

虽然卡曼平时也好饮，但这次贪杯绝对理由充分。几周前他和儿子多米尼克下榻圣马伊斯的特里桑顿酒店时，看到索普被捕并遭指控的新闻。

这是卡曼一辈子都在盼望的时刻。他对儿子说："我要接手这个案子。我能帮他逃脱惩罚。"

戴维·纳普利爵士接下索普的案子后，和古德曼勋爵又见面几次，讨论辩护策略。古德曼知道本案深受媒体关注，为了防止被窃听，他向纳普利提议使用化名。两人商定用水果名称来相互称呼：纳普利叫洛根莓，古德曼叫醋栗。但这个主意很快被否决，因为纳普利的搭档克里斯托弗·默里开玩笑地告诉纳普利，他刚接到"醋栗"的电话。两人听了这个笑话后咯咯地乐不可支。

现在最大的问题是到底由谁来出庭为索普辩护。不管谁来出庭，都需要极大的勇气。默里回忆道："那时索普已经被媒体宣判定罪了，所以很显然这个案子要求辩护律师具有极强的法庭交叉质询能力。最重要的是，面对陪审团时具有出色的演讲才能。"他们还需要有人来专门应对公众。"当时戴维和我讨论时，我们都深知不管由谁来出庭，此人注定将变得家喻户晓。"纳普利和默里在讨论时，不约而同地想起了1973年的那起过山车案。当时乔治·卡曼面对陪审团时表现得令人震撼。

索普从牛津时起就知道卡曼，所以同意接受纳普利的推荐。他们征询卡曼的意见，卡曼立即应承下来。不出纳普利所料，消息一宣布，立刻引起轰动。在律师协会和舰队街的酒吧里，大家都在问同一个问题：谁是乔治·卡曼？整个事情听起来像那种老套的故事：替补演员临时登台演出。

卡曼不光没有名气，在刑事案件方面也缺乏经验。虽然见过他出庭辩护的人都相信他的才华，但从曼彻斯特传出来关于他私生活的传闻增加了民众对他的不信任感。这些传闻包括他嗜酒如命、狂饮滥喝，在曼彻斯特的赌场一掷千金，最刺激的是他的第二任妻子离开他后，和曼联传奇巨星乔治·贝斯特好上了。

对于卡曼来说，这种不信任感只会令他更享受获胜后的喜悦。不过他要是想通过这个案子发财，就会大跌眼镜了。纳普利深知这个案子对卡曼的重要性，所以相应地在卡曼的酬金上设了限制。卡曼将获得 15 000 英镑，这比他接那些仅仅提供法律援助的案子报酬都要低。当卡曼的助手表示抗议时，纳普利只是简单地回了一句："对卡曼先生的知名度而言，这个案子价值超过 10 万英镑。"

可惜卡曼的喜悦之情没有持续太长时间，就让位于沮丧。虽然卡曼将出庭为索普辩护，但纳普利自己并不甘心退居幕后。他决定代表索普出庭参加在迈恩黑德举行的初审。根据英国法律，无论多么严重的指控，都必须首先在所在地治安法庭举行初审。有且只有当地方法官认定被告需要应诉，被告才会被移交上级法庭。

卡曼向来是个急性子。这种等待对他来说是一种煎熬。正如纳普利后来写道的："我觉察并且能够理解他想尽快投入辩护的急切心情。他或许是主角，但登台前必须在舞台侧翼候场。"

1978 年 11 月 19 日星期天，戴维·纳普利爵士和夫人利娅开着他们棕色的劳斯莱斯前往德文郡。他们这辆汽车向来以后备厢储存大量香槟著称。在接下来的一个月里，纳普利将和克里斯托弗·默里一道住在索普的乡间别墅里。星期一早晨，当他拉开卧室窗帘，看到的第一幕是一个摄影记者举着远距离照相镜头对着他的窗户。

吃完早餐后，纳普利和索普乘坐索普的白色罗孚 3500 轿车离开科巴顿，经过埃克斯穆尔，前往迈恩黑德。淡季的英国海滨度假地通常都萧索冷清，但现在他们驶近迈恩黑德的法庭时，却发现这里像是在拍电影。附近的树上挂满了弧光灯，摄像师通过专门的台架坐在居民家的烟囱之间。法庭对面操场上，当地小学生透过栏杆看外面的热闹。一有人走过，他们就兴奋地起哄。

索普案不仅吸引了国内媒体的注意力，像这种在堂堂议会下议院涉嫌策划谋杀案的事，放在任何一个国家都是大新闻。来自加拿大、澳大利亚、美国的记者和电视台报道人员纷纷来到迈恩黑德，将方圆几英里的旅店房间预订一空。由于治安法庭只能容纳一百人，大多数来当地的记者们不得不在法庭外穷尽手段刺探里面的动静。而有幸获准进入的记者却发现奇怪的一幕。法庭书记员弗兰克·温德接到命令，要把庭审内容事无巨细地记录下来。于是他在脸上戴了一个类似黑色氧气罩的便携式口授记录仪，这样就可以将法庭上的每个问题和回答缓慢地复述一遍，并通过记录仪记录下来。

法庭上的第一个意外来自被告乔治·迪金的辩护律师加里斯·威廉姆斯，他也是皇家法律顾问。他起身要求三位法官取消案情报道限制，声称自己的当事人"欢迎彻底的审查"。此前包括纳普利在内的几乎所有人都认为，案情报道限制将贯穿庭审始终，从而会大大限制记者的报道内容。但只要有一位出庭律师申请取消该限制，其他人都需要配合。这对索普很不利，因为他本希望和斯科特关系中的猛料从新闻报道中隐去。

法庭上第二个意外来自控方律师彼得·泰勒开场陈述的结尾，他也是皇家法律顾问。泰勒外表长得气势逼人，经常被比作英式橄榄球的二排前锋。他喜欢在庭审时揭穿对方的一些小把戏，但他自己却善于不动声色地将陈述引向爆炸性高潮。

这次泰勒指出，索普曾试图说服杰克·海沃德威胁彼得·贝塞尔。假如贝塞尔要回国作证，海沃德就会起诉他，"但海沃德先生并没有理会索普的请求。尽管索普千方百计阻止贝塞尔先生回来，尽管就在上周他还威胁贝塞尔先生回国后将面临法庭上的交叉质询，但贝塞尔先生还是来到了这里。而且，"泰勒最后说道，"我提议现在就请贝塞尔先生出庭。"

法庭上出现一阵骚动。所有的目光都朝门口投去。早在六天前，贝塞尔就已经回到英格兰。这是他近五年来首次返回故国。今天上午一名警察开车来到汤顿他下榻的酒店，接上他来到二十五英里外迈恩黑德治安法庭。他先被领到一个房间里等待。这个小房间只有两把椅子，一个烟灰缸和一个电热炉。两个小时后当贝塞尔听见自己名字被叫到时，烟灰缸已经塞满了烟灰和烟头。

对贝塞尔来说，这次回英国充满了风险。他不仅要冒被人扔臭鸡蛋的危险，还有可能面临刑事指控。他的律师莱昂内尔·菲利普斯强烈建议他在同意出庭前，先寻求刑事豁免。贝塞尔一开始对此表示拒绝，认为自己没有犯下任何过错。但最后谨慎和自保心理还是占了上风。于是菲利普斯为贝塞尔起草了一份申请书。这份申请书后来被形容为有史以来要求给予证人最全面的豁免权。申请书送交总检察长。令菲利普斯惊喜的是，检方并未表示反对。

当得知贝塞尔愿意出庭作证，《星期日电讯报》主动向贝塞尔提议，如果他同意把庭审经历写成六篇系列文章，该报愿意支付他50 000英镑的报酬。不过有一个附加条件，如果被告最终被判无罪，贝塞尔的报酬将会减半。莱昂内尔告诉贝塞尔，对这件事他哪怕只是动一下心思，也是疯了。"被告方会欣喜若狂。他们会说你为了让被告定罪而夸大证据。"

但是50 000英镑是一大笔钱，尤其对身陷财务危机的贝塞尔来说更是如此。他不想让这个机会就这样白白溜走。菲利普斯答应去问问总检察长办公室，看看检方对此事的态度。事后菲利普斯给贝塞尔回信，大致描述了对方的答复。"我告诉助理总检察长肯尼斯·道林现在有这样一份邀请。如果我判断没错的话，他似乎对此事并没有想太多，因为贝塞尔同意出庭作证，本身就会招致各种攻击，再加一条也不会有太大差别。"

日后证明这是一个极其重大的决定。总检察长办公室好像没有意识到这样的交易会造成多么严重的后果——无论是对贝塞尔作为证人的信誉度还是对于审判结果。可惜当时也许没有人看出此事的严重性。不过没用多久，事情就定下来了。三天后，经过一番交涉，消除各种分歧后，贝塞尔和《星期日电讯报》主编签署了协议。后来贝塞尔写道："这是我同意签署的最具灾难性的文件。"

贝塞尔在一名警察的陪同下，沿着狭窄的过道走进法庭。他进来时引起一阵骚动，但引起骚动的原因却不一定是彼得·泰勒所预想的。以前认识贝塞尔的人都惊诧地发现，他外表变化如此巨大。他虽然才57岁，还是天生红棕色皮肤，但看上去比实际年龄老得多。他穿着一套旧马海毛西装，由于长期未打理，西装泛着油腻的光泽。贝塞尔把自己灰白的头发染成棕栗色。在白天自然光下，这种颜色看上去还不明显，但在法庭条状灯棒照耀下，头发颜色呈现出诡异的橙红色，令他整个人看上去活像从碘酒里捞出来一样。

贝塞尔默然而略费劲地从堆放在法庭里的金属文件柜和闲置的椅子中间穿过，走到证人席。他用特有的尖利而带着拖音的语调进行了宣誓。在彼得·泰勒进行质询前，贝塞尔环顾一下四周，发现四名被告不是集中坐在被告席上，而是分散坐在法庭里。

他先看见的是戴维·霍尔姆斯。霍尔姆斯独自坐在一张白橡木长凳上，眼睛直勾勾地看着前方，脸上表情和三年前来海滨镇与贝塞尔吃饭时几乎一模一样，一副魂不守舍的样子。贝塞尔还看到了索普。索普也是一个人，坐在一个硕大的蓝色坐垫上，手上拿着一只金笔潦草地写东西。接下来贝塞尔注意到法庭书记员，看他脸上戴着便携式记录仪满怀期待地等待开庭。贝塞尔脑子里瞬间冒出一个疯狂的想法。他想接触索普的目光，示意索普看看书记员戴着面罩那滑稽的样子，最后两人忍俊不禁地开怀大笑起来。

这时索普突然转过身子，透过金丝近视眼镜上沿看着贝塞尔。目光中没有笑意，只有仇恨。

纳普利每天都会返回索普位于科巴顿的乡间别墅。自从索普被捕以来，他就对索普为人的冷血感到震惊。虽然一年前被击沉到人生的谷底，但索普现在已经恢复了外在的风度。"他是我认识的人中最具有韧性的。虽然承受不可避免的压力和紧张，有时看上去也憔悴枯槁，但索普总是能恢复惯有的活力和热忱。"

每次他们五人——索普、玛丽安、鲁珀特、纳普利、克里斯托弗·默里——用餐完毕，就会一起看电视新闻里案子的相关报道。然后纳普利就会给伦敦的乔治·卡曼打电话，把情况告诉他。但这些电话非但没有让卡曼产生知情后的踏实感，反而让他更加沮丧。他越来越觉得纳普利把初审搞得一团糟。

卡曼认为其他三位被告都是由出庭律师代理，而索普却是由一位事务律师代理，这非常荒谬。而且初审取消报道限制对他们非常不利，可纳普利对此却毫无反应。卡曼还觉得纳普利那辆劳斯莱斯汽车释放出一个不恰当的信息——这辆汽车被广泛报道成一辆金色甚至是镀金汽车——给人感觉索普是个趾高气扬的权贵，可以花钱让自己脱困。

不过更要命的是，纳普利在和几位主要证人交锋时的表现也很糟糕。彼得·贝塞尔在证人席上待了八个小时，却毫发无损。没错，纳普利是骂贝塞尔"看看他那个样子，身体的每个毛孔都向外渗出谎言"。但贝塞尔比这更难听的话都听过。至于纳普利宣称谋杀是贝塞尔和记者巴里·彭罗斯、罗杰·库特尔为了不可告人的目的联合策划的，则让几乎所有人都摸不着头脑。

纳普利在和诺曼·斯科特交手时则更处下风。初审前人们普遍认为，只要稍加激怒，斯科特就会发飙。结果斯科特在大多数时候表现镇定，反应敏捷。甚至有人在第一次出庭作证前一天晚上，将他养的十一只猫毒死七只并整齐地排列在他家后门台阶上时，他也不为所动。纳普利指责斯科特到处拿着一本彭罗斯和库特尔合著的新作《彭库特档案》，目的是为了让自己的说辞和他们的话相吻合。斯科特却指出，他拿的那本书其实是一卷盎格鲁-撒克逊诗集。当纳普利引用威廉·康格里夫①的一句诗讽刺斯科特，"由爱生恨比天堂之怒更危

---

① 威廉·康格里夫（1670—1729），英国王政复辟时期剧作家、诗人，以充满讽刺意味的对话和对当时风尚喜剧的影响而知名。

险，女人遭轻慢比地狱之复仇更可怕"，斯科特直接用一句无懈可击的事实顶了回去——"我不是一个女人。"

斯科特无疑成了电视媒体的宠儿。纳普利后来也承认，他也许犯了一些错误。不过总的来说，他认为自己没有可自责之处——"我的良心是清白的。"不管卡曼是出于什么目的，认为纳普利把初审搞得一团糟，他的情感里无疑包含着嫉妒的成分。在卡曼看来，纳普利偷走了他的风头。卡曼困在伦敦，除了一瓶接一瓶喝金酒，待在车外等每天一次的例行电话，没有其他事可做。

在初审进行到关键时刻，天气再次来捣乱。就在治安法庭法官宣布裁定结果的头一天晚上，纳普利半夜被暴风雨敲打窗户的声音惊醒。第二天早晨出门，他发现自己那辆劳斯莱斯被闪电击中。

1978 年 12 月 13 日，经过四个星期的诉讼，治安法庭主法官，退休建筑师爱德华·多纳蒂命令四位被告在法官面前站成一排。"现初步裁定你们四人都涉嫌违法，"多纳蒂道，"而你，索普还涉嫌教唆霍尔姆斯去谋杀斯科特——你们所有人都将被正式审判。"

听到这一裁决，玛丽安·索普惊讶地用手捂住嘴角，迅速看一眼她的丈夫，接着又将目光移开。而索普只是眨了眨眼睛，慢慢地转了转下巴。记者们从狭小的法庭涌出，来到外面的聚光灯下，其中一位记者对同事说："现在只是开始，让我们去伦敦西区等着看大戏吧。"

32

开场和新手

杰里米·索普、戴维·霍尔姆斯、约翰·勒·梅苏尔和乔治·迪金等四人的审判于 1979 年 4 月 30 日在老贝利第一法庭举行。媒体已经将这次审判冠以"世纪审判"。但在这一年的年初,这场审判似乎还看不到影子。当时英国再次处于混乱边缘。失控的通货膨胀和持续的罢工引发恐慌性抢购。人们开始囤积罐头食品,害怕商店里没有新鲜食物。报纸上甚至有报道说,由于卡车司机罢工,猪饲料断货,猪开始吃人。

在伦敦,垃圾清运工也开始罢工。莱切斯特广场变成一个巨大的垃圾场。看电影的观众需要穿过八英尺高的垃圾堆,还能听见从垃圾袋里传来的窸窣声,这是老鼠在聚乙烯塑料袋里来回奔窜发出的声音。

英国首相吉姆·卡拉汉刚刚参加完加勒比峰会归来,皮肤晒得黝黑,红光满面。他否认将再次宣告全国进入紧急状态。他承认确实考虑过这个选择,但觉得没有这个必要。现在人人嘴上都挂着一个新词——或者说是旧词新用:"不满之冬"。

在自由党的勉力支撑下，现政府在一个接一个无解的危机中蹒跚前行。到了三月底，玛格丽特·撒切尔领导的在野党保守党在下议院要求召开不信任案辩论。辩论在异常阴郁的氛围中举行。巧的是，在辩论时威斯敏斯特宫的勤杂人员也罢工了。自由党人对卡拉汉完全失去信心，决定改弦易辙，转而支持保守党。3 月 28 日晚 10 点刚过，不信任案举行投票，下议院议长乔治·托马斯起身宣读结果：赞成票（支持在野党）311，反对票（支持政府）310。

当天深夜，几位保守党议员——没有撒切尔夫人——在威斯敏斯特宫的走廊跳起了康茄舞。第二天上午，卡拉汉宣布五个星期后，也就是 5 月 3 日举行大选。在当时的形势下，人们都相信索普这次不会出来竞选连任。但出乎大家意料的是，索普却宣布自己一门心思要参选。他认为这个时候自己如果退缩，就表明真的有污点。对此自由党现任党首戴维·斯蒂尔十分恼怒，"杰里米参选就像在我脑门上钻一个洞"。不过索普所在选区的选举协会毫不犹豫地将他列为参选人。"能够受邀再次参选，我既感激又自豪。"索普说。"这是我第八次参加议员选举，我很高兴重回战场，肾上腺素开始大量分泌。我妻子也很高兴。"他又补充道。

为了有时间参加选战，索普向法院申请将审判推迟两周。索普的申请得到批准，但只允许推迟八天。此举立即招致批评，认为这是一种特殊照顾。虽然斯特兰德街上依旧老鼠乱窜，但审判依旧将于 5 月 8 日星期二，也就是大选结束后五天举行。

当英国举国沉浸在选举的热潮中，乔治·卡曼脑子里却在思索其他事情。他已经花数月时间在研究如何打这场官司，和儿子多米尼克反复讨论案情。现在终于轮到他大显身手的时候了，他一开始就向他的当事人清楚地说明这一点。卡曼邀请索普来到位于克拉肯维尔的金斯利·纳普利律师事务所见面，他在这里有一间办公室。会面时在座的还有一位名叫格拉汉姆·玻尔的年轻初级律师，他最近刚开始执业。索普自己就是一名拥有执照的出庭律师，所以他带了一本过时的法律手册，一见面就开始谈论官司怎么打。

"一开始他很自负，"玻尔回忆道，"他非常自信，摆出一副洞悉一切的架势，多嘴多舌地讨论相关法律，还用一些愚蠢的拉丁文术语。我想他觉得自己和卡曼之间是某种搭档关系，但很快他就发现情况并非如此。"卡曼客气地告诉索普，要严格按照自己告诉他的来做。如果索普对此有异议，那最好另请高明。

索普一开始以为自己可以亲自参加质证。索普不但不怕质证，反而好像特别希望做这件事。他相信凭借自己的口才，可以赢得陪审团的支持。但卡曼从一开始就认为，在法庭上如果索普展现得过于强势好斗，只会弊大于利。庭审前几周，卡曼遇见一位同行，也是皇家法律顾问的约翰·麦克唐纳。后者问卡曼准备得怎么样了。"我不可能让杰里米参加质证，"卡曼道，"前三个问题他可以不直接回答。"卡曼的意思是，索普只要一开口，就会被撕成碎片。麦克唐纳临走时相信，卡曼肯定将全力以赴为索普打一场恶战，但他并不相信卡曼认为自己当事人是无辜的。

卡曼面临的另一件大事是，如何看待索普的同性恋问题。他知道检方已经召集许多宣称和索普发生过关系并且同意作证的人。这些人不太可能全部都在撒谎。但如果卡曼承认索普是同性恋，那显然会削弱索普否认和斯科特发生过关系这个说法的可信度。

卡曼还要考虑在庭审时如何盘问主要证人。纳普利律师事务所的工作人员已经把这些人的履历生平搜集整理好，并附上如何和这些人打交道的建议。对斯科特开出的建议是，必须非常小心谨慎。"律师不难得出印象，认为斯科特可怜、脆弱，是个不讲原则、没有骨气的人。此人不光认为全世界，甚至每个和他稍有交谊的人都需要对他的人生负责。"换句话说，"他的狡猾不可低估"。

有些人因为可以提供斯科特如何大肆渲染自己过去的经历，也被作为证人找来。一位名叫贝蒂·琼斯的人回忆斯科特曾对她说，自己过去是个芭蕾舞演员，只是后来一台钢琴砸到他脚上，才不得不改行。另一个名叫珍尼特·哈特希尔的妇女曾经短暂雇佣过斯科特。她说斯科特曾告诉她，他的妻儿在一次车祸中罹难。除了这些提供说辞的证人，还有人出来对斯科特的行为作证。一个名叫克里斯托弗·马特金的男子声称，斯科特曾对一位他们共同的朋友凯特·奥利弗说，马特金不想和她谈恋爱，因为她有体味和黄色腋毛。"我质问斯科特，为什么要在凯特面前造我的谣，他拉下脸说我是他认识的人中最坏的。"

不光斯科特的过去被翻个底朝天，彼得·贝塞尔也一样。在作证指认贝塞尔缺点的证人中，有一名是他的前秘书克里斯蒂娜·唐宁斯。她在一份声明中说贝塞尔是"龌龊的、阴险的小人，一个无可救药的骗子……他的话丝毫不可信。哪怕他说天没有下雨，我也要去亲自看一眼，因为我根本不相信他的话"。

卡曼认为，案件中真正的关键人物是贝塞尔，而不是斯科特。作为检方的主要证人，如果贝塞尔在法庭上被打垮——不是普通意义上的打垮而是彻底击垮，那么这起针对索普的案件就不可能成立。对卡曼来说，最大的挑战是找到贝塞尔的阿喀琉斯之踵，并想好如何攻击它。

索普案的主法官虽然不像卡曼担任索普出庭律师那样引起如此大的震动，但也颇为出人意料。主法官约瑟夫·唐纳德森·坎特利爵士和卡曼一样，也来自曼彻斯特。不过这也是两人仅有的交集。坎特利的私生活一潭死水，据说在 56 岁和一位前法官的遗孀结婚前，还是一名童男子。

不过即使结婚也没有驱散他身上的清高气质。坎特利曾经审过一个案子，一名 23 岁的男子在一起推土机交通事故中严重受伤，向法院申请索赔。听说受伤可能会影响该男子的性生活，坎特利问他有没有结婚。当得知该男子还没结婚时，坎特利非常不解地说："既然如此，我不明白怎么影响他的性生活了。"

虽然已经 68 岁，但坎特利在法律圈外几乎不为人所知。没有一家新闻媒体有他的照片，坎特利举止犹豫，喜欢陶醉于自己认为可乐的笑话中，穿上法袍活像一只受惊的睡鼠，所以人们通常不认为他是个智商超群的人。人们还认为坎特利很势利，就连卡曼也觉得选他做本案主审法官是个奇怪的选择。但对索普来说，这却是个好消息，因为法官为人越清高，越势利，就越不会相信对自己的那些指控。

那么这项任命算不算是歪打正着的巧合呢？可能是，也可能不是。首席大法官埃尔文-琼斯勋爵负责案件审理时法官的委派。埃尔文-琼斯是个铁杆的当权派，和索普有多年的交情。两人都是大赦国际良知诉讼基金会的首批受托人。1964 年，索普和埃尔文-琼斯联合提出一项议案，要求规范电视广告合同文本。两人还同是下议院特别权益委员会委员。这个委员会负责监督议员任职期间涉及的商业利益。所以这次看起来像是埃尔文-琼斯帮了老朋友一个忙。

随着大选的临近，索普大部分时间都待在北德文郡，竭尽全力挽救自己的政治生涯。但局面很快变得很清楚，自由党领导层都想和他切割。戴维·斯蒂尔给他发了一封语气不冷不热的电报以示支持，但实际上躲得离他远远的。为了给儿子募集竞选经费，索普母亲厄秀拉甚至将自己房子的顶层降价卖掉。在竞选一开始，索普表现得好像和过去一样咄咄逼人，斗志昂扬。但人们很快就发现他身上那股激情已经退潮。他过去和选民打成一片，现在也不行了。有一次他发表演讲时，底下只坐着三名听众，其中有两位还是记者。

奥布伦·沃一心想让索普出丑。他主动来到北德文郡，宣布代表"爱狗党"参选。沃还准备散发自己的竞选宣言，号召对梨花之死感到伤心的人都来投票给他——"梨花没有被忘记。梨花还活着。汪汪，汪汪，投票给沃，给所有狗狗们生命权、自由权和追求幸福的权利。"——最后卡曼以可能干扰审判为由，获得一份强制令，阻止了沃到处散步这份竞选宣言。

除此之外，卡曼还忙活其他事情。在洛克代尔，当地报纸不敢开罪塞西尔·史密斯，对于在当地已经谣传一段时间关于他性虐待的传闻并不加以调查。但一家名为《洛克代尔另类报》供免费赠阅的学生报纸却对这些传闻予以报道。对此卡曼给各大全国性报纸的总编写信，警告他们如果转载这则报道，将会干扰索普的审判。结果没有人站出来争辩，于是这件事又被压了二十年。

在大选投票日前四天，索普迎来了自己 50 岁生日。索普的生日过得和他这次竞选一样压抑。在投票日次日凌晨 3 点半，索普和其他竞选者站在巴恩斯泰普女王大厅的舞台上，等待选举结果。索普脸色难看，皮肤松弛，面容僵硬，两眼无神。当结果公布时，他的表情没有变化。选举结果是羞辱性的：和人们事前所担心的一样坏。索普上次领先对手近7 000票，但这次反过来了。保守党候选人的获胜优势达到了8 500票。就连奥布伦·沃也获得79票。鉴于人们不被允许阅读他那份竞选宣言，这个结果不算差了。

选举结果一出来，索普就匆匆离开女王大厅。当有人问他对结果有何评论，他怔怔地简短回应道："差距比我想象的要大。"不过无论北德文郡选举结果多么富有戏剧性，这也只能算是小插曲。大家都知道真正唱主角的是谁。在北伦敦的芬奇利，另一个选举结果刚刚宣布。和其他四位候选人一起站在台上的是一位53岁的妇女。她穿着深蓝色套裙，紧握一个手提包。

很显然英国选民做了十年前会被认为是不可思议的一件事。他们选出了一位女首相。虽然人们还不知道玛格丽特·撒切尔上台后会做些什么——她后来以固执和武断著称但选举时基调并不明朗——但他们对此并不在意。这位女首相首先向人们展示的是一种强烈果断的决心，决心阻止英国滑向毁灭的深渊，恢复英国在世界的荣光。这是个不大可能实现的前景，所以她不得不用梦呓般的语言进行包装："未来我国将重振雄风，对此我了然于胸。"

撒切尔夫人的当选昭示一个新时代的发端，一个更加严苛、更加分裂但结果又是更加繁荣有序的新时代。撒切尔的当选凸显了索普正飞快地被时代抛弃，被抛得越来越远。五年前首相宝座对他来说还近在咫尺，可是如今他却连议员席位也没保住。当年所领导的政党对他避之唯恐不及，他本人还要接受审判，罪名是密谋并教唆谋杀。一旦罪名成立，他可能会入狱服刑十五年。

彼得·贝塞尔得知索普竞选失败的消息时，已经来到了曼哈顿。尽管已经是深夜，他还是想散散步，排遣心中的郁闷。但是郁闷并不能被排解。散步时，他又想起二十年前索普第一次当选议员的情景，还有五年后自己也当选议员。"现在一切都结束了，而且可能是永远结束了，"贝塞尔在心中思忖，"剩下的只是两个声名狼藉的中年男人，他们咎由自取，挥霍了曾经在人们心中激起的信任和希望。"

两天后，贝塞尔搭乘泛美航空公司 100 航班飞往伦敦希思罗机场。上次 11 月份他飞往英格兰参加初审时，心中确信自己做了一件正确的事。这次他将亲自出庭指控老友。一想到这里，他就恐惧得要命。"我将要做的是一件从来没让我感到如此害怕的事。"

第四部分

33

撕成碎片

　　1979 年 5 月 8 日上午 9 点 45 分，一辆棕色劳斯莱斯驶到老贝利的大门口。开车的是戴维·纳普利爵士，车内坐着四位乘客。车外的人们顶着初夏的太阳早已等候多时，有人甚至天一亮就来了。他们猜测这次来的肯定是达官显贵。杰里米·索普佝偻着腰，眼神空洞地从车里出来。陪他一起来的有他的妻子和母亲，两人穿得像是来参加赛马会。索普的叔叔彼得·诺顿-格里夫斯也同车抵达。中央刑事法院的管理者接待了索普一行，陪同他们来到第一法庭旁边的一个房间。这个房间通常是出庭辩护律师和当事人沟通磋商的地方。

　　十分钟后，彼得·贝塞尔也来到法院。他轻车简从，径直走进法院大堂，并立即被记者包围。如果说在迈恩黑德初审出庭时，贝塞尔枯槁的面容让人大吃一惊的话，他现在的形象和那时比更是有过之而无不及。在过去五个月里，他的体重足足掉了 1 英石①。他虽然穿着一套新的细条纹西装，但似乎没法将衣服撑起来。《每日邮报》的记者形容他的身材"活像一根烟斗通条"。在加州时，贝塞尔曾尝试着将头发染成深棕色，但一到电灯灯光下，头发颜色又变成以前那种病态的橙红色。为了避免贝塞尔受到过多骚扰，老贝利的一名法警将他带到一间等候室。但这名法警坚持用探测器对贝塞尔进行人身检查，以防他携带武器，然后又把室内三把椅子和一张桌子上上下下检查一番，看看有没有窃听装置。

老贝利第一法庭在英国闻名遐迩。这里的被告席上曾经站过克里平医生②，他的同行约翰·博德金·亚当斯医生③和诺丁山的嗜尸癖患者约翰·克里斯蒂，以及纳粹吹鼓手威廉·乔伊斯（哈哈勋爵）④。不过据法律界权威人士预测，索普案在戏剧性上会超过上述案件。

媒体申请旁听席的数量超过了历史上任何一次审判。法院还做出专门安排，防止公共旁听席人员将座位私下卖给记者。无论结果如何，这次审判在诸多方面都引人注目。"这是有史以来第一次动用最新电子设备的审判"，《每日电讯报》激动地告诉读者，"陪审团和律师将会佩戴无线耳机听取磁带录音。"

上午十点半，杰里米·索普、戴维·霍尔姆斯、约翰·勒·梅苏尔和乔治·迪金在法院工作人员引导下，沿着铺着地砖的楼梯走进带玻璃隔断的宽大被告席。法院传达员命令大家全体起立，迎接法官约瑟夫·坎特利的到来。坎特利浑身上下穿着红色法官袍，戴着马鬃假发。根据传统，这种假发在中间必须留一个孔洞。虽然英国从 1965 年就废除死刑，但坎特利依旧和所有高等法院的法官一样，随身带着

---

① 1 英石约等于 6.35 公斤。
② 美国医生，因涉嫌谋杀妻子在开往加拿大的客轮上被捕，是历史上首次运用无线电将罪犯缉拿归案。
③ 英国医生，涉嫌参与多起连环谋杀案。
④ 出生于美国的爱尔兰—英国裔法西斯主义者，二战期间纳粹德国宣传部对英国广播的广播员。

一顶黑色帽子。一旦宣判死刑时，法官需要将这顶帽子放在假发的孔洞上。跟在法官后面的是伦敦市高级市政官。

人称"舰队街第一夫人"的《每日快报》的琼·卢克认为，整个庭审现场活像杜莎夫人蜡像馆里的一幕，在一个木雕房间里，一群穿着浆洗得笔挺的亚麻服饰、戴着暗灰色假发的律师，站在被告席上呆若木鸡的被告人。琼·卢克尤其关注皇家法律顾问彼得·泰勒。在迈恩黑德他就是控方的首席律师，"一只好看的鹰钩鼻使他像黑色羽毛的鹰隼"。法官坎特利则让卢克想起"我过去认识的一位英格兰北部的药剂师，嘴里一口摇摇欲坠的假牙"。

经过一番繁琐的仪式，法庭正式开庭。第一天主要是控辩双方呈交各种文件和证物。索普不管看上去有多紧张，他的胃口好像没怎么受影响。据说他的午餐是从附近餐馆订的牛排馅饼，外加果酱布丁和冰淇淋。相反，贝塞尔几乎吃不下什么东西。用完午餐回来，索普穿一件黑色长款带天鹅绒领的大衣。"我希望您没有感到被冒犯，"卡曼对法官说，"他只是告诉我，坐在风口有点冷而已。"

第二天早晨，贝塞尔刚到老贝利就吃惊地得知法官要见他。进了法庭后，只见约瑟夫·坎特利爵士端坐在审判台上，脸色像法袍一样红。坎特利见到贝塞尔，一点也不客气，劈头盖脸一顿斥责。

"昨天你搞得就像在这儿开记者招待会。"

贝塞尔一开始摸不着头脑，后来才慢慢反应过来。坎特利是指他昨天接受记者采访的事。当时贝塞尔在法院大堂停留的几分钟时间里，有记者问他喝茶有什么习惯。他觉得这个问题和庭审无关，就顺嘴调侃了两句。但在坎特利看来，贝塞尔这种行为完全不可以接受。"你不允许和任何人讨论案件，"他告诉贝塞尔，"如果有记者接近你，记下他的名字，然后告诉我。否则你也会有麻烦。"

虽然这件事不大，但却为后面的审判定下了调子。坎特利从庭审一开始就毫不掩饰地对贝塞尔表示出不信任，抓住一切机会向他发难。在法庭上，贝塞尔也在初审后第一次见到索普。显然这件事对贝塞尔和索普两人都是重大打击。"在迈恩黑德的治安法庭，杰里米·索普失魂落魄地坐在公共旁听席的前排，目光充满了鄙夷之情。现在他的脸色煞白，身上裹着一件黑色大衣，瘫坐在审判厅的木制靠椅上。他整个人像斗败了一样，眼神空洞地凝视前方。在迈恩黑德，我知道我的证词最坏可以令他被正式起诉。但在老贝利，我知道一旦我的证词被采信，索普将会坐牢。"

但是当看到坐在数排开外的索普妻子玛丽安时，过去那个自己又模糊地在贝塞尔身上附体了。和上次贝塞尔见到她时相比，玛丽安的变化也很大。不过玛丽安的这种变化反而是向好的方向发展。"她不再是体态臃肿、其貌不扬的家庭妇女，一头黑发中间夹杂着一缕染色后变成的银丝。她现在身材变苗条了，而且奇怪的是，她显得很放松，所以更平添了几分妩媚。"

哪怕现在到了开庭的地步，贝塞尔仍然对自己将要如何行事心存疑虑。"当我穿过法院大堂的旋转门时，我心里还在想，到底是哪里来的勇气，促使我回到法庭作证指控索普。"

不过现在距离贝塞尔开口作证还早，他有足够长的时间来发现自己到底有没有这个勇气。在庭审第二天的下午，彼得·泰勒起身作为控方律师做开场发言。正如当初在迈恩黑德已经展示过的那样，他一张嘴就停不下来。"二十年前，也就是1959年，杰里米·索普先生当选北德文郡选区的议员，"他这样开头，"在60年代初，他和诺曼·

斯科特先生发展成为同性恋人关系。从那时起，斯科特先生就开始对他的声誉和事业构成威胁。此后每当斯科特先生请求帮忙或者谈及自己的新恋情时，索普先生都感到这种危险的存在。

"1967 年，索普先生当选自由党党首。但他在政治阶梯上爬得越高，斯科特对他雄心壮志构成的威胁就越大。渐渐地他的焦虑演变成一种偏执，思想越来越极端。

"1969 年初，在下议院办公室，索普唆使其密友戴维·霍尔姆斯去暗杀诺曼·斯科特。当时他的自由党议员同事彼得·贝塞尔就在场。霍尔姆斯和贝塞尔两人都花了一番时间试图说服索普放弃这个计划，但最后没成功。两人只好去迎合他。他们提出并尝试了一些不那么激进的方式，如想办法把斯科特弄到美国，为他谋一份工作，给他付生活费，从他手上购买那些具有破坏力的信件等。但不管怎么样，斯科特始终对索普是一个严重的威胁。

"1974 年一年内举行两次大选。在第一次大选前不久，斯科特搬到索普所在选区居住。他在公开场合谈论自己和索普的关系，并准备把这段经历写成一本书，寻求出版。这时本案被告人戴维·霍尔姆斯终于相信，早前索普反复催促他动手是有道理的。要想去除斯科特这个威胁，唯一的办法就是干掉他。这样对索普和自由党都是好事。

"霍尔姆斯先生在南威尔士有一些人脉。他认识本案另一个被告人，地毯商人约翰·勒·梅苏尔。通过勒·梅苏尔，他又认识了另一个被告人，经营老虎机生意的乔治·迪金。他们商量后，决定花钱雇一个暗杀斯科特的凶手。最后迪金先生雇用了飞行员安德鲁·纽顿。迪金先生和纽顿见了面，向纽顿说明了情况。霍尔姆斯也和纽顿见面，并进一步交代了具体任务。

"纽顿的酬金是 10 000 英镑。开始他们想诱杀斯科特先生，但都失败了。最后在 1975 年 10 月，纽顿先生亲自在德文郡和斯科特见面，赢得斯科特的信任后，开车载着他前往沼泽地区。到了地方后，纽顿掏出手枪，但斯科特随身带了一条狗。纽顿杀死那条狗，却没有成功射杀斯科特。

"1976 年 3 月，纽顿先生被捕，受到指控并被定罪。他当时的罪名是非法携带枪支危及他人人身安全。但是在当年的审判中，真正的真相并没有浮出水面。他被判入狱，1977 年就放了出来，获得 5 000 英镑的酬金，是合同上规定的一半。酬金以现金形式由勒·梅苏尔转交给他。两人交易地点在南威尔士一个偏僻地方。

"付给凶犯的酬金是杰里米·索普筹措的。他说服杰克·海沃德先生，自由党的大金主，为自由党提供多笔竞选经费。然后索普私下用不正当手段将这些钱转给霍尔姆斯。这样就有钱支付纽顿的报酬。

"简而言之，事情的经过就是如此。"

泰勒接着又动用大量细节把事情的来龙去脉又梳理一遍。他讲得如此细致，使得贝塞尔不得不又枯坐两天半，才等来法庭传唤自己。当贝塞尔步履迟缓地穿过法庭时，坐在媒体席上的奥布伦·沃觉得他像"勇于就义的外星人"。贝塞尔站在证人席上，双手扶着围栏，好让自己站稳。他显得很虚弱，就连把吊在脖子前用黑色细线拴的近视眼镜架到鼻梁上似乎也用了很大力气。

法官坎特利一如既往地用严厉的语气告诉贝塞尔，一旦做伪证，他将失去豁免权。贝塞尔早就知道自己豁免权的边界，所以觉得坎特利的这个提醒很奇怪。"这样的提醒只会令陪审团从一开始就对我的证词抱有怀疑。"

当彼得·泰勒开始对贝塞尔进行提问时，贝塞尔由于紧张，语速很快，法官不得不要求他说得慢一点。星期五下午法庭休庭时，泰勒的提问才进行到一半。对贝塞尔来说，真正的考验是接下来的一周。周末他待在罗素广场的布卢姆斯伯里酒店，内心既感到孤独，又竭力不去想接下来会发生什么。

　　与此同时，卡曼则一门心思在思考如何彻底击垮贝塞尔。尽管做了充分准备，那些字迹潦草的便条，和儿子多米尼克进行的现场模拟，卡曼还是没敲定交叉质询的策略。卡曼对这个案子过于投入，反而不容易从中理出头绪。有人开始怀疑戴维·纳普利选卡曼做辩护律师是犯了一个严重错误。

　　到了星期一，泰勒继续进行提问。当贝塞尔回忆自己如何和索普商量将斯科特尸体扔进锡矿时，索普居然露出诡谲的笑容，仰头看着天花板，好像对石灰墙顶生发出浓厚的兴趣。在回答提问时，贝塞尔披露自己最近被诊断患有肺气肿，一种肺部的不治之症。这对奥布伦·沃来说倒不感到惊讶，因为他对贝塞尔的健康状况早有定论。"看他在法庭上作证，就好像听一个人的鬼魂获得附体后，在那里认真地背着排练好的台词。"

　　当天晚上，乔治·卡曼应金斯利·纳普利夫妇邀请，和格拉汉姆·玻尔共进晚餐。他们围坐在玻尔家厨房的餐桌旁，边喝葡萄酒边讨论辩护策略。卡曼和平常一样，开怀畅饮。随着时间的流逝，玻尔越来越担心。"大概十一点钟了，我想完了，这家伙连路都走不稳了。我不知道下一步该怎么办。桌子上散放着写满不同建议的便条——我们到底该怎么做？我们一直熬到凌晨三点，才理出头绪。"

　　当玻尔最后上床睡觉时，心里有种强烈的预感，觉得即将大祸临头，"我是真的很担心"。第二天早晨，玻尔怀着最坏的打算来到法庭。但到了法庭后，玻尔目睹了一场神奇的转变。几个小时前，乔治·卡曼还酩酊大醉，人都站不起来。现在他却戴着律师假发，穿着律师袍，完全像变了一个人。卡曼本来个子矮小，这一身装束使他显得高了好几英寸。他一改平时软弱懒散的面容，表情变得坚毅鲜明。不仅是外表，他的举止也发生了转变。平日里的不拘小节、乱发脾气、缺乏自信，这些统统都不见了。在法庭上，也只有在法庭上，他才能成功变为自己想要成为的人。

而贝塞尔此时不仅感到极其恐惧，还极度不适。他事后回忆道："第一法庭的证人席就像萨德侯爵的门徒设计的，空间宽大无比，双手想扶两侧栏杆都够不着，而前面的栏杆又十分低矮，身体没法前倾靠在上面。"这样站久了，还没等到控辩双方交叉质询，贝塞尔就已经精疲力竭。

卡曼一开始表现得像个慈祥的大夫，温柔细致地向病人询问病情。他问贝塞尔是什么促使他回国作证。是出于正义感吗？

贝塞尔觉得自己如果说是，会显得过于冠冕堂皇。于是就说正义感只是促使他回国作证的一个因素。

"是因为忠于自由党吗？"

"这也是一个考虑因素。"

"是为了复仇？"

"不，先生，"贝塞尔道，"我没有仇恨。"

"为了金钱？"

看见卡曼手上握着一份他和《星期日电讯报》签署的合同，贝塞尔觉得自己被逼到墙角。他否认自己出庭作证是为了钱，但也知道这种辩解苍白无力。见此情景，卡曼乘胜追击，继续追问贝塞尔的宗教信仰。贝塞尔只得承认自己当初和索普讨论谋杀斯科特时，还是名平信徒传教士。

"那你良心感到不安吗？"卡曼问道，举止语气中还装模作样透着几丝关心。

"没有，没有不安。"

"你不觉得自己有义务告诉其他党员，党首正在策划一场谋杀吗？"

"我第一要忠于索普，"贝塞尔回答，"我当时觉得自己能阻止这件事发生。我觉得不必因为这件事就毁了索普的政治生涯。"

"你难道不觉得索普需要看一名心理医生吗？"

"是的，我觉得他应该去看心理医生。"

问到这里，卡曼陡然翻脸，亮出杀招。

"你做的许多事情都匪夷所思，令人不齿。我没说错吧？"卡曼道。接着没等贝塞尔回答，卡曼又继续说："让我们来谈一件更加匪夷所思的事。根据你的证词，1971 年索普先生打算在美国谋杀斯科特前，在 1970 年他向你提议谋杀另一个人。"

"是的，先生。"贝塞尔说。

"一个叫希斯林顿的人。"

"是的。"

贝塞尔讲述了自己如何在 1970 年大选前偶然结识希斯林顿，发觉他是个骗子，于是打电话告诉索普这件事。卡曼对贝塞尔的解释嗤之以鼻。"假如你的证词有可信度，那就说明堂堂的自由党党首索普不仅要谋害诺曼·斯科特，还要谋杀另一个人……执行杀另一个人任务的不是倒霉的霍尔姆斯先生，而是你。"

"可以这么说。"贝塞尔承认。

"那你采取了什么措施告知自由党、警方、医生以及索普太太，索普这位自由党领袖当时已经陷入疯狂的精神状态？"

"我没做这些事，先生。"

"那么1976年索普获得信任投票时，你感到高兴吗？"

"是的，先生。"

"这是否说明在政治问题上，你是一个不考虑道德因素的人？"

这时法庭气氛一下子变得紧张起来。空气似乎令人窒息。贝塞尔停下来思考片刻。这次他在回答前，斟酌的时间比前几个问题要长。

"我想应该是的。"

"过去你在进行基督教布道时，涉不涉及虚伪？"

"涉及。"

"不考虑道德因素、虚伪、谎言——这种人难道不是无赖吗？"

贝塞尔否认卡曼的指控，不过并没有说服力。到这时候，卡曼的进攻策略昭然若揭。贝塞尔原先也预料到了，鉴于他过去的劣迹，对手在法庭上会对他大肆进行道德攻击。但卡曼的目标远不仅限于此。他想在众人面前把贝塞尔展示成一个完全不值得信任的人，他讲的话一个字都不能相信。这是个风险很高的策略。虽然贝塞尔现在光环不再，但他毕竟是前议员，是个有一定地位的公众人物，况且他从未被指控过。不过也许是运气，也许是出于精明的算计，卡曼死死抓住贝塞尔身上一个弱点：羞耻感，渴望洗清自己。在贝塞尔内心深处，还闪动着平教徒传教士的影子。

卡曼又问贝塞尔有没有服过兵役，打过仗。没有，贝塞尔答道。

贝塞尔说自己一开始是个忠实的反战主义者，后来又给军人讲授过古典音乐。卡曼深知，这样的回答很难获得陪审团的认可和欣赏。

贝塞尔虽然并不刻意掩饰卡曼恶意指责自己的那些"信誉问题"，但他坚称自从和黛安在海滨镇定居以来，他的生活已经翻开新的一页。

"那你从 1976 年之后，有没有撒过什么大谎？"

"我认为没有。"

"可是在这起案子里，你就谎话连篇，对不对？"

"不是的。"

时间已经到了下午 4 点 15 分。卡曼问法官约瑟夫·坎特利爵士现在休庭是否合适。在法庭上，坎特利爵士虽然对贝塞尔疾言厉色，但在其他方面却显得很享受这项工作。《华盛顿星报》记者朱迪·巴赫拉结注意到这位法官"长着一张女孩子的樱桃小嘴，嘴型永远弯成丘比特弓矢的形状，显得欢乐迷人，像是随时要咯咯笑出声来"。

坎特利法官用欢快的嗓音说："噢，我觉得如果你们愿意的话，我们不妨再听一个弥天大谎。"

听到这话，贝塞尔简直不敢相信自己的耳朵。其实坎特利的这句话是说给陪审团听的，意思是他觉得贝塞尔的话全是谎言。自从答应出庭作证，贝塞尔就知道他要讲述的事件过于离奇，很难令人相信。他也考虑到了，英国政坛那些当权派也许，甚至是极大可能会抱团保护杰里米·索普。但是现在看来，情形比他当初担心的更糟糕。当宣布全体起立休庭，贝塞尔一声不吭地从法庭大堂的记者堆里穿过。他觉得自己面对的不是一个敌手，而是两个。

在庭审的头几天，索普每次走进老贝利，几乎都是低着头不抬眼睛。有个记者形容他像个"行走的大体①"，一个"步履蹒跚、患关节炎的80岁老头"。可是到了贝塞尔接受交叉质询的第二天，索普走进法院时，面露微笑，向等候在外面的人群脱帽致意。他显得比几周前更放松，更平静。这可能和他母亲不再陪他有关。索普母亲一开始陪着儿子，但是从现在起到宣判，她将不再过来。

贝塞尔可一点也不感到轻松。自从戒掉安眠酮，他现在入睡困难。晚上躺在酒店的床上，他基本上睡不着，心里越来越充满了不祥之感。当他走进证人席，内心忐忑，不知道什么时候就会挨一闷棍。

不过这一时刻他倒没有等太久。

"贝塞尔先生，"卡曼又开始交叉质询，"一旦你的前挚友被定罪，根据合同，你和你的家人将会获得双倍报酬，对此你的良心不感到刺痛吗？"

"感到刺痛。"贝塞尔缓缓地说。

"为了钱，你会背叛一位朋友，对不对？"

又是一阵沉默。

"这有些夸大其词了。"

卡曼所说的合同，当然是指贝塞尔和《星期日电讯报》所签的合同。在卡曼看来，这份合同是贝塞尔贪婪和虚伪的明证。既然索普一旦被定罪，贝塞尔将获得双倍酬金，那么贝塞尔在索普定罪一事上就属于既得利益者。贝塞尔苍白地辩解自己和《星期日电讯报》签的合同只是为了挣点钱。他在过去四年几乎没挣到什么钱，这很大程度上

---

① 特指用于医学解剖的尸体。

是由于自己卷入索普案。其实索普案只是一个推手。贝塞尔没挣到钱的主要原因是，他已经找不到愿意和他做生意的人了。

这仅仅是个开头。接下来卡曼抓住贝塞尔讲过的谎话穷追猛打。对诺曼·斯科特撒过谎，对杰里米·索普撒过谎，对都柏林的斯威特曼神父撒过谎，对议会的同事撒过谎。对所有人都撒过谎。卡曼这种不依不饶的策略，贝塞尔事先不是毫无准备，但他没想到卡曼会如此冷酷无情，如此令人胆寒。卡曼现在的声音完全不像一个出庭律师，不像他们那样拖泥带水地说话，而是冷静直白，一针见血。很快，贝塞尔这个风月场上的能手开始有一种这辈子从未体验过的感觉，感觉自己仿佛被阉割了。

"贝塞尔先生，难道你没对现任下议院议长乔治·托马斯先生撒过谎吗？"

"是撒过谎，不过是为你现在的当事人撒谎。"

"我没问你为谁撒谎，"卡曼继续说道，"我只关心的事实是，你确实撒过谎。"

"是的，先生。"

"你一直在对托马斯先生撒谎。托马斯先生也是平信徒传教士，兄弟会运动的成员，以及你在议会的同事。在康沃尔郡，每个礼拜日你们作为平信徒传教士都去教堂传教，对不对？"

"可以这么说。"

"那你就是承认，在布道时也在撒谎？"

"是的。"

每次贝塞尔稍稍平静一点，卡曼就又开始一个新话题。在这过程中，卡曼还要求贝塞尔当众宣读 1970 年 6 月 16 日一份《西方晨报》

的剪报。贝塞尔磕磕绊绊地读了。卡曼请他解释一下这篇文章的配图。配图是一张照片，上面是索普和贝塞尔在纽奎一次政治集会上的合影。拍摄照片这一天，正好是贝塞尔宣称自己给索普打电话说和希斯林顿见面的事。

贝塞尔表示自己把日期弄混了，但卡曼根本不相信。

"为了核实你说过的那些谎言，我们花了很多时间，这只是其中一个例子。"

"不，"贝塞尔道，"我认为这只是个时间错误。情况就是这样。如果给我时间回忆，我会给出正确的答案。"

"是的，贝塞尔先生。如果给你时间，你会圆谎的。这个错不在时间，错在你的思想，你的思想扭曲龌龊。"

贝塞尔确实反应过来，自己在时间上弄混了，于是向自己出庭律师口述一张纸条，让他转交给彼得·泰勒。但这一举动进一步激怒了坎特利法官。"我说过你不能和任何人交谈，"坎特利告诉贝塞尔，语气比以往更严厉，"你真是太愚蠢了。"

庭审就这么进行下去。卡曼时而敲打一下，时而刺戳一下，反正在一步步摧毁贝塞尔。

"贝塞尔先生，你是瘾君子吗？"

"不是！"贝塞尔听后吓了一跳。

"贝塞尔先生，虽说你是证人，享有豁免权，但作伪证可不包括在内。这一点法官大人已经指出了。我再问你一遍，你曾经是瘾君子吗？"

"不是！"贝塞尔道。接着贝塞尔像鬼打昏头一样，傻乎乎地问一句："你说的瘾君子是指吸食哪一类毒品？"

"啊，"乔治·卡曼得意地叫道，"瞧，我们又套出你的谎言，贝塞尔先生！"

"不是的，"贝塞尔道，"我以为你说的是大麻、可卡因之类的，对吧？"

"那安眠酮这种毒品呢？"

"这是一种处方药，治疗失眠的。这种我吃过，"贝塞尔疲惫地答道，"我对这种药有点上瘾……"

"这种药还影响你的价值观，不是吗？"

"有可能吧。"贝塞尔只好承认。

贝塞尔现在也明白，自己越来越失去道义上的优势。这时卡曼亮出杀手锏。他拿出1974年贝塞尔写给海沃德的两封信，逐行读出来，问贝塞尔哪句话是真，哪句话是假。

一时间贝塞尔彻底被问蒙了。

"很好，"卡曼对贝塞尔说，"我早就替你想好答案了。肯定是有些是真的，有些是假的。"

还没等贝塞尔回答"哪部分是真，哪部分是假"，卡曼又做作地假装悲恸地摇了摇头。

"噢，贝塞尔先生，"他说，"这是一张你用谎言编织而成的复杂的网。"

卡曼对贝塞尔越穷追猛打，索普心情越舒畅。"虽说他在被告席上表情严肃，但出庭下楼后他心情敞亮，"约翰·勒·梅苏尔事后回忆道，"他当时确信，只要我们几个人不自乱阵脚，肯定会过关的。他声称我们会把控方彻底搞臭。他说整个案子已经拨云见日，没有哪个英国的陪审团会根据这种证言来定罪。"

与此同时，卡曼在法庭上还继续进攻。在交叉质询第三天的中间，贝塞尔彻底垮了。他整个人发呆茫然，已经到了这样一种程度，不管卡曼对他提出什么新的控诉，他都不再否认辩解，反而甚至积极地承认每一项指控。

卡曼："所以1974年1月，你就该被关进监狱，对不对？"

贝塞尔："是的。我对海沃德先生犯下的错，完全是不可原谅的，无法辩解，应该受到惩罚。"

有时就连卡曼都觉得自己这场官司打得太顺了。

"贝塞尔先生，我其实并不希望你把证人席变成忏悔席。我只想搞清楚你说的话的真假，以及你的证词到底有多大可信度。"

贝塞尔："对不起，先生。我刚才的话只是有感而发。"

可是没过多久，贝塞尔又故态复萌，开始自我谴责。

卡曼："在海沃德先生的生意和个人事务中，你具备为自己迂回谋取私利的能力，这样说算公允吧？"

贝塞尔："我得承认，你确实已经证明了我犯有上述罪过。我的行为确实令人不齿。"

对在场旁听的人来说，这真是庭审中奇怪的一幕，就好比一个掘墓人正要开始干活，却发现要埋葬的死人突然跳起来，抄起铲子也挖起来，而且挖得比他更快。

最后卡曼适时地抛出一个问题，询问贝塞尔两次自杀企图，一次是1971年，一次是1973年。就在这个问题上，卡曼也没有放过贝塞尔。他旁敲侧击地暗示，哪怕就在自杀前，贝塞尔还在准备实施人生最后一次欺骗：用自杀骗取保险金。贝塞尔此时已经在证人席上待了十个小时，完全精疲力竭。

卡曼问贝塞尔的最后一个问题是："贝塞尔先生，我觉得你说自己在信誉方面有问题是对的。那么可否进一步说你这个人也是不可信的呢？"对此，贝塞尔无言以对。

时间一秒一秒地过去。贝塞尔的全部风度和精力，还有对在聚光灯下抛头露面的热爱，全都不复存在。他斜靠在证人席的单侧栏杆上。全场鸦雀无声，大家都屏住呼吸。

最后给贝塞尔解围的是一个出乎意料的人。约瑟夫·坎特利爵士后来都开始可怜贝塞尔。"你不能指望贝塞尔对你这个问题表示赞成，"坎特利对卡曼说，"你这纯粹在浪费我们的时间。这个问题你应该问陪审团，而不是他。"

贝塞尔这时总算回过神来。"如果我觉得自己不被信任，就不会来到老贝利了，"他说道，"我会留在加州的海滨镇。"

当被告知可以离开法庭时，贝塞尔缓步穿过律师席。坐在开往酒店的出租车上，他眼神空洞地望着窗外，什么也没看。当出租车在一处交通信号灯前停下时，贝塞尔的目光被一个报纸广告牌吸引住了。广告牌上只有简短的一行字"贝塞尔——吸毒"。

贝塞尔作证结束三天之后，他女儿葆拉开车送他到希思罗机场，乘飞机返回美国。在伦敦这段时间，是贝塞尔和女儿自她小时候以来相处最亲密的一段时间。两人都不善表达情感，但临近分手时，却久久地拥抱在一起。然后贝塞尔走向出发大厅，从此再也没回过英国。

34

旷世大戏

"传诺曼·斯科特上庭！"

虽说过去几天里，对彼得·贝塞尔的交叉质询极富戏剧性，但现在才是每个人真正翘首以盼的时刻。在这几个月里，斯科特的名字并没有从报纸上消失。在报纸上，他是个复仇狂、吸血鬼，说起话来口吐白沫、停不下来的疯子，硬生生把本国最红的政治家拉下马来。至少斯科特被媒体刻画成这个形象。当他走进法庭时，现场如预期般一片肃静。大家都伸长脖子想一睹他的尊容。斯科特留一头长长的黑发，优雅得体地穿一身深色三件套西装，看上去没有任何精神错乱的迹象。他时年 39 岁，也许不复当年胖乎乎的青涩男孩形象，但依旧保留当年吸引索普的那股忧郁、受伤的气质。

斯科特在宣誓后，环顾一下法庭四周。当看到母亲在身后凝视着他，斯科特吓了一跳。"我不知道她来这儿干什么。我至少有十年没见过她了。她来肯定不是为我鼓劲，我想她就是想出来放松一天吧。反正她到场让我很为难。一想到要当着她的面描述我和索普那些事，我就感到很尴尬。"

首先由彼得·泰勒把事件的核心要点又说了一遍：斯科特和索普是如何相遇的、在索普母亲家的苟合、国民保险卡的丢失等等。每被问及一个问题，斯科特的回答都很轻，法官不停地抱怨听不见。午餐休庭时，斯科特本想在法庭外走廊和母亲谈谈，问她来这里干什么。可是没等他开口，玛丽安·索普就嚷道："请禁止那个女人和证人交谈！"

到了 5 月 22 日上午，也就是庭审第 11 天，卡曼才等到和斯科特进行交叉质询。就像对付贝塞尔一样，他一开始表现得还是像个和蔼的大夫在问诊。他先问斯科特当时是否处于服药期。他问的语气仿佛斯科特无论对他说什么，他都绝不会外传。

斯科特没有中计——"我记得当时认为卡曼长着一对死鱼眼。"不，斯科特答道。他说自己什么药都没服用。他过去经历过各种情绪的问题，但他希望那些都过去了。

卡曼善解人意地点点头，接着又问斯科特 1961 年 10 月发生的一件事。当时警察接到报警，来到位于恩斯通教堂村的一所房子里。当时还叫约西弗的斯科特好像精神崩溃了。

"我当时药吃过量了，记不清其中某些细节。"斯科特说。

"你不记得告诉警察你认识杰里米·索普？"

"我当时手上有一批杰里米·索普写给范·德·瓦特的情书。"斯科特答道。

闻听此言，卡曼那和蔼医生的面容迅速从脸上消失。

"不要说索普先生和范·德·瓦特之间你所谓的那些情书的事，"卡曼打断斯科特，"请直接回答我的问题。"

法官坎特利的态度也同样粗暴。"你没有正面回答问题，"他告知斯科特，"那只是与本案无关的龌龊事。仔细听问题并回答，不得无礼。"

见斯科特碰了个钉子，卡曼很快又重新开始踱步质询。这次他攻击的点是当年斯科特没来伦敦前就臆想自己和索普是情人关系。卡曼说："你当时见到索普先生，和他谈了大约五分钟。但你去下议院之前，索普先生并未给你写过哪怕一封信，你也没给索普先生写过一封信。那么在你和索普先生初次见面只有区区五分钟的情况下，你为什么说索普先生是你的朋友？"

"因为我那时在医院接受精神治疗时，曾经幻想过，而且我手上有那批信件，"斯科特解释道，"那些写给诺曼·范·德·瓦特的信也是以亲爱的诺曼开头。我用这些信来表示我和索普先生已经有关系了……"

"你是说在你去下议院之前，你和索普先生已经发生过性关系了吗？"

"是的。"

"显然这并非事实。"

"是的，这的确不是事实。"

"平心而论，你当时说的那些话是因为你陷入错觉之中，对吗？"

"是的。"

接着卡曼又抖出斯科特曾经编造过的其他故事，如他父母死于空难、他是一位伯爵的儿子等等。

"那些也是错觉吗？"

"不是！"斯科特回答得一点也不脸红，"那些是撒谎。"

"你认为撒谎是邪恶的吗？"

"是的，没错。我过去做过许多邪恶的事。"

话一出口，斯科特就明白自己铸下大错，可惜为时已晚。"不过从那个可怜虫要杀我开始，我所说的那些事都不是撒谎。因为我突然明白，撒谎毫无意义。"斯科特又匆忙补充一句。

但现在于事无补了。卡曼已经将斯科特带入陷阱，一如他上次将贝塞尔带入陷阱一样。他已经在法庭上当众揭露两人都是骗子，两个声称目睹真相并说出来的人都是骗子。既然他们过去撒过谎，谁又敢说他们现在不是在撒谎呢？

卡曼又指出斯科特在各种场合讲述在索普母亲家发生的事时的一些矛盾之处。在 1962 年 12 月对警方提供的证词中，斯科特是这么说的："我基本肯定他的阴茎没有插入我的肛门。我不清楚他有没有射精，但他似乎得到了满足。"但在后来的叙述中，他坚称肯定是插入了，而且疼得他用牙咬枕头才没叫出声来。按理说这个细节不难确定，斯科特对此该怎么解释？

斯科特说 1962 年时同性恋还是非法的，他没有说插入是害怕因鸡奸被指控。他说："我只想表现出更为清白的样子。"

到这时为止，斯科特和卡曼的交锋还算平和。但是午餐后重新开庭，一切都变了。卡曼先是提起另一件事，警方去索普办公室讯问斯科特偷简·R羊皮大衣一事。根据斯科特的口供，当时在办公室索普还想亲他，并把手伸进他裤子里。

"索普先生当时是和警方预约了吗？"卡曼故作不可思议状问道。

"是的。"

这时出乎所有人意料，不过也许没出卡曼的预料，斯科特突然爆发，"杰里米·索普就一直像这样玩火！"他吼道。

这句话听起来像话剧排练时的台词，但丝毫不妨碍它引爆整个法庭。卡曼等到斯科特的回声渐渐弱下来，才又平静地开口道："那么你呢？"

"我没玩火！"斯科特继续吼道，嗓门比刚才更大，"我多年来一直被你当事人燃起的火炙烤。"

这时的斯科特已经满脸通红，脸上的汗珠闪闪发亮。法官约瑟夫·坎特利坐在高凳上既惊骇又好奇地望着他。卡曼的表情虽然一如平常，但他的举止表明他开始得意起来。越让证人滔滔不绝地说个没完，他赢得辩论的可能性就越大。

"索普先生过去一直否认和你保持同性恋关系，你对此完全理解，对不对？"

"是的，先生。"

"那你又宣称在索普母亲家那晚发生的性行为是未经你同意的？"

"我当时无路可走，我住在他们家，又累又困！"如果刚才斯科特是在吼，那么现在简直近乎哀嚎了。"我当时身无分文，穷困潦倒。等明白过了，一切都太晚了。我向你保证，肯定是发生了那种事。"

"别激动。"卡曼说。

"我没激动，但这个问题问得很蠢。你以为我喜欢当众叙述或谈论这件事？这种事最不堪回首。"

说到这里，法官再一次介入。"你作证时如果像刚才那么大声地说话，我们就能听清你说的一切，"坎特利对斯科特说，"这说明你可以大声说话的。"

"好的……"斯科特有些上气不接下气，"我能那么说话。"

坎特利："我也记住你可以。"

坎特利这话或许是出于好意，但对在场的奥布伦·沃来说，却另有意味。"除非是我理解完全错误，我感觉这位法官看到斯科特这么激动，有意在给他下套，就好比一个人在街头看见一个挥舞匕首的疯子时，故意靠近他，用伞戳他一下，虽然不确定接下来肯定会发生什么，但一定有好戏可看。"

如果坎特利真有这个意思，那他确实没等太久。只见斯科特转身面向他："法官大人，我藐视法庭。我将不回答任何问题。"

坎特利（一脸严肃状）："你觉得在这儿不舒服吗？"

斯科特："这么多年来这件事我已经讲了很多遍。我不想再说了。"

坎特利："你是想回家吗？"

斯科特："去哪儿不重要。重要的是，那人明知他的当事人在撒谎却还故意问我，我不想这样糟践自己。我受够了！"

一片静默。最后还是卡曼打破静默。"我很抱歉，斯科特先生。但是深挖各种问题是我的职责。你还准备回答吗？"

斯科特怒气未消。"我没有什么可说的了。"

法庭再次一片静默，大家都不知道该怎么办。

"你准备回答进一步的提问吗？"坎特利问道。

"不，先生，"斯科特说，"要是还这样把我当罪犯，我就不回答问题。我不是骗子。"

"听着，"坎特利清清喉咙，用听起来和善的口吻说道，"这件事要分两面来看。是你指控索普先生。作为他的律师，卡曼有责任采信索普先生的话，既然如此就有必要进行质询，最后由陪审团来决定该相信哪一方的话……"

　　听了这话，斯科特好像控制住脾气。他咕哝道："是的，先生。刚才对不起，对不起。"

　　卡曼恢复质询。他问斯科特，对于戴维·霍尔姆斯花 2 500 英镑赎买他和贝塞尔之间来往信件，他为什么不高兴？

　　"我怕自己因为这件事而犯法，"斯科特说，"我过去撒过谎……我认为人们会觉得我说的话是疯话，把我送到疯人院去。"

　　那么格温·帕里-琼斯陪他去下议院那次又是怎么回事？难道他不是想一心搞臭索普吗？完全没有此意，斯科特辩称道。他当时去只想把国民保险卡的事情处理明白。接着他用近乎神圣的口吻说下了他最令人难忘的名言："国民保险卡就是我的命根子！"

　　当法庭听众还在回味这句话的深意时，卡曼又问斯科特是否吹嘘过自己和某些知名男演员有染？

　　"我是说过和他们的友谊。"斯科特承认。

　　"你为什么要说？"

　　"因为那是事实——我确实……"

　　像是半自言自语，斯科特又补充一句："我向你保证，当时我不认为这件事会闹到法庭上。我认为当权者会把它捂下去。"

　　"可是你对这件事却一直念念不忘？"

　　"那是当然。换成你，如果有人要杀你，你会忘记吗？"斯科特说得不无道理。

"让我们最后再把相关疑点理一理。"卡曼说,"你知道,或者说有充分理由相信,索普先生早在 1961 年就已经有同性恋倾向?"

"是的,先生。"斯科特说。

"他是你迄今为止遇到的最有名、最显赫的人,对吗?"

"是的,应该是的。"

"当他把你介绍给一个和过去完全不一样的社交圈子,你感到很有面子。我可否推断,当他不想再和你发生性关系,你感到失望恼怒。"

"这纯粹是胡扯,因为他当时还和我保持着性关系。"

这轮交锋下来,表明看上去波澜不惊,但背后是精心酝酿数月之久的策略。卡曼明白,如果他假装索普根本不是同性恋,泰勒一定会再找几个赌咒发誓的证人出来。泰勒曾告诉卡曼,他手上还握有一张索普写给旧金山一位名叫布鲁诺的人的明信片,内容充满了性暗示。索性承认索普曾经有"同性恋倾向",但不提他对那些同性情人具体做过什么,这样泰勒就没有必要再招其他证人了。但卡曼在这里避开了所有人的注意,很精明地埋了一颗地雷。

但法官就连卡曼嘴里的"性倾向"一词也似乎不感兴趣。他更感兴趣的是斯科特的财务状况。

"你现在靠什么谋生?"他问斯科特。

"我自己单干,"斯科特说,"教马术中的盛装舞步。"

他又补充一句,说自己有三匹马,还喜欢打猎。

"听起来日子过得很不错,"坎特利赞许道,"那你的启动资金从哪里得到的?"

斯科特说用的是电视台付给他的采访费。这一回合下来,表面看没明显值得注意的地方，但其实里面蕴含的信息量很大。现在控方的两位主要证人都已经被成功地揭露为骗子。不但是骗子，还通过贩卖这起事件来赚钱。

当天晚上，《每日快报》的琼·卢克坐下来写每日庭审报道。作为一个语不惊人死不休的记者，这次她也毫不吝惜辞藻。"这次庭审像哈姆雷特一样富有戏剧性，像同城德比一样刺激，像温布尔登一样扣人心弦，"她写道，"这是一场旷世大戏。"

第二天上午当斯科特在老贝利的卫生间洗手时，他发现相邻小便池旁也站着一个人。此人和斯科特一样，快40岁，一头黑发，穿着西装。但两人的相似之处也仅限于此。上次斯科特和纽顿见面还是在纽顿的庭审现场。斯科特的证词将纽顿送进了监狱。再上一次见面就是埃克斯穆尔的荒原上，纽顿正试图杀死斯科特。

现在纽顿笑容满面。他对斯科特的态度好像两人的友谊中稍微发生了一点不快。斯科特却不买账——"我没理他"。斯科特今天出庭是要出示一份他和某家报纸签订的合同文本。等法官坎特利审阅后，斯科特就可以下去了，该轮到纽顿走上证人席。在迈恩黑德，纽顿到庭时戴着一个巴拉克拉瓦盔式帽。这次他不想把自己打扮得像个搞怪的小丑。不过和贝塞尔一样，他已经预先获得赦免。

首先向纽顿提问的是乔治·迪金的律师，也是皇家法律顾问的加里斯·威廉姆斯。纽顿回忆在黑池的主持人宴会乱哄哄的现场他对迪金讲的话："我说：'我知道你想干掉一个人，如果你还没找到合适的人选，我可以干'——大概是这个意思。"纽顿承认自己当时处于酩酊大醉状态，酒精可能影响了他的判断力。"谁要是喝了16品脱啤酒，都会觉得身处一个不同的世界中。"他用懊悔的语气说道。

纽顿首先被告知，斯科特住在贝德福德郡的邓斯塔布。他到地方后，花了两天时间去寻找斯科特却一无所获，只是得知斯科特其实住在德文郡的巴恩斯泰普。他承认这不是个好的开头。后来他和戴维·霍尔姆斯见面时，霍尔姆斯告诉他对于杀死斯科特以及处理尸体，他可以放手行动。正如以往表现过的那样，纽顿这个人胡扯起来根本无需大脑思考。他说经过思索，他决定用凿子干掉斯科特，凿子事先藏在一束花中。

首先，他准备以谈工作为由，把斯科特引诱到肯辛顿的皇家花园酒店。他杜撰一个潘希罗的时装经纪公司。等斯科特进了他在酒店订的房间，他就掏出凿子，把他活活打死，用他自己的话说："把他的脑袋凿下来。"

"不过要说杀人，用枪肯定比用凿子容易啊？"威廉姆斯问。

"这个可以商榷。"纽顿故作一副专业的样子。

这时法官约瑟夫·坎特利爵士也感到困惑。不过他感到困惑的原因和威廉姆斯不一样。"你是去见一个男人，对吧？"他问纽顿，"那你干吗要带一束花呢？"

纽顿说这是一个计谋，可以把凿子偷偷地带进酒店，避开保安的检查。但是坎特利还是不解。一个男人给另一个男人献花，显然是他从未想过的事。不过斯科特那次没来，这个计划只好流产。纽顿说，他反而松了口气。此时他已经对整个谋杀计划产生了动摇，但他还是决定继续执行，只是对计划做了关键性的修改。他不打算杀死斯科特，只准备吓唬吓唬他。反正这就是纽顿版的事件真相。他承认在朋友中以绰号"鸡脑"著称。但这个称呼也没什么恶意。其实这个绰号形容他的智商更合适。

在整个交叉质询过程中，纽顿始终辩称自己一直都是想吓唬吓唬斯科特。1975 年 10 月 24 日，两人驱车前往埃克斯穆尔的荒野时，他还是怀着这个目的。结果那只狗出现了，将一切都打乱了。如果梨花的块头小一点的话，纽顿或许还不那么害怕。"它太大了，像一头怪兽……所以我开枪打死了它。"

然后纽顿又把枪指向斯科特，假装卡壳了。他宣称这一切都是后来修改的计划。

"你知道歌剧里的小丑角色吗？"加里斯·威廉姆斯问道。

"嗯，知道。"纽顿说。

"小丑都是缺乏道德感的人。"

也许吧，纽顿说。

"你为什么在迈恩黑德戴那顶古怪的帽子？"

"我想帮媒体找点事做做。"

"你认为这是一种小丑行为吗？"

"不，"纽顿道，他的声音倨傲中带着点委屈，"每个人都有权想怎么穿就怎么穿。"接着他故意向威廉姆斯佩戴的律师假发点点头，说："我的意思是，你戴的那顶假发也一样。"

等纽顿退庭后，其他次要证人更加频繁地出庭退庭。但无论是证人还是旁听者都不知道，审判的最后一幕即将来临，高潮正加速逼近。

6 月 4 日，第 18 个审判日，杰克·海沃德出庭作证。法官坎特利爵士称他是一位"好心的、值得尊重的证人"，对海沃德也是一副放心的样子。海沃德和索普之间的各种通信被当庭宣读。在其中一封时间是 1978 年 4 月 20 日的信中，海沃德心灰意冷的情绪在字里行间表现得十分明显："我绝对是在战斗中最后一个撤退的，也就是说不会轻易抛弃朋友。但我真想知道，我正在和谁作战，战斗的目标何在，谁是友军。我其实没用多长时间就明白了，我的朋友们并没有对我说真话。而且显而易见的是，我被一个卑鄙的家伙给耍了，他是一等一的吸血鬼。

"我所做的一切（噢，上帝！我真后悔！）就是全心全意帮助自由党和它的党员，尽管我过去不是、现在也不是它的一员，而且在很多政策上我和自由党的观点也相左。我觉得，包括我自己在内，许多天真善良的人们都受到自由党腐败机制所牵连。现在该到了停止这一切的时候了。要把原则讲清楚。"

在交叉质询时，乔治·卡曼安抚海沃德，说没有人声称海沃德有任何不光彩的行为。"别看在这次法庭上有这么多名字受到非议。在这里我要代表索普先生清楚地表明，海沃德先生在财务和商业上没有任何过失。"

"十分感谢！"海沃德说，"也感谢索普先生。"他又加了一句。

海沃德之后是纳迪尔·丁肖出庭作证。法官们知道丁肖是出生在巴基斯坦卡拉奇的一位成功商人，还是索普儿子的教父。丁肖回忆一年前曾和索普在圣詹姆斯公园一起散步。散步时，丁肖对索普说，他准备对外界坦白他转账给戴维·霍尔姆斯的事，也就是后来付给安德鲁·纽顿的那笔钱。索普求他不到万不得已不要那么做。"那样的话，我将彻底告别政坛，你也将待不下去。"

丁肖觉得索普说这话的意思是赤裸裸的威胁——要么闭嘴，要么你将被撵滚蛋。这次谈话让他感到"非常非常伤心,既为自己感到伤心,也为索普感到伤心。"丁肖道。"索普先生身上有许多优点,"丁肖用悲恸的语气又补充道,"但就是不善于控制自己的感情。"

一段时间以来,有传闻说乔治·卡曼将会爆猛料,并且爆出的猛料将左右庭审进程。不过大家都不知道这个猛料的内容是什么。6月7日下午4点15分,当法庭当日的工作结束,即将休庭时,卡曼站起来。他的举止不像要郑重其事宣布什么重要事情的样子,但他这个人以前的行为已经证明,他喜欢让人感到措手不及。

"法官大人,"卡曼说,"我的当事人杰里米·索普,将不参加质证。"

一开始,法庭一片安静。大家都在想这一举动的涵义。接着新闻记者们疯狂地夺门而出,给各自所属的采访部打电话。卡曼这个玩二十一点把自己房子都输掉的人,这次孤注一掷,投下了人生中最大一笔赌注。

35

坎特利的判决

第二天《每日电讯报》的大标题是"沉默的索普";"不参加质证令老贝利惊讶"。卡曼宣布的这个消息不仅令人吃惊,还令人普遍感到失望,甚至讨厌。人们感到受到欺骗。在过去的几周里,大家都在翘首以盼,想看看索普如何为自己而战,现在他们看不到这一幕了。

这意味着什么?有人肯定觉得索普拒绝参加质证,是默认自己有罪。否则,一个无辜的人干吗要放弃这个机会,向公众讲述该事件自己的版本?但贝塞尔对此却有自己的看法。"终其一生,他(索普)都在依赖别人帮自己摆脱个人危机,所以这次什么都听乔治·卡曼的也就不难理解了,反正以前卡曼的许多当事人也都是这么做的。"

卡曼自己对外人怎么想这件事丝毫不以为意。他的工作就是让自己的当事人在法庭上获得无罪释放。他深知,一旦索普走上证人席,有可能像贝塞尔一样,被撕得粉碎。索普比贝塞尔更骄傲自大。以索普的口才,一旦说起来会控制不住。卡曼也知道,约翰·勒·梅苏尔和戴维·霍尔姆斯都不会参加质证。卡曼是在听说霍尔姆斯不出庭作证后,终于下定决心的。霍尔姆斯虽说肯为索普做许多事,但他也不愿在宣誓后撒谎。"如果我宣誓自己所说的句句是真,那我就要说真话,说杰里米想要斯科特的命,"霍尔姆斯后来坦承,"若为了自保,让我去控告杰里米,说他唆使我犯罪,这个我也做不到。我不想让他在最后关头看到我背叛他。我不想装成一副高尚的样子。只是在帮了他十年后,再这样做有点无法想象。"

既然霍尔姆斯放弃自保,索普也就没必要否认霍尔姆斯有可能做出的那些指控了。不过这并不是全部;卡曼还另有考量。经过精心分析,他发现索普其实不需要亲自参与质证。对他的指控主要靠三个人的证言:贝塞尔、斯科特和纽顿。而卡曼已经证明了这三个人都是骗子。他还证明了斯科特早在去伦敦和索普第一次会面前,就在臆想自己和索普有关系。如果陪审团不相信这三人的证言,那他们只能认为索普无罪。

不过无论如何,卡曼做出这一举动都是在赌。陪审团完全可能会另有想法。他们会认为,就算贝塞尔、斯科特和纽顿三人过去都撒过谎,这次也不可能合编这样一个有头有尾的完整故事。卡曼一直觉得,成败就在于他的最后陈述。周末他在柴郡奥尔特灵厄姆的家里闭门不出,一支接一支抽烟,在便笺纸上潦草地做各种笔记,一遍又一遍地演练自己要讲的话。

6月11日,庭审的第二十二天,控方律师彼得·泰勒将做最后陈述。他对陪审团说,杰里米·索普的故事"是一出真正的古希腊或莎士比亚式悲剧,由于一失足而酿成一场缓慢而宿命般的毁灭"。

泰勒足足讲了两整天。两天后,当他坐下时,一位在场的法警听到索普咕哝说:"这个杂种!"接下来戴维·霍尔姆斯的律师约翰·马修、乔治·迪金的律师加里斯·威廉姆斯、约翰·勒·梅苏尔的律师丹尼斯·考利也纷纷做最后陈述。6月14日,乔治·卡曼压轴出场。

在给发言定基调时,卡曼做了一些预判。他知道陪审团的成员——如果他们真是英国社会跨阶级的代表——就像一个大熔炉。他们或许不赞同索普的政治观点,但他们通常从小到大会尊重权威。所以对于索普这样的大人物一夜之间沦为阶下囚都会动一些恻隐之心。卡曼决心利用索普的这一点来博得他们的怜悯。

"从个人来说,索普比一般人多了一些痛苦和不幸,"卡曼对陪审团这样说道,"造化弄人,让他一度不幸遇到诺曼·斯科特,而索普天生又有同性恋倾向……"怕别人不信索普已经倒了,卡曼特意强调他的政治生涯已经结束。"从证人的证言中,诸位也看出来,索普先生的政治生命和政治前途已经无可挽回地、无可逆转地失去了。"

其实卡曼在这里所采用的策略,比表面上看起来更富有心计,更迂回曲折。本质上讲,他这是一箭双雕。一方面,他通过指出索普人性中的缺点,来博取陪审团的同情。另一方面,他又以这种方式时刻提醒陪审团,他的当事人声名显赫,或者至少过去是这样。"杰里米·索普先生并不计较法庭上的得失。现在他完全听由各位的处置,并安之若素。当然鉴于此前他在本国公共生活中的声名,本案某种程度上过于聚焦其个人生活和人生阶段。他的缺陷和弱点被无情地暴露在公众视野中。"

第二天上午,很可能是来自索普本人的抗议,对于索普的将来这个话题,卡曼又匆匆地在措辞上做了一点回转。"如果诸位本着良知和誓言,裁决他无罪,在索普先生这个年纪,他还可以利用自己的才华在我国的公共生活和服务中占据一席之地。"

接着卡曼对案情提出一种全新的假设。有没有可能，整个事件是霍尔姆斯和勒·梅苏尔背着索普一手炮制的？由于索普就在一年前还授意霍尔姆斯紧盯此事，现在坐在离索普仅数尺之遥的被告席上听到卡曼这番言论，霍尔姆斯不禁目瞪口呆。他想假如当初自己把一切都扛下来，对于卡曼现在的表演，索普会事先征求他的意见吗？对霍尔姆斯来说，直到此时，他终于看清了这位老朋友的本质。"我不敢相信。我明白了，这场噩梦般的经历一点都不值得。"

貌似漫不经心地提出这一假设后，卡曼再接再厉，一句一句地把取陪审团的同情和尊重，竭力使陪审团为索普感到惋惜，但紧接着又暗示索普是高高在上的奥林匹斯山上的神祇。"大家都知道，哪怕是神祇，双脚有时也会沾染泥土。"所以对于索普的同性恋倾向，也应该以这样的眼光看待。"有些人天生具有一些我们常人不太理解的习性。对此我们应该宽容、同情和怜悯……"

卡曼又说，陪审团不必过度解读索普不参加质证这一行为。"这是法律赋予被告人的一种权利，即被告人有权保持沉默。嫌疑人或被告人有权在审判开始阶段、结束阶段，以及其中的任何一个阶段说：'不要问我问题，我什么也不回答。'"

陪审团也不必担心索普会完全无罪——即使他们认为索普不可能完全清白。"诸位千万不要以为一纸无罪裁决就能完全证明索普先生的清白。在法律上，它只表明控方的控诉不成立。"卡曼这句话再次以隐晦的方式把事情说清楚了。假如陪审团要裁定索普有罪，那就必须充分确信索普的确犯下了罪行。

当话题转到诺曼·斯科特身上时，卡曼的同情心就逐渐断流。斯科特不仅是个骗子，还是个疯子——不过不管"他是可怜虫、疯子、坏蛋，还是三者合一，我都不关心"。下一个对象当然就轮到最邪恶、最可鄙的彼得·贝塞尔了。

"贝塞尔先生在本案结束时，有可能会成为二十世纪英国政坛的加略人犹大，因为他的行为将下列三者合一：其一，他背叛朋友；其二，背叛朋友是为了图财；其三，背叛了一个我认为是完全清白的朋友。如果要说本案中谁最无内疚之情，那也许就属贝塞尔先生。"

对于演讲的结尾，卡曼花的心思最多。他知道必须说点让人难以忘怀的东西，还要说得带点抒情色彩，既能拨动陪审团成员的心弦，又能给他们一点压力。

"诸位在选举中都有投票权，"卡曼对陪审团说，"但你们现在手握一项更重大的权力，肩负一项更重大的责任，那就是裁定某人有罪还是无罪。索普先生献身英国政坛二十年，赢得过数十万张选票，现在，"卡曼说到这里顿了一下，说了一句他儿子多米尼克两天前讲的话，"最珍贵的十二张票将来自你们。"

卡曼接着缓缓地挨个指着每一名陪审员。"你的投票，你的，你的，你的……都要本着自己的良心。我代表杰里米·索普告诉各位，这起指控不能成立。让控方卷起铺盖，灰溜溜地走吧。"说完，卡曼坐下了。过了片刻，索普从被告席上给他递过来一张条子，上面写着："干得漂亮！贝利奥。"

"本案性质重大，但案情却奇异诡谲，"约瑟夫·坎特利爵士以这句话开始了英国司法史上最臭名昭著的总结陈述，"陪审团诸位的确应该好好想想，被告席上的人是否真的会做证人席上的人所说的那些事……被指控的四人都名声清白。索普先生是枢密院官员，自由党前党首，履历显赫的全国知名人物。"

这段话里，坎特利错了两处。被告人之一的乔治·迪金曾有接受赃款赃物的案底，而索普自己也曾在伦敦城乡证券集团倒闭案中扮演过不光彩的角色，受到了贸易部的批评。坎特利接下来回到彼得·贝塞尔的证词。这种都要把自己的故事卖给媒体的人，陪审团能相信他的话吗？"我们慎重起见，"坎特利说，"除非另有证据做支撑，否则对于贝塞尔的证词应不予采信。如若根据他的证词来行事，将会十分危险。"简言之，贝塞尔的证词无效。

对于贝塞尔的人格，陪审团成员可以自行判断。如若判断有困难，坎特利可以为他们指明正确的方向。"诸位将会明白，贝塞尔先生其实是一个非常聪明、非常细致的人。当年他肯定颇得康沃尔郡选民的欢心。他自己亲口说过，在做平教徒传教士时，他在性事上很混乱。所以他就是个骗子。"坎特利又加了一段作为补刀。

坎特利说，贝塞尔不但是骗子，而且"有恶劣的前科"。不过为了防止人们质疑他把话说得太过，他又提醒陪审团贝塞尔也有讲真话的可能性。"我说大家要用怀疑的眼光看待贝塞尔的证词，不是说你们对那些无法确证的事情不能相信。"

坎特利这个三重否定式句子把大家都绕晕了，也为他这一出奥布伦·沃称之为"对证人施以长时间、处心积虑摧毁"的讲话画上一个句号。"至于他的话到底是言之有理，还是属于滥用司法权，那就只有坎特利本人和他的上帝知道了。"

不过和对斯科特证词的评判相比，坎特利刚才对贝塞尔的证词只能算是热身。他对斯科特大加挞伐。"下面来说说诺曼·斯科特先生的证词，"他说道，"对于斯科特先生，大家都记得很清楚。他具有歇斯底里的、扭曲的人格，在生活上是个寄生虫，非常善于挑动并利用人们的同情心。他是个变态，是个骗子，是个吃白食的，是个哭哭啼啼的废物，是个吃软饭的。"

说完这一通，坎特利又像刚才那样，稍微踩了一下刹车。"当然，他讲的也有可能是真话……你们千万不要认为我对他发表了一番不加掩饰的意见，就是在建议你们不要相信他的话。我不是那个意思。我没有任何意思。"

对于安德鲁·纽顿，坎特利也没有表达任何意思，除了斥责他是个小丑、做伪证者，当然免不了也是个骗子。"这人真是个呆瓜！到底是吓唬还是谋杀，也没法讲清楚。"接着坎特利继续说，他怀疑纽顿是否逃税，仿佛对于纽顿的道德败坏只能上纲上线到这个程度。至于乔治·迪金，坎特利说"他的品位不脱自己客厅里吧台那一套"。至于迪金对自家吧台的审美和他有罪无罪之间存在什么关系，只能任由猜测了。

最后在结束陈述前，坎特利再次对诺曼·斯科特开一通火——"一个软骨头的神经病，热衷于自我推销。"坎特利认为斯科特是本案的罪魁祸首，指控索普的证词"几乎全是一时之辞"。至于斯科特声称和索普的性关系，"属于那种人们宁可信其有，不愿信其无的故事"。任何对斯科特动机的揣测，都要将此人的邪恶程度考虑在内。"诸位已经有机会目睹证人席上的斯科特，对他复仇的心态也看到了，斯科特说，'我怜悯索普'，但其实不是——他恨索普。"

最后，坎特利对陪审团说，他们不妨从策划谋杀入手来审议案件罪行。"诸位需要自问，是否确信存在谋杀斯科特的阴谋……如果答案为'不，我们不能确信'，那么本案就此结束，因为既然连阴谋都不存在，那么这几位被告人不可能有罪。如果答案为'是，我们确信'，那么接下来你们要仔细对照甄别各位被告人之间的相互证词。如果关于某位被告人的证词有疑点，他将有权被无罪释放。"

上述工作完成后，陪审团将针对索普的单独罪行——教唆谋杀——进行审议。"请诸位再次自问，是否确信早在1969年索普就认真准备说服霍尔姆斯去谋杀斯科特先生。如果你们确信这一点，就裁决索普有罪；如果有疑问，就裁决他无罪释放。"

说完这些话，坎特利笑了笑，挥了挥手。他穿着猩红色、坠着白鼬皮饰物的法官袍，看上去活像某个林地部落的酋长。"诸位可以退庭，"他对陪审团说，"想审议多久都可以！没有时间限制。我们等着你们。"

陪审团成员被引入法庭后面的陪审团室。他们做的第一件工作是选举一位陪审团团长，男女皆可。结果大家一致推选来自伦敦东南部一所综合中学的家政教师西莉亚·凯特-威廉姆斯夫人任团长，因为大家认为在宣誓时只有她最自信。凯特-威廉姆斯夫人先举行一次摸底投票，结果六比六平局。六人认为被告人有罪，六人认为无罪。

当天休庭时，由于陪审团的裁决还没出来，四名被告人被带上警车，送往布里克斯顿的监狱过夜。为了防止有人透过警车车窗拍照，几位嫌疑人用手铐铐在一起，躺在车厢地板上。到达布里克斯顿后，几个嫌疑人被脱光衣服，接受体检并被要求洗淋浴。霍尔姆斯、勒·梅苏尔、迪金和其他犯人关在一起。而索普声称胃不舒服，再加上他此前一直获得优待，就被送到环境好一点的监狱医院里。陪审团成员当天晚上住在圣约翰伍德的威斯特莫尔兰德酒店。他们被严格要求不允许看电视新闻。晚上太热，陪审团成员询问能否晚餐后出来散散步。结果在有人陪同下，大家去摄政公园逛了逛。

第二天一早，四名嫌疑人被再次用手铐铐在一起，带到老贝利，在一间不对外开放的房间里等待结果。当索普看到乔治·卡曼时，兴冲冲地和他打招呼："你好，乔治，看上去你睡得不好。"戴维·纳普利惊奇地发现，索普自从被正式指控后，一直表现得很放松，"从外表看，这四位被告人里表现最镇定、最自信的就算杰里米·索普。这真是不可思议"。这时勒·梅苏尔提议大家玩"大话骰"游戏，打发时间。这种游戏要求每个参与者在游戏中都要尽力去骗其他人。索普兴高采烈地加入进来，而卡曼在房间外的走廊上踱步，一根接一根地抽烟。

与此同时，贝塞尔在万里之外的纽约，守在酒店电话机旁。一周前他接到《每日电讯报》总编约翰·汤普逊的电话。汤普逊十分尴尬地告诉贝塞尔，他们决定取消和他签的合同。听了庭审后，报社觉得贝塞尔的言论不适合在他们报纸上发表。

贝塞尔对此并没有争辩。随着时间的流逝，他内心反而希望陪审团不要做出裁决。贝塞尔认为，如果陪审团因意见不一致无法做出裁决，这个案子获得再审的概率就很小。到那时，虽然从法律上来讲这个结果令人不满意，但他的良心会好过一些。"我怎么能欢迎一个将杰里米送进监狱去遭罪的审判结果呢？但另一方面，我也不希望看到结果是无罪释放。"

第二天结束时，还是没出结果。四名嫌疑人再次被带到布里克斯顿监狱。索普故伎重演，声称胃不舒服，于是又在监狱医院过夜。其实第二天中午时，索普的胃就好了，足以让他和其他三个被告一道享用由他的朋友兼议会同事、美食作家克莱蒙特·弗洛伊德送进来的一顿丰盛的午餐，有熏鲑鱼、烤嫩牛肉以及夏布利酒。他们边吃边讨论陪审团无法做出裁决的可能性。索普说，他觉得贝塞尔不太可能再次出席重审。他也听说了《每日电讯报》取消了和贝塞尔的合同。

时间到了6月22日星期五下午2点34分，在经过51小时49分钟的审议后，陪审团终于重返法庭。四名被告也被带进法庭，肩并肩地紧挨着站在被告席上。他们谁都没有看其他人，目光都紧盯着法庭后面那扇打开的门。

法官约瑟夫·坎特利也安静地入座。法庭书记员请陪审团团长凯特-威廉姆斯夫人宣读裁决。

的确，我们达成了裁决，威廉姆斯夫人说道。

首先是关于策划谋杀罪名的裁决，四名被告的姓名被依次念了出来。

"戴维·霍尔姆斯。"

"无罪。"凯特-威廉姆斯夫人用清晰自信的嗓音说道。

听到这个裁决，霍尔姆斯身子一晃，好像要晕过去。一名法警伸手扶住他，免得他摔倒。

"乔治·迪金。"

"无罪。"凯特-威廉姆斯夫人再次说道。

迪金低下头，流出了热泪。

"约翰·勒·梅苏尔。"

"无罪。"

勒·梅苏尔噘起嘴唇，自顾自地点了点头。

最后轮到了杰里米·索普。

"无罪。"

听到这里，法庭上所有旁听者都深吸一口气，不约而同地发出惊呼声。接下来是对教唆谋杀罪名的裁决。陪审团怎么裁决被告人？

"无罪。"

索普一开始没有反应，就连勒·梅苏尔抓着他的胳膊向他祝贺，他也不为所动，眼睛还是直勾勾地盯着前方，双手背在身后，过了片刻，嘴角才咧出笑容。他转过头，对玛丽安说："亲爱的，我们赢了！"接着那个原来的索普，那个善于造势煽情的索普又回来了。只见他抓起庭审时支撑自己后背的三块靠垫，用力将它们掷向证人席的玻璃隔断外面。在一片兴奋喧嚣中，卡曼没有流露出任何情感，只是在忙着整理文件。事后他形容当时的心情难以言表。

坎特利显然对这种混乱场面感到不满。他让所有人回到座位上——"保持安静！保持平静，否则你们会后悔的！"可是没有人听他的话，尤其是那些记者们。

戴维·霍尔姆斯的辩护律师加里斯·威廉姆斯后来回忆道："这是我迄今见过的最不可思议的一幕。当裁决结果出来后，霍尔姆斯像个醉酒的拳击手，两只脚摇摇晃晃，已经完全不受控制。要不是围栏护住他，他会不由自主地走出去。而索普总的来说比较镇定，脸上挂着一副早知如此的表情。过了一小会儿，他开始平静地向身旁法警表示谢意，并亲吻了法庭女引座员。他对记者们说：'我们在外面见。'可怜的老霍尔姆斯。庭审后，还是我去囚室接的他，开车带他出来。半路上我放下他，给他找了一辆出租车。"

法庭外的人群十人一行站立着，被一排胳膊挽在一起的警察拦着。当索普双手举过头顶出现在法庭大门口时，人潮不由自主地向前涌动。冲突紧接着就发生了。一名警察的头盔被打掉。索普和玛丽安忙不迭地上了纳普利的劳斯莱斯汽车。他们坐车回到奥默广场的家里，索普发表了电视讲话："我一直坚称自己是清白的。陪审团的裁决是经过漫长而认真的调查后做出的。我认为裁决结果公正、公平、完全正确。"

当厄秀拉·索普被问及怎么看待裁决结果时，她的回答不经意间泄露出一点真实的想法。"他和他的妻儿真是太走运了！"厄秀拉如是说。当天晚上，在痛饮几瓶香槟后，索普、玛丽安和厄秀拉来到阳台上。三人像提线木偶似的，动作僵硬地朝楼下人群挥手。

诺曼·斯科特没有在法庭上听到裁决结果。他已经返回德文郡去陪伴他的那些动物们了。他告诉记者，对于索普获得无罪释放，他不感到十分惊讶。虽然指控索普的证据确凿，但他一直觉得索普终将逃脱法律的制裁。"我曾希望并祈祷他能被判入狱，因为他确实犯下骇人罪行。但我也预料到这个结果。我觉得当权派会庇护他。"当被问及接下来做什么时，斯科特说他可能去旅行——去西藏。

在第二天出版的《标准晚报》上，马克斯·黑斯廷斯写道："毫无疑问，在未来几代人的时间里，围绕'斯科特事件'，都会存在谣传、猜测和争论。"该报在一篇社论中表示，相信索普一定程度上可以重回过去的显赫地位。"鉴于来自家庭毫不动摇的忠诚和支持，我们绝对有理由希望索普先生将像普罗富莫一样，获得救赎。"

但其他人就不那么肯定了。"索普先生行使了每个公民拥有的权利，"《每日电讯报》这样写道，"但如果当初他要是将自己的行为公开地并依据誓言如实地披露，他的公众形象将会得到更好的维护。"《每日镜报》说得就直白得多："他虽然摆脱了刑事指控，但无可争辩的证据给他的公众生涯画上一个句号。"

无论普通民众对本案结果反应如何不一致，至少有一个人确信正义得到伸张。1979 年 7 月 1 日星期天，约翰·霍恩比牧师为杰里米·索普和玛丽安·索普举行了一场感恩仪式。霍恩比牧师来自索普原来选区下辖的布拉顿弗莱明教区。霍恩比原以为来参加仪式的人会很多，自己这间维多利亚式小教堂会容纳不下，特地把场地改在了附近的乡间礼堂。可是到那一天，除了索普、玛丽安、儿子鲁珀特之外，现场空荡荡的，而围观的人群几乎全是记者。

不过霍恩比不为所动，对在场的人说道："我们借此机会感谢上帝，感谢他在北德文郡的仆人杰里米。在迈恩黑德和老贝利漫长黑暗的日子里，上帝赐予玛丽安和杰里米神奇的韧性。这股韧性为他们赢得了全世界的尊重！黑夜已经过去，光明照耀进来！今天是上帝赐予的！今天是我们的拯救日！感谢上帝！只要与上帝同在，我们将无所不能！"

当一位记者打电话告知索普无罪释放的消息时，彼得·贝塞尔正在纽约。巧合的是，他现在住的酒店正好是当初他得知索普被捕消息时所住的酒店。但这次没有雷暴，地平线上也没有划过充满寓意的闪电。当贝塞尔放下电话话筒时，周围只有寂静、孤独和悲凉。

36

尴尬的谢幕

1985 年 11 月 27 日，彼得·贝塞尔因肺气肿去世，享年 64 岁。他和黛安一直住在海滨镇，他们于 1978 年正式结婚。贝塞尔晚年热衷于参与当地政治。一直到去世前，贝塞尔都坚信杰里米·索普受到英国当权派的包庇："索普和斯科特的关系持续了十八年。毫无疑问，在这期间存在刻意的包庇行为，或者一系列的包庇行为。若干位内阁大臣、安全机构人员和警方人士对包庇行为都了解，但却袖手旁观。"

贝塞尔相信，警方的调查、治安法院的初审，包括法庭审判本身，都受到这种包庇的影响。他对于英国总检察长当初同意他与《星期电讯报》交易一事也耿耿于怀。回过头来看，总检察长之所以同意贝塞尔和《星期电讯报》签署报道合同，就是为了在法庭上可以借助此事攻击贝塞尔，让他的证词显得不可信。法官坎特利也同样如此——在给奥布伦·沃的一封信中，贝塞尔称坎特利是个醉醺醺的老阉物——坎特利向陪审团明确表示，他认为贝塞尔撒谎成性。

不过不止贝塞尔一个人认为审判有问题。刑事总监迈克尔·查利斯，就是当初说服贝塞尔出庭作证的那个人，曾告诉黛安，他认为约瑟夫·坎特利的最后陈述是他迄今听过的最糟糕的总结陈述。查利斯在给贝塞尔的信中也直言不讳地写道："这位法官渎职。"审判结束三个星期后，哈特威尔爵士对上议院议员说："这场审判反常诡异之处在于，法官欣然主动与被告人结为同盟。法官和被告方的律师粗暴对待控方证人，包括贝塞尔。"

加里斯·威廉姆斯——也就是后来的莫斯廷男爵威廉姆斯，他于2003年去世——也相信审判明显偏向索普。"我不认为证人受到了公正的评判。我不认为法官对控方材料进行了公证的评判。我认为法庭对于索普的社会政治地位表现得过于奴颜婢膝。"

也有人——包括奥布伦·沃——认为控方律师彼得·泰勒，也就是后来的英国首席大法官，在辩护时没有尽全力。甚至辩方律师乔治·卡曼对泰勒也感到费解，认为他在法庭上的表现过于克制。对此，卡曼认为可能是泰勒做人很绅士，不愿表现出你死我活的样子。也有观点认为，泰勒是为了以后的雄心壮志而保护自己的羽毛。

认为索普受到多方联合庇护这一看法，后来在丹尼斯·梅甘身上发生的事情得到了进一步的证实。丹尼斯·梅甘是当初第一个受雇去谋杀斯科特的人。梅甘后来向警方交代了在事件中扮演的角色，并把他和"杰里米·索普的代表"会面的情形写成证词。但是几天后，当他被叫到西伦敦的警察局在证词上签字时，却发现这份证词和他上次的证词几乎毫无共同之处，尤其是隐去了索普和自由党的字眼。

在迈恩黑德治安法院初审前，贝塞尔写了一份类似备忘录的东西，记述了他在索普事件中的经历，从1955年他第一次遇见索普时写起。索普案结案后，他对这份材料做了扩充，写成了一本书，书名就叫《包庇》，因为在书中他勾勒了为什么他认为索普受到有势力朋友的包庇。和以往一样，贝塞尔还试图探究索普行为背后深层次原因，但最后他放弃了这一努力，只是引用了马克·吐温的一句名言："每个人都是一个月球，都有从不向外人展示的黑暗面。"

显然由于书中的某些论断，没有哪家商业出版社敢碰贝塞尔的这本书。贝塞尔只好自行出资印了 2 000 本。他一如既往笃定自己不久会转运，所以特意在书的扉页上显目地印了"初版限量本"几个大字。但这本书永远没有再版过。当他在海滨镇去世时，车库里还有没卖出的新书。贝塞尔写的小外星人和教他为人处世的好心人之间故事的童书，也没找到出版商。

贝塞尔的讣告登载在《洛杉矶时报》上。讣告赞扬了贝塞尔积极参与本地政治活动，尤其是发起一场旨在更换海滨镇海滩上受腐蚀沙子的运动。"贝塞尔是一位衣冠楚楚、满头银发的男人。他从 1970 年代起就和妻子定居在海滨镇，家就对着海滩。他由于介入杰里米·索普一案而举世闻名。这起骇人的丑闻在 70 年代末的英国引起轩然大波……在海滨镇，他的活动更为家常。他的朋友们和政治同僚说，他对北圣地亚哥社区发挥过重大影响……"

"彼得是我遇到过的最有意思的人，"他的好友、前海滨镇市镇委员会女委员梅尔巴·毕肖普说，"他在政治上曾经身居高位，和国王、女王、总统这种级别的人物交谈过，参与过事关战争和平的谈判。瞧，他现在也热衷于海滨镇的地方事务。坦率地说，他确实为本镇增光添彩不少。"

1981 年 1 月，戴维·霍尔姆斯在南肯辛顿老布朗普顿街因"不道德的骚扰行为"而被捕。两名治安警察告诉西伦敦治安法庭，他们亲眼看见霍尔姆斯如何靠近几名男人，并试图勾搭其中一名穿紧身牛仔服的男子。当警察逮捕他时，霍尔姆斯向警察求饶，希望放过自己，"瞧，我保证这就回家，"据说他这么说道，"我再也不来这里了，求求你们了！"但警察不为所动。最后霍尔姆斯被罚 25 英镑。

这件事以"索普朋友的性丑闻"为标题在小报上登出。现在受损害的不仅是霍尔姆斯的声誉——自从上次审判后索普就躲着他——而且他的前同事们也给他冷脸。霍尔姆斯已经从商人银行业转到咨询业，但还是在金融领域找不到活计。最后不得已，他去北伦敦卡姆登一家旱冰迪斯科担任经理。

在他被捕五个月后，霍尔姆斯关于索普事件的叙述，以周日特刊的形式在《世界新闻》上发表。这笔交易由时任该报的副主编斯图尔特·库特纳和霍尔姆斯谈成。"戴维现在显然潦倒不振，但他似乎并不心存怨恨，我也不认为他这么做是为了复仇。我想他只是为了还原事件的本来面目。"戴维·霍尔姆斯也不是为了钱。虽然他境况不佳，但拒绝收报纸一分钱，而是让他们把钱捐给慈善机构。

尽管霍尔姆斯不可能有意为贝塞尔《包庇》一书中所讲述的事件提供佐证，但两人在对关键情节的叙述上完全一致。霍尔姆斯回忆，大约在 1968 年至 1969 年的冬季，他第一次听到诺曼·斯科特这个名字。"在其后的两三周时间里，杰里米、彼得和我关于这个疯孩子谈了几次。在第三次讨论时，杰里米气疯了。他对我们说，他想把斯科特清理掉，哪怕让他在蒙古找个工作也行。无论将他搞到什么地方去，干什么都行。而且，索普还说：'如果都不行，那就杀了他。'"

1990 年，戴维·霍尔姆斯死于癌症，享年 59 岁。他去世后，他的律师戴维·弗里曼说："霍尔姆斯是个好人。在我辩护过的人中，他是最好的。索普是解围之神①，这毫无疑问……他（霍尔姆斯）被索普超凡的魅力征服。谁来帮我除去斯科特这个祸害？于是霍尔姆斯自告奋勇，结果把一切都玩砸了。"

正如戴维·纳普利所预计的，索普案令乔治·卡曼一举成名。一夜之间，他成为国内最有名的出庭律师。所有人都想结交他，或者说几乎所有的人。索普案结束后，卡曼原本以为索普会给他写一封感谢信。鉴于卡曼的出色发挥，一封感谢信是最起码的。但一个月过去了，没有信寄来。卡曼既不解又伤心。他告诉纳普利，从索普那里没收到任何音讯。

又过了六周，这时卡曼除了伤心，更多的是愤慨。他再次告诉纳普利，没收到索普任何回音。但还是没有信来。最后，在案件结束四个月后，索普终于寄来了一封信。虽然信中充满了肉麻式的感谢，但卡曼却感觉信写得并不真诚。他觉得这封信是几分钟匆匆写就的敷衍之作。如同索普的一贯作风，这封信也是华而不实，惠而不费。在庭审前，索普曾向卡曼许诺，如果能帮助自己辩护成功，将把末代沙皇尼古拉二世赠给他祖父的一把古剑送给卡曼。但事后这一承诺被索普轻易抛诸脑后。这把古剑依然挂在奥默广场索普的家里。

卡曼在索普案中的成功，为他赢得一大批名流客户，他成了这些名人的首选律师。他为喜剧明星肯·多德在逃税案中成功地进行了辩护，还在好几起社会关注度高的诽谤案中为罗伯特·麦克斯维尔、理

---

① 这一说法来自希腊古典戏剧，指当剧情陷入胶着，困境难以解决时，突然出现拥有强大力量的神将难题解决，令故事得以收场。

查德·布兰森、艾尔顿·约翰和汤姆·克鲁斯辩护。但名声和财富并没有驱走卡曼心中的恶魔。在法庭外，他的性格一如既往地多变、自虐。他的三次婚姻都以失败告终，三位前妻都宣称，他在肉体和精神上虐待她们。其中一位前妻西莉亚·斯帕罗回忆，有一次卡曼从厨房刀架上抽出两把长刀，对她说："你想要哪把刀先插进你的身体？"

打赢官司是唯一能提升卡曼自我尊严的事情，这种感觉能打消内心的空虚，哪怕只是很短暂地。可惜最后就连这种短暂的光环也失去光辉。1999 年，卡曼被诊断为前列腺癌晚期，两年后离世。在临终前，卡曼让儿子多米尼克把他卧室衣橱顶格的一个信封拿给他。信封里装着卡曼珍视的物品，总共没几样：卡曼父亲的战争勋章，他在牛津辩论社的一份海报，一些零碎，还有二十多年前索普几经延宕才寄给他的那封感谢信。

虽然索普获得无罪释放，但他很快就发现几乎所有人都认为他有罪，并视他为罪犯。1981 年夏天，钢琴伴奏家艾弗·纽顿的追思会在奈特布里奇举行。追思会结束，当索普和玛丽安沿着过道离开时，几位参加者故意转身，背对着不看他们。作家雨果·维克斯回忆在一次招待会上，皇太后[①]和索普夫妇都来了。当索普被介绍给皇太后时，皇太后极其冷淡地点了点头，便很快离开了。"我记得当时感觉索普脸上的表情仿佛对这种冷遇早有预料。"

索普还想担任公职，可惜这个愿望很快就破灭了。1982 年他曾当选为大赦国际英国分部的主任。他和前大法官埃尔文-琼斯曾是英

---

① 英国女王伊丽莎白二世的母亲。

国分部的受托人。但这一任命招来公众抗议，不得不被收回。

其实如果当初被判有罪，对索普来说可能更好。至少他服完刑后可以重新做人。现在他却不得不过着一种半死不活的生活，被困在奥默广场玛丽安的那栋日益衰败的大宅中，鲜有前同事登门问津，也几乎没有在公共场合露面的机会。在伯纳德·多纳格看来——他现在已是勋爵——索普现在的遭遇完全符合英国当权派想保护他的愿望。"索普被判无罪释放符合当权派的利益。当权派一方面保护索普，就像他保护许多其他事情一样，因为他们不想让这些事情泄露出去。但另一方面，他们又把索普好好锁在柜子里，这样他就无法再开口。"

20世纪80年代中期，索普被诊断患有帕金森症。他以极大的毅力承受疾病的痛苦，但疾病对他健康的影响却越来越重。帕金森症的症状之一就是表情僵硬，这是面瘫的一种，令病人的面部呈现出一种怪异漠然的神态。对于索普来说，这等于永远给他戴上一副"满大人表情"。但是不管病得多重，索普依然怀有一个殷切的希望——被授予贵族爵位。他认为，一旦被封爵，就意味着他不再是弃儿，还有角色可以扮演。可惜令他恼怒的是，他的这个愿望被自由党一届又一届党首给拒绝了。

还有一件事索普不知道，而且永远也不会再知道，那就是戴维·斯蒂尔早已和自由党后来的党首和党主席达成一项交易。那些党首和党主席们本想去找索普要回那笔付给纽顿的酬金。"我告诉他们，瞧，我们的负面曝光已经够多了。这件事就算了吧。这笔钱肯定要不回来。钱虽然要不回来，但也不能便宜索普。代价就是他永远不能在自由党担任任何公职，这也意味着索普永远不能被授予爵位。"

万般无奈之下，索普去找彼得·曼德尔森。彼得·曼德尔森在托尼·布莱尔首相第一届内阁中担任不管部大臣①。"1998 年杰里米让我去奥默广场的家里，"曼德尔森回忆道，"他说自由党内没有人支持他，'作为前党首，我希望现任首相能提名授予我贵族爵位'。他多次提醒我，法庭判他无罪，所以人们对他应该宽宏大量。我回去告诉托尼，他说如果自由党那边不主动提出申请，他认为自己也无能为力。"

当成为贵族的路都被堵死后，索普又心生一计，试图重回公众视野。1999 年，他写了一本书——《我的岁月》。这本书经过精心剪裁，讲述了他政坛内外的一些经历。书由普利提克出版社出版。这是一家新成立的出版社，创办者是主持人艾恩·戴尔。"1998 年底，我接到一个电话。对方自称叫什么杰里米。他口齿不清，我一开始以为他是个神经病。后来他说自己是杰里米·索普，但我那时还是有点不敢相信他的话。"

和曼德尔森一样，戴尔也被邀请到奥默广场。"这所房子很大，但破败邋遢。我记得朝一个房间里窥视一眼，里面的家具全部都蒙着防尘套。待客之道还是老式的，由仆人端来食物。"现在索普的帕金森症症状已经很明显了。"杰里米说话别人很难听懂，他越来越多时间都是在轮椅上度过，但他总是要求人们推他到户外去。显然他的头脑没有坏。"

戴尔想让索普写写庭审，但索普不愿意写。"他就说：'我不会去碰那个。'"书出版后，在自由党全国俱乐部举办了一场发布会。令

---

① 一种政府高阶或内阁级官员职位，该职虽与一般的部长平级，但却没有专责管理某一个部，因而有此名称。

索普高兴的是，来了几位自由党高层。索普显然希望这或许可以成为他东山再起的开端。但事实是，这是他最后一次在公开场合露面。后来帕金森症让他失去了行动能力，无法说话，无法自己进食，最后失去视力。

在一直探访索普的宾客中，有一位名叫史蒂夫·阿塔克。他是"青年自由党人"的前成员，和索普1960年代就认识。"在最后的日子里，索普总是用大拇指和人们交流。大拇指朝上表示是，朝下表示否，大拇指横着表示不知道。我觉得，自由民主党人孤立他比每况愈下的健康孤立他，更令他痛苦。不过他从不抱怨。不管怎样，索普不想死。他同死亡搏斗到最后一息。"

在索普患病期间，玛丽安一直照料他。不过玛丽安自己后来中风也坐上了轮椅。他们在奥默广场家里装了一部特殊的电梯，可以让两人在不同楼层间移动。2014年3月，玛丽安去世，享年87岁。这所房子挂牌上市，索普搬到波切斯特花园边上一所带护理服务的公寓中。

2014年12月4日凌晨四点，阿塔克被电话铃声吵醒。"护工打电话告诉我尽快过去。"阿塔克立刻匆忙赶过去。就在他到达前几分钟，杰里米·索普咽气，享年85岁。

死亡为索普赢得了人生最后三十年期盼已久而不得的尊重。他的葬礼2014年12月17日在议会大厦对面威斯敏斯特的圣玛格丽特教堂举行，这个教堂也是1970年卡罗琳举行葬礼的地方。索普的所有继任者，自由党——或者说自由民主党——的五位历任党首偕党内高层悉数出席。索普的棺材覆盖一面英国国旗，棺材顶部放着索普常戴的一顶棕色特里比帽。

在葬礼时，唱诗班吟唱一首由作曲家约翰·爱尔兰创作的赞美歌。这首赞美歌的歌词有许多是《圣经·新约》和《圣经·旧约》的文辞。其中一句来自《约翰福音》——"没有哪种爱比这更伟大：人为自己朋友舍弃性命。"

五十二年前，时任英国首相哈罗德·麦克米伦对内阁进行残酷的清洗，当时年轻的索普对此发表了一番被认为充满机智诙谐的评论——"没有哪种爱比这更伟大：他为性命舍弃了朋友。"葬礼结束，当悼念者鱼贯走出教堂，走入阴沉的 12 月的午后，留给他们的问题是，到底这两句话哪一句更适合索普。

本书写作期间，诺曼·斯科特已经 75 岁。他居住在德文郡达特穆尔的一个村子里，陪伴他的有七十只母鸡，三匹马，一只猫，一只鹦鹉，一只金丝雀——还有五条狗。

尾　声

彼得·贝塞尔致诺曼·斯科特的一封信，1976 年 7 月 13 日

2145 邮箱

海滨镇

加州，92054

亲爱的诺曼：

很高兴收到你的来信。大约十天前，我给你打过电话，却得知你的电话号码失效了。我想谢谢你给我打来电话。能再次听到你的声音真是太好了——你的声音永远那样，一直没变。

我们都经历过撕心裂肺的痛苦。我能想象你当时的处境比我恶劣得多。从纽顿——也就是基恩（原文如此）——将你带到沼泽地那刻起，已经没有什么能阻止真相大白于天下。虽然全部真相得到披露还尚需时日，但时机成熟时，真相一定会浮出水面。这出大戏的悲剧性之一，就是我们没有一个人是完全无辜的。从 1965 年起，我就一心想保护杰里米，听从他的吩咐，避免丑闻曝光。与此同时，你也能看

出来，我也真心关心你，想方设法帮助你。你对报纸所说的那些关于我的好话，我很感动……

纽顿案结束后几周，我读到你在证人席上被问及是否敲诈过我时的回答。你说："贝塞尔先生最后一定会说出真相。"说实话，诺曼，你在回答中体现出对我的信念，让我感动落泪。

恭喜你再次成为父亲。一定要充分享受这种快乐，孩子和动物都需要人类的善良。在你女儿身上付出的爱，你会获得同样的回报。我在倒霉时，孩子们忠诚地站在我一边，给了我巨大的力量。诺曼，总有一天你也会老去！

我相信你在报纸上读到关于黛安的消息，所以也知道这个漂亮、温柔、优秀的女孩给予我的爱情和照料。报纸上说的有些事情很醒龊，那些都是没影的事……我代她向你表示最诚挚的问候和最良好的祝愿。

我不知道杰里米的脑子最后出了什么问题。最让我震惊的是 3 月 14 日他在《星期日泰晤士报》上发表的声明。对于那些他不仅知道还亲自策划的事情一概加以否认，这本身已经很恶劣了。而他对你的攻击一定让很多人震惊。强大、稳重、有权势的人不应该用这种方式攻击自己的同类。这是害怕软弱的表现，也是最终促使我——用你的话说就是——"最后站出来不得不说出真相……"

重要的是，我们都必须主动面对彻底的真相，哪怕结果对我们来说不那么美妙。如果我们准备好面对真相，我们最后将获得公允的评判。除此之外，我们还能奢求什么呢？

杰里米的性格中有美好的一面，对此我将永远给予尊重和喜爱。但这不能成为他对你所作所为的借口，或者也可以说对我所作所为的借口。但他也和我们其他人一样，需要理解和同情。一个人爬得越高，摔下来会越惨。重要的是要避免怨念。有时我也觉得做到这一点很难，我知道你也一直在做同样的斗争。但如果放任怨念征服我们，受伤或毁灭的只能是我们自己。

请尽快给我写信，盼望收到你的来信。

上帝保佑你！

致以最温暖的问候，

彼得

致　谢

　　我要尤其感谢以下三位，如果没有他们的帮助，这本书的写作不可能完成。诺曼·斯科特先生慷慨地付出了大量的时间，并好心地让我阅读了他关于索普事件的私人回忆录。保罗·贝塞尔先生详细地向我讲述了他的父亲彼得·贝塞尔，让我对这位充满矛盾又令人着迷的人物有了更深的了解。当然还有多米尼克·卡曼先生，他不但让我仔细阅览，还同意我拿走一大箱他父亲乔治·卡曼为索普案写的笔记。

　　我对下列人士提供的帮助也深表感激：罗伊·艾克曼、史蒂夫·阿塔克、阿维伯里勋爵、葆拉·贝塞尔、格拉汉姆·玻尔、莱斯利·波汉姆-卡特、约翰·坎贝尔、斯蒂芬·克拉克斯顿、迈克尔·克里克、保罗·达克利、艾因·戴尔、多纳格勋爵、凯斯·多弗坎斯、哈罗德·伊文斯爵士、凯西·费勒、迈克尔·戈夫、米利安·格罗斯、斯蒂芬妮·霍克、詹姆斯·霍尔-昂斯洛、玛丽戈德·约翰逊、保罗·约翰逊、黛安·凯利、乔伊丝·肯尼迪、斯图尔特·库特纳、格基·伦德、塔蒂亚娜·伦德、约翰·麦克多纳、凯文·麦克多纳、雅斯明·麦克多纳、曼德尔森伯爵、汤姆·曼戈德、戴维·梅、丹尼斯·梅甘、简·莫伊尔、查尔斯·摩尔、理查德·摩尔、克里斯托弗·默里、马修·诺曼、杰弗里·欧文、斯图尔特·普维斯、多米尼克·桑德布鲁克、斯蒂尔勋爵、玛丽亚·泰勒、乔治·斯威特斯、雨果·维克斯、萨拉·韦恩、亚历山大·沃。

我的经纪人、来自联合经纪人公司的娜塔莎·费尔维瑟在本书构思阶段就给予我坚定的支持，对来自她的帮助和友情我深表感激。

我要感谢本书的编辑，企鹅出版社的维尼西亚·巴特菲尔德以及其他为本书编辑付出劳动的所有人。

我还要对多娜·波比杰出的润稿和校对工作表示谢意。

写作本书时，我参阅了大量有关杰里米·索普和那个时代的相关书籍，主要有：列奥·阿比西的《普通议员》，彼得·贝塞尔的《包庇：杰里米·索普事件》、迈克尔·布劳奇的《索普传》、多米尼克·卡曼的《非凡的人生：皇家法律顾问乔治·卡曼》、刘易斯·切斯特、马格努斯·林克莱特和戴维·梅合撰的《索普的秘密生活》、彼得·奇平代尔和戴维·雷合撰的《审判索普：迈恩黑德初审全记录》、伯纳德·多纳格的《唐宁街日记》（2卷本）和《如坐针毡：多纳格自传》、西蒙·弗里曼和巴里·彭罗斯合写的《梨花门：杰里米·索普浮沉记》、安东尼·格雷的《追求正义：通向同性恋大解放》、巴里·彭罗斯和罗杰·库特尔合撰的《不无偏见：戴维·纳普利回忆录》以及《彭库特档案》、多米尼克·桑德布鲁克的《紧急状态：1970—1974年的英国我们的生活》和《烈日下的四季：1974—1979年的英国为不列颠而战》、塞西尔·史密斯的《大塞自传》、戴维·斯蒂尔的《反抗歌利亚》、杰里米·索普的《我的岁月：一位自由党领袖的点滴回忆》、奥布伦·沃的《最后的话：索普审判亲历记》。

本书中所有关于杰里米·索普和彼得·贝塞尔的交往经历，皆来自贝塞尔的《包庇》或他的那本"备忘录"。

　　作家通常在致谢部分的末尾，会把高潮留给自己的妻子、丈夫或伴侣，感谢他们（她们）在数十年的写作生涯中容忍自己那些犹如火山爆发般的脾气发作和痛苦的自我怜悯。虽然我在此无意破坏该传统，但说实话，在写作《英国式丑闻》这本书时，我的情绪比写其他书时要更好一些。从我书房里传出来的怪叫声，更多的是忍俊不禁的笑声或是不可思议的惊呼，而不是绝望的抱怨。在这其中，我妻子苏珊娜自始至终为我提供了珍贵的意见和犀利的批评。没有她的帮助，这本书会难看得多。

译 后 记

英语中 titbit 一词意为"珍闻""花絮"。一部长篇小说译竣,对于译者来说,主要任务已算完成。译作以后的命运,将由读者、评论家和市场来定夺,本来无需译者再置赘言。但在漫长的翻译过程中,译者总会积攒一些文本之外、值得与读者分享的 titbits。它们虽然对正文情节和脉络不构成影响,但却对读者了解原文时代背景、深层结构以及文本背后的文化颇有裨益。作为一部真人真事政治小说,《英国式丑闻》很像一个形状不规则的多棱晶体,人们在不同的方位可以观察到英国政坛和政界不同的元素和镜像。所以在这篇译后记里,译者不揣浅陋,试举数例,聊作补缀,以飨读者。

先来谈谈小说主人公索普和他领导的自由党。杰里米·索普于 20 世纪六七十年代长期担任英国议会第三大党自由党党首。自由党前身是辉格党(Whig),与保守党的前身托利党(Tory)在 19 世纪英国政坛曾经长期轮流执政。两党党首格莱斯顿和迪斯雷利更是一对具有"瑜亮情结"的政治俊才,分别四次和两次出任帝国首相,共同撑起了英国历史上最鼎盛的维多利亚时代。第一次世界大战后,由于党内对爱尔兰自治法案存在分歧,自由党内部分裂。加上工党崛起,自由党每况愈下，沦为英国议会第三大党。到了索普执掌自由党时，英国政坛处于政治强人真空期，丘吉尔、艾德礼等老一辈政治家已经谢幕，以撒切尔夫人为代表的新一代领袖还没登上舞台。索普为人潇洒，口才出众，在政治上主打"亲民"和"青年"两条路线。他积极投入选战，热情和选民联络，还鼓励青年自由党人创办"社区政治"模式，在居民区创办基层组织，举办研讨会。在索普的领导下，自由党先后多次在议会补缺选举中获胜。1974 年 2 月的大选中，自由党更是一鼓作气推出517 名候选人，结果获得 600 多万张选票，在议会获得 14 个议席。

但英国自 1918 年选举法颁布以来，长期实行"简单多数当选"的选举制度。即在同一个选区里，无论候选人总数多少，只有唯一得票最多者才能当选议会议员。这种制度对索普所在的自由党是不公平的，因为保守党和工党通过多年的经验积累和苦心经营，已经拥有和发展了较为完善的组织系统，并获得大量"保险选区"。因此，保守党和工党只会选择在它们实力较为接近的选区中进行角逐。而自由党支持者较少，长期缺少活动经费，力量分散，没有"保险选区"。大选时，它能在全国获得几十万甚至几百万张选票，但议会所得席位却寥寥无几。自由党每得一个席位，就必须比两大党多几倍的选票。如果英国和欧洲大陆国家一样，实行"按比例代表制"，自由党在议会的席位将会成十倍地增加。索普深谙这种选举制度的弊端，积极谋求选举制度改革，并在社会造成一定舆论影响力。可以说，如果没有这场性丑闻引发的谋杀未遂案，索普在英国政坛会享有更长久的政治生命，也会带领自由党更有作为，甚至重新执政。如果那样的话，上世纪 80 年代的世界政坛都有可能重新改写。

《英国式丑闻》核心情节是索普为了掩盖自己同性恋丑闻而策划

谋杀同性恋人，最终因事情败露被告上法庭，不得不在盛年退出政坛。作者在推进小说情节过程中，动用大量篇幅对同性恋去罪化在英国议会中的立法过程进行了梳理和描绘，引用了大量议会辩论和演讲的片段。作者之所以能如此详实地掌握第一手资料，要得益于长久以来保存完整的英国议会论辩实录。议会论辩实录在英语中有个专门的单词叫 Hansard。Hansard 原本是一个家族姓氏。Hansard 家族早在18 世纪就专门负责为英国议会提供印刷出版服务。由于英国公众对议会所讨论的公共政治议题十分关注，所以 Hansard 雇佣速写抄录员在议会旁听并记录，还于 1760 年出版了第一部《议会论辩实录》。大文豪狄更斯早年踏入文坛前，就曾做过议会实录抄写员的工作。议会一开始对这种实录的出版不抱欢迎态度，认为是对其特权的侵犯，但以约翰逊博士为代表的社会贤达人士却对这种出版持支持态度。后来双方经过妥协，决定对议会论辩的报道正规化，下议院与上议院分别于 1909 年和 1920 年各任命一批永久性编制人员从事报道工作，并且定期出版了官方报告。在小说中，当索普的党内好友，同为议员的贝塞尔由于个人经济原因放弃竞选连任下届议员，索普为表彰贝塞尔在议会里的工作和公共服务，赠送他两卷真皮装帧的《议会论辩实录》作为送别礼，里面专门记录着贝塞尔在议员任期内的 500 多次发言和即兴讲话。

　　索普的性丑闻在当年的英国政坛前后延续发酵十数年，在这其中作为自由党党首的他和本党党鞭的关系也经历了微妙的互动和变化。在英国政党政治中，"党鞭"制度由来已久。在英国古代狩猎活动中，主要使用成群的猎狗追击猎物，但并不是所有猎狗都能紧跟目标。为了保证追击目标明确、富于效率，就需要有人在猎狗后面手持鞭子不停抽打，使那些跑偏的猎狗回到队列，这个手拿皮鞭的人就叫鞭手，党鞭这一术语正是从狩猎术语"whipper-in"中衍生而来。19世纪以后，英国议会政党开始逐渐任命核心成员担任党鞭，他们的具体职责包括负责协调本党议员的议会事务管理，为本党议员在议案表决时提供信息指导。因为英国议会每年要进行大量表决，议员们不可能深入了解每次表决议案的所有细节，议案往往在表决之后也要经过多次修改。在这种情况下，议员们难以决定如何进行表决。这时候，党鞭的指导和介绍就尤为重要。在议会中，当出现本党议员不支持本党决策，说服和督导就成了党鞭最重要的工作。党鞭需要采用各种方法规劝本党议员接受党的决策。由于党鞭身处政党的中枢系统，可以随时感受到权力的微妙变化，获得其他地方无法看到的资讯，所以本身拥有很大的权力。在《英国式丑闻》中，时任自由党党鞭的斯蒂尔就较早地获悉索普的性丑闻。

小说《英国式丑闻》的高潮部分，是审判索普的法庭控辩环节。索普的辩护律师乔治·卡曼充分施展自己的辩才和谋略，凭借精妙的辩护策略、精心的审前准备，将本来异常棘手的案件，反败为胜，力挽狂澜，成就了自己职业生涯的传奇。在辩论阶段，卡曼对控方各个证人采取针锋相对的策略，或避实就虚，或出其不意，或攻其不备，或迂回包抄，沉着巧妙地发表辩论言辞，使得控方本来"铁证如山"的事实没能发挥作用而失败。

卡曼和索普都是牛津大学出身，巧合的是，两人在校期间曾是著名的牛津辩论社的成员，被告人索普还恰好担任当时的牛津辩论社社长。牛津辩论社是牛津大学最著名的学生社团，很多英国政治家包括现任英国首相约翰逊都曾担任牛津辩论社社长。牛津辩论社资金雄厚，名下有属于自己的不动产、专门的辩论厅、酒吧和花园。辩论社对社会公开发售门票，甚至还有年票。除了辩论，牛津辩论社常年邀请世界各界名流演讲，丘吉尔、尼克松等政要都曾在牛津辩论社发表过演讲。牛津辩论社成立于 1823 年。成立伊始，为了不引起政府和教会的压制，辩论社规定辩题不涉及当时的政治和宗教，主要以历史和哲学为主。成员在辩论时也不即兴发言，而是照着稿子读。1829年，牛津辩论社和剑桥辩论社展开了历史上首次辩论，辩题是"论拜伦和雪莱孰优孰劣？"。拜伦是剑桥诗人，而雪莱则是牛津毕业。出于友谊和礼节考虑，牛津辩论社选择为拜伦辩护，而剑桥辩论社则为雪莱执言，这也是英国辩论史上一段佳话。

以上内容是译者在译后记中奉献给读者的花絮，有点像电影结尾的彩蛋，希望能帮助读者更加深入、多角度地了解这部英国政坛的真人真事小说。在翻译过程中，译者还观看了休·格兰特和本·卫肖主演的同名英剧，并浏览了豆瓣上的评论，深感在视听媒介一统天下的后现代社会，作为内容载体的文学依然有其存在的价值。电影电视可以给人带来视听方面即时的满足，但是文字可以激发读者的想象力，弥补视觉、听觉在建构意义方面的不足。在当今时代，小说文本的阅读已经变成时间的艺术，可以慢节奏、多角度深入地揭示事件的外形和内核，抵御视听的洪流将一切冲刷成碎片和泡沫。

最后我要借此机会，感谢本书的编辑宋玲女士，她深具专业素养的图书策划能力和独到的选题眼光，每每让久居在高校象牙塔内的我有机会接触英国当代文坛有价值的作品，享受艰辛而愉快的翻译劳动。同时我还要感谢我的太太路阳女士以及璐怡、璐然两位小朋友，她们的欢声和笑靥是我漫漫译途温暖的慰藉。

John Preston
A VERY ENGLISH SCANDAL
Copyright © John Preston 2016
This edition arranged with ROGERS，COLERIDGE & WHITE LTD（RCW）
Through Big Apple Agency，Inc.，Labuan，Malaysia.
Simplified Chinese edition copyright：
2022 Shanghai Translation Publishing House（STPH）
All rights reserved.

图字：09‑2019‑198 号

图书在版编目(CIP)数据

英国式丑闻/(英) 约翰·普雷斯顿(John Preston)著；
赵挺译. —上海：上海译文出版社,2022.4
书名原文：A Very English Scandal
ISBN 978‑7‑5327‑8922‑1

Ⅰ.①英… Ⅱ.①约… ②赵… Ⅲ.①长篇小说‑英国‑
现代 Ⅳ.①I561.45

中国版本图书馆 CIP 数据核字(2022)第 033703 号

英国式丑闻
(英) 约翰·普雷斯顿 著 赵挺 译
责任编辑/宋玲 装帧设计/人马艺术设计·储平

上海译文出版社有限公司出版、发行
网址：www.yiwen.com.cn
201101 上海市闵行区号景路 159 弄 B 座
上海市崇明县裕安印刷厂印刷

开本 890×1240 1/32 印张 11.5 插页 6 字数 198,000
2022 年 7 月第 1 版 2022 年 7 月第 1 次印刷
印数：0,001—8,000 册

ISBN 978‑7‑5327‑8922‑1/I·5524
定价：69.00 元